ERIC GIACOMETTI
& JACQUES RAVENNE

Journaliste dans un grand quotidien national, **Eric Giacometti** a enquêté à la fin des années 1990 sur la franc-maçonnerie dans le cadre des affaires sur la Côte d'Azur.
Jacques Ravenne est le pseudonyme d'un franc-maçon élevé au grade de maître au rite français.
Amis depuis plus de vingt-cinq ans, ils ont inauguré leur collaboration littéraire en 2005 avec *Le rituel de l'ombre,* premier opus de la série consacrée aux enquêtes du commissaire franc-maçon Antoine Marcas. Ont ensuite suivi *Conjuration Casanova* (2006), *Le frère de sang* (2007) et *La croix des assassins* (2008).
Leurs livres sont tous publiés au Fleuve Noir et déjà vendus dans 12 pays.

Retrouvez l'actualité
d'Eric Giacometti et Jacques Ravenne sur :
www.polar-franc-macon.com

LE FRÈRE DE SANG

DES MÊMES AUTEURS
CHEZ POCKET

LE RITUEL DE L'OMBRE
CONJURATION CASANOVA

ERIC GIACOMETTI
et
JACQUES RAVENNE

LE FRÈRE DE SANG

FLEUVE NOIR

ISBN : 978-2-266-17628-6

AVERTISSEMENT

Le frère de sang est un ouvrage de fiction nourri d'éléments et de faits dont le lecteur pourra retrouver les références dans les annexes et le glossaire joints en fin d'ouvrage. L'appartenance d'un des auteurs à la franc-maçonnerie n'implique en aucune façon, même de manière indirecte, une obédience particulière dans la conception de ce récit ou dans les points de vue exprimés fictivement par les protagonistes de ce roman.

À ma mère, Zdenka, dont la bibliothèque m'a ouvert des horizons insoupçonnés et merveilleux. Un legs précieux.

E.G.

Pour mes parents, Jacqueline et André, sans lesquels rien n'aurait été possible.

J.R.

PROLOGUE

Paris,
VIIe arrondissement,
tour Eiffel,
de nos jours,
23 heures

Les nappes de brume envahissaient tous les arrondissements de la capitale. Les Parisiens étaient plongés dans une atmosphère cotonneuse, ouatée, pas désagréable bien que vaguement déroutante. On n'y voyait rien à plus de trois mètres, même les scooters évitaient de slalomer entre les files de voitures compressées les unes contre les autres sur les artères étriquées par la multiplication des couloirs de bus. Les rares sommets de la ville avaient disparu du paysage, noyés dans un brouillard incongru. Montmartre était amputé du dôme du Sacré-Cœur, la tour Montparnasse s'était volatilisée, seul le phare tournoyant de la tour Eiffel tentait, tant bien que mal, de trouer l'opacité ambiante.

Léo, artisan taxi à Paris depuis vingt ans, venait de déposer son client avenue de La Bourdonnais et avait décidé de faire une pause, contraint et forcé. Ce maudit brouillard rendait les courses impossibles ; les clients, même les plus rétifs, s'étaient rués dans le métro. Il soupira et gara sa Mercedes bleu nuit dans la rue du Général-Lambert. Il coupa la radio en pestant : la météo ne prévoyait une dissipation de la brume que le lendemain. Un comble pour un printemps si doux. D'humeur maussade, il décida de se dégourdir les jambes du côté de la tour Eiffel et du Champ-de-Mars.

L'humidité glacée s'insinua sous sa chemise froissée quand il sortit de sa « Mémère », comme il surnommait affectueusement sa voiture gagne-pain. Le col du blouson remonté, Léo se dirigea paisiblement vers la tour de métal dont il distinguait à peine les piliers. Seul le « fanal » rayonnant témoignait de la présence de la vieille dame de fer.

L'atmosphère était presque irréelle, fantomatique, propice à tous les enchantements comme aux pires cauchemars.

Le premier cri s'échappa d'un groupe de touristes massés sous la tour. Léo tourna la tête et réprima un juron.

Peuvent pas nous foutre la paix, ces étrangers ? On n'est même pas tranquilles chez nous.

Un autre hurlement, cette fois plus strident, retentit. Léo songea qu'il se passait quelque chose d'anormal, car il ne reconnaissait pas le cri habituel du touriste venant de se faire ratisser les poches par des Roumains. Il se leva de son banc et se dirigea vers le groupe qui s'agitait.

Il écarquilla les yeux, n'arrivant pas à comprendre la scène qui se jouait devant lui. Une trentaine de touristes japonais, tous vêtus d'un poncho en plastique rouge, avaient le nez levé vers le haut de la tour. Léo ne comprenait pas pourquoi leurs têtes décrivaient un mouvement de balancier, comme s'ils assistaient à un match de tennis dans le ciel. À côté du groupe, deux jeunes femmes à l'allure gothique dont les T-shirts noirs portaient les inscriptions *Raven* et *Aloha* pointaient leur doigt vers le haut de la tour.

Léo détacha son regard des deux mignonnes et aperçut sur sa gauche, à trois mètres au-dessus du sol, une forme sombre qui apparaissait et disparaissait dans le brouillard. Il s'approcha pour mieux voir.

Un pantin surgissait du brouillard, la tête suspendue par une corde. Un grand pantin oscillant avec grâce dans la nuée blanche, décrivant une courbe parfaite dans l'espace.

Les touristes japonais applaudirent à tout rompre. Une véritable ovation pour le manipulateur invisible qui, tout là-haut, manœuvrait la corde avec habileté et discrétion.

Léo émit un grognement blasé. Encore un artiste de rue qui jouait les marionnettistes pour soutirer quelques euros aux touristes naïfs. Il lui avait suffi de suspendre un filin en haut du premier étage, et de là, faire osciller un simple mannequin dont on ne voyait, pour l'instant, que le mouvement de balancier.

Mais l'amplitude de l'oscillation diminuait et bientôt on distinguerait le visage de la marionnette.

Ce furent Raven et Aloha qui comprirent les premières la sinistre erreur. Elles poussèrent un cri de terreur. À l'unisson.

Léo sursauta à leurs clameurs. Il découvrit alors ce qui les avait horrifiées et une irrésistible envie de vomir lui déchira la gorge.

Ce n'était pas un pantin, mais un pendu. Au visage congestionné, à la langue sortie, les bras pendants.

Les applaudissements des touristes s'éteignirent brusquement. Ils comprirent leur méprise et des hurlements d'horreur montèrent du groupe qui s'était reculé instinctivement.

Le pendu ralentissait sa course.

Raven, Aloha et Léo semblaient comme hypnotisés par le corps supplicié, incapables d'en détacher leur regard.

PREMIÈRE PARTIE

Tout l'or du monde vaut environ
2 000 milliards de dollars.

Peter L. Bernstein
Le Pouvoir de l'or,
histoire d'une obsession

Cabinet de réflexion

Dix jours plus tôt...
et quelques centaines d'années auparavant...

1

Paris,
rue La Fayette,
de nos jours

Antoine Marcas sirotait son verre d'alcool doux, confortablement installé sur une chaise coloniale du café Le Régent. La veille au soir, il avait fêté ses quarante-deux ans. Rien à voir avec le choc de la quarantaine. Deux ans après le cataclysme – celui où l'on se dit que la prochaine étape, c'est cinquante –, les affronts du temps restaient mineurs.

Il regarda son reflet dans le miroir à deux mètres de lui. Seuls quelques cheveux blancs erraient sur ses tempes. Et puis, sa nouvelle coupe, plus courte, sur les conseils de son fils, lui donnait un air un peu moins grave et plus juvénile. Enfin ! il essayait de s'en persuader. Si de très légers cernes persistaient de façon obstinée sous ses yeux marron, la bouche en revanche affichait toujours un imperceptible sourire en coin qui se dessinait plus nettement quand il était en confiance, et cela lui donnait parfois, bien contre sa volonté, un air moqueur qui troublait même ses proches amis.

Il se redressa sur sa chaise et vérifia que son tablier de maître se trouvait bien dans sa serviette en cuir. La tenue maçonnique était prévue une petite demi-heure plus tard, au siège de l'obédience, et il n'aurait pas le temps de retourner en chercher un chez lui. Le morceau d'étoffe bleutée qui dépassait du bord de la sacoche le rassura, et il sourit intérieurement. Depuis quatre ans, il nouait le tablier autour de sa ceinture toujours au même cran, signe que son tour de taille restait stable. Soixante-dix-sept kilos environ, l'idéal pour sa haute stature, selon son médecin. Une belle performance, compte tenu des agapes à répétition auxquelles il assistait deux jeudis par mois.

Le brouhaha du café augmentait, de nouveaux clients arrivaient pour l'*happy hour.*

Deux jeunes trentenaires, en costume-cravate, le nœud dénoué, se posèrent bruyamment sur les sièges à côté de Marcas. Le plus âgé, un blond à la mèche soigneusement lissée sur le côté, commanda deux bières et posa la main sur la table d'un geste décidé.

— Dis donc, t'as entendu la nouvelle ?

— Hon… grogna le plus jeune qui avalait les cacahuètes par poignées.

— Ils ont dit à la télé que l'Iran commençait à construire sa bombe atomique ou quelque chose comme ça. J'espère qu'ils ne vont pas nous l'envoyer sur la gueule.

Antoine fit un signe au serveur pour régler son verre et tendit l'oreille. Il adorait les conversations de bistrot, surtout allongées à la mode parano.

Le brun reluqua l'une des serveuses en T-shirt et hocha la tête d'un air entendu.

— La télé et les journaux racontent que des foutaises. La vérité, c'est le Web ! Tout y est, et pas contrôlé par les puissances d'argent comme pour les journalistes.

J'ai découvert un blog incroyable. *Infovraie*. Eh ben, là-dedans, ils te racontent que ce sont les Juifs et les francs-maçons qui leur ont filé leur putain de bombe.

— Dingue, répondit le blond qui porta le goulot de la bière à ses lèvres. Les Israéliens vont se faire exploser la tronche, ça marche pas, ton histoire.

— C'est ce que tu crois, trop simple. Va sur *Infovraie*. Les Juifs aident les Iraniens via les Russes pour qu'il n'y ait pas de trace de leur aide. Une fois que l'Iran a la bombe, Israël hurle et les Ricains envahissent l'Iran. Comme pour l'Irak, mec. Tu verras jamais ça dans les journaux. Les journalistes sont des bouffons. Pourquoi payer des types qui racontent pas la vérité ?

— Ah ! ouais, très fort !

Le brun croisait les bras et affichait un air supérieur. Le commissaire soupira, ces deux-là étaient parfaits de crétinerie. Le blond renchérit :

— T'as raison, les médias nous mentent tout le temps, mais y a plus grave. T'as entendu parler du forum de Davos ? C'est le lieu de réunion des gens les plus puissants de la planète, ils décident de tout sur Terre. Je vais te montrer un truc zarbe que j'ai vu sur le Net.

Il sortit une feuille et un stylo et inscrivit :

D = 4
A = 1
V = 22
O = 15
S = 19

— Devant chaque lettre j'ai mis son numéro d'ordre alphabétique. Si je fais le total, j'arrive au nombre 61. Si j'additionne les deux chiffres j'obtiens 7 pour le nom de Davos. Ça s'appelle une addition ésotérique ! C'est un truc d'initié…

— Ouais…

— Je continue.

F = 6
R = 18
A = 1
N = 14
C = 3
et
M = 13
A = 1
Ç = 3
O = 15
N = 14
Total = 88 = 16 = 7

— Tu vois, y a pas de hasard, c'est le même chiffre. 7, le chiffre maçonnique par excellence. Le forum de Davos est contrôlé par les francs-macs. Tu verras, tout ce qui ressort du chiffre 7 montre le pouvoir des frères trois points.

Marcas buvait du petit-lait. Il avait sorti un calepin et notait les arguments du petit jeune avec jubilation. Chaque année, il organisait avec des copains de loge un dîner sur le thème de la conspiration, durant lequel chacun racontait les plus gros délires de complots auxquels la franc-maçonnerie était mêlée. La théorie la plus fumeuse, mais qui reposait sur une logique pervertie, remportait à son narrateur une caisse de douze bouteilles de haut-brion. L'année dernière, son pote Jean-Marc avait gagné avec une théorie selon laquelle les francs-maçons descendraient des extraterrestres et auraient enlevé Jésus en soucoupe volante. Cette fois, Antoine tenait sa revanche.

Le blond continuait sa démonstration mathématique.

— Tu peux essayer avec les présidents de la République qui sont sous leur contrôle. Fais pareil avec Giscard et Chirac.

Marcas s'amusa au calcul et fronça les sourcils. Ça ne

collait pas. Il tapa sur l'épaule de l'apprenti mathématicien.

— Excusez-moi, je me suis permis d'entendre votre conversation. Je suis désolé de vous contredire mais j'ai recalculé, pour Chirac ça fait 6.

Le jeune cadre piqua un fard en comprenant que l'homme avait entendu toute leur conversation. Son copain s'empara du stylo et fit le calcul à son tour.

— Il a raison, le monsieur. Ça fait 6. Ça marche pas.

Le théoricien ne se laissa pas démonter et prit un air inspiré.

— C'est normal. Les frères trois points savent que le chiffre 7 est connu par ceux qui ont vu clair dans leur jeu et ils ont adopté le 6 pour brouiller les pistes.

Marcas lui jeta un regard consterné. Gratiné, le parano de service ! Mais il se reprit aussitôt et confirma d'un air complice :

— Bien sûr ! D'où le fameux 666, le chiffre de l'antéchrist.

— Ouais, voilà, émit le jeune type, un peu décontenancé.

— Et donc, trois Chirac font un antéchrist ? Trop fort, non ? continua Antoine, qui griffonnait avec jubilation sur son carnet.

Mais il était temps de partir s'il voulait arriver à l'heure pour la tenue. Saisi d'une inspiration, il écrivit sur un petit bout de papier un mot avec des chiffres en face, le plia et le donna au pseudo-matheux. Le temps que celui-ci le déplie et le déchiffre, Marcas s'était levé, avait enfilé son blouson et réglé son verre. Il prit avec lui sa serviette et une sorte de long étui à parapluie. Il allait partir quand le cravaté se leva et lui prit le bras, l'air menaçant.

— Tu m'as insulté grave ! lança-t-il en agitant le bout de papier froissé sous le nez de Marcas.

Sur le papier était écrit :

C3 O15 N14 N14 A1 R18 D4 = 7

Antoine lui adressa un regard compatissant.

— Non, j'adore votre théorie, voilà tout. 7, c'est aussi le chiffre du connard…

Le jeune leva la main au niveau du nez de Marcas.

— Connard toi-même ! Et ma théorie du poing dans la gueule, tu la veux dans la tronche ?

Le commissaire soutint son regard quelques secondes. La plaisanterie était terminée. Il sortit son portefeuille et le brandit ouvert sous le nez du conspirateur en herbe.

— Police. On se calme, sinon vous allez finir vos calculs ésotérico-fumeux dans une cellule au milieu de poivrots.

Le cadre baissa son poing et recula d'un pas piteusement.

— Scuzez… maugréa-t-il en se rasseyant à côté de son ami.

Marcas rangea sa carte. Il ne pouvait pas s'en empêcher. De temps à autre un petit abus de pouvoir, ça faisait du bien.

— Le franc-mac vous salue.

Il contourna leur table, entendit un « fils de pute » presque inaudible et sortit sur le trottoir, heureux d'avoir engrangé des points pour le prochain dîner. Si en plus les deux écervelés savaient que son long étui contenait une épée de cérémonie rituelle, ils auraient déliré jusqu'au matin.

Il consulta sa montre. Presque huit heures, la tenue devait commencer dans vingt minutes précises, il pressa le pas, remonta la rue La Fayette et tourna à droite sur la rue Cadet.

Il longea le trottoir de gauche, passa devant la rôtisserie envahie d'odeurs alléchantes pour s'arrêter devant la librairie Detrad qui jouxtait le siège de l'obédience. Elle était encore ouverte, il avait juste le temps de jeter un œil. Quand il poussa la porte vitrée, trois clients feuilletaient des livres sur le rayonnage central. Il se demanda combien d'entre eux étaient des frères ; il se serait montré bien incapable de les reconnaître au premier coup d'œil. Il fit un signe de tête aux deux libraires, un homme à la voix affable et une femme blonde souriante, et promena son regard sur les nouveautés. Il restait toujours impressionné par le nombre d'ouvrages qui paraissaient sur la maçonnerie chaque année. On pensait que tout avait été écrit mais non, il en sortait toujours.

Il repéra enfin le livre qu'il voulait acheter : *La Chevalerie maçonnique* de Pierre Mollier. Ses frères lui en avaient dit le plus grand bien. Il prit l'ouvrage et alla vers le fond de la librairie où se trouvait la vitrine des objets maçonniques rassemblant des objets de rituel, des tabliers, des ornements basés sur le compas et l'équerre mais aussi des cendriers, des cannes, des verres, des assiettes. Il faillit choisir un sulfure d'une belle eau bleue mais se ravisa pour une petite boîte rectangulaire nacrée aux incrustations d'ivoire, avec en léger relief un œil dans un triangle.

Il sourit, voilà qui allait compléter sa collection d'étuis à cigarettes maçonniques qu'il s'était constituée au fil des ans. Il en avait maintenant plus d'une vingtaine qu'il gardait dans une armoire. Un passe-temps dont s'étaient moqués son ex-femme, son fils et la plupart de ses amis, même frères, mais qui constituait sa seule marotte. Même depuis qu'il avait arrêté de fumer, il conservait toujours sur lui l'un de ces étuis précieux. Un ami psy lui avait expliqué que cette habitude était sans doute liée à son enfance et aux journées entières passées dans l'atelier d'ébéniste de son père, rue Saint-Antoine. Un artisan qui confectionnait des coffres et des boîtes pour le plaisir, entre deux commandes. Avec ses étuis, Marcas redevenait le petit Antoine qui observait, émerveillé, les coffrets vernis de son paternel en inventant mille et un trésors à déposer à l'intérieur. L'explication était plausible. Quant aux symboles maçonniques, il ne pouvait s'empêcher d'y trouver une beauté énigmatique qui le fascinait même à quarante ans passés.

Le libraire lui tendit en souriant la boîte ainsi que le livre dans une pochette plastique. Il bavarda quelques minutes avec lui sur les prochaines manifestations culturelles qui allaient se dérouler au siège de l'obédience, puis le salua.

Il ne se trouvait plus qu'à dix pas de l'obédience. Il entra dans le bâtiment massif mitoyen à l'architecture hideuse bardée de métal grisâtre. Un savant mélange entre un centre de tri postal et une annexe de la Sécu. Si on ne pouvait trouver façade plus déprimante que celle du siège de l'obédience, les passants en revanche étaient loin de se douter que l'immeuble abritait en son sein autant de temples maçonniques de toute beauté où l'on pratiquait des cérémonies bien curieuses pour les non-initiés.

2

Paris,
quartier Saint-Jacques-de-la-Boucherie,
13 mars 1355

La clameur se propagea alors que Nicolas Flamel sortait de son échoppe. Des badauds se mirent à courir en direction du bruit de foule qui venait des bords de Seine. Tout Paris semblait électrisé comme si une rumeur d'orage balayait la ville. Des hurlements éclataient dans les rues, les sabots des chevaux frappaient le pavé à grands coups d'étincelles. Le vent commençait à se lever, et avec lui, une odeur de résine. Lourde et âcre.

Prudemment, Nicolas tira les volets de son commerce. Comme lui, d'autres bourgeois de la rue Saint-Jacques-de-la-Boucherie rangeaient leur devanture. On ne savait jamais… Les Anglais qui campaient à quelques lieues de Paris pouvaient tenter un assaut et puis, il y avait le peuple : cette masse de miséreux qui vivait dans les faubourgs et dont la fièvre de révolte, sans cesse excitée par la famine et les impôts, finissait toujours en pillages et bains de sang.

D'une main, Flamel décrocha les parchemins enluminés qui flottaient au vent devant la façade de son échoppe.

Une à une, il rangea les feuilles délicatement ouvragées. On en trouvait pour tous les goûts : des chroniques de guerres, des livres de prières, des romans de chevalerie, tous ornés d'enluminures à la poudre d'or. Chaque jour, les ouvriers de Nicolas rivalisaient d'imagination pour peindre des Vierges au sourire angélique, des hommes d'armes aux épées rouges de sang ou des dragons crachant le feu du fond de cavernes enténébrées.

— Alors, voisin, vous craignez pour vos peintures ?

Nicolas se retourna. Maître Maillard, fourreur de son état, le regardait, l'air moqueur sous sa toque de velours.

— Mon mien voisin, je n'aime pas l'air que l'on respire ce soir. Et je n'aime surtout pas prendre de risques. Il y a comme une rumeur d'émeute dans notre ville.

— Il est vrai qu'ils ont allumé les feux un peu trop tôt, répondit le fourreur, mais il faut bien distraire le bon peuple en attendant le clou du spectacle.

Flamel eut l'air ébahi.

— Mon voisin, mon ami, je ne saisis mot à vos paroles. Elles sont pour moi aussi obscures que la nuit qui s'approche.

— Comment, vous ignorez donc ce qui se passe ? Mais dans quel monde vivez-vous, le nez toujours plongé dans vos livres ? D'ailleurs, vous devriez, enfin…

La voix de maître Maillard se fit plus basse :

— Enfin, il ne fait pas bon trop fréquenter les livres, en ce moment. On ne sait jamais ce qui se cache dedans. Notre Sainte Mère l'Église ne peut tout vérifier. Et qui sait si l'un de vos apprentis, en ce moment, ne recopie pas l'un des Évangiles du diable.

— Maître Maillard ! s'exclama Flamel.

— Moins fort, mon voisin, moins fort. Ce n'est pas non plus le moment de se disputer en pleine rue. Je vous donnais un conseil, c'est tout. Les livres ne sont pas en odeur de sainteté. Trop d'hérétiques transmettent leur doctrine sur parchemin, trop de sorciers y consignent leurs rites maudits. D'ailleurs, vous verrez, bientôt, ce sont les livres que l'on brûlera avec leurs auteurs.

Maître Flamel interrogea son compère à nouveau.

— Mais tout cela ne me dit pas ce qui se passe ce soir.

Le fourreur devint rouge d'émotion.

— Vous ignorez vraiment ?

— Mais oui, j'ai passé toute la semaine, avec mes aides, à recopier un volume de la *Physique* d'Aristote pour ces messieurs de l'Université. Les illustrations m'ont beaucoup coûté et pas qu'en travail. Il m'a fallu faire venir de la poudre bleue que l'on ne trouve qu'en Orient. Là-bas, les peintres…

Maître Maillard se signa.

— Ne me parlez pas de ces monstres. De ces Sarrasins à la peau noire, ces âmes damnés du diable. Ne savez-vous pas qu'ils adorent un dieu à tête de chat, dénommé Baphomet ? D'ailleurs les Templiers, maudits soient-ils, ont payé de leur vie leur adoration de cette idole impie.

3

Paris,
IXe arrondissement,
siège de l'obédience maçonnique,
de nos jours

Antoine Marcas vérifia que son tablier ne souffrait d'aucune imperfection, que son épée à double tranchant était solidement accrochée sur le côté.

Il se montrait ravi de participer à l'initiation d'un jeune profane. L'écran plat à côté de l'ascenseur indiquait que la tenue se déroulerait dans le temple La Fayette à 21 heures précises.

Comme un écran de télévision d'aéroport qui affiche les horaires des vols, songea Marcas en levant la tête. Aucune autre cérémonie n'était prévue ce soir, les dix-sept autres temples seraient fermés. Il consulta sa montre. Plus que cinq minutes avant le début de la cérémonie. Cela faisait presque un an qu'il n'était pas venu au siège de l'obédience et il était toujours bluffé par cet écran qui affichait les noms et les heures des temples en activité dans l'immeuble.

— Eh bien, mon frère, je vois qu'on s'extasie devant la modernité triomphante. La télévision à cristaux liquides, bientôt on aura droit à des séances virtuelles sur Internet. N'importe quoi…

Marcas se retourna, légèrement surpris. Il baissa la tête vers l'homme assis dans sa chaise roulante qui le regardait d'un air goguenard.

— Paul ! Je ne t'avais pas entendu.

Il le contempla d'un air souriant. Paul de Lambre, médecin à la retraite forcée depuis un accident de voiture et accessoirement l'un des derniers descendants de l'illustre marquis de La Fayette, émérite fils de la veuve.

— Voilà au moins un des bienfaits du progrès. Avec la fibre de carbone et l'électronique embarquée, les fauteuils pour handicapés ne grincent plus. Je te conseille ce nouveau modèle, dit-il en tapotant, avec une grimace, l'accoudoir en cuir.

— Tant que tu râles, c'est bon signe, mon frère.

Une ombre passa sur le visage de l'handicapé. Son regard se fit plus grave.

— Les signes ne sont pas très bons en ce moment… Et toi, toujours flic ?

Antoine le regarda, surpris, et crut déceler une note d'appréhension dans sa voix.

— En théorie oui, mais je suis en congé sabbatique. Plus d'activité jusqu'en septembre…

Il regarda machinalement l'écran de télévision. L'heure était venue de commencer les travaux.

— … Il est temps de nous rendre dans le temple de ton glorieux ancêtre. Ça doit toujours être impressionnant, pour toi, non ?

Paul de Lambre crispa ses mâchoires et actionna son fauteuil d'un geste sec.

— Tu ne crois pas si bien dire.

L'homme à la cagoule attendait, debout, tapi dans l'obscurité, dans la petite remise. Ses doigts jouaient avec le tissu de la poche de son pantalon de toile sur lequel tombait un tablier blanc décoré d'une épée verticale. Il prit une inspiration et sortit des ténèbres apaisantes. Le silence régnait. Il ouvrit la porte et s'assura que le couloir était vide. Ses lèvres serrées psalmodiaient une litanie sourde.

Je suis le glaive de la lumière. Je marche dans la nuit.

Il avançait d'un pas souple. C'était un jeu d'enfant de se faufiler dans les recoins sombres de l'obédience. Berner le système de sécurité avait représenté une douce plaisanterie. C'était même grisant. Combien de fois avait-il répété l'intrusion au siège de l'obédience ? Dix, onze fois... s'arrêtant toujours au dernier instant, juste au moment de frôler la porte du cabinet de réflexion. Puis il était reparti. Une seule fois, il croisa un frère dans un couloir mais sans se faire remarquer. Il connaissait par cœur l'étrange topographie du siège et il aurait pu s'y déplacer les yeux fermés. L'enchevêtrement des couloirs, des étages biscornus, des temples disséminés dans le vaste bâtiment hétéroclite lui donnait l'impression de se mouvoir dans un gigantesque décor de cinéma. Depuis des nuits, à la barbe des gardiens, il aimait parcourir ce labyrinthe prodigieux, sortant d'un temple égyptien, pour entrer dans un autre de style républicain avec une Marianne triomphante, empruntant des halls de marbre pour se perdre dans l'aile sombre, construite au XIXe siècle.

Mais cette nuit serait la dernière où il pourrait se mouvoir à sa guise. La quête commençait avec ses sacrifices.

La voix se faisait de nouveau entendre, peut-être la sienne.

Je tue et je meurs. Je tue et je renais.

Il grimpa les escaliers quatre à quatre et arriva en une poignée de secondes à l'étage. Il sourit dans l'obscurité.

Je suis l'Élu.

Des fourmillements envahirent sa peau au fur et à mesure qu'il égrenait les paroles rituelles. Un goût de sang emplit sa bouche sèche.

4

Paris,
quartier Saint-Jacques-de-la-Boucherie,
13 mars 1355

Flamel soupirait. Les Templiers et les Sarrasins… La superstition du fourreur n'avait d'égale que son étroitesse d'esprit.

— Le Baphomet n'est pas le dieu des Sarrasins, maître Maillard, mais le prophète de leur religion, Mahomet. Un homme, un simple homme. Quant aux Templiers, ils auraient avoué n'importe quoi, vous savez bien qu'ils ont été torturés…

— Plus un mot, l'interrompit son voisin, vous voulez donc finir aussi sur le bûcher, et faire partie de la prochaine fournée ?

Nicolas se signa à son tour. Cela faisait bien des années que Paris ne connaissait pas de condamnation au bûcher. Le roi répugnait à prononcer cette sentence. La dernière grande flambée avait été celle des Templiers, quarante ans auparavant, et la malédiction du Grand Maître résonnait encore dans les mémoires. Depuis, la France ne cessait de sombrer dans le malheur. La dynastie des Capétiens abattue, le royaume envahi par l'Anglais et la peste, la peste noire qui décima tout le pays.

— Pour ordonner pareil supplice, notre bon roi Jean doit avoir de très bonnes raisons, suggéra Flamel, car Dieu ne pardonne guère si, par malheur et honte, on brûle un innocent.

Maître Maillard ricana.

— C'est un Juif que l'on brûle. On ne peut avoir de meilleures raisons. Un savant, à ce qu'on m'a dit. Il venait d'Espagne. Notre roi, dont la bonté est sans bornes, l'avait même accueilli en sa forteresse. Les Juifs savent beaucoup de choses. N'oubliez pas que ce sont eux qui ont crucifié Notre Seigneur Jésus-Christ. Depuis, le diable les comble de faveurs.

— Mais…

Le fourreur prit la mine grave.

— Notre roi a été abusé, voilà tout. Et quand il s'est rendu compte qu'il avait fait entrer le Malin en son intérieur, il a fait appel à la Très Sainte Inquisition.

Flamel frissonna. Maillard reprit :

— Vous savez ce que ça signifie, n'est-ce pas ? D'ailleurs, ce Juif n'était pas venu seul. Il avait amené sa fille et…

Face à eux, de l'autre côté de la rue, une porte s'ouvrit dans un grincement d'outre-tombe. Depuis des années, cette façade demeurait muette, fenêtre close et porte murée. Dans le quartier, on murmurait qu'elle appartenait aux dominicains, des religieux qui l'avaient reçue en héritage et la laissaient péricliter. Mais depuis Noël, un homme était venu habiter là.

Vêtu de noir, le visage englouti sous une capuche de laine, l'inconnu prit la rue en direction de la Seine.

Maître Maillard avait saisi la manche de Flamel.

— Que Dieu fasse qu'il ne nous ait pas entendus. Pour le salut de nos âmes et la survie de nos corps.

Cette fois, Flamel se dit que lui et les siens vivaient

effectivement trop dans les livres. Même dame Pernelle, sa femme, qui rencontrait pourtant bien des commères, chaque jour, au marché, n'avait soufflé mot de ce nouveau voisin.

— Maître Maillard, décidément, vous parlez par énigmes. D'abord ce bûcher que vous n'annoncez qu'à force d'allusions. Et puis maintenant cet homme qui vous fait trembler de tout votre corps.

Le fourreur attendit que l'inconnu ait franchi le coin de la rue pour répondre.

— Il y a simplement, mon mien voisin, que je n'aime guère les coïncidences. Voilà que sort cet homme de malheur, aux vêtements noirs comme la mort.

— J'ai surtout vu son capuchon qui dissimulait son visage.

— Pour qu'on ne le reconnaisse pas. Et que la colère des hommes ne s'acharne sur lui. Ah ! le jour où j'ai appris qui il était.

Cette fois, Flamel, dont le calme était pourtant cité en exemple dans toute la rue Saint-Jacques, s'emporta.

— Mais enfin, maître Maillard, me direz-vous justement qui il est ?

— C'est le nouveau tourmenteur.

Un instant, Nicolas Flamel eut la vision des supplices de l'Enfer, tels qu'on les voyait sculptés sur le tympan des cathédrales. Mais son voisin continuait :

— C'est pour ça que les dominicains lui ont donné cette maison. Vous savez que ce sont eux qui sont chargés de traquer l'hérésie. Et pour cela il leur faut un homme dur à l'ouvrage… Un homme que rien ne touche…

Une vision d'horreur venait de s'emparer de l'enlumineur. Il se rappelait ce mort vomi par la Seine. Son corps démembré, son ventre gonflé d'eau et sa bouche fendue en un rictus d'horreur. Les mariniers qui avaient repêché le cadavre disloqué avaient juste prononcé une phrase avant de se signer : « *C'est l'œuvre du tourmenteur.* »

Maître Maillard vérifiait maintenant les serrures de sa maison. L'angélus venait de sonner au clocher de Notre-Dame.

— Remercions le ciel d'être bons chrétiens et fils soumis de l'Église. Car la nuit sera longue pour certains. Vous avez eu une dure semaine d'ouvrage. Venez donc avec moi sur les bords de Seine assister au supplice de ce Juif. Ce sera grande joie pour tout le bon peuple de Paris de voir pareil spectacle.

5

Paris,
siège de l'obédience,
de nos jours

Au troisième étage, l'homme en fauteuil roulant sortait de l'ascenseur. Marcas l'attendait sur le palier en lui tenant la porte.

— Après la cérémonie, es-tu libre pour prendre un verre ? lui demanda Paul de Lambre, d'un air soucieux.

— Avec plaisir, je resterai pour les agapes bien que ça ne m'enchante guère. Ça va encore durer des heures…

— Non, pas pendant les agapes. Je voudrais te voir seul à seul. J'habite juste à côté, tu connais l'adresse.

— Pourquoi pas ? Je n'ai rien de prévu ce soir. On se retrouve après la tenue ?

— D'accord. Je dois juste récupérer une enveloppe chez le grand bibliothécaire et voir le secrétaire général. J'en ai pour une bonne demi-heure… Si ça ne t'ennuie pas de m'attendre à l'appartement, je te passe mes clés et te donne le code.

Antoine marchait plus rapidement pour se mettre à la même allure que la chaise d'acier.

— Tu ne préfères pas que je t'attende en face, au café ?

— Non, c'est trop particulier. Pour tout te dire, je savais que tu viendrais ce soir, le vénérable m'avait communiqué la liste des participants.

Le commissaire marqua le pas.

— Il y a quelque chose qui ne va pas ?

— Je t'expliquerai quand on sera chez moi, répondit Paul de Lambre aux aguets.

Les deux hommes tournèrent le long du grand couloir et aperçurent un groupe de frères en tablier. Sur un signe du frère couvreur, les hommes pénétrèrent dans le temple La Fayette. Marcas entra d'un pas solennel et découvrit l'étonnant spectacle dont il ne se lassait pas.

Des épées scintillantes s'alignaient le long des murs nord et sud du temple, gardiennes silencieuses du secret maçonnique. L'acier des lames luisait dans la semi-pénombre.

Celles-ci se trouvaient là depuis la création du temple, témoins de mille et une initiations, et aujourd'hui encore, elles allaient jaillir de la pénombre pour dévoiler la lumière. Entre les épées avait été disposé l'emblème des faisceaux révolutionnaires.

Pas vraiment le décor d'un temple maçonnique classique, songea le commissaire. Son regard se détacha des épées pour se porter sur le premier surveillant qui prenait sa place à l'entrée du temple. À sa gauche, Paul de Lambre avait arrêté son fauteuil devant l'une des lames et l'indiqua d'un signe au tuileur. Celui-ci la décrocha de son support et la lui remit avec précaution. Marcas, lui, se plaça à proximité des colonnes. En tant que Grand Expert il devait aller chercher le futur initié au cabinet de réflexion.

Le vénérable s'installa sous le delta lumineux et prononça les paroles d'ouverture de la tenue.

— Puisque c'est l'heure et que nous avons l'âge, commençons les travaux.

L'homme en cagoule de cuir restait immobile dans le petit escalier, à l'étage inférieur, où se trouvait une succession de cabinets de réflexion pour les initiations.

Çà et là, la peinture s'écaillait, des fissures mal colmatées apparaissaient dans les murs, un placard à moitié fermé servait de remise... Dire que beaucoup de profanes s'imaginaient que la franc-maçonnerie roulait sur l'or ! Après avoir parcouru de long en large l'obédience, il savait que le bâtiment labyrinthique nécessitait un ravalement de fond en comble. Il faillit éclater de rire.

Il monta l'escalier et se posta à côté de la rampe, à un mètre des deux cabinets de réflexion datés du XIXe siècle.

Son champ de vision englobait le couloir d'où arriverait le Grand Expert dans le quart d'heure. Il ne lui restait que quelques petites minutes pour monter et accomplir la première mise à mort d'une beauté qu'on n'oublierait pas. La seconde serait plus théâtrale encore, mais il fallait pour ça rentrer par effraction dans l'histoire de l'obédience.

Personne avant lui n'avait commis pareille profanation dans ce lieu sacré. Il savoura cette sensation de puissance. Le profane assis dans l'obscurité faiblement éclairée par une bougie devait être plongé dans une angoisse grandissante. Il le savait. Lui aussi avait été initié voilà fort longtemps. Il se remémorait ce moment où l'on se retrouve seul face à un crâne grimaçant dans cette chambre noire, à rédiger d'une main mal assurée un testament philosophique, attendant qu'on vienne vous chercher pour entrer dans le temple et faire face aux frères.

Je tue et je meurs. Je tue et je renais.

L'homme en cagoule sentit l'excitation monter.

Tuer n'était pas nouveau. Le mois précédent, il s'était fait la main sur deux SDF à une semaine d'intervalle. Ils n'avaient servi que de simple entraînement, de la chair à malaxer et à jeter. Ils s'étaient défendus en le voyant sortir son gourdin noir. Cette fois sa victime, la première, serait consentante. Obéissante dans l'aveuglement le plus total. Elle irait dans la mort en toute confiance. *Et voir le Grand Architecte de l'Univers dans l'absolue perfection de ses œuvres.*

Et ça, c'était plus beau que tout.

Ne suis-je pas le frère de sang…

6

Paris,
île de la Cité,
13 mars 1355

Marchant sur le pont qui enjambait la Seine, l'homme en noir n'eut pas un regard pour la populace qui se massait déjà sur les berges. Ni les cris obscènes, ni l'odeur grasse des torches ne le détournaient de sa route. Il n'avait que mépris pour ce troupeau d'esclaves qui, dans quelques heures, allait s'enivrer de sang et de flammes. On ne pouvait rien attendre du peuple et saint Augustin avait raison quand il affirmait que la grâce de Dieu ne pouvait toucher qu'une poignée d'élus. Des hommes inflexibles, choisis pour incarner la volonté de Dieu et agir seuls en son nom. Rien à voir avec cette vile multitude qui, devant le spectacle de la mort, allait se rouler dans le péché.

Enfant, il avait accompagné son père à une décapitation et constaté que ce peuple, qui prétendait honorer un Dieu d'amour dans les églises, hurlait de joie à la vue du sang. Une danse macabre, faite de rut et de peur, qui l'avait éloigné à jamais de ses semblables. Ce jour, il s'était juré de n'obéir qu'à Dieu seul. Et ce soir encore, il allait tenir parole.

Arrivé devant l'entrée de la prison, il toqua contre l'huis et attendit qu'on vînt lui ouvrir. À la vue de sa capuche rabattue, le garde en faction se plaqua contre le mur qui longeait l'escalier. Le tourmenteur sourit dans l'ombre. Comme tous ceux de sa corporation, il portait sur lui le péché du sang. Tous ceux qui l'approchaient le maudissaient en silence. On le craignait pire qu'un pestiféré. Il était « *le plus court chemin pour l'Enfer* », disait de lui, horrifié, un conseiller royal qui avait eu la mauvaise inspiration de visiter les geôles de son maître à l'heure où officiait le tourmenteur. Depuis, on se contentait de l'informer, par écrit, des charges qu'il devait faire avouer. Et nul n'était plus jamais venu le revoir.

Excepté ce soir.

Lorsqu'il entra dans la pièce qui lui servait de loge, le tourmenteur se figea. Devant le feu, assis sur un tabouret, un homme à barbe blanche se réchauffait. Vêtu richement, à la mode de la cour, il tapait du pied sur le rebord de la cheminée. Un homme qui n'aimait pas attendre. Il interpella aussitôt le tourmenteur.

— Ne restez donc pas dans ce vent coulis, fermez la porte et avancez.

Le tourmenteur obéit et commença de descendre l'escalier qui menait à la salle. La voix l'arrêta.

— N'avancez plus, messire, et asseyez-vous sur la dernière marche. Certes, nous avons à parler, mais il n'est pas nécessaire que vous voyiez davantage mon visage, et moi… moi je n'ai pas envie de voir le vôtre.

Le tourmenteur ne répondit pas. Il méprisait la morgue des nobles. Ils n'étaient puissants que sur Terre et Dieu les jugerait. Il pensa à ce poète italien, mort au tournant du siècle, Dante Alighieri, qui avait décrit les cercles de douleur de l'Enfer. Et il se récita, avec jubilation, les vers décrivant les supplices promis aux vaniteux.

— Vous demeurez silencieux ? Tant mieux, car c'est moi qui ai à parler et je n'aime pas être interrompu.

Avant de reprendre, l'homme tendit les mains vers le feu. Le tourmenteur regarda l'ombre des flammes courir sur la peau blanche. Comme un serpent qui ondulait vers sa proie.

7

Paris,
siège de l'obédience,
de nos jours

Assis depuis deux longues heures, Gabriel Cimés n'en menait pas large. Certes, on lui avait expliqué l'attente dans le cabinet de réflexion au milieu des accessoires macabres, mais il trouvait que le temps se dilatait trop lentement. Il n'osait même pas regarder les murs éclairés par la lueur d'une bougie. Le gigantesque squelette doré mesurant plus de trois mètres de haut dansait sur la paroi noire comme si, d'un moment à l'autre, les frères allaient jaillir du mur et emporter le profane dans une macabre sarabande.

Gabriel sentit la paume de ses mains trempée de sueur. Il se dit qu'il avait peut-être eu tort d'accepter d'entrer dans cette confrérie. Et si ce qu'il avait lu sur le Net était exact ? Que les rites décrits officiellement ne correspondaient pas à la réalité, qu'on allait l'obliger à faire des choses… sataniques.

Panique.

Il eut brusquement l'envie de se lever et de sortir. Dans

moins de trois minutes il serait dehors, dans la rue, au milieu des vrais gens.

Le crâne posé sur le bureau le regardait fixement, les orbites noires ne laissaient entrevoir que le néant. Gabriel s'obligea à faire refluer la peur. Son parrain en maçonnerie lui avait assuré que c'était normal, un passage obligé. Il fallait se montrer confiant. Tout résidait dans la confiance.

Il eut presque honte, comme un môme qui a peur du noir et se réfugie sous sa couverture. Il fallait redevenir un homme. Il se concentra sur les raisons qui l'avaient poussé à entrer en maçonnerie et sourit, pour la première fois. L'idéal de bâtir une société meilleure, de se perfectionner pour aider les autres.

Foutaises !

Il les avait bien eus, les trois frangins inspecteurs et son parrain, en récitant des réponses convenues à souhait.

Il allait se faire un supercarnet d'adresses et profiter du réseau. Il était temps. Quarante-sept ans, promoteur immobilier en pleine ascension, il ne comptait pas s'arrêter en si bon chemin. Les plaintes pour escroquerie accumulées contre lui sur la Côte d'Azur cinq ans auparavant n'étaient déjà plus qu'un mauvais souvenir. Maintenant il avait besoin de prendre de l'ampleur grâce aux frères trois points. Il n'en avait rien à faire des rites, des symboles, du Grand Architecte avec son compas et de toutes ces balivernes… Non, il voulait les signes de reconnaissance pour taper la pogne dans les repas d'affaires, s'introduire dans la fraternelle du bâtiment qui renverrait l'ascenseur, se palucher aux agapes avec ceux qui faisaient la pluie et le beau temps. Défiler en tablier dans la rue sous la pluie pour défendre la République et la laïcité ou apprendre les subtilités des rites ésotériques égyptiens et écossais, très peu pour lui.

S'il fallait encore passer cinq heures de plus dans ce trou à rats avec ces cadavres aux murs, eh bien, il le ferait. *Allez, les frangins, je suis prêt à passer toutes vos épreuves à la con*. Et sitôt initié, il prétexterait un déménagement pour se trouver une loge avec du beau monde. Le pognon, voilà ce qui comptait pour Cimés, c'était sa raison de vivre. Et si Paris valait bien une messe pour le bon roi Henri IV, l'entrée dans la capitale pour lui valait bien une initiation…

On frappa quatre coups à la porte. Gabriel sursauta et tourna la tête. Il prit son air le plus humble.

Un homme en tablier orné pénétra dans le réduit avec à la main une grande épée dorée. Il paraissait grave et solennel.

— Il est l'heure.

Gabriel allait se lever quand l'homme abattit sa main avec force sur son épaule pour le laisser cloué sur la chaise.

— Assis, néophyte.

Gabriel s'affaissa sur la chaise, abasourdi par l'impact. Il serra les dents. Il devait faire preuve d'obéissance. Ne pas se rebeller, ce n'était qu'un simulacre. Le Grand Expert lui tendit une paire de menottes.

— Attache-toi librement aux accoudoirs de cette chaise, avec ces menottes, symbole de soumission aux biens matériels. Et répète « oui, je le veux » comme tout homme libre de ses choix.

— Oui, je le veux.

Comme il l'avait promis, Gabriel boucla les bracelets d'acier autour de ses poignets. Il était désormais immobilisé. L'inconnu le toisa du regard.

— Pourquoi veux-tu rejoindre la franc-maçonnerie ?

— Par amour de la vérité et…

La gifle partit à toute volée. Gabriel sentit la morsure d'une bague de métal sur ses lèvres. Brutal, le contact. Ça ne correspondait pas au rite décrit par un ex-Grand Maître de l'obédience dans son livre *Devenir franc-maçon en dix leçons*, un guide pratique qu'il avait acheté au rayon ésotérisme de son supermarché. Il devait tenir bon et donner les réponses.

L'homme en noir brandit son épée sous le nez du postulant. À la lueur de la bougie, la lame jetait des éclats dorés étincelants.

— Tu vas passer des ténèbres à la lumière mais avant cela tu dois abandonner tes métaux devant la porte du temple. Nous ne voulons pas laisser entrer des profanes motivés par la cupidité. Pourquoi veux-tu rejoindre la franc-maçonnerie ?

— Par amour de la vérité et…

L'épée d'or s'abattit d'un geste sec vers le bas. Gabriel faillit hurler de douleur. Le Grand Expert avait incisé son poignet avec le tranchant de la lame. Le sang jaillit de sa chair dans un jet clair et éclaboussa le crâne ricanant posé sur la table. Gabriel ne comprenait plus, ça n'était pas prévu dans le rite.

— Arrêtez, ça va trop loin.

— Je te l'ai dit. Nous ne voulons pas de brebis galeuse. Il y a eu un durcissement des conditions d'admission. J'ai la lourde responsabilité de modifier la cérémonie d'initiation. Tu dois me dire toute la vérité sur tes motivations.

Il laissa traîner la voix, ménagea un moment de silence et reprit :

— Quand je te croirai sincère, tu sortiras de ce passage au noir.

La tête de Gabriel commençait à tourner. La douleur au poignet le tenaillait. Il avait sous-estimé les frères dans leur enquête. Ils étaient au courant des plaintes de ses clients et voulaient une confession. Ou alors c'était un piège. Il se redressa sur son siège et vit que le bas de son pantalon se tachait de son sang. L'épée avait dû trancher une artère. D'une voix qu'il voulait assurée, Gabriel prononça à nouveau la réponse attendue.

— Je viens chercher la vérité…

La lame tournoya dans l'air et glissa sur sa joue avec élégance, laissant une profonde zébrure rouge vif. Gabriel se tordit de douleur, mais les menottes lui scièrent les poignets. Une larme perla sur sa joue. La peur s'insinuait en lui.

— Vous êtes malade. J'arrête ces conneries. Laissez-moi sortir.

L'homme en noir sourit pour la première fois. Dos au mur, avec en arrière-plan le grand squelette, il jouait avec l'épée, décrivant des cercles imaginaires.

— Donne-moi les bonnes réponses. Libère-toi de tes métaux et l'épée retournera dans son fourreau.

Il posa son arme et vint se mettre derrière Gabriel, les mains posées sur les épaules. Sa voix devint plus chaleureuse.

— Aie confiance, moi aussi quand je suis entré en maçonnerie je n'étais pas totalement désintéressé. Je poursuivais des buts égoïstes. Libère ta conscience devant le Grand Architecte.

Gabriel tremblait. De froid et de frayeur. Il ne voulait plus rester seul avec ce malade. Sa voix plaintive s'éleva dans la pénombre.

— Je veux me faire des… amis. Je veux qu'on m'aide dans ma carrière. Je regrette mes erreurs passées. Mais je veux changer !

Il sentit les mains du Grand Expert lui tapoter les épaules. Il ne voyait pas le visage de son examinateur. Il espérait qu'il avait donné les bonnes réponses. Il remarqua que son sang coulait du pied de la chaise. La voix du Grand Expert jaillit avec des intonations chaleureuses.

— Je te félicite pour ton honnêteté. Tu vas désormais franchir le seuil du temple. Laisse-moi te débarrasser de tes menottes.

Avant même qu'il n'ait eu le temps de réagir, Gabriel entendit le cliquetis des menottes qui tombaient à terre. Le Grand Expert le redressa par les aisselles, puis lui tendit une compresse pour ses blessures. Gabriel tituba légèrement sous l'effet de la pression du sang qui descendait dans ses membres endoloris.

— C'est très impressionnant comme épreuve. Vous m'avez flanqué une de ces trouilles. Que dois-je faire maintenant ?

Le Grand Expert le prit dans ses bras puis recula.

— Je vais te guider au temple où tu subiras de nouvelles épreuves. Abaisse ta chemise de l'épaule et découvre ta poitrine. Ensuite mets-toi debout contre le mur. Je vais poser le bout de l'épée sur ton cœur pour symboliser l'abandon de tes peurs profanes.

Gabriel se laissa gagner par l'excitation, la crainte avait disparu. Le rite suivait son cours comme il l'avait lu. Il s'exécuta. L'homme au tablier saisit son épée et en posa la pointe sous le bout du pectoral du postulant.

— Es-tu prêt à rentrer dans la lumière, en homme libre, et à abandonner les ténèbres et l'obscurantisme ?

— Je le suis.

L'homme au tablier le regardait avec bienveillance.

— Regarde-moi dans les yeux. Es-tu prêt à mourir pour mieux renaître ? Tu peux encore renoncer et repartir dans le monde.

— Je le suis.

L'homme au tablier afficha un large sourire. Sa main recula l'épée d'une trentaine de centimètres puis d'un geste foudroyant il enfonça la lame dans la poitrine du postulant.

— Tu l'auras donc voulu. Laisse la lumière entrer en toi.

Gabriel ouvrit de grands yeux interloqués. Il sentit le métal froid pénétrer dans son cœur. La douleur irradia son torse. Il tendit les mains devant lui pour enlever l'épée, mais c'était trop tard. Il ne put même pas crier. La dernière chose qu'il vit fut le grand squelette qui dansait sur le mur. Les ténèbres l'envahirent.

L'assassin essuya la lame sur le coton tressé de son

tablier. Le sang souilla la blancheur immaculée. Satisfait, il la remit dans son fourreau et contempla sa victime avec satisfaction.

Petite ordure, on a trop initié des minables dans ton genre. Les frères m'en seront reconnaissants. Je suis le frère de sang.

Il prit le crâne sur le bureau, le plaça sur la poitrine de l'éternel profane et posa les mains de la victime autour.

Je tue et je renais.

8

Paris,
île de la Cité,
13 mars 1355

Le tourmenteur essayait de mieux distinguer les traits du seigneur, mais il n'y arrivait pas. Il ne voyait que la tache claire de la barbe. Le craquement des bûches de la cheminée lui rappela le bruit si particulier des os brisés pendant la petite question. Le noble reprit la parole :

— Vous avez grande réputation, messire. Les dominicains qui emploient vos précieux talents ne tarissent pas d'éloges sur votre pouvoir de persuasion. On dit que vous traquez le mensonge jusque dans les tréfonds de la chair et que nul ne résiste à l'habileté de vos mains. Est-ce vrai ?

— Je fais mon devoir, monseigneur, pour la plus grande gloire de Dieu.

— Dieu… Vous êtes sûr ? Qu'importe… ce n'est pas de lui dont je suis venu vous parler, mais du prisonnier qui vous attend. Que vous ont dit les dominicains ?

— Qu'il fallait que j'aide un hérétique qui refusait de confesser son erreur… à sauver son âme.

— En torturant son corps ?

— En châtiant la chair impure, en tourmentant l'esprit en proie à l'erreur, c'est ainsi qu'on sauve les âmes.

L'homme, le dos tourné, laissa échapper un soupir.

— Ce n'est pas non plus d'âme dont je suis venu vous entretenir. Et ce n'est pas non plus un hérétique que vous aurez à faire avouer. Ce n'est qu'une… femme.

— Quel est son crime ?

— Le pire des crimes, celui-là même pour lequel un homme va brûler, ce soir. Le crime de lèse-majesté.

— Alors, elle a avoué ?

— Pas ce que nous souhaitons.

Le tourmenteur ne comprenait plus.

— Nous brûlons le Juif, car nous savons déjà que nous n'en tirerons rien de plus. La mort désormais lui importe peu. En revanche, sa compagne… Une jouvencelle d'une vingtaine d'années, elle doit aimer sa vie, elle parlera. Surtout entre vos mains expertes. Notez tout ce qu'elle dira. Surtout si elle vous parle d'un livre.

— Quel livre ?

— Vous êtes bien curieux, messire tourmenteur ! Tout comme vos amis les dominicains. Et ils n'aiment guère les livres. Surtout ceux qu'ils ne comprennent pas.

— Trop de livres circulent qui colportent des doctrines, des idées hérétiques. Ces torchons de parchemin agressent notre Sainte Mère l'Église. Elle doit les combattre sans pitié.

— Et les dominicains, en bon fils de l'Église, traquent les livres sans répit, n'est-ce pas ?

— C'est dans les livres que gîte l'esprit du démon !

Le noble caressa sa barbe avant de répondre :

— Votre opinion sur la littérature ne m'intéresse pas. Mais, écoutez-moi bien, si la suspecte fait la moindre allusion à un livre, vous devrez tout noter avec précision et de votre propre main. Et tout me rapporter.

— Monseigneur, quand je fais parler un suspect, ce n'est pas moi qui transcris ses dires. Un frère dominicain est auprès de moi qui recueille ses paroles. Ce n'est pas mon office que de noircir du parchemin. Si vous voulez, je ferai appel à un des frères.

— Il est hors de question qu'un dominicain assiste à cet interrogatoire. Vous transcrirez vous-même !

— Impossible, murmura le tourmenteur. Je ne sais pas écrire. C'est là besogne de clerc !

L'aristocrate se leva, soupirant de colère.

— Tournez-vous, je dois partir. Mais avant, écoutez-moi bien.

La face contre la pierre de l'escalier, le tourmenteur leva un instant sa capuche pour mieux entendre.

— Trouvez un copiste. Un laïc. Un homme simple, habitué à copier sans chercher à comprendre. Et choisissez-le bien…

Le tourmenteur, le dos tourné, s'inclina en signe d'assentiment. À l'évidence, le seigneur avait l'habitude de se faire obéir par tous et ne semblait nullement éprouver la gêne habituelle de la petite noblesse envers la Très Sainte Inquisition. Un proche de la famille royale, peut-être. Il entendit le froissement de la robe d'étoffe du noble dans son dos. La voix s'insinua derrière son oreille, tout contre lui.

— Choisissez-le avec soin car c'est sa vie, et la vôtre, que vous jouez.

9

Paris,
siège de l'obédience,
de nos jours

Quatre-vingt-six. Quatre-vingt-sept. Quatre-vingt-huit… Quand il allait chercher un futur initié en tant que Grand Expert, ce qui lui arrivait deux fois dans l'année, Marcas comptait toujours le nombre de pas qu'il effectuait entre le temple et le cabinet de réflexion. C'était idiot, mais ça lui permettait de se concentrer sur sa tâche. Récupérer un nouveau postulant lui procurait toujours une émotion forte. Il se sentait tel un passeur faisant traverser le profane vers les rives de la maçonnerie.

Il était passé par là bien avant et se souvenait encore de l'excitation qui précédait l'entrée en loge. Voir arriver le Grand Expert provoquait à la fois le soulagement de ne plus rester seul dans le noir face à un crâne ricanant mais aussi la crainte de ne pas être à la hauteur, de se retrouver, aveugle, bandeau sur les yeux, face à une assemblée qui pouvait encore congédier l'importun.

Cent vingt. Cent vingt et un…

Marcas arriva au bout du couloir qui menait à la porte

de la petite salle où l'attendait le profane. Combien de milliers de maçons s'étaient retrouvés comme lui dans ce cabinet depuis la création du temple au XIXe siècle ? Des plus illustres – ministres, artistes, chefs militaires, banquiers, hauts fonctionnaires – aux plus anonymes, tous les maçons sans exception étaient passés par là. Attendant le Grand Expert avec humilité, à la lueur d'une bougie, aussi vulnérables qu'au jour de leur naissance, sans pouvoir se targuer de leur influence, de leur grade ou de leur fonction. Marcas se souvint de ce ministre des Affaires étrangères, favori des médias, plein de suffisance dans la vie profane, qui avait laissé son arrogance à la porte du cabinet de réflexion. Il était lui-même allé le chercher, découvrant un homme hébété par le long séjour passé à s'interroger sur le sens de la vie.

Cent quarante-trois. Cent quarante-quatre.

Il stoppa net devant la porte et frappa trois coups. Sans attendre de réponse, il tourna la poignée tournée avant lui depuis deux siècles par des milliers de mains.

Au début, il ne comprit pas pourquoi le profane se trouvait affalé par terre. C'était inconcevable, il aurait dû se tenir assis sagement sur sa chaise.

L'homme le regardait les yeux écarquillés, la bouche entrouverte, assis contre les pieds du gigantesque squelette dansant dans une ronde macabre. Une tache rouge maculait sa chemise blanche.

Marcas se figea.

10

Paris,
jardin de l'hôtel de Nesle,
13 mars 1355

La tour de Nesle en bord de Seine avait, depuis longtemps, mauvaise réputation. On y racontait qu'au début du siècle, la reine Marguerite, après les avoir épuisés d'amour, jetait ses amants dans le fleuve. Pour le bon peuple, c'était un quartier maudit et la volonté royale d'élever un bûcher en pareil endroit rajoutait à la rumeur d'un crime grave qui avait trait à la pire des sorcelleries.

Les badauds se massaient sur la pointe de l'île de la Cité. Des torches illuminaient des grappes humaines serrées les unes contre les autres comme une vigne lourde et féconde avant la vendange. Les hurlements avaient commencé dès que les premiers gardes, lance au poing, avaient barré l'accès de la tour. Ce furent d'abord des moqueries, relayées par les femmes, tandis que les soldats restaient impassibles sous leur cotte de mailles. Puis les plus téméraires s'avancèrent, paradant devant les archers, lançant des insultes, provoquant la troupe avec des gestes obscènes.

Il faut dire que, depuis près d'un demi-siècle, les

hommes d'armes avaient bien perdu de leur prestige. Les défaites successives contre les Anglais, l'insécurité grandissante au cœur de Paris et les révoltes paysannes qui enflammaient les campagnes avaient taillé en pièces le respect et la crainte pour tout homme portant épée. Les soldats le savaient et se gardaient bien de répondre aux provocations de la populace de peur d'une émeute.

Nicolas Flamel avait fini par suivre son voisin. Ils s'étaient installés près d'un chantier en construction, une chapelle de mariniers. Là, l'agitation se calmait un peu. La corporation des bateliers et des passeurs qui faisaient traverser la Seine était réputée et maître Maillard y comptait quelques amis.

— Alors, mon mien voisin, ne sommes-nous pas bien installés ?

Flamel ne répondit pas. Il n'avait suivi le fourreur que contraint. Les supplices le révulsaient, mais en ces temps incertains, il ne faisait pas bon se singulariser. Si le peuple de Paris se réjouissait de voir brûler un Juif, on se devait de partager, au moins en apparence, cette joie même ignoble. D'ailleurs, les curés eux-mêmes invitaient leurs ouailles à participer à ce spectacle. L'occasion, pour l'Église, de montrer sa puissance et surtout le châtiment réservé à ceux qui osaient la défier. Mais une interrogation préoccupait l'enlumineur.

— Maître Maillard, vous m'avez bien dit qu'il avait été jugé et condamné par la volonté du roi ? Il ne s'agit donc pas d'une affaire d'hérésie qui est du seul ressort de l'Église.

Le fourreur se pencha vers son voisin.

— Je vous l'ai dit. Notre bon roi a fait lui-même venir ce Juif d'Espagne à la cour. Une faveur exceptionnelle, mais dont il s'est révélé indigne.

— Mais ils sont bannis du royaume, depuis des décennies…

— Le roi a ses raisons.

Flamel insista.

— Sans doute, était-ce un médecin. On dit qu'en Avignon où réside le pape, tous les médecins sont enfants d'Abraham et fort considérés.

Maître Maillard baissa la voix.

— À la vérité, ce sont les finances du royaume qui sont bien malades.

— Alors, c'est un banquier ?

— Même un banquier ne pourrait remettre à flot le Trésor du roi. Non, il s'agit d'un…

Le mot se perdit dans un tumulte qui s'empara de la populace. Des gardes venaient d'apporter des fagots que l'on entassait au pied d'une croix fourchée.

Les hurlements redoublèrent.

Le bourreau venait d'apparaître. Vêtu d'un justaucorps noir, le visage caché sous un masque rouge sang, il avançait lentement, entouré de ses aides qui formaient une haie d'honneur.

— La roue ! La roue !

Le cri éclata de tous côtés, renvoyé en écho par les façades de pierre.

Le peuple réclamait le châtiment suprême. Celui que l'on réservait pour les crimes les plus horribles. Il voulait voir le sang couler quand bien même il attendrait de longues heures pour savourer le spectacle.

11

Paris,
siège de l'obédience,
de nos jours

Les trente frères, tous en costume noir, nœud papillon assorti et ceints de leur tablier de cérémonie, s'étaient regroupés dans le couloir qui donnait sur l'escalier. La nouvelle de l'assassinat les avait tétanisés. Le Grand Secrétaire de l'obédience, présent à la cérémonie, faisait les cent pas. C'était incroyable, de mémoire de frère aucun assassinat n'avait été commis dans l'enceinte sacrée depuis la création de l'obédience.

Marcas prit la mesure de la gravité inédite de la situation dès la découverte du cadavre. Ses réflexes de policier se mirent en branle. Il avait refermé la porte du cabinet, grimpé rapidement l'étage et alerté le frère couvreur qui fermait la porte du temple pour qu'il prévienne à son tour le vénérable. Consigne était donnée de regrouper les frères. Peut-être l'un d'entre eux avait-il vu quelque chose avant le meurtre, un indice qui puisse identifier le tueur. Marcas se rendit ensuite à l'entrée de l'immeuble pour alerter le gardien. Ce dernier n'avait vu personne descendre depuis l'ouverture des travaux de la loge.

Ce qui voulait dire que le tueur se trouvait encore dans les murs.

Antoine se fraya un passage dans le groupe et prit le vénérable par le bras pour l'entraîner à l'écart.

— Il y a deux possibilités, chuchota Marcas à l'oreille de l'homme au crâne dégarni. La première, alerter immédiatement le commissariat du IXe. C'est la solution la plus sensée.

— Et la seconde ?

— Alerter aussi mes collègues, mais en attendant leur arrivée ratisser l'immeuble par petits groupes. Je suis persuadé que le tueur est encore ici. Quelque part dans cette immense bâtisse. Si on se répartit les différents secteurs, on doit pouvoir lui mettre la main dessus. Tu sais qui a les plans ?

— Le Grand Secrétaire en possède une copie dans son bureau. Je les ai vus il n'y a pas longtemps quand on a aménagé la rampe pour les frères handicapés.

Le commissaire sursauta.

— Où est Paul ?

— Il a dû rester dans le temple.

— Vous l'avez laissé seul ? Avec un malade qui rôde dans les couloirs ?

— Vous ne croyez quand même pas que…

Antoine s'élança jusqu'à la porte du temple La Fayette. L'édifice silencieux était plongé dans la pénombre ; apercevant le dos du fauteuil de son ami au milieu de la salle, sur le pavé de dalles noires et blanches, il l'appela :

— Paul, il faut que tu viennes nous rejoindre.

L'handicapé ne tourna pas la tête.

Marcas s'approcha et remarqua un détail incongru. Une flaque rouge nappait le dallage mosaïque.

— Paul !

Antoine contourna le fauteuil. Son souffle se coupa net.

La poitrine en sang, les deux mains agrippées aux accoudoirs de son fauteuil, le mort semblait contempler la voûte étoilée du temple, mais son regard figé exprimait la terreur.

12

Paris,
jardin de l'hôtel de Nesle,
13 mars 1355

La roue était la plus spectaculaire des condamnations. On n'en usait que fort rarement, pour les crimes les plus graves, et son spectacle macabre fascinait et horrifiait les Parisiens.

L'enlumineur de la rue Saint-Jacques frissonna. Les commères du quartier contaient encore le supplice des frères d'Aulnay, en l'an 1314. Attachés sur une roue de charrette, ils avaient eu les membres brisés un par un, avant d'être écorchés vivants. Une véritable boucherie.

La foule ne cessait de hurler. Déjà des pierres volaient. L'émeute était proche.

Maître Maillard saisit Flamel par le bras.

— Voyez ce bon peuple de Paris qui réclame vengeance pour son roi.

— Prenez garde que, dans son amour pour notre souverain, ils ne viennent aussi piller et brûler nos échoppes.

Subitement le fourreur eut l'air inquiet.

— Vous croyez ? Mais nous ne sommes pas des Juifs, nous autres !

— Nous sommes des commerçants. Donc des profiteurs. Vous n'écoutez jamais le bon peuple quand il parle sur le marché ? demanda Flamel, que la bêtise de son voisin insupportait au plus haut point.

— Allons, voisin Flamel, vous cherchez à m'effrayer. Je ne suis qu'un humble comme tous ces braves gens.

— Un humble qui a une belle maison, une cave remplie de fourrures de choix et…

Maître Maillard avait détourné les yeux du bûcher. Il regardait vers le quartier du Temple. Depuis l'anéantissement des Templiers, c'était là, dans ce dédale de ruelles obscures, que se retrouvaient tous les mendiants et les marginaux de la ville. Nul doute qu'eux aussi n'éprouvent l'envie de profiter de la fête.

— … et une très belle femme.

Le visage du fourreur se décomposa. Il battit des mains sans pouvoir parler.

Mais Flamel était lancé. Il voulait punir, par la parole, ce triste représentant d'un peuple plongé dans les ténèbres de la haine et de l'ignorance.

— On prétend que, quand des pauvres prennent d'assaut une maison noble ou bourgeoise, avant que de s'emparer des biens, ils ont d'abord plaisir à jouir de la dame des lieux. Qu'en dites-vous ?

Maître Maillard n'eut pas le temps de répondre. Une clameur de joie s'échappa de la foule.

Le bourreau venait de s'emparer d'une torche et inspectait l'alignement du bûcher. Si le premier niveau était constitué de simples branchages en vrac, l'étage supérieur, sur lequel reposait la croix, bénéficiait d'une attention particulière. Chaque fagot, soigneusement sec, mêlait des bois de différentes essences, plus ou moins favorables à la combustion. Ainsi, le bûcher pouvait s'embraser d'un coup. Mais le savoir-faire des aides bourreaux se révélait surtout au dernier niveau, juste aux pieds du condamné.

Là, se trouvaient des fagots de sarments, spécialement

choisis pour leur longueur. On murmurait d'ailleurs que sur la colline de Montmartre une vigne, contrairement aux autres, n'était jamais taillée au printemps. On y laissait courir les sarments que l'on ne coupait que durant l'été, pour ensuite les laisser sécher au soleil.

D'un coup, le silence devint pesant. On amena le condamné.

13

Paris,
siège de l'obédience,
de nos jours

— C'est pas vrai, murmura Marcas qui prit la main de son ami.

Le corps du malheureux était encore tiède. Le policier ferma les yeux de Paul et recula d'un pas. Deux meurtres à quelques minutes d'intervalle au sein même de l'obédience, c'était absurde, monstrueux. Singer un rite en assassinant un profane puis un frère, exécuter un handicapé sans défense de façon aussi barbare, fallait-il être lâche, dément… Il y avait là une volonté d'humilier et de bafouer non seulement les pauvres victimes mais aussi l'institution maçonnique.

Soudain, derrière lui, la porte du temple claqua d'un coup sec. Il sursauta. Un homme courait dans le couloir. Le commissaire hésita puis bondit vers la sortie pour se lancer à sa poursuite. Il regretta amèrement d'avoir arrêté depuis six mois ses séances de jogging au parc des Buttes-Chaumont. Bientôt son fils de douze ans courrait plus vite que lui.

Il fondit à travers les couloirs et vit une silhouette

sombre en bas de l'escalier. Il n'avait pas le temps de prévenir les autres frères. Il sauta les marches quatre à quatre. Le fuyard était parti vers le temple Groussier. Le plus vaste de l'obédience, qui pouvait réunir trois cents frères. Marcas fonça vers les portes qui étaient ouvertes. Selon les ouvrages spécialisés, il s'agissait du sanctuaire maçonnique le plus remarquable de la capitale, mais Marcas n'était pas là pour s'extasier sur le décor. Il se plaça au centre du temple, sur le pavé mosaïque, et scruta les travées de sièges de chaque côté. Un bruit presque imperceptible se fit entendre dans celle de gauche. Antoine serra contre lui la poignée de l'épée qu'il portait sur le côté. Un instant, il réalisa que cette arme de cérémonie pouvait pour la première fois servir à défendre sa vie. Il se rapprocha à pas lents. Tout d'un coup, il vit jaillir une ombre des rangées désertes. Il distingua nettement un homme habillé de noir, le visage recouvert d'une cagoule et, comble de la provocation, revêtant un tablier noué autour de sa taille et une épée à la ceinture.

Le commissaire hurla :

— Police ! Arrêtez-vous !

Tout en criant, il saisit l'absurdité de la situation. Il ne portait même pas son arme de service, face à un fou qui avait déjà massacré deux malheureux en quelques minutes.

Le tueur se redressa et se retourna vers Marcas. Les deux hommes étaient séparés de quelques mètres. En un éclair, l'assassin au visage caché sortit un couteau qu'il fit tournoyer sur le côté. Sa respiration saccadée se devinait sous le tissu qui lui recouvrait la bouche. La découpe des yeux en oblique du masque lui donnait un air de dément.

Pendant quelques secondes, les deux hommes se défièrent du regard. Le commissaire hésita, il fallait gagner du temps. Les frères allaient arriver, l'homme serait coincé comme un rat. Il ne lui restait aucune issue.

— Vous ne pouvez plus vous enfuir de l'immeuble.

Il n'y a qu'une sortie et elle est déjà gardée. Posez votre couteau par terre. Calmement !

L'homme resta figé dans sa position. Antoine s'avança. Il gagnait un mètre et de précieuses secondes.

Le tueur abaissa son arme et, de la pointe, caressa le tablier qui tombait droit sur ses cuisses. Le commissaire s'arrêta.

Lentement, l'inconnu déplaça son arme vers le centre du tablier. Comme hypnotisé par cette danse de mort, le commissaire reprit sa marche. Le temple n'était éclairé que par la porte d'entrée à travers un battant resté ouvert.

Antoine s'approcha encore. Son adversaire leva la main gauche vers un interrupteur. D'un coup, la lumière fut.

— Et maintenant, tu vois ?

Il portait un tablier blanc sur lequel était brodé un poignard tissé de fils d'or. Deux taches de sang maculaient le tissu.

— Es-tu l'un de nous ? murmura Marcas.

Le doute venait de le saisir.

Le cagoulé abaissa encore son poignard. Sa voix déformée par le tissu retentit dans le temple :

— Enfin, un peu d'intelligence. Bien sûr, mon frère…

14

Paris,
jardin de l'hôtel de Nesle,
13 mars 1355

Flamel scrutait le condamné qui marchait péniblement. Il portait une chemise blanche immaculée et ses cheveux étaient retenus en arrière comme la crinière d'un cheval. Un des aides le fit monter sur un escabeau, puis le lia à la croix. Le peuple demeurait toujours muet. On entendait le claquement sec de la flamme des torches dans le vent. Même les filles de joie, reconnaissables à leurs cheveux teints, ne riaient plus.

Nicolas jeta un coup d'œil à la fenêtre du Louvre. C'est là que le roi et sa famille allaient apparaître pour assister au châtiment. La voix de l'accusateur public éclata dans la nuit.

— Isaac Benserade, Juif du royaume de Léon… Vous êtes accusé de mensonge, parjure et traîtrise envers notre souverain Jean, deuxième du nom.

Un murmure courut dans la foule. C'étaient là des accusations graves. Surtout en ces temps de guerre qui n'en finissaient pas. Qui sait si le condamné n'était pas un espion à la solde des Anglais ou pire un régicide ?

— Isaac Benserade, vous êtes accusé de fraude sur l'argent, sur l'or et de faux monnayage.

Des cris de colère éclatèrent. Tous persuadés qu'il était un de ces maudits prêteurs sur gages, prêteurs sur usure, qui rognaient les monnaies, et ruinaient le peuple.

— Isaac Benserade, vous êtes accusé de vous être livré à la magie noire par herbes, philtres et autres liqueurs du diable.

La haine du peuple explosa avec une rage que les jours difficiles avaient avivée. Le souvenir de la peste noire, qui avait décimé le pays, était encore présent. À l'époque, les religieux, quand les prières collectives et les processions n'étaient pas parvenues à éteindre la colère du ciel, avaient désigné les hérétiques comme des empoisonneurs publics. D'ailleurs, en Avignon, dans les maisons du quartier juif, on avait trouvé des cornues, des alambics, des fioles remplies de liquides infernaux. Depuis, pour tout le peuple de France, les enfants d'Abraham étaient devenus des renégats avides de meurtres.

Dans les rues, l'agitation enflait. La foule hurlait sa soif de vengeance. Elle voulait oublier les misères du temps et qu'un coupable soit puni pour tout le malheur qui s'abattait sur l'humanité.

Nicolas Flamel s'était mis en retrait, laissant son voisin se rapprocher plus du bûcher. Une main gantée se posa sur son épaule. Il se retourna et reconnut l'un de ses clients : le baron Jean-Baptiste de Tuz, seigneur de Pontoise.

— Eh bien, maître Flamel, je n'aurais jamais cru vous voir à un spectacle aussi désolant.

L'homme, d'une quarantaine d'années, reconnaissable à sa petite barbe noire qui lui encadrait le menton, visitait depuis deux ans l'échoppe du copiste. Grand protecteur des poètes, il s'était mis en tête de consigner par écrit les paroles des troubadours qui chantaient dans son château. Galant seigneur, il faisait partie de cette minorité d'aristocrates éclairés qui tentaient de pousser le souverain à réformer le royaume.

— Croyez que je regrette déjà de m'être laissé entraîner ici, monseigneur.

— Je vous sais homme de bien, maître Flamel, soyez tranquille. Si tous les chrétiens étaient comme vous…

Flamel sourit. Le baron de Tuz était réputé pour sa bonté, et de nombreuses fois, il avait aidé Juifs et proscrits à se cacher de la populace, allant jusqu'à faire rosser par ses gardes un inquisiteur un peu trop zélé. Son amitié avec le frère du roi le protégeait des représailles.

— Je m'attriste de voir ce malheureux sur le bûcher. Il me rappelle ce que mon père m'a raconté sur ces pauvres Templiers. Il faudra bien qu'un jour ces pratiques déshonorantes cessent.

— Baron, savez-vous pourquoi notre roi a voulu sa mort ? Je parle de la vraie raison.

— Je vois que votre esprit reste vif, sourit à son tour l'aristocrate. Je suis au courant de la fable du bon roi trompé. Jean est tout sauf un souverain que l'on peut abuser. Mais je me suis laissé dire que cette affaire s'est réglée hors du conseil du roi. C'est tout ce que je sais…

Une clameur monta de la populace.

— D'ailleurs, le voilà !

15

Paris,
siège de l'obédience,
de nos jours

Les deux hommes n'étaient plus séparés que d'une dizaine de pas. Marianne contemplait le duel d'un œil indifférent.

— Comment as-tu pu commettre cette abjection ?

— Il faut bien que quelqu'un se charge de nettoyer les écuries. Et il y a tellement de saleté, ici !… Mon grade m'autorise à le faire.

Marcas avança de quelques centimètres.

— Quel grade ?

— Allons, mon frère, fais preuve d'un peu de sagacité. Nous ne sommes pas nombreux à pouvoir nous réclamer de la vengeance. Attention, n'avance plus.

Le commissaire se figea, la main crispée sur la poignée de son épée.

— Tu n'as aucune chance de t'échapper.

— Mon pauvre frère, je suis ici… chez moi. Je peux aller où je veux, ricana l'homme au masque.

Antoine sentait qu'il fallait agir. L'inconnu était trop dangereux avec deux cadavres déjà à son actif. Les frères tardaient à arriver et si ce fou avait raison… Si tout à coup il s'évaporait ?

La distance entre les deux hommes s'amenuisait. Bientôt le commissaire serait prêt au contact. Et si le type ne maîtrisait pas un art martial quelconque…

Comme s'il avait deviné ses pensées, le tueur fléchit imperceptiblement les genoux et porta son couteau en arrière. Le policier devina le geste et plongea sur le côté au moment où la lame jaillissait à quelques centimètres de l'endroit où il se trouvait désormais. Il atterrit lourdement au milieu des travées qui s'effondrèrent sous son poids. L'accoudoir d'un siège percuta le haut de son omoplate. Il laissa échapper un cri de douleur. L'issue de secours était déjà en train de claquer. De rage, il repoussa les bancs, se redressa et fonça vers la porte. Il fallait mettre la main sur ce dément. Avant qu'il ne commette un autre massacre.

Marcas prit l'accès d'urgence qui donnait sur l'escalier central. Il entendit en bas, vers le musée, un bruit de cavalcade. L'établissement n'avait qu'une entrée, la porte de secours ayant été condamnée le temps des travaux de réfection. Le type était coincé. Le gardien arrivait lui aussi en courant et tenait à la main un engin noir de forme rectangulaire que Marcas reconnut tout de suite. Un Taser X26 qui envoie une onde infime de deux milliampères, capable de paralyser le système nerveux. Le commissaire s'inquiéta.

— C'est du joli, cette arme est interdite aux civils ! Comment te l'es-tu procurée ?

— Euh… je me suis débrouillé, et puis au moins si je l'utilise, ça ne tuera pas le type que j'ai en face…

— Donne-le-moi. Le type a un couteau sur lui.

Le commissaire prit le Taser dans sa main droite et appuya sur le bouton d'activation.

— J'ai essayé ce truc le mois dernier. J'espère que ça va marcher, sinon on va devoir compter sur nos poings.

Le gardien afficha un large sourire.

— Pas de problème, j'ai fait du catch dans ma jeunesse. On m'appelait l'Ange Noir.

— Un frère catcheur, décidément la maçonnerie s'ouvre à tous les courants de pensée… murmura Marcas en assurant sa prise sur la poignée du pistolet électrique. Bon, l'Ange Noir, tiens-toi prêt. À mon signal on fonce là-dedans.

Le policier prit une inspiration et poussa la porte du musée à toute volée.

16

Paris,
jardin de l'hôtel de Nesle,
13 mars 1355

De l'autre côté de la Seine, une fenêtre du Louvre venait de s'allumer. L'ovation grandit. Le roi, entouré de ses familiers, apparut sur le balcon. Flamel tourna son visage vers le bourreau. L'homme encapuchonné tenait la torche face au bûcher. Il attendait l'ordre du souverain.

Le roi fit un geste. Le bourreau baissa son bras. Un long hurlement approbateur s'échappa de la foule. Comme un serpent de feu, les flammes s'enroulèrent autour de l'amas de bois. Juste au-dessus de la fournaise, le corps du supplicié se mit à tanguer en une danse macabre pour échapper à la mort.

Mais déjà la fumée montait droite en lourdes volutes. Les aides du bourreau se précipitèrent pour remuer les fagots à coups de fourche, car le condamné risquait d'être étouffé avant que le feu ne l'atteigne. Et le peuple de Paris frustré du spectacle. D'ailleurs, la populace commençait à grogner. Des insultes fusaient, les malédictions volaient comme les premières cendres.

Flamel se signa.

D'un coup, le vent se leva. Ce fut pour le peuple le signe divin qu'il attendait. Aussitôt une clameur souleva des milliers de poitrines. Des hommes se jetèrent au sol en hurlant, des femmes déchiraient leur corsage, tout Paris semblait pris d'une frénésie irrésistible. Des farandoles s'organisaient tandis que les gens d'armes frappaient le sol du bas de leurs lances.

Flamel et son ami noble regardaient, incrédules, le spectacle.

— J'ai honte pour eux, gronda le sieur de Tuz. La folie s'est emparée de ce monde.

Une musique lancinante troua la nuit, un air de viole, grinçant et lugubre, qui semblait répondre à la démence ambiante.

Une première flamme atteignit la chemise du condamné qui s'embrasa comme une torche vivante. Les hurlements de joie redoublèrent.

Une ultime fois, le malheureux essaya d'échapper à son calvaire, en se raidissant sur le poteau. Mais le feu était lancé, il dévorait la chair désormais.

Une flamme gagna ses cheveux qui se transformèrent en une couronne de feu. La peau du visage fondit, tandis que les yeux éclataient sous l'effet de la chaleur.

À côté de Flamel, un homme déboutonna sa culotte et agita frénétiquement son sexe. Dans les bosquets qui bordaient la berge, des couples gémissaient déjà de plaisir.

L'enlumineur sentit son corps lui manquer. Une irrésistible envie de vomir lui saisit les entrailles. Le baron le prit par l'épaule.

— Allons, venez, Flamel. Quittons ce cloaque d'enfer. Je vous raccompagne chez vous.

Les deux hommes tournèrent les talons et quittèrent la foule hurlante.

Un soudard aviné, un colosse, les arrêta au moment où ils passaient la barrière de bois qui bloquait le pont. Il brandissait une épée.

— On ne part pas ! C'est fête ici. Seriez-vous mauvais chrétiens tous les deux ? menaça l'homme en arme.

Le baron de Tuz poussa légèrement Flamel sur sa gauche et lança d'une voix forte :

— Gueux, tes manières sont aussi puantes que ton haleine. Écarte-toi.

Le géant éclata de rire et commença à faire tourner son épée au-dessus de son visage défiguré par la haine et l'alcool :

— Rebroussez chemin. Allez voir la flambée, sinon je vous tranche de haut en bas et…

Avant même qu'il ne finisse sa phrase, en un éclair, le baron sortit une dague de chasse et la plongea dans le bas-ventre du soudard. L'homme ouvrit de grands yeux, se balança sur lui-même et s'effondra. Satisfait, l'aristocrate enjamba le corps de son adversaire et saisit Flamel par l'avant-bras.

— De nos jours, Paris est truffé de va-de-la-gueule. Pourvu que sa mère n'en ait pas enfanté d'autres, plaisanta-t-il en remettant sa dague dans son fourreau. Mon valet va me maudire quand il nettoiera ma lame du sang de ce porc. Mais ne nous laissons pas perturber par ce menu incident. Je vous raccompagne, ami.

Un hurlement de bête sauvage s'échappa de la foule.

Paniqué, Flamel se retourna.

La tête du condamné venait de rouler dans le brasier.

17

Paris,
siège de l'obédience,
de nos jours

L'immense salle du musée, sans fenêtres, était plongée dans l'obscurité. Depuis le début de l'année, des travaux de rénovation étaient engagés pour redonner du lustre à ce lieu historique qui n'était plus qu'un vaste chantier. Un meccano d'échafaudages à moitié montés, de caisses de bois et de vitrines couvertes de poussière. Marcas mit un genou à terre et pointa son doigt devant lui, puis décrivit par à-coups un large cercle en direction de son ennemi invisible. Rien ne bougeait. Le gardien l'avait suivi et s'était posté à côté de l'entrée. Antoine attendit quelques secondes, la main crispée sur la poignée de l'épée. Il leva légèrement l'arme qui masquait une partie de son champ de vision. La lumière du couloir se reflétait sur les vitrines d'exposition encore présentes. Tabliers appartenant à des maçons célèbres, parchemins précieux du XVIIIe siècle, accessoires de rituel sans prix, des trésors reposaient derrière les vitres. Le commissaire guettait le moindre signe qui aurait pu trahir la présence du tueur, mais la salle restait désespérément silencieuse.

— On fait quoi maintenant ? chuchota le gardien.

— Où est-ce qu'on allume ? demanda le commissaire.

— Les électriciens refont tout le réseau. Il n'y a plus qu'un interrupteur de sécurité, sous la veilleuse, là-bas, tout au bout.

— Alors on va par là. Prends la travée de gauche, moi celle de droite. On va bien finir par coincer ce fumier, lança Antoine, en se levant.

Il se redressa et parcourut d'un regard rapide le fond du musée. Rien. Pas un bruit. Pas un mouvement du tueur qui aurait pu aider à le débusquer. Le gardien se faufilait pas à pas, en longeant les vitrines d'exposition. Le commissaire suivait son avancée à l'oreille. Sa respiration saccadée résonnait contre les murs. Lui aussi avait peur.

Au moment où Antoine arrivait vers l'estrade surmontée de bustes de femmes d'époque Empire, il entendit des voix et des pas qui venaient vers eux. Antoine se retourna. Un groupe d'une dizaine de frères, précédé du Vénérable, s'avançait. Marcas cria :

— Il est ici ! Attention, il est armé !

Les voix se turent d'un coup. Le commissaire reprit sa marche en direction du tueur. Il vit l'interrupteur et bondit. La salle s'illumina grâce aux projecteurs, posés par les ouvriers sur les murs qui encadraient la tribune. Le commissaire grimpa les marches. Il resta stupéfait.

Il ne vit personne. Le tueur avait disparu comme par enchantement.

— Je deviens dingue, murmura le policier entre ses dents.

Il poussa des caisses et des bibelots qui encombraient l'estrade, mais l'homme à la cagoule s'était volatilisé. Des planches de bois étaient posées contre les tentures de velours noir tendues sur les murs.

Le gardien l'avait rejoint ainsi que le Vénérable et le groupe de frères. Marcas croisait les bras, l'air sombre.

— Tu es sûr qu'il est rentré ici ? Il ne serait pas parti

par la porte de service ? demanda l'un des frères qui regardait autour de lui d'un air inquiet.

Avant même qu'il ne réponde, le gardien intervint d'un ton catégorique.

— Impossible. Toutes les issues sont bloquées.

D'autres frères apparaissaient devant l'encadrement de la porte. Marcas chuchota au Vénérable :

— Fais-les partir et attends la police. Je sais que le type était là. Tu es sûr qu'il n'y a pas d'autre sortie ?

Le Vénérable se gratta la tête d'un air dubitatif.

Antoine sentit la colère monter en lui. L'image de Paul massacré dans le temple resurgit. Sans défense sur son fauteuil, il avait constitué une victime facile pour son boucher. Un lâche. Un lâche doublé d'un frère en maçonnerie. Les quelques mots échangés dans le temple Groussier étaient sans ambiguïté. Et pas n'importe quel frère. Si ce que ce malade racontait était exact, il possédait en maçonnerie un des grades les plus importants, celui de la vengeance.

Une main se posa sur son épaule. Le Grand Secrétaire, Guy Andrivaux, arborait un visage grave.

— C'est terrible ce qui nous arrive. Du sang dans le temple… Le Grand Maître a été prévenu, mais il est en visite chez nos frères en province. Si je peux me rendre utile…

Antoine décroisa les bras et s'assit sur une caisse en bois.

— Je suis persuadé que l'assassin est rentré dans le musée mais il a disparu. Soit c'est un passe-muraille, mais je ne crois plus aux fables de Marcel Aymé depuis mes dix ans, soit…

— … Il a pris une autre issue, suggéra le frère Guy d'un air énigmatique.

— Tout juste, mais bon sang, il n'y a rien ! J'ai fouillé partout. Mètre par mètre.

Le Grand Secrétaire tourna rapidement la tête vers l'estrade, puis son regard revint vers le commissaire.

— Alors tu as mal inspecté, mon frère.

18

Paris,
île de la Cité,
13 mars 1355

— Où est la prisonnière ?

L'un des deux gardes qui surveillaient l'entrée de la salle haute se raidit avant de répondre.

— Elle est sur la pierre.

Le tourmenteur n'insista pas. D'habitude il prenait en charge les suspects dès leur arrivée et dirigeait leur installation. Mais là, on s'en était déjà occupé. Décidément, le pouvoir royal tenait à cette femme. Et surtout à ce qu'elle parle.

Il prit l'escalier qui menait aux salles basses. Elles se trouvaient juste au niveau de la Seine. Parfois, là où la paroi était plus mince, on entendait l'eau boueuse du fleuve clapoter. Un refrain lancinant qui accompagnait les suspects dans leur descente aux enfers.

Plus bas encore, il y avait d'autres salles à demi immergées : les cachots. On y jetait les détenus dont on ne pouvait plus tirer aucun aveu. En une nuit, les rats et l'eau montante finissaient le travail.

Le tourmenteur, lui, se dirigeait vers la salle de la

question. Une pièce voûtée qui suintait le salpêtre et la peur.

Tout en dévalant l'escalier, il songeait que cela faisait des siècles que l'on interrogeait les suspects dans cette cave aux relents d'égout, des siècles qu'on les enchaînait sur cette pierre polie par la souffrance et le sang. À la vérité, on ne les entravait plus. C'était une de ses innovations : il avait remplacé les chaînes par des lacets de cuir. Durant leurs interrogatoires, les prisonniers se cisaillaient les poignets et les chevilles dans leurs efforts désespérés pour échapper à la douleur qui les déchirait. Quand leurs articulations étaient à vif, le tourmenteur les faisait détacher, récupérait les lacets et les mettait à tremper dans du vinaigre. Il suffisait ensuite de les replacer et le cuir acide rongeait lentement la chair, jusqu'au tendon. À ce stade, les torturés ne criaient plus, ils hurlaient à la mort.

Arrivé au dernier palier, le tourmenteur ouvrit le col de sa chemise et ôta la clé qui pendait sur sa poitrine. La porte s'ouvrit d'abord sans un bruit, puis racla le dallage du pavé.

Le corps sur la table de pierre se mit à bouger. Un mouvement bref et rapide, comme si un mauvais rêve venait perturber son sommeil.

Aux quatre angles de la pièce, brûlaient de petites lampes à huile qui jetaient une lumière tremblante sur les murs verdis par l'humidité. Le pavage du sol était recouvert d'une couche boueuse foncée intimement mêlée au grain de la pierre. Le tourmenteur défendait que l'on ne nettoie jamais le pavement. Les prisonniers, quand ils rentraient, avaient les pieds nus. Et leur premier contact avec les chambres des supplices était cette peau de sang séché. Certains avouaient avant même qu'on ne les attache.

Le dos contre la pierre glacée du mur, le tourmenteur regarda sa nouvelle victime. C'était une jeune femme. Ses mèches qui tombaient sur son front en sueur formaient comme une corolle autour de son visage délicatement ciselé. On l'avait attachée nue, à l'exception de son bas-ventre protégé par un fin tissu tressé orange et blanc, identique à celui que l'on trouvait chez les marchands fournisseurs habituels de la noblesse. Un bâillon de toile fermait sa bouche et les cordes l'arrimaient à son lit de douleur.

Éclairé par une bougie, le tourmenteur vérifia la solidité des liens. Tout avait été bien exécuté.

Il ne restait plus qu'à réveiller cet ange.

Quand les premières gouttes de cire vinrent se loger dans le creux du ventre, en bouillonnant, un tressautement s'empara du corps.

Quand le liquide brûlant épousa parfaitement le contour de son nouvel espace, un gémissement sans fin parvint à franchir le silence du bâillon.

À l'instant où la base de la bougie vint se ficher dans le nombril en fusion, le tourmenteur parla :

— Je vois tes yeux. Ils disent la douleur, ils disent la peur. Pourtant tu ne connais ni l'une, ni l'autre.

Le front de la jeune femme se plissa d'horreur.

— Tu crois avoir souffert mais tu te trompes. La vraie souffrance est ailleurs, bien au-delà de ce que tu imagines. Quand tu comprendras qu'il n'y a pas de limite à la douleur. Et que tu craindras ce qui va advenir.

La sueur commença à gagner le corps nu.

— Ce n'est que le début. Bientôt tout ton être va lâcher. Sans même que je te touche. La peur est plus forte que notre pudeur. Mais ne t'inquiète pas, bientôt la honte ne sera plus ton problème. Délivre-toi. Bientôt tu auras tant d'eau dans le ventre que tu me supplieras de t'ouvrir les entrailles pour te purger.

Une rougeur violente empourpra le visage de la jeune femme tandis qu'une odeur âcre emplissait la salle.

— Sais-tu pourquoi tous les suspects avouent ? Parce qu'ils craignent leur propre souffrance.

Sur la pierre, le corps commençait à être secoué de tremblements. Les yeux roulaient comme ceux d'un damné.

— Si je t'ôtais ce chiffon de la bouche, tu parlerais déjà. Mais ça ne m'intéresse pas. Je vais te laisser réfléchir, méditer. Sache que je reviendrai demain.

D'un coup sec, le tourmenteur fit vibrer la bougie et une pluie d'étoiles de cire constella le torse dénudé. Un hurlement de douleur s'étouffa dans le bâillon.

— Ton premier baiser avec la mort.

19

Paris,
siège de l'obédience,
de nos jours

Le Grand Secrétaire monta sur l'estrade et décala une grande planche de bois posée sur la droite. Il écarta la tenture et sortit un briquet Zippo qu'il présenta au-dessus du trou. La flamme éclaira les marches d'un escalier de pierre qui se fondait dans l'obscurité.

— La planche a été enlevée de l'endroit où elle se trouvait. Suis-moi. C'est un passage dissimulé qui mène à la remise où l'on stocke la collection non exposée du musée. Peu de frères sont au courant de son existence. L'éclairage a été coupé pendant les travaux du musée.

— Un couloir dérobé, murmura Antoine. Je passe devant.

Le commissaire descendit le premier, suivi par le Grand Secrétaire. Ils arrivèrent devant une grille de métal noir, fermée, qui bloquait l'accès à une pièce où étaient entreposés des caisses et des meubles d'époques diverses.

— Pas de trace du tueur, dit-il en levant le briquet vers la grille pour tenter de voir au fond. Y a-t-il une porte de secours ?

— Non, elle a été murée en raison des infiltrations d'humidité en provenance du cours d'eau de la Grange-Batelière, qui passe à cinq ou six mètres au-dessous. Nous sommes au niveau des parkings. Mais je crois savoir où s'est enfui notre homme. Viens, fit-il avec un air mystérieux.

Le Grand Secrétaire se dirigea vers le mur de droite. À mi-hauteur était incrusté un rectangle d'acier poli par les ans avec en son centre un arbre planté sur un sol qui ressemblait à un cimetière rempli de croix.

— Je suppose que tu reconnais ce symbole gravé par l'un de nos frères demeuré anonyme, lança Guy au commissaire.

— Oui… l'acacia. L'arbre planté pour retrouver la dépouille de maître Hiram, après son assassinat.

— Tu connais tes classiques, dit Andrivaux qui passa sa main sur la sculpture et d'un geste sec appuya sur l'une des trois branches.

Un raclement sourd de pierres qui frottent les unes contre les autres résonna tout d'un coup, laissant à découvert un trou béant dans le sol. Le secrétaire brandit à nouveau son briquet, la flamme laissa entrevoir une échelle de fer qui plongeait sous terre.

— Qu'est-ce que c'est que ce truc ? lança Antoine stupéfait.

— Un passage secret creusé probablement au XIXe siècle, quand l'ancien hôtel particulier de Richelieu a été transformé pour devenir le siège de l'obédience. J'ai retrouvé les plans dans un document un peu poussiéreux. Disséminé au milieu des archives volées par les nazis en 1940 et que les Russes nous ont rendues il y a sept ans. Ça doit te rappeler quelque chose, non ?

Marcas sourit faiblement. Des archives qui avaient fait couler beaucoup de sang et dont il gardait un souvenir amer[1]. Il avança à son tour vers le trou et tenta de voir le fond.

— C'est mon imagination ou je vois une lumière en bas de ce puits aux âmes ?

— Il y a une installation électrique d'avant-guerre, restaurée par l'un de nos frères que j'ai mis dans la confidence l'année dernière. Le plus surprenant c'est que ton tueur soit lui aussi au jus. Même le Grand Maître n'est pas au courant. Je voulais lui faire la surprise…

— Et ça mène où ?

Andrivaux sourit. Son âme d'enfant ressuscitait à parler de ce passé enfoui.

— Il y a trois souterrains qui partent dès le bas de l'escalier. Le premier mène vers le nord, au petit collecteur d'égout qui se situe selon mes relevés sous la rue La Fayette.

Antoine pensa à Paul. À son corps transpercé que les secours devaient emporter. Terrible destin pour le descendant du Marquis, le héros de la liberté. Mais le Grand Secrétaire continuait.

— Le deuxième part, lui, vers le sud, et se finit par un mur fermé au mortier, sans doute, du côté de la rue de la Grange-Batelière. Le troisième…

Antoine allait descendre dans le sombre boyau sans attendre la suite des explications quand Guy le retint par le bras.

— Attends, je te précède. J'ai plus l'habitude que toi. Il y a deux torches en bas de l'échelle.

Les deux hommes descendirent l'un après l'autre.

— Ça risque d'être dangereux. Surtout si notre homme s'est planqué dessous…

La voix du Grand Secrétaire résonna dans un écho caverneux.

— Je doute que ton type s'éternise dans ce trou. Il a dû

1. Cf. *Le Rituel de l'ombre*, chez le même éditeur.

découvrir une sortie. Le troisième passage, le plus long, file vers l'est, probablement en direction du quartier de la Trinité. Il court sur plus d'un kilomètre et rejoint un couloir d'accès aux catacombes… Enfin, si l'on en croit les archives !

Marcas le suivait en palpant le Taser accroché à la ceinture de son pantalon.

— Je ne comprends pas comment il a fait pour fermer l'entrée du passage derrière lui.

— Il doit connaître le secret.

— Quel secret ?

— Il y a un mécanisme scellé au niveau du septième barreau de l'échelle. Il suffit d'appuyer dessus pour remettre la trappe de pierre à sa place.

— Et pour l'ouvrir d'en bas ?

— Il faut remonter sur la cinquième marche puis sur la troisième. Et la porte s'ouvre à nouveau. Trois, cinq, sept, les chiffres symboliques d'apprenti, compagnon et maître !

À peine Andrivaux eut-il prononcé ces mots qu'ils entendirent le même raclement sourd qu'avant. Désormais ils étaient isolés du monde d'en haut.

Au fur et à mesure qu'ils s'enfonçaient dans les entrailles secrètes de Paris, les murs suintaient une humidité à l'odeur de cave moisie.

— Impressionnant. On est à combien de mètres sous terre ? s'enquit Antoine en évitant de justesse de se cogner contre une tige de fer rouillé qui sortait d'un moellon.

— Une vingtaine. Au moins. Les frères ont fait du beau boulot à l'époque. L'ingénieur qui a construit ce boyau travaillait pour le baron Haussmann, avec à sa disposition tous les plans du quartier.

Ils arrivèrent à la dernière marche et se retrouvèrent dans une haute salle voûtée, terminée par une croisée d'ogives. Trois ouvertures de la hauteur d'une porte partaient dans des directions opposées. Au-dessus de chacune était gravé un symbole maçonnique qu'Antoine identifia tout de suite. Un œil dans un triangle, une corde à nœuds, un crâne reposant sur deux tibias.

Trois issues possibles pour le tueur, songea Marcas.

Il s'accroupit pour scruter les empreintes de pas dans la terre sableuse. Guy retira deux torches électriques d'un petit coffret. Antoine pointa son index vers le sol.

— Tu portes des chaussures de ville quand tu viens faire ici tes travaux d'électricien ?

— Non, plutôt des grosses bottes bien étanches. C'est plus sûr. Il y a des infiltrations d'eau. Les égouts ne sont pas loin.

Le policier montra des traces de pas qui se dirigeaient vers la porte surmontée de la corde à nœuds.

— Alors il est parti par là. C'est laquelle ?

— Celle du sud. C'est étrange, elle est fermée par un mur de brique. Je ne vois vraiment pas comment il peut s'échapper.

Marcas braqua sa torche sur le couloir, mais le faisceau se perdit dans les ténèbres. Quelque part dans ce passage, se trouvait l'homme qui avait tué, massacré ses frères. Il revoyait les yeux agrandis derrière la cagoule. Des yeux presque hypnotiques. Les yeux d'un frère qui avait commis un massacre et qui possédait l'avantage du terrain sur eux. Il pouvait surgir au détour d'un coude et les poignarder sans pitié. Antoine se retourna.

— Il vaut mieux que tu remontes prévenir nos amis. C'est trop dangereux.

— Mais je…

— Préviens les secours et conduis-les. Je vais avoir besoin de renfort rapidement, lança le policier d'une voix qui ne souffrait pas de discussion.

— D'accord, mais fais attention à toi. Tout le sous-sol est instable. Des carrières, des catacombes. Ça peut s'ébouler à tout moment. Un vrai gruyère.

Marcas sortit son Taser et s'avança dans le conduit de pierre. La nuit l'engloutit aussitôt.

20

Paris,
rue Saint-Jacques-de-la-Boucherie,
14 mars 1355

Le lendemain du bûcher, dame Pernelle remarqua bien que son mari était plus silencieux que d'habitude. Mais elle prit la chose avec philosophie. Nicolas était son troisième époux et elle savait ce qu'il convenait de faire et surtout de ne pas faire quand les hommes devenaient ainsi taciturnes. Tout en descendant l'escalier, elle songea à ses deux premiers maris, des hommes d'âge, des bons bourgeois qui l'avaient désirée, le premier pour sa jeunesse, le second pour la dot d'argent qu'elle représentait.

Elle considérait que, dans le cœur des hommes, il n'y avait guère de place pour les états d'âme. Et le sort intime de leur épouse était bien le dernier souci qui pouvait les habiter. Une femme se devait d'être bonne épouse, mère dévouée et femme fidèle. Si elle respectait ce code, sa vie se passerait peut-être de façon agréable, en tout cas, les portes du Paradis lui seraient ouvertes. Car dame Pernelle était dévote et fréquentait assidûment l'église Saint-Jacques à laquelle l'échoppe familiale était adossée. Elle vivait au rythme de la religion, des prières du jour, des fêtes saintes de l'année. Pour elle, qui avait connu trois époux et les vicissitudes de la vie, le salut se trouvait là. Dans la foi. Une foi absolue. Sans doute, ni question.

Dame Pernelle contempla son mari qui s'activait parmi les apprentis. D'un long coup de plume il corrigeait une majuscule, tout à la précision de son travail. Pourtant, son regard semblait se perdre plus loin que la page délicatement enluminée.

Elle avait toujours craint les livres, car Nicolas ne se contentait pas seulement de les copier, il prenait plaisir aussi à les lire.

Dame Pernelle éprouvait surtout de la peur face à ces livres aux caractères étranges et aux dessins fantasmagoriques qu'apportaient parfois à copier des moines venus du lointain Orient. Flamel semblait fasciné par ces parchemins issus des antiques bibliothèques de Constantinople ou des églises de Jérusalem. Une fois, elle l'avait même surpris à doubler sa copie et elle savait qu'à la cave, dans un placard barricadé d'une lourde porte de bois, son mari enfermait des ouvrages qu'il était seul à connaître.

Jamais elle n'avait osé confier pareil secret à son confesseur, de peur que le malheur ne s'abatte sur sa maison, mais elle tremblait à l'idée qu'elle risquait ainsi le salut de son âme. Et puis Nicolas, chaque fois qu'il descendait au sous-sol, une bougie à la main, revenait le visage plus fiévreux. Et il mettait longtemps à s'endormir.

À la vérité, elle détestait les livres. Et plus encore ces clients étranges qui venaient, à la tombée de la nuit, un ouvrage serré sous leur vêtement. Flamel les recevait toujours, leur offrait à boire et une place près du feu. Il savait que l'inconnu, peu à peu, allait se rassurer et que la confiance s'installerait. Il lui avait confié, une seule fois, que lorsqu'un livre inédit surgissait dans la nuit, tout un pan de la pensée humaine revenait à la lumière.

Quand elle rentra dans la pièce, son mari était plongé

dans la contemplation d'un livre. Elle toussa. Flamel venait de terminer d'un dernier trait d'encre sa majuscule. Il leva les yeux vers la fenêtre, se figea aussitôt, puis traversa la salle à grands pas. Sa femme essaya d'apercevoir ce qui l'avait troublé, mais en vain.

Quand il passa la porte, il lui jeta un regard.

Le regard d'un homme qui venait de voir le diable.

— Maître Flamel, j'allais vous voir.

Nicolas s'arrêta net. Devant lui, se tenait son nouveau voisin. L'homme vêtu de noir. Sauf que, cette fois-ci, il ne portait pas sa capuche. Son visage était d'un blanc terne, souligné par deux cernes profonds. L'enlumineur détourna les yeux. Il avait l'impression de voir un crâne nu. L'étrange personnage le toisa fixement.

— Vous êtes Maître ès écritures, je crois ? Moi aussi je suis une sorte de maître, mais dans un domaine très particulier, au service de la Volonté de Dieu. On me nomme Jehan. Jehan Arthus.

Flamel ôta sa calotte.

— Et moi Nicolas. Nicolas Flamel. Pour vous servir.

Un sourire fugitif parcourut le visage de craie du tourmenteur.

— Justement.

Dans la rue, les premiers marchands ouvraient leurs échoppes. Beaucoup étaient en retard. La veille, les réjouissances avaient été longues. Jehan Arthus observa les bourgeois qui s'affairaient, avec mépris.

— Que pensez-vous de l'exécution d'hier soir ?

— Que le roi a fait bonne et véritable justice.

Pour la deuxième fois, le tourmenteur contracta ses lèvres en forme de sourire.

— Vous êtes un homme prudent, maître Flamel. Jamais un mot plus haut que l'autre.

— Copier tout le jour n'incline guère aux confidences.

— Un métier solitaire en fait, comme le mien.

Nicolas Flamel se tut. La discussion prenait un tour qui ne lui convenait guère.

— Maître Flamel, êtes-vous bon chrétien ? Calmez-vous, je ne cherche pas à vous inquiéter. Simplement, j'ai besoin de vos compétences.

L'enlumineur se détendit d'un coup.

— Vous avez besoin de copier un livre. Un Père de l'Église, sans doute. J'ai déjà…

— Non. J'ai simplement besoin d'un homme qui sache écrire sous la dictée et oublier ce qu'il a entendu. Êtes-vous cet homme-là, maître Flamel ?

21

Paris,
siège de l'obédience,
de nos jours

L'homme cagoulé marchait d'un pas vif, sans avoir besoin d'une quelconque lumière. Il avait répété ce parcours des dizaines de fois. Uniquement guidé par sa main qui frôlait les murs lépreux du souterrain.

Le contrôle absolu, total, voilà le pouvoir. J'aime les ténèbres.

Il gravit les trois marches qui menaient au passage. Il serait bientôt à l'air libre et avait hâte de rentrer pour prendre un bon bain. Progressivement il devait se désaccoutumer de son rôle. Reprendre une vie normale, revenir dans l'existence profane, demander à sa femme si son fils avait bien fait ses devoirs, se faire chauffer au micro-ondes le plat préparé par Martha, l'employée de maison. Au fur et à mesure qu'il s'éloignait du temple, sa tunique de béotien l'enveloppait à nouveau. Le frère de vengeance disparaissait par petites touches.

Le visage de l'handicapé surgit brutalement.

Je les pleure quand ils souffrent. Pourquoi ne comprennent-ils jamais que je les libère de leurs chaînes ? Je suis le vent et la tempête. Je suis la vengeance.

Il sentit sous ses doigts le contact de l'anneau de fer. D'un geste précis, il tira vers lui, la porte grinça sur ses gonds. Un vent frais lui caressa le visage.

Je suis le frère de sang. Pour l'éternité.

Son estomac se mit à gargouiller.

J'ai faim, bon sang !

Il se retourna et entendit des pas. Il sourit. Celui-là était plus malin que les autres mais il avait prévu cette éventualité.

Le faisceau de la torche éclairait par intermittence le sol et les murs rongés par l'humidité. Marcas jeta un œil en arrière, la salle qui donnait sur l'escalier n'était plus qu'une lueur lointaine. Il estima à une centaine de mètres le chemin parcouru. Les traces de pas étaient nettement visibles. Il avait maintenant la certitude que le tueur était passé par là. Il ne pouvait pas courir, des bouts de ferraille pendaient du plafond et deux fois il avait failli se faire éborgner.

Il savait qu'à une vingtaine de mètres au-dessus de lui, passants et voitures formaient un ballet ininterrompu, mais seul dans ce trou, il se sentait en dehors du temps.

Le couloir se rétrécissait et s'incurvait sur la droite. Soudain, le cœur de Marcas fit un bond. Une ombre se dressa devant lui. Instinctivement, le policier se jeta sur le côté et appuya sur la détente du Taser. La décharge fut instantanée. Un éclair illumina le souterrain pendant quelques secondes. Antoine comprit son erreur en voyant la poutre à moitié effondrée sur le travers. Il se mit à courir. Normalement, il devrait arriver au bout du tunnel, maintenant persuadé que le tueur ne l'attendrait pas sagement au fond. Un raclement courut le long du mur du côté droit. Marcas braqua la torche et vit un groupe de rats gras dont les yeux brillaient sous l'effet de la lumière, qui venaient dans sa direction, nullement effarouchés par sa présence, se contentant de piétiner la terre meuble. Le commissaire s'abstint de leur donner un coup de pied et s'écarta de leur trajectoire. Le souterrain bifurquait légèrement sur la gauche puis, au détour d'un rétrécissement de quelques mètres, il s'élargissait soudain pour déboucher sur une pièce rectangulaire.

Tout le long de l'intersection entre les murs et le plafond, des symboles avaient été taillés à même la pierre. Compas, équerre, fil à plomb, deux colonnes… Antoine reprit confiance à la vue de ces marques familières à tout maçon. Plus d'un siècle plus tôt, des frères anonymes avaient laissé leurs empreintes dans ce dédale. Des frères qui n'étaient plus que poussière… Marcas prononça machinalement une formule rituelle en leur mémoire. Il baissa le faisceau de la lampe vers le mur de face qui laissait apparaître un trou grossier, mais largement suffisant pour qu'un homme puisse passer. Sur le côté, un autre symbole – une corde à nœuds – était gravé sur une plaque de métal rouillé. Il s'avança vers la brèche et brandit sa torche.

Une forte odeur de vase le prit à la gorge. Le sol de moellons grossièrement ajustés présentait un aspect trempé comme le pavé d'une ruelle douchée par la pluie et descendait en forte pente sur la gauche. Antoine faillit s'étaler après avoir enjambé le monceau de gravats qui séparait les deux souterrains. Il se retint de justesse sur un fragment de pierre. L'extrémité de son index laissa s'écouler un mince filet de sang. Il pesta et se demanda s'il était toujours vacciné contre le tétanos à quarante ans passés.

L'odeur devint plus suffocante quand il s'engagea dans le boyau qui descendait sur une bonne dizaine de mètres. Ses souliers à semelles de cuir glissaient comme sur une patinoire, ralentissant son allure, lui imposant une démarche en canard ridicule. Au bout de cinq minutes, il arriva dans une sorte de citerne de trois mètres de diamètre dont le fond était constitué d'énormes dalles. Sur les murs, trois gros tuyaux qui ressemblaient à des collecteurs d'égout basculaient leur gueule sombre.

Au-dessus d'un des conduits, Antoine aperçut une volée de marches de fer qui menaient à une grille à moitié entrouverte au sommet de la citerne. D'un mouvement souple, il se hissa sur le tuyau et entreprit d'escalader l'escalier.

Un grondement brutal retentit. Il retourna sa lampe et vit avec stupeur qu'un mur de pierre s'était effondré sur ses traces. Quasiment au même moment, la grille au-dessus de lui se referma dans un grincement strident. Le commissaire comprit trop tard le piège dans lequel il était tombé. Il bascula sa torche vers le haut.

La tête de l'homme à la cagoule apparut dans le halo faiblissant de la lampe. Ses yeux écarquillés, encore plus démesurés par le faisceau, étaient dardés sur le policier, comme un démon surgit du dernier cercle de l'Enfer. Pour la première fois depuis très longtemps, Marcas sentit une peur panique s'emparer de lui.

22

Paris,
île de la Cité,
14 mars 1355

Quand l'enlumineur de la rue Saint-Jacques quitta dame Pernelle, son épouse, il prétexta un travail qui ne pouvait s'exécuter à la boutique. Un riche client voulant faire copier un livre précieux et qui exigeait que le travail soit réalisé à domicile. Dame Pernelle, confiante, n'insista pas, souhaitant le bonsoir à son époux sans se douter de sa véritable destination.

Arrivé au palais de justice de l'île de la Cité, Flamel prit soin que son écritoire, ses parchemins et ses plumes ne soient pas détériorés par la fouille des soldats. Il ne tenait pas à s'aliéner son nouveau commanditaire.

Une fois passée la barrière, un valet l'entraîna dans un dédale d'escaliers et de pièces obscures avant de le confier à deux gardes en faction devant une porte étroite. De nouveau, la fouille recommença, plus précise encore et, enfin, on l'autorisa à emprunter un escalier à vis.

En bas de la dernière marche, l'attendait le tourmenteur, juste comme les cloches de Notre-Dame sonnaient vêpres.

— Vous êtes à l'heure à vos rendez-vous, maître Flamel, c'est bien. Entrez. Et surtout… regardez bien.

Jamais Flamel ne devait oublier cette vision. Attachée sur une pierre, gisait une femme. De plus près, il constata que c'était une jeune femme. D'une grande beauté, même si la torture avait défiguré ses traits, mutilé ses mains, incisé son ventre.

— Elle est belle… comme le diable. Nous lui avons juste donné la question ordinaire. De simples pressions physiques. Rien de très poussé. Mais si elle s'obstine, nous allons devoir passer à des moyens plus convaincants.

D'une main légère, le tourmenteur releva les mèches de cheveux souillés de sueur. L'enlumineur était épouvanté. Jamais il n'aurait dû accepter… Il risqua un mot.

— Elle a… enfin… elle est bâillonnée. Pour parler…

— Vous vous demandez pourquoi je ne lui ai pas ôté ce chiffon de toile ? C'est pour qu'elle ne puisse pas parler, justement. Pour que la souffrance réveille sa mémoire. Qu'elle se rappelle tout ce qu'elle doit nous dire.

Les yeux de la fille étaient brûlés de larmes. Jamais Flamel n'avait vu autant de souffrance dans un regard.

— Vous ignorez qui elle est, n'est-ce pas ?

L'enlumineur ne répondit pas.

— Et sans doute serait-il bon que vous ne le sachiez jamais. Pourtant, je vais vous le dire. Nous serons seuls cette nuit. Je n'aurai point d'aide. Je vais vous raconter son histoire. La brève histoire de sa vie.

— Je vous assure…

— Suffit, coupa le tourmenteur, si je vous parle de cette âme perdue, c'est pour une seule et bonne raison. Si jamais cette histoire devient rumeur, alors je saurai qui a osé la colporter et…

Nicolas ouvrit la bouche pour protester.

— … et vous serez mort.

23

Paris,
siège de l'obédience,
de nos jours

Le tueur restait silencieux, immobile, hors d'atteinte, à plus d'un mètre d'Antoine. Celui-ci bondit vers les marches et agrippa la grille vers le haut. Il passa la main à travers les barreaux pour attraper son adversaire. En vain.

— Enfoiré, ouvre ça tout de suite, la police va arriver ! hurla-t-il dans un accès brutal de colère.

Son adversaire resta impassible. Silencieux, il le contemplait, tel un entomologiste devant un insecte cloué sur une planche, agitant ses pattes pour tenter d'échapper à la dissection.

— Dis quelque chose, fils de pute ! gueula Marcas de plus belle.

Il n'était plus qu'à une vingtaine de centimètres du visage du tueur, uniquement séparé par une grille de fer rouillé mais qui résistait à ses tentatives rageuses. Antoine redescendit les marches et tenta de s'asseoir sur le gros tuyau de fonte. Il braqua sa lampe sur toute la citerne pour découvrir une issue cachée. Le mur qui s'était écroulé paraissait encore plus inébranlable que la grille. La peur l'envahit. En toute logique, la police avait dû débarquer au siège de l'obédience et le conservateur les avait prévenus de sa poursuite dans les souterrains. Ils n'allaient pas tarder à arriver. Au pire, ils seraient juste ralentis par le mur qui lui interdisait toute sortie. Il pouvait aussi faire usage de son Taser en le lançant au jugé à travers la grille pour tenter d'atteindre le maniaque cagoulé.

Tout d'un coup, une curieuse vibration remonta le long de ses jambes. Une sorte de bourdonnement diffus parcourait le tuyau sur lequel il s'était appuyé. Il ne devait pas être loin d'une ligne de métro, l'arrivée d'une rame faisait trembler le terrain aux alentours.

La secousse prit de l'ampleur et se transforma en un staccato de succion et de gargouillis. Le commissaire vit avec effroi un jet d'eau boueuse jaillir du tuyau et se répandre dans la citerne. Les deux autres collecteurs crachèrent en même temps le même flot grisâtre. Une puanteur âcre envahit ses narines tandis que les eaux putrides occupaient déjà tout le fond de la citerne. Le commissaire se hissa sur le haut du conduit et comprit que la grille de décantation du sol avait été bloquée et ne laissait pas s'échapper l'eau par le bas. Le grondement du débit s'accéléra.

Soudain, la voix du tueur résonna pour la première fois dans la citerne.

— Eh bien, mon frère, comme tu le vois, les frères constructeurs de ce souterrain faisaient preuve d'ingéniosité. Ils avaient pris soin de masquer la sortie par cette pièce de décantage des eaux usées. Le mur qui bloque l'entrée, quoique en brique, est d'une étanchéité presque parfaite… Imagine-toi la scène, ils sortent du souterrain par la grille où je suis passé et de là ils actionnent ce système qui remplit la citerne jusqu'à la gueule.

— Comment le sais-tu ?

— On veut me faire parler, mon frère ? Enfin, si ça peut t'accorder un semblant de réconfort. On se transmet les plans de ce souterrain dans la famille de siècle en siècle. Mon père ne se doutait pas qu'ils me serviraient un jour.

Antoine se mordit les lèvres, il fallait trouver une issue en gagnant du temps.

— Je suppose que l'eau va monter jusqu'à la grille et que tu vas prendre ton pied en me regardant me noyer, lança Marcas d'un ton qui se voulait détaché.

Le tueur haussa les épaules.

— On peut voir ça comme ça. Ce torrent d'excréments du monde profane arrêté par un mur bâti par des maçons pour garder intacte l'entrée du temple constitue une superbe parabole.

— Taré…

— Allons, allons. Un peu de dignité, c'est comme ça que tu parles à un frère, ne me dois-tu pas le respect afférent à mon grade ?

— Bordel de Dieu… Quel grade ? Et toi, tu ne dois pas secours à un frère en tout lieu, de midi à minuit ?

— Je te l'ai déjà dit, mon grade est celui de la vengeance. Quant à te porter secours, j'ai bien peur que cela ne serve pas mes intérêts. Je m'interroge…

Marcas entendait à peine, le grondement de l'égout noyant les paroles de son tourmenteur. Le niveau de l'eau montait à toute allure. Il sentit son contact sur ses chevilles. Il changea de position, mais il savait qu'il n'allait pas tenir.

Antoine cria de rage :

— À l'aide ! Je suis là !

L'homme à la cagoule ricana.

— Je doute que nos frères soient de l'autre côté du mur, et quand bien même, à moins d'avoir emporté des explosifs, ils ne pourront rien faire.

Le flot atteignait désormais le haut de ses jambes,

ses reins furent immergés dans le liquide malodorant et glacé. Il lâcha le tuyau et tenta de nager au milieu du cloaque. Il avala une gorgée de l'eau putride et faillit vomir. Le froid le gagnait, il ne sentait plus ses membres. Le plafond se rapprochait dangereusement. Tout tournait autour de lui, il sentit quelque chose glisser le long de sa cuisse, comme une algue. Il se cabra violemment, pris de panique. Il arrivait à peine à articuler.

— Pourquoi…

— Je n'ai fait qu'exécuter ma mission. Tu ne pourrais pas comprendre.

Le niveau n'était plus qu'à une dizaine de centimètres du plafond. Marcas calcula qu'il ne lui restait plus qu'une ou deux minutes avant que l'eau parvienne jusqu'en haut et qu'il se noie. Il ne voyait qu'une seule issue : sa mort.

24

Paris,
île de la Cité,
14 mars 1355

La mort. Au moment où il avait franchi les portes de cet antre puant, Nicolas Flamel s'était douté qu'il recevrait pareille menace. Mais en cet instant précis, curieusement, c'était moins son sort que celui de la pauvre fille qui le touchait. Il adressa une prière silencieuse à la Vierge pour cette malheureuse. Dieu ne pouvait pas permettre de telles horreurs. Ce regard… C'étaient des yeux d'innocente.

Le tourmenteur contourna la table de torture et vint s'asseoir sur le banc étroit de pierre qui ceinturait la pièce.

— Elle est arrivée à Paris il y a trois semaines. Elle accompagnait ce Juif que le roi avait fait venir d'outre-Pyrénées. Ce maudit, qui a brûlé, hier soir. Selon ses dires, il s'agit de sa fille qui l'escorte depuis l'Espagne. Et toujours selon lui, elle ne parle pas. Muette de naissance. En fait, une ruse pour masquer la vérité : elle ne connaît pas un seul mot d'espagnol.

Un sourire, aigu comme la pointe d'une lame, trancha le visage du tourmenteur. Il reprit :

— Depuis qu'on me l'a confiée, la justice a enquêté. Des éléments nouveaux sont apparus. Des éléments graves.

Le souffle du copiste s'accéléra pendant que Jehan Arthus continuait son récit :

— Le voyage, depuis l'Espagne, est une longue route. Pour vivre, ce fils de Sion a usé de ses talents de médecin. Un peu partout sur son chemin, il a soigné des malades. Un jour, dans une ville, un autre, dans un monastère. À tel point que les limiers du roi ont retracé son parcours avec grande exactitude. Partout, on a été satisfait de ses services. Les patients interrogés n'ont cessé de chanter ses louanges, même quand ils n'ont pas été guéris.

— Sans doute un don de Dieu… suggéra Flamel, le visage déjà en sueur.

— Ou l'œuvre du diable, corrigea le tourmenteur. Près de Cahors, en Quercy, on l'a appelé pour soigner une femme malade. Une noble.

La respiration de Flamel, haletante, résonnait entre les murs souillés de sang.

— Oui. Une noble, répéta Jehan. Quand il s'agit de leur vie, ces gens sont prêts à toutes les compromissions. Même à confier leur destin à un Juif.

— Toute créature de Dieu craint de comparaître devant son créateur, on peut comprendre que… laissa échapper l'enlumineur.

— Vous copiez trop de mauvais sermons, ricana le tourmenteur. Vous devriez plutôt méditer les paraboles de Notre Seigneur sur les riches et les puissants. Pour eux, le Paradis sera une porte close que tout leur or n'ouvrira jamais. Croyez-moi, les nobles finiront tous dans les pires tourments de l'Enfer.

Le tourmenteur lança sa main en direction du corps sur la pierre rêche.

— Mais revenons à la femme. Elle survécut à la maladie. L'hérétique lui aurait donné un remède qu'on appelle *l'or potable*. Une mixture du diable. Un philtre démoniaque qui a possédé l'esprit de cette faible femme.

Flamel n'osait interroger. Arthus reprit d'une voix plus sourde.

— Un matin, il est parti. Ce sont les domestiques qui ont dénoncé le scandale.

— Un scandale, messire ?

— La femme était veuve. Veuve, mais mère. Elle a vendu sa fille en échange de sa guérison. Elle a fait de sa fille une putain. Et désormais, elle est souillée. Souillée jusqu'au tréfonds de son corps.

Le tourmenteur baissa d'un ton. Comme s'il était épuisé. Le signe de croix vint instinctivement aux doigts de Flamel. C'était un pacte. Un pacte diabolique. La vie contre l'innocence, pensa-t-il.

Le tourmenteur fixait sa victime d'un regard perçant.

— Mais elle va tout nous avouer et après je la purifierai.

Il hésita un instant.

— … Par là où elle a péché !

25

Paris,
siège de l'obédience,
de nos jours

Sa tête cognait contre le fer de la grille. L'eau lui montait jusqu'au cou. Ses doigts s'accrochèrent aux barreaux. Marcas voyait distinctement les pupilles noires et dilatées du tueur. Il sentit la main de l'homme glisser sur la sienne, comme celle d'un ami.

— Tu as raison. Je suis obligé de te porter secours. Après tout je n'ai rien contre toi.

— Ferme les vannes de cette merde, cria Antoine qui sentit l'eau atteindre son menton.

— Ce n'est pas si simple. Je vais te poser trois questions, très simples pour un maçon au cœur pur. Si tu donnes les bonnes réponses, je t'accorde la vie sauve. Amusant, non ?

Le policier pouvait distinguer les fissures dans la pierre rongée autour de la grille. Les muscles de ses épaules le brûlaient à force de se crisper. L'homme lança la première question.

— Pourquoi portons-nous l'épée ?

— Je t'emmerde... Pour te la mettre dans le cul...

répondit le commissaire qui cracha une nouvelle goulée putride.

Le tueur secoua la tête.

— Non, non… En souvenir des ordres chevaleresques dont nous sommes les héritiers. Je t'accorde une autre chance. Quand sert-elle ?

— Pour les initiations ! N'importe quel crétin sait ça, hoqueta Antoine qui avait le visage plaqué contre la grille.

L'eau s'infiltra dans son oreille. Bientôt il ne pourrait plus répondre.

— Qu'est-ce que *l'épée flamboyante* ? Choisis bien ta réponse, les érudits en symbolique ne sont pas tous d'accord, demanda l'homme à la cagoule.

Tout se mélangeait dans la tête de Marcas… *L'épée flamboyante, l'épée flamboyante*… On apprenait ça tardivement dans la progression maçonnique.

— C'est l'épée du Vénérable, le bâton de Moïse… le serpent de la connaissance. Merde…

Marcas pouvait à peine respirer, il plaqua sa bouche contre la grille. Les bouts rouillés lui écorchaient les lèvres. Il ne tenait plus. L'eau envahit sa bouche. Il cria :

— Le symbole de la lumière.

Le niveau de l'eau se stabilisa brusquement.

— Bravo, tu connais ton catéchisme maçonnique à la perfection. Tu sais qu'on pourrait breveter ce jeu. On appellerait ça : *Questions pour un frangin*.

Antoine n'entendait plus les paroles de son tourmenteur. La tête du tueur dansait devant ses yeux. L'eau ne descendait pas. Il voulut hurler, mais c'était trop tard. L'air n'arrivait plus à ses poumons. Sa vue se brouilla, il lâcha les barreaux et se sentit tomber dans un puits sans fond.

Tout devint noir.

26

Paris,
île de la Cité,
14 mars 1355

Un coup de poing ébranla la porte. Une tête casquée apparut.

— Messire tourmenteur, le seigneur visiteur de l'autre soir vous attend dans la salle des gardes. Il veut vous parler. À l'instant.

Jehan Arthus reposa la corde qu'il s'apprêtait à faire passer par un crochet fiché au plus haut de la voûte. Nicolas connaissait ce supplice.

On suspendait le suspect en hauteur par les poignets et on laissait son propre poids faire le travail. Les tendons cédaient les premiers, puis les muscles, en un long déchirement. En quelques heures, le supplicié n'était plus qu'un pantin désarticulé, mais toujours vivant, qui se balançait dans le vide.

— Restez ici, Flamel, je n'en ai pas pour longtemps. Ce visiteur est déjà venu, il fait partie de l'entourage du roi. Il semble qu'on s'impatiente à la cour. Il leur tarde que notre invitée se mette à parler.

La porte se referma dans un bruit de serrure. L'enlumineur sortit son écritoire, déplia ses rouleaux de parchemin et commença à tailler ses plumes. Il tournait le dos à la femme nue sur la pierre. Il ne voulait pas voir son regard. Celui de l'innocence brisée. Il savait qu'il ne le supporterait pas.

Du revers de la main il lissa sa plume d'oie et ouvrit la fiole de verre qui contenait l'encre.

Derrière lui, il entendait le grattement convulsif des mains sur la table de torture. Malgré le feu dans la cheminée, la fille tremblait. Le froid de la peur sans doute. Un instant, Nicolas fut pris d'un désir fou de se retourner et d'arracher le bâillon de sa bouche.

Mais cette tentation pouvait lui coûter la vie. Effrayé par sa propre folie, Flamel se concentra sur la longue table de bois où le tourmenteur avait disposé les outils de son art.

Les brodequins surtout le firent pâlir. Il regarda les lourdes plaques de bois entre lesquelles on enfermait les pieds des condamnés. Et la vis ! La vis que l'on tournait et dont la pression, tour après tour, écrasait les chairs, déchirait les nerfs, broyait les os.

Depuis la grande hérésie des cathares et les épidémies de sorcellerie, la torture était devenue une science. De nouvelles méthodes avaient vu le jour dont l'usage avait été codifié avec soin par l'Inquisition. Un suspect pouvait souffrir des semaines entières sans perdre ni vie ni conscience. On pouvait tout. Pour briser le courage d'un homme.

Même purifier un corps. Ce mot de Jehan Arthus résonnait dans la mémoire du copiste qui frissonna d'horreur.

La clé dans la porte grinça. Le tourmenteur venait de rentrer. Il traversa la salle d'un pas hâtif.

— Avez-vous de la cire, Flamel ?

— Oui, pour cacheter les lettres…

— Donnez-la-moi.

Le copiste tendit un bâtonnet de couleur rouge. Arthus se saisit d'une chandelle.

— La cire ne sert pas qu'à cacheter les écrits, Flamel, il permet aussi de sceller les paroles.

Un hurlement à peine étouffé retentit dans la pièce. Nicolas se retourna brusquement.

Penché au-dessus d'un visage défiguré de douleur, le tourmenteur faisait couler un long filet de cire brûlante dans l'oreille de la jeune femme. Chaque membre sur la pierre tressautait, comme flagellé par un fouet invisible. Nicolas eut un haut-le-cœur.

La cire fumante continuait de couler. Une odeur de chair brûlée envahit la pièce.

Épuisé de souffrance, le corps cessa d'un coup de bouger. Le tourmenteur se releva.

— Ainsi elle n'entendra pas ce que j'ai à vous dire.

— Mais il suffisait de lui boucher les oreilles avec un chiffon.

— Maître Flamel ! (La voix du tourmenteur se convulsa comme un serpent en colère.) Ne me contredisez jamais !

Le visage de l'enlumineur blêmit de peur.

— Vous ne connaissez rien à la quête de la vérité. Cet envoyé du roi que je viens de voir a exigé que l'on épargne la vie de cette femme. Si elle l'apprend, elle ne parlera pas.

— Mais comment pourrait-elle parler si elle n'entend pas vos questions ?

Le tourmenteur éclata d'un rire éraillé.

— Mais je n'ai pas de questions.

— Je ne comprends pas.

Jehan saisit une tenaille dont il vérifia le tranchant avec le doigt et précisa :

— Je ne pose jamais de questions.

— Mais pourquoi ?

— Pour éprouver le suspect, le forcer à tout dire. S'il ignore ce que je veux, il ne saura pas quoi me cacher.

La tenaille émit un claquement sec.

— Et il parlera plus.

D'un geste, le tourmenteur ôta le bâillon de sa victime et lui arracha brutalement la cire qui bouchait son oreille.

— Préparez-vous à écrire, maître Flamel !

DEUXIÈME PARTIE

Toute révélation d'un secret est la faute de celui qui l'a confié.

La Bruyère, *Les Caractères*

Il ne faut confier son secret qu'à celui qui n'a pas cherché à le deviner.

Diane de Beausacq, *Femme de lettres*

Couverture du *Manuel général de la Franc-Maçonnerie* publié en 1856 tirée des archives du Grand Orient de France (cote 1923) qui représente « L'Allégorie de la Vérité sortant du puits de l'ignorance ».

27

De nos jours

Aurora Source à tous Aurora

13 h 45 GMT.

Bulletin hebdomadaire envoyé par mail crypté à chaque destinataire membre du groupe *Aurora* par *Aurora Source.*

Cours

Les cours de l'or sont stables depuis deux semaines mais un avis d'alerte a été émis par *Aurora Singapour.*

Mouvements

Aurora le Cap a livré son analyse actualisée des réserves minières mondiales. Voici les chiffres clés ; vous trouverez en pièce jointe le détail de son étude :

Production annuelle des mines d'or : 2 530 tonnes.

Demande d'or annuelle dans le monde (bijouteries, marchés financiers, applications industrielles) : 3 200 tonnes.

Réserve minière mondiale. Principaux pays fournisseurs : 48 000 tonnes.

— Afrique du Sud : 19 000 tonnes.

— États-Unis : 5 600 tonnes.

— Australie : 5 000 tonnes.

— Chine : inconnu.

Nouvelle estimation de l'année d'épuisement total des réserves sur terre : 2027. Nous confirmons notre analyse précédente, la pénurie d'or dans le futur va provoquer une hausse sans précédent des cours, avec une multiplication estimée entre 5 et 20. Selon les prévisions des experts, l'information n'est pas encore complètement assimilée par le grand public, du moins pas à un niveau comparable à celle de l'extinction des réserves pétrolières. En conséquence, il est très probable, sinon certain, qu'une médiatisation forte de cette information aura des conséquences importantes sur les cours. La simulation d'*Aurora Zurich* qui s'est basé sur un rapport confidentiel d'experts révèle que les achats d'or vont « exploser » dans le monde sitôt l'information diffusée dans le domaine public. Je cite le rapport : « Les personnes vont se ruer sur les bijoux, pièces et petits lingots en priorité (…) l'or du fait de son extinction va reprendre sa place de valeur refuge. »

Divers

L'agent de notre division de sécurité et d'intervention – DSI – a communiqué aux autorités péruviennes l'identité du vendeur de lingots allemands. Il s'agit de Roberto Guttierez, alias Gunther Müller, fils de l'Obersturmbannführer Müller, recherché comme criminel de guerre et probablement mort en 1999 à Lima. Une caisse de dix lingots a été retrouvée au domicile de Müller.

— L'opération « Désert Ardent » au Koweït a été lancée.

Fin

28

Paris,
hôpital Bichat,
de nos jours

Blanc. Tout était blanc, le plafond, les murs et même la silhouette floue qui se tenait devant lui. Il voulut se redresser, mais une décharge électrique le cisailla de douleur. Il s'affala, le souffle coupé. Un goût atroce de bile et de lessive liquide imbibait les muqueuses de sa bouche. Une voix douce, féminine, lui parvint :

— Calmez-vous, monsieur. Ne bougez pas, vous avez une perfusion sur votre avant-bras droit.

Sa vue commençait à faire le point. Il distingua plus nettement la blouse de l'infirmière, une brune aux cheveux couleur corbeau, avec un prénom inscrit sur un petit rectangle noir. Mais il n'arrivait pas à lire les caractères. Il baissa le menton et vit qu'il était allongé sur un lit d'hôpital, nu dans une blouse fine.

Une autre voix résonna sur sa gauche, plus grave :

— Ça t'apprendra à jouer Tintin dans les catacombes. Faudrait arrêter les conneries à ton âge.

L'homme à la corpulence impressionnante qui venait de l'interpeller était assis sur une chaise bancale. Il jeta le magazine qu'il lisait sur une table, fit un signe à l'infirmière qui quitta la pièce et se rapprocha de Marcas.

— Tu l'as échappé belle. C'est pas très bon pour la santé de s'envoyer un cocktail frappé égout de Paris.

Antoine tourna la tête et découvrit le visage rougeaud et goguenard du commissaire Hodecourt, surnommé le Frère Obèse[1].

— Tu es sous calmants. Je vais te faire un bref topo de ce que je sais. Ensuite tu vas combler les trous.

Antoine essaya une nouvelle fois de se redresser, mais la douleur resurgit aussitôt. Il renonça et se cala dans le lit. Le Frère Obèse chuchota à son oreille :

— J'ai été chargé personnellement de l'enquête. Il y a une bonne et une mauvaise nouvelle. La première, et tu le sais, je suis comme toi un fils de la Veuve, ça facilite les choses. La mauvaise, enfin tout est relatif, c'est que…

Marcas trouva la force de l'interrompre.

— Je sais, tu n'appartiens pas à la bonne obédience… Avec un surnom comme le tien, c'est couru d'avance. Sa seigneurie est-elle toujours membre de la loge *Laurent le Magnifique*, du côté de Nice, celle d'un ancien maire haut en couleur de cette charmante ville ?

Le Frère Obèse sourit et lui tapota l'avant-bras.

— Je vois que tu as retrouvé tes esprits. À la bonne heure. On ne va pas commencer à s'envoyer à travers la gueule nos quelques frères ripoux respectifs. Je t'explique donc. Sur un plan, comment dirais-je, diplomatique, il a été convenu que nous collaborions sur cette affaire.

— Je suis en congé sabbatique. Pas question, répliqua Antoine d'un ton sec.

— Alors rassure-toi. Je m'occupe de tout. Dis-moi plutôt à quoi ressemble le tueur. Tu es le seul à l'avoir vu de près.

1. Cf. *Conjuration Casanova*, chez le même éditeur.

Marcas arriva enfin à se hisser sur les oreillers. Il ne voulait pas se faire cuisiner allongé.

— OK, mais avant, dis-moi comment on m'a retrouvé. Aux dernières nouvelles, je buvais la tasse finale.

Son collègue se cala sur son siège et sortit un petit calepin en carton marron.

— Une équipe du commissariat du IXe est arrivée dix minutes après l'appel de tes frangins. Deux brigadiers sont descendus avec le secrétaire général à ta recherche dans le souterrain. Ils t'ont trouvé à moitié noyé dans une citerne de décantation d'égout qui était en train de se vider. Tu respirais à peine, mais tu puais fort. Je ne te dis pas le courage du collègue qui t'a fait le bouche-à-bouche avec l'odeur pestilentielle que tu dégageais.

— Je ne comprends pas. Et le mur ? Celui qui bloquait l'accès entre le souterrain et la citerne. C'est comme ça que je me suis fait piéger. Le tueur m'a laissé la vie sauve ?

Le commissaire enquêteur haussa les épaules.

— J'en sais rien. Le mur, lui, a cédé sous la pression de l'eau. Une fois qu'on t'a évacué, les brigadiers ont réussi à forcer la grille de sortie qui menait au réseau d'égouts puis à un local de maintenance situé rue de la Grange-Batelière, dont la serrure avait été forcée. Le tueur a pu s'enfuir sans se faire remarquer.

Marcas sentit le mal de tête revenir à toute allure. Son estomac se tordait comme si on avait mis des clous à l'intérieur.

Le Frère Obèse consulta sa montre et afficha un léger sourire.

— Je vais devoir abréger notre conversation. Tu devrais partir pour le pays des songes dans pas longtemps. L'infirmière m'a averti qu'au bout de dix minutes le somnifère devrait te jouer une berceuse.

— Et merde…

— Tu l'as dit. Normalement, demain tu retournes chez

toi. On se verra à l'obédience avec tes amis, annonça le flic en se relevant de son siège avec une souplesse surprenante pour un homme pourvu d'un ventre aussi généreux.

Antoine sentit son cerveau s'engourdir. La voix de son collègue semblait s'éloigner à des kilomètres. Il n'entendit même pas la porte se refermer derrière son visiteur.

29

Paris,
île de la Cité,
14 mars 1355

La salle de torture n'était éclairée que de chiches lueurs. L'ombre s'étendait, lourde et lugubre. Seule l'écritoire bénéficiait de la lumière tremblante d'un chandelier. Sur son parchemin, Nicolas avait commencé à écrire. Il savait par cœur les formules rituelles qui ouvraient un interrogatoire pour en avoir recopié dans son échoppe. On ne torturait jamais en son nom propre, mais au nom de Dieu et du roi. La main qui donnait la souffrance ne faisait qu'obéir à plus haut.

D'un geste sec, le tourmenteur jeta le bâillon au sol.

À la grande surprise de Flamel, il n'y eut aucun cri. La jeune femme ne devait pas comprendre le geste de son bourreau.

— Elle s'appelle Flore, précisa ce dernier à l'intention du copiste.

— … de Cenevières, ajouta une voix que la souffrance n'avait pas encore totalement brisée.

Flamel se retourna, surpris.

— Et je sais ce que vous voulez.

Le tourmenteur s'arrêta net, ses cisailles à la main.

Malgré son affirmation de ne jamais poser de question, il prit la parole :

— Que sais-tu de ce qui nous intéresse, femme ?

— Ce qui les intéresse tous. Les hommes d'Église, le roi. Tous !

Le tourmenteur se mit à ricaner.

— Et qui es-tu, toi, pauvre pécore de province, pour connaître le désir des grands de ce monde ?

— Les hommes ne veulent qu'une chose : le pouvoir.

Un éclat de rire retentit dans la pièce humide.

— Le pouvoir. Grande nouvelle ! Et tu crois nous apprendre quelque chose ? Mais, pauvre fille, on le sait depuis que Dieu a chassé Adam du Paradis.

Le métal froid de la cisaille s'abattit sur la poitrine haletante de Flore.

— Il va vraiment falloir m'apprendre autre chose si tu veux un jour allaiter des enfants.

— Procréer est mauvais. C'est ajouter au malheur. C'est faire œuvre du diable.

— Alors tu n'as pas besoin de tes tétons, putain ! enragea le tourmenteur. Qui t'a mis en tête ces idées maudites ? Ton Juif de malheur ?

La voix s'éleva, sifflante de mépris.

— Isaac était bon. Il a sauvé ma mère.

— Il l'a ensorcelée. Et elle a vendu ton corps à ce damné.

— Jamais. Jamais il ne m'a touchée.

— En tout cas, il ne te touchera plus.

Un instant, on n'entendit que le crépitement de la plume sur le parchemin. Nicolas avait ralenti sa main non parce que l'interrogatoire allait trop vite, mais il savait que les paroles qu'il notait risquaient de conduire cette femme à la mort. Et ce, malgré les ordres reçus par le tourmenteur. Elle avait prononcé des paroles d'hérétiques, de celles qui ne voulaient pas enfanter, croyant que la vie sur terre était l'œuvre du diable. De quoi finir au bûcher.

— Tu sais le traitement que l'on réserve aux exclus de Dieu ? À ceux qui refusent Sa Loi, qui osent aller contre Sa Volonté ?

La mâchoire des cisailles commença à s'ouvrir. Un bruit de rouille, comme si les lames se réveillaient d'un sommeil de sang.

— On les purifie par le feu. Mais ce n'est rien comparé à ce qui t'attend. Alors, parle, chienne !

— Les hommes veulent l'or, hurla Flore.

Arthus s'éloigna brutalement du corps comme s'il venait de s'enflammer.

— Que me parles-tu d'or, misérable catin, crois-tu que je torture les corps pour ce vil métal qui rend fou ?

Flamel s'était arrêté d'écrire. Une phrase de son voisin maître Maillard, le soir du bûcher, lui revint en mémoire. *« Les caisses sont vides »*, avait dit le fourreur.

— Es-tu si naïf, tourmenteur, crois-tu que l'on m'a livrée à toi pour sauver mon âme ? On a fait venir Isaac parce qu'il connaissait le secret de l'or.

Un alchimiste, pensa Flamel.

— À la vérité, il croyait le connaître. (La voix s'enflait comme un cri.) Il pensait qu'à Paris, il pourrait achever sa quête. Il n'a pas eu le temps.

L'enlumineur tourna discrètement la tête. Le tourmenteur restait immobile. Son visage s'était assombri. Il posa sa cisaille.

Flamel se remit à écrire. Ce n'était pas le moment d'attirer l'attention.

— J'ai ordre de ne pas te tuer, femme. Et de te renvoyer dans ta province. Mais on m'a confié une mission. Et je la remplirai. Quels qu'en soient les desseins. Alors je te laisse le choix. Parle ou ton corps parlera.

La voix de la jeune femme n'hésita pas :

— Je parlerai.

30

Paris
XVIIIe arrondissement,
rue Muller,
de nos jours

L'ultime rayon de soleil illuminait la reproduction de la Déclaration des droits de l'homme insérée sous son cadre de verre protecteur. En haut de l'affiche, deux femmes plantureuses, dotées chacune d'une paire d'ailes et d'une poitrine dénudée, entouraient un triangle avec en son centre un œil grand ouvert.

Antoine Marcas contemplait l'affiche, assis dans son fauteuil déglingué. Le retour en ambulance n'avait pris qu'un quart d'heure à peine depuis l'hôpital et il se reposait avant d'attendre la visite du Grand Secrétaire de l'obédience.

Un éclat de lumière irradia l'affiche.

Il ne pouvait s'empêcher d'éprouver un petit pincement au cœur en la regardant, même pour passer le temps. Vieille de plus de deux cents ans, elle symbolisait un idéal pour lequel des hommes avaient combattu et pour beaucoup perdu leur vie.

Il avait un faible pour la version de 1794, dans laquelle

les rédacteurs, dont un frère, avaient ajouté plusieurs articles dont le dernier, numéroté XXXV.

Quand le gouvernement viole les droits du peuple, l'insurrection est pour le peuple, et pour chaque portion du peuple, le plus sacré des droits et le plus indispensable des devoirs.

Un article un peu trop subversif au goût des républicains au pouvoir et qui avait disparu par la suite des versions officielles.

Il savait pertinemment que sa prédilection pour ce document était complètement désuète à une époque où l'attachement aux principes républicains devenait chaque jour un peu plus un concept suranné. Il avait tenté, en vain, de sensibiliser son fils au sens profond de la déclaration révolutionnaire, mais abdiqué devant l'ennui profond qui se peignait sur son visage. L'antique document ne pouvait pas lutter face à l'écran plasma et à la console de jeux vidéo.

Qui se souciait encore des droits de l'homme de nos jours ? De temps à autre, il se relisait un article uniquement pour le plaisir. Une fois, il s'était arrêté à la station de métro Concorde, située sous la place de l'exécution de Louis XVI, et avait passé un quart d'heure à lire le texte entier qui recouvrait le carrelage de la station.

Il se versa un deuxième verre du liquide aux reflets jaunes et revint à son sujet de préoccupation.

Il ne comprenait toujours pas pourquoi le tueur l'avait laissé en vie. Comment allait-il retrouver sa trace ? Il n'arrêtait pas de se poser la question depuis son retour de l'hôpital sans trouver de réponses satisfaisantes. Le seul indice valable concernait son grade supposé, celui de la vengeance.

En France comme ailleurs, et dans toutes les obédiences, l'immense majorité des frères qui rentraient en maçonnerie s'arrêtaient au grade de maître. Ce peuple maçon fréquentait des loges dites bleues. Mais une minorité progressait au fil des ans, voire toute une vie, vers ce qu'on appelait des hauts grades, en travaillant en particulier sur les symboles. Pour beaucoup de maçons, ces initiés étaient atteints de la « maladie de la cordonite », sorte de course à la médaille avec des noms étranges comme « prince du tabernacle », « rose-croix » ou « sublime élu ». Marcas, pour sa part, souriait de ces appellations mais restait assez respectueux de ceux qui s'étaient engagés dans cette démarche et qui pour la plupart l'avaient impressionné par leur grande culture.

Il se leva, alla vers la bibliothèque et jura. Il avait prêté son *Dictionnaire thématique illustré de la franc-maçonnerie* de Jean Lhomme, Édouard Maisondieu et Jacob Tomaso.

Il prit son portable et appela l'homme qui allait le sortir de ce pétrin. Pragman, le frère belge qui tenait le « blog maçonnique », le site Internet incontournable sur tout ce qui touchait au réseau. Une mine d'infos tenue par un puits de science… maçonnique. Le frère de Bruxelles décrocha, la voix nappée d'un subtil accent. Le policier respira.

— Salut, ici Marcas.

— Comment vas-tu, mon frère ?

— Bien. J'ai besoin de tes lumières. Aurais-tu sous la main le dico thématique ?

— Bien sûr.

— Tu peux me dire ce qu'ils disent sur les hauts grades ?

À l'autre bout du fil, le frère belge parcourut rapidement le texte et finit par trouver ce qu'il cherchait. Chaque grande obédience maçonnique travaillait sur un des trois rites forgés par l'histoire, « *le Rite écossais ancien et accepté* », le « *Rite écossais rectifié* » et « *le Rite français* ». Chacun de ces rituels possédait un classement hiérarchique de grades que tout maçon, en théorie, pouvait gravir au fil des ans. Il ouvrit l'ouvrage à la page 213 à la lettre H.

H comme Hauts grades.

Il s'arrêta sur le Rite écossais ancien et accepté, un des plus reconnus dans le monde maçonnique.

— Je te lis le passage :

Le neuvième degré, Élu des neuf, est un grade dit de vengeance (de la mort d'Hiram)… Et pour le Rite français… *Ce rite comprend quatre hauts grades qui sont appelés Ordres. Le premier ordre, Élu Secret, est un grade de vengeance, proche en cela du neuvième grade du Rite écossais ancien et accepté. Le thème de ce degré est la fructueuse poursuite des assassins de maître Hiram – père légendaire et créateur de la franc-maçonnerie, qui aurait été l'architecte du temple du roi Salomon –, afin que justice soit faite. Les maçons et leurs détracteurs se sont cependant inquiétés de la manière expéditive de faire justice dans le grade de vengeance. Plonger son poignard dans le cœur d'un coupable, aussi ignoble soit-il, est barbare, et représenter un tel acte au cours d'une cérémonie maçonnique peut paraître éloigné de ce que la franc-maçonnerie veut enseigner. C'est pourtant ce qui est accompli par le postulant au neuvième degré.* Est-ce que ça t'éclaire ?

— Oui et non.

— Cela n'aurait pas à voir avec les deux meurtres à Paris ? Ça s'est répandu sur le Net comme une traînée de poudre. J'ai eu une explosion des connexions avec cette histoire.

— Je ne peux rien affirmer si ce n'est que le salaud m'a dit qu'il était un haut grade… Mais je suis obligé de te laisser, quand tu passes à Paris, fais-moi signe. Salut.

— Merci pour l'info. À bientôt, Antoine.

Au moment où Marcas coupait la communication, la sonnerie de la porte d'entrée retentit brusquement.

Marcas se leva. Donc, au cours de la cérémonie de

passage de ce grade en loge, le futur initié devait mimer, symboliquement, un coup porté avec un poignard. Se pouvait-il qu'un frère ait pris trop à cœur le rituel symbolique du grade ? Mais dans ce cas, pourquoi assassiner deux innocents ?

31

De nos jours

Aurora Source à tous Aurora

13 h 43 GMT.

Cours

Surchauffe sur la place de Londres à la suite de la publication du rapport sur une hausse de + 5 % du volume des transactions sur l'or sur un an (once de référence). Notre informateur prévoit une hausse du cours, qui suivra dans les trois jours. Nous proposons des passages d'ordres d'achat sur une valeur de 50 millions de dollars dans cet intervalle, à répartir entre les membres du groupe *Aurora*, ou certains de leurs clients, cela afin de revenir à des cours plus stables.

Le bénéfice escompté variera autour de 2 %, soit 1 million de dollars. Les ordres d'achat et de revente seront, comme prévu par notre logiciel, espacés sur six heures, afin d'éviter toute suspicion d'entente et de cartel.

Opération Désert Ardent

Notre division DSI nous informe que leur agent est arrivé au Koweït pour contrôler la transaction.

Fin

32

Koweït,
complexe pétrolier d'Hamadi,
de nos jours

Le van noir coupa la file et tourna en souplesse vers la transversale qui desservait le puits numéro 58, laissant derrière lui une traînée de poussière blanche. Le mince tapis d'asphalte noir s'étirait à l'infini au milieu d'une étendue de sable ocre, piquetée à intervalles réguliers de gros robinets de métal qui marquaient l'emplacement des puits.

Le van ralentit à hauteur de la carcasse rouillée d'un char d'assaut soviétique et tourna, cette fois sur une piste de terre sèche.

Jack Winthrop, ex-capitaine des marines, reconverti dans la vie civile en expert en sécurité pour le groupe *Aurora*, posa sa canette de soda glacé dans le cercle de plastique perpendiculaire au tableau de bord. Il fit un signe à son accompagnateur en tenue traditionnelle de bédouin. Le Koweïtien sourit et sortit de la boîte à gants un Uzi flambant neuf.

Le van bringuebala sur les cailloux qui parsemaient la piste. De chaque côté, d'énormes croûtes noires graisseuses de pétrole datant de l'invasion irakienne chauffaient sous le soleil. Une torchère surgit au détour d'un monticule alors que le van ralentissait.

Jack Winthrop rétrograda en apercevant le bâtiment en tôle qui surgissait au milieu de nulle part.

Les indications fournies par le représentant d'*Aurora* dans le pays étaient exactes. Il n'avait qu'à appliquer les instructions, encadrer la transaction et éviter, dans la mesure du possible, tout dégât collatéral.

Il avala une dernière gorgée de la boisson gazeuse aux fruits. La sensation glacée dans sa bouche lui fit du bien. Il n'avait jamais regretté sa décision de travailler à plein temps pour le groupe *Aurora* après son limogeage de son unité pour brutalité excessive. Il aurait plutôt employé le terme *justifiée*, mais l'armée voulait faire un exemple. Quand il s'était retrouvé sur le carreau, un de ses amis, colonel en retraite, lui avait présenté un financier suisse qui cherchait un spécialiste de la sécurité. Jack avait réussi les deux premières missions et gagné la confiance de l'homme d'affaires. Au bout d'un an et demi, ce dernier l'avait mis au courant de l'existence du groupe *Aurora*. Un cercle composé d'une vingtaine de membres de par le monde avec comme passion commune : l'or. Financiers de haut vol, négociants spécialisés, responsables de mines, voire fonctionnaires de banques centrales, tous croyaient aux vertus du précieux métal, seul garant, selon eux, de la stabilité financière et politique dans le monde.

Chacun des membres échangeait des informations sur les marchés de l'or, ses débouchés et les transactions qui pouvaient se révéler fort lucratives. Le financier suisse, baptisé *Aurora Source*, centralisait les informations et les transférait à la communauté.

Deux jours plus tôt, *Aurora Source* lui avait fourni un topo de la mission avant de l'envoyer à Koweït City.

Au cours de travaux de reconstruction des raffineries du site pétrolier d'Hamadi, un ingénieur avait retrouvé quinze barres standard de 12,5 kilos d'or volées en 1990 par l'armée de Saddam Hussein. Dix-sept ans après la première guerre du Golfe, on trouvait encore des caches secrètes construites par les Irakiens en déroute. Pour écouler discrètement le stock, l'ingénieur s'était adjoint les services d'un Libanais installé dans le pays, un chrétien converti à l'islam qui jouait les intermédiaires avec le représentant d'*Aurora* au Koweït, et Jack devait s'assurer de la sécurité du convoyage. *Aurora Koweït* ne voulait pas mêler ses propres gardes du corps à l'affaire, car trop proches des services secrets de la famille royale.

Le van ralentit et se gara devant la porte. Le Koweïtien saisit un gros sac blanc posé à ses pieds.

Sans dire un mot, le conducteur et son passager descendirent de la voiture climatisée. Une onde brûlante les frappa au visage. Ils n'avaient que quelques mètres à parcourir pour passer l'entrée du bâtiment climatisé, mais la chaleur était insupportable. L'odeur âcre, collante, du pétrole saturait l'air ambiant.

La porte s'ouvrit avant même qu'il ne frappe sur la tôle. Trois hommes armés les firent entrer dans le baraquement. Winthrop se dit que le boulot allait enfin commencer.

33

Paris,
île de la Cité,
15 mars 1355,
dans la nuit

La voix ne tarissait pas. Frêle, tressautante, comme son propre corps. Elle égrenait sa vie de jeune femme dépassée par un mystère qu'elle ne comprenait pas. Fascinée par un homme dont la quête lui échappait et dont elle avait pris l'étrangeté pour de l'amour.

Flamel notait sans répit. Parfois, quand la voix ralentissait ou se brisait en un sanglot, il tournait son visage. Et ce qu'il voyait le faisait revenir plus vite à sa tâche.

Le tourmenteur, lui, restait impassible. Il tenait sa cisaille fermée comme une mâchoire en muselière. Il contemplait ce corps que la sueur envahissait. Peut-être suivait-il du regard la courbe acide des plaies, la course noire du sang dans les sillons de la peau ? Peut-être, dans cette géographie du mal, voyait-il un autre monde dont la souffrance ouvre les portes ? Que pouvait penser un tourmenteur à contempler son œuvre gravée dans la chair ?

— Suffit.

L'ordre résonnait encore que la voix grave d'Arthus reprit. Il semblait impatient.

— Tout cela n'est que temps perdu. Et le temps nous est compté. Alors ne nous abuse pas.

Flore s'était tue. On n'entendait que le souffle rauque et affolé de sa respiration.

— Mais je dis la vérité.

— Tu te perds dans les travers de ta mémoire, dans les méandres de ta pauvre vie. Cela ne m'intéresse pas. Parle-moi de cet Isaac.

Elle reprit, la voix mouillée de sanglots.

Au fur et à mesure que Nicolas écrivait, le portrait d'Isaac Benserade se dressait. Il était né et avait étudié à Gérone en Espagne. Là vivait une communauté juive dont les traditions n'avaient pas varié depuis l'Antiquité. On y pratiquait les bains rituels, on y étudiait la Torah et on fréquentait la synagogue comme si on vivait encore en terre d'Israël. Mais pour certains érudits ou étudiants de la Parole sacrée, ce mode de vie, ponctué par des rites ancestraux, ne correspondait plus à leur soif de vérité. Suivre le strict enseignement de la seule tradition allait même à l'encontre de la présence de Dieu.

Parmi eux, Isaac possédait le caractère le plus tourmenté, il étudiait la médecine pour succéder à son père, mais ce destin ne lui suffisait pas. On le voyait hanter les écoles rabbiniques, épuiser ses nuits sur les textes saints, interroger sans relâche les Juifs de passage. Il fréquentait même des chrétiens, des moines surtout, dont on disait qu'ils détenaient, cachée dans leur bibliothèque, toute la sagesse de l'Antiquité. On le rencontrait aussi avec des Arabes, des infidèles aux pieds nus qui sillonnaient la terre en psalmodiant le nom d'Allah. Et plus il ouvrait son cœur au vaste monde et moins il comprenait le Dieu de son peuple, inapprochable et inconnaissable. Un Dieu qu'on ne pouvait que révérer sans jamais l'atteindre alors que, dans les monastères catholiques, les confréries soufies, on apprenait à le voir de face quitte à en demeurer brûlé à jamais.

Mais cette possibilité lui restait interdite. Il devrait alors abandonner la foi de ses ancêtres. Pourtant, un jour, on lui avait parlé d'une autre voie, réservée à ceux qui ne renonçaient ni à la raison, ni à leur liberté de conscience. Une voie qui se plaçait au-delà des religions et qui voulait révéler l'âme, sauver le corps et même changer la société.

À Gérone, on les appelait les adeptes. Le peuple, à voix basse, les nommait les souffleurs, car pour leurs expériences mystérieuses ils entretenaient chez eux un feu continu, parfois durant des années. On disait qu'ils cherchaient les secrets de la matière pour mieux posséder ceux de l'âme, d'autres prétendaient qu'ils étudiaient les lois invisibles de l'univers pour se rendre semblables à Dieu, mais tous s'accordaient à les croire maîtres d'un secret, qui fascinait plus que tout : celui de l'or.

Flamel notait fébrilement, il en oubliait les souffrances de la jeune femme. Même la peur du tourmenteur s'était estompée face à la curiosité vorace qui l'avait saisi.

Honteux, mais impatient, il attendait comme le tourmenteur que Flore de Cenevières arrive au bout de son récit et livre, de gré ou de force, le secret d'Isaac Benserade.

34

Paris,
rue Muller,
de nos jours

La silhouette de Guy Andrivaux apparut dans l'encadrement de la porte. Marcas afficha un large sourire. Le visiteur serra vigoureusement la main d'Antoine et s'assit directement dans le deuxième fauteuil du salon en poussant un soupir de soulagement.

— Je suis venu à pied du siège, mine de rien ça fait une trotte. Tu as quelque chose de frais à boire ?

Marcas opina et apporta un plateau avec deux verres et des bouteilles.

— Ton collègue est venu faire son enquête pendant que tu étais à l'hôpital. Je ne te cache pas que son appartenance à une autre obédience m'irrite un peu. Mais bon, on n'a pas le choix.

Le Grand Secrétaire jeta un œil sur l'ouvrage à couverture bleue posé à côté du fauteuil.

— Tu penses que le tueur possède un grade de vengeance ?

— Oui, il me l'a dit… une véritable obsession. La poursuite et le meurtre symbolique des assassins d'Hiram, le fondateur légendaire de la maçonnerie. Mais, tu le sais comme moi, ceux qui possèdent ce grade ne travaillent que sa valeur symbolique, il n'a jamais été question d'assassiner qui que ce soit ! C'est le genre de sornettes qui a été propagé par nos adversaires durant les siècles précédents. Comme le fait d'adorer le diable. Du pur Léo Taxil.

Le frère Guy contemplait le policier qui continuait sur sa lancée.

— Ce grade est une mise en scène. Une vengeance de théâtre, conçue au XVIIIe siècle pour les bourgeois. Pour faire croire qu'ils participaient à une œuvre secrète. Un mythe. Quel rapport avec nos meurtres ?

— Je ne sais pas. Et pourquoi pas les Templiers ?

Le regard interrogateur, Marcas scruta le visage hermétique du Grand Secrétaire.

— Tu peux être plus précis ?

— Juste après la Révolution justement, on vit apparaître une nouvelle version de ce grade de vengeance. Et là, il s'agissait de venger la mort de Jacques de Molay, le Grand Maître des Templiers.

Le commissaire tiqua.

— Brûlé à Paris en 1314 sur ordre du roi de France. Et il y a même mieux. Le jour de l'exécution de Louis XVI, en 1792, un inconnu s'est précipité sur l'échafaud, a saisi la tête du roi et a hurlé : « *Jacques de Molay, tu es enfin vengé !* » Plus de quatre siècles après. À la vérité, je pense que certains maçons, proches des idées de la Révolution, voyaient dans l'ordre du Temple, détruit par la royauté, un premier contre-pouvoir.

— C'est une aberration historique !

Marcas partageait l'analyse selon laquelle les maçons avaient récupéré l'imagerie templière, moitié par romantisme du XIXe siècle, moitié pour s'inventer, par pragmatisme, une filiation prestigieuse et attirer les bons esprits de l'époque.

— Bien sûr. Mais d'un autre côté, le Temple. Son histoire tragique. Son trésor qui n'a jamais été retrouvé. Ça peut faire tourner des têtes.

Le commissaire contempla le fond de son verre comme s'il cherchait à deviner l'avenir dans un pur malt de whisky.

— Le trésor des Templiers… Comme dirait mon fils : « *J'y crois pas !* » Oublions ces pauvres chevaliers martyrisés assaisonnés à toutes les sauces ésotériques et concentrons-nous sur notre meurtrier.

Le Grand Secrétaire haussa les épaules et balaya la pièce du regard.

— Tu as raison, mon cher commissaire. Toi qui as du temps devant toi avec ton congé sabbatique, ce serait bien que tu enquêtes là-dessus, de façon informelle. Et puis… Paul était ton ami. Nous lui devons justice. Ainsi qu'au pauvre malheureux transpercé dans le cabinet de réflexion.

— Je connais mon devoir, répliqua Antoine.

— Alors c'est à toi de venger sa mémoire.

Les deux hommes se turent. Dehors, la nuit entamait son combat contre la lumière du couchant. L'obscurité montait comme une marée souterraine.

Andrivaux rompit le silence.

— Il y a une chose que tu dois savoir. Paul avait laissé une enveloppe à ton intention, à mon bureau, le soir du meurtre, juste avant de rentrer en loge.

— Je suppose que tu as oublié de la transmettre au Frère Obèse, répondit Marcas, ironique.

Le Grand Secrétaire reprit son verre et but une gorgée paisiblement.

— Oui, vraiment, ma mémoire me joue des tours parfois, ça doit être un alzheimer précoce. Heureusement, sitôt le départ de ton collègue je me suis souvenu miraculeusement de son existence. Je l'ai prise avec moi.

Il sortit une petite enveloppe de sa veste et la donna à

Marcas. Celui-ci l'ouvrit et en sortit une clé USB noire et une carte de visite avec un mot griffonné à la main.

Si quelque chose m'arrivait, lis les informations contenues dans cette clé et surtout récupère l'épée de mon ancêtre.

Ton frère Paul.

Marcas montra la carte au conservateur qui fit un signe d'approbation.

— Je l'ai lue. Tu penses bien…

— Je suppose que tu as aussi fait une copie de la clé USB ?

— Hélas, non. Il faut un mot de passe pour entrer dans les fichiers. On a essayé, mais sans succès.

Marcas marchait en rond dans le salon. Le soleil couchant avait disparu, les lampadaires de la rue s'étaient allumés. Il consulta sa montre.

— Et merde. Je suis obligé de partir, j'ai promis à mon ex de la rejoindre à un dîner. J'expédie ces mondanités et dans deux heures, tout au plus, je suis revenu pour regarder ta clé. Et cette épée ?

Andrivaux prit son manteau sous le bras.

— Là, je peux t'aider. C'est l'une des pièces les plus précieuses de notre musée. Il s'agit de l'épée maçonnique du marquis de La Fayette, l'ancêtre de Paul. Il s'en servait lors des cérémonies. Un objet magnifique, garde en bronze doré à décors, lame torsadée avec son fourreau ciselé et… poignée de nacre. Une pièce unique.

Marcas décrocha son blouson d'une patère dans l'entrée et ouvrit la porte de l'appartement, laissant passer le Grand Secrétaire. Il lui mit la main sur l'épaule.

— Parfait. Il suffit de la sortir de sa vitrine du musée.

Andrivaux le regarda avec gravité.

— Ce sera difficile. Le tueur l'a volée.

35

Koweït,
complexe pétrolier d'Hamadi,
de nos jours

Le hangar de fortune était éclairé par de puissants projecteurs braqués sur une excavation grande comme une piscine. Trois caisses brunies et éraflées sur les côtés avaient été disposées à l'écart. Un homme, d'une soixantaine d'années, aux cheveux plaqués en arrière, vêtu d'un costume clair et d'une cravate grise, les contemplait, assis sur un parpaing de béton, en fumant un cigarillo.

— Amid, quel plaisir de te revoir ! Sois le bienvenu, mon ami, fit l'homme en étreignant le Koweïtien avec chaleur.

— Michel ! Qu'Allah répande ses bienfaits sur ton Liban chéri, répondit le Koweïtien avec un large sourire.

— Il a plutôt répandu des bombes depuis quelque temps. Tu ne me présentes pas à ton ami ? murmura l'homme en costume clair en dévisageant l'Américain avec méfiance.

— John Bush, un ami… investisseur anglais, dit le Koweïtien qui avait posé sa mallette par terre.

Le Libanais fit tourner son index au-dessus de sa tête et deux hommes armés de pistolets-mitrailleurs FN P90 surgirent d'un amas de plaques de tôle. Jack Winthrop s'étonna de voir ces armes utilisées habituellement par les unités spéciales, capables de déchiqueter un type protégé par un gilet pare-balles, entre les mains de ces gorilles.

— N'y voyez pas de manque de respect, monsieur… euh… Bush, mais le tailleur qui a façonné votre veste n'a pas prévu des poches adaptées aux armes de gros calibre. Si vous aviez la gentillesse de donner votre joujou à mes hommes, nous serions en pleine confiance.

Jack Winthrop resta impassible, posa son arme à terre et recula de trois pas. Il s'était attendu à ce genre de réception. Les hommes s'emparèrent de l'arme. Le Libanais sourit à nouveau.

— Parfait. Soyons professionnels, l'or est dans les caisses. Puis-je voir l'argent, mon cher Hamid ?

Le Koweïtien tendit le gros sac et s'approcha des trois caisses.

— Puis-je à mon tour ?

— Mon bien est ton bien, mon ami, répondit le Libanais qui sortit un à un les rouleaux de billets de cinq cents euros du sac du Koweïtien et les posa sur le parpaing.

Jack observa les deux hommes qui comptaient chacun leur butin, l'un en monnaie de papier, l'autre en or. Il s'alluma une cigarette. Combien de fois avait-il effectué ce genre de mission depuis sa radiation de l'US Army et son embauche au sein de l'équipe de sécurité d'*Aurora*… Il sentit sur sa cheville la sueur qui coulait au point de contact avec la carcasse en polymère de son Walther P99 dissimulé.

Les deux hommes avaient terminé leur compte, le Libanais fit signe à ses comparses de charger les caisses dans le van. Jack Winthrop tendit l'oreille, un bruit sourd venait du fond du hangar. Michel intercepta son regard et fit une grimace qui faisait trembler ses lèvres minces. Une sonnette d'alarme se déclencha dans le cerveau de l'Américain.

— J'avais oublié un détail, précisa le Libanais.

— Lequel ? répondit Winthrop qui s'était baissé pour refaire son lacet.

— Venez voir par vous-même pendant qu'Amid supervise le chargement, ajouta son interlocuteur en montrant l'endroit d'où provenait le bruit étrange.

— Je n'y tiens pas, fit l'ex-marine en se raidissant.

Avant même que les hommes du Libanais puissent réagir, Winthrop braqua son P99 sur la tête de Michel.

— Mains en l'air. Je n'aime pas les détails de dernière minute. Ça nuit à ma sérénité…

Les hommes de main pointèrent leur pistolet-mitrailleur sur l'Américain. Le Libanais secoua la tête.

— Mes gardes peuvent vous hacher menu au premier signe de ma part, mon ami.

— Peut-être, mais avant votre premier battement de cils, je vous colle une balle entre les deux yeux, *mon ami*… déclara Winthrop en souriant.

Le Koweïtien avait reculé, inquiet de la tournure des événements. Le Libanais gardait son calme.

— N'ayez crainte, Amid a le bras long dans ce pays. Je sais que, s'il lui arrive quelque chose, j'aurai les pires ennuis. La transaction est régulière. Je voulais simplement vous présenter à quelqu'un. Mes hommes vont abaisser leurs armes en signe de bonne volonté. Suivez-moi.

Les hommes de main obéirent. Winthrop suivit l'homme en costume, tout en le gardant en joue. Derrière un amas de gravats, il vit une forme allongée sur le sol, recouverte d'une bâche grise. Un faible gémissement résonnait dans le plastique sale. Le Libanais ôta la bâche. Un homme en combinaison de la même couleur que celle du type qui leur avait ouvert la porte du baraquement se tortillait avec un bâillon sur la bouche.

Son œil gauche pendait de son orbite, retenu par un nerf sanguinolent.

— C'est Omar, l'ingénieur qui a découvert les barres d'or. Après m'avoir contacté, ce petit filou avait dealé avec un négociant syrien pour lui révéler le trajet de votre véhicule au retour. Ses hommes devaient vous intercepter sur la route entre Hamadi et Koweït City, vous exécuter et récupérer l'or. J'aurais été tenu pour responsable. Peu régulier, non ?

— En effet, dit Winthrop, en regardant l'homme énucléé, qui pleurait de son seul œil.

Il abaissa son arme.

Le Libanais s'accroupit et lui caressa le front avec un air attendri.

— Omar va rester très sage en attendant que Michel raccompagne ses invités. Et après, le gentil Michel va venir s'occuper du deuxième œil du méchant Omar. Quant à vous deux, partez. Notre affaire est terminée. Ce fut un plaisir.

Le Koweïtien fit signe à Jack de le rejoindre vers la sortie.

Trois minutes plus tard, les deux hommes étaient remontés dans le van, lesté des trois caisses d'or. Juste avant de claquer la portière, l'Américain entendit un hurlement de douleur en provenance du hangar. Il ne comprenait pas l'arabe mais les cris du supplicié ne laissaient aucun doute sur les tortures infligées.

Le Libanais tapa à la vitre du conducteur.

— Mes hommes ont commencé à faire de la pédagogie à ce bon vieux Omar, je leur avais pourtant dit d'attendre ! Ah ! ces jeunes, incapables d'être patients. Pourtant, comme le dit un proverbe druze : « L'attente décuple le plaisir. » Adieu, mes amis. Bonne route.

36

Paris,
île de la Cité,
15 mars 1355

Nicolas reposa sa plume. Son poignet était parcouru de crampes. Flore venait de se taire.

— Il a fréquenté des alchimistes ?

La voix du tourmenteur sourdait de sa capuche baissée.

— Oui, pendant dix ans.

Voûté sur sa table, Nicolas hésita avant d'écrire ce chiffre. Arthus réagit.

— Pourquoi tant de temps ?

— Ils travaillent selon les saisons. Un jour, il m'a expliqué qu'on ne pouvait réaliser le Grand Œuvre qu'à certaines époques de l'année bien précises. C'est pour ça qu'il était pressé d'arriver à Paris.

— Tu mens ! C'est notre roi qui l'a fait venir. Et ton chien a accouru parce qu'en Espagne, on a enfin décidé de s'occuper de ces chiens d'infidèles. Sais-tu ce qu'on fait à ceux qui n'obéissent pas aux commandements de l'Église, s'ils ne confessent pas la vraie vérité, celle de Dieu ?

— Non, je dis la vérité. Les saisons…

La tenaille claqua. Deux fois.

— Tu l'entends. Elle a faim de ton corps, de ta chair. Et moi, je ne peux plus la retenir, car tu mens.

— Non !

La plume de Flamel lui glissa des doigts. Il avait le front en sueur. Il regarda la lampe à huile qui fumait au-dessus de sa tête. La curiosité était plus forte que la peur.

— Je dois te rendre vivante, mais on ne m'a pas dit comment. On ne m'a pas dit, par exemple, si tes jolis yeux verraient encore le jour.

Le claquement de la tenaille se rapprocha. La voix aiguë de Flore hurla.

— Isaac a échoué. C'est pour ça qu'il est venu à Paris. Quand le roi de France l'a appelé, Isaac y a vu un signe. Qu'il était enfin sur la bonne voie.

— Et pourquoi Paris ?

La voix de l'inquisiteur se fit plus neutre.

— À Gérone, on lui avait dit que c'était ici que l'on pouvait encore trouver le secret.

— Le secret ?

La jeune femme se tut.

— Alors comme ça il n'a pas trouvé le livre ? répondit à sa place Arthus.

— Comment vous savez ?

La voix de Flore venait de vaciller.

— Ne t'occupe pas de ce que je sais. Quant à toi, copiste, si tu tiens à la vie, oublie à jamais ce que je dis. Où est ce livre ? poursuivit-il. Où est-il ?

Flamel s'était levé. Sa tête tournait. Le tourmenteur venait de jeter sa tenaille au sol. Sa capuche était ôtée. Tout son visage brûlait d'un sourire infernal.

— Tu ne sais rien ? Alors pour toi, il y aura pire que la torture.

— Une phrase, il disait une phrase.

— Laquelle ?

Nicolas s'appuya contre le mur. Sa vue se brouillait. Il commença à glisser vers le sol, le ventre secoué de spasmes.

— *La lame suit le flambeau de la perfection.*

Le tourmenteur ôta sa soutane.

— Maintenant je peux te purifier.

37

Paris,
rue du Faubourg-Saint-Honoré,
de nos jours

— Vous voulez vraiment mon avis sur Jésus ? répondit Marcas, alors qu'il tentait de couper le chou de la profiterole sans faire jaillir la boule de glace à la vanille.

— Oui, s'il vous plaît. On dit que vous, les francs-maçons, possédez plein de secrets. Si les catholiques ne vous aiment pas depuis des siècles, c'est bien que vous savez quelque chose qu'on nous cache sur le Christ, reprit la maîtresse de maison, une quinquagénaire qui souriait de tous ses implants.

En entrant, deux heures plus tôt, dans le luxueux appartement, Antoine Marcas avait regretté d'avoir accepté l'invitation à ce dîner barbant au possible, une sorte de poulailler de luxe, un salon parisien où fortunes récentes et intellectuels de fin de semaine s'essayaient aux subtilités de la conversation mondaine. Il maudissait son ex-femme, qui l'avait harcelé pour venir, alors qu'il devait casser le code de la clé USB de Paul de Lambre.

Vu l'état de ses relations avec son ex, il n'avait pas pu refuser. Il s'était engagé depuis un mois sans comprendre pourquoi il était si indispensable. S'il avait annulé, non seulement il aurait eu droit aux remarques peu amènes de madame ex mais en mesure de rétorsion, elle l'aurait également empêché de voir plus souvent son fils.

Elle s'était entichée depuis trois mois de la maîtresse de maison, une aristocrate excentrique qui, en échange, la faisait entrer dans certains cénacles en vue.

Et maintenant, il ne décolérait pas. Il avait compris le sens de l'invitation pendant le plat de résistance quand la comtesse lui avait demandé pourquoi il était devenu franc-maçon. Le morceau de canette rôtie lui resta en travers de la gorge et il avait fusillé du regard son ex qui affichait un air de Sainte Vierge.

Son appartenance à la maçonnerie était visiblement de notoriété publique parmi les convives. Son ex l'avait fait venir jouer le franc-mac de service, comme une bête curieuse. Et l'hôtesse ne cessait de l'interroger sur des sujets ésotériques de bas étage dont il se moquait éperdument.

Il appuya d'un coup sec sur le chou. La vanille gicla sur l'assiette de son ex. C'était un signe du destin, songea-t-il. Il leva la tête vers la comtesse.

— Je vais vous faire un aveu. Ponce Pilate était franc-maçon.

— Non ! lança la maîtresse de maison dans un petit cri.

— Oui. Avec l'aide des Juifs, le procurateur de Judée et ses frères francs-maçons ont crucifié le Christ. D'où la naissance de la fameuse expression complot judéo-maçonnique… Le choix de la croix comme instrument de l'agonie de Jésus n'est d'ailleurs pas un hasard.

Tous les convives s'étaient tus, écoutant religieusement le policier continuer son monologue d'un ton grave. Son ex buvait du petit-lait.

— La croix est un vieux symbole maçonnique hérité du Tau de l'Égypte ancienne.

— Mais pourquoi l'avoir tué ? jeta un jeune écrivain, plus connu pour ses passages remarqués dans les pages people des magazines que pour la profondeur de ses œuvres.

Marcas lâcha sa fourchette d'un air las.

— Jésus était un frère et il nous a trahis. Il avait révélé le secret de la multiplication des pains lors des Noces de Cana. On pourrait dire aujourd'hui le clonage du pain. Et surtout, la transformation de l'eau en vin. À terme, les corporations des boulangers et des viticulteurs, repaires de francs-maçons, étaient condamnées ! Totalement insupportable. On a noué une alliance avec les Juifs sur ce coup-là et résultat on a fait un Dieu ! Honnêtement, ça va faire deux mille ans qu'on le regrette.

Un éclat de rire parcourut l'assistance. La maîtresse de maison sourit poliment en haussant son sourcil droit.

— L'humour vous permet d'esquiver ma question, mon cher monsieur. Jésus était-il un initié ? A-t-il survécu à la croix ? (Son débit s'accélérait.) Et le Vatican ? Le nouveau pape, Benoît XVI, dit que…

Marcas décida que la plaisanterie devait se terminer. Il en avait marre d'entendre toutes ces conneries. Il pouvait se permettre de jouer les rustres, et tant pis pour son ex.

— Pour tout vous dire, madame la comtesse, Jésus, je m'en tape.

— Comment ça ? murmura la femme en haussant le second sourcil.

— Entendons-nous bien. Je respecte les croyances de chacun, il existe même des obédiences qui prêtent serment sur la Bible. Mais laissez ce pauvre Jésus sur sa croix. Quant à Benoît XVI, je ne me souviens que du temps où il était encore le cardinal Ratzinger et nous avait pondu un texte expliquant que tous les francs-maçons vivaient en état de péché grave ! Sur ce, je vous souhaite le bonsoir, j'ai une nuit chargée : je dois invoquer l'antéchrist avec mes copains frangins et des strip-teaseuses. C'est plus excitant que de répondre à des questions d'une stupidité cosmique.

Sous les yeux médusés de l'assistance, Antoine Marcas se leva de sa chaise, inclina la tête vers la maîtresse de maison et son ex qui le regardaient d'un œil mauvais, et se dirigea vers l'entrée. Quelques remarques acides fusèrent de la table. Il s'en foutait, plus vite il sortirait, mieux il se porterait. Il récupéra son manteau. Sa montre indiquait 11 h 30. Il vit son ex se lever pour le rattraper mais il avait claqué la porte.

Il était temps de se plonger dans le fichier informatique de Paul de Lambre.

Assis, chez lui, devant son ordinateur, Marcas contempla la clé USB qui roulait dans sa main. Il hésita avant de l'insérer dans l'ordinateur, craignant de mettre le doigt dans un engrenage qu'il ne maîtriserait pas. En même temps, s'il ne s'en occupait pas, qui le ferait ? Un instant, il songea au Frère Obèse, chargé de l'enquête. Nul doute que les spécialistes en informatique de son service se seraient révélés les plus compétents pour venir à bout du code d'accès qui avait résisté au Grand Secrétaire. Un logiciel perfectionné et, en quelques heures, le sésame aurait ouvert la voie.

Antoine éprouva un de ces moments « déontologiques » qui le perturbaient parfois. Choisir entre sa fidélité fraternelle et son devoir de flic. Les doigts planant sur le clavier, il imagina le Frère Obèse ouvrant la boîte à secrets, pénétrant l'intimité de Paul de Lambre. Cette dernière vision le choqua. Instinctivement. C'était comme abandonner un mort en des mains étrangères. Un mort qui avait eu confiance en lui, Marcas, pour révéler une vérité qui désormais réclamait son engagement et sa confiance. Des valeurs qu'il se devait de respecter. Quel qu'en soit le prix.

L'écran s'alluma et au bout de quelques secondes afficha un petit rectangle blanc prévu pour insérer le mot de passe. Les ennuis allaient commencer maintenant, songea-t-il. Si le secrétaire général s'était cassé les dents, il ne voyait pas pourquoi il en serait autrement pour lui. Il pensa à La Fayette, à son épée, tenta plusieurs variantes autour de ces thèmes mais échoua. Il essaya ensuite des mots maçonniques qui lui venaient à l'esprit en rapport avec son ami, mais rien n'y fit, l'écran affichait systématiquement *erreur*.

Marcas regarda avec envie une affiche des années 60 qui vantait les mérites des cigarettes *Pall Mall*. Il l'avait raccrochée au-dessus de son bureau le jour où il avait arrêté de fumer. Une sorte de défi quotidien. Mais ce soir, il aurait donné beaucoup pour avoir un paquet de cigarettes sous la main. En piocher une, la tasser sur le revers de la main et l'allumer dans un parfum d'essence avec son vieux Zippo relégué dans la poussière du cendrier, tout cela lui manquait.

Antoine soupira. Il y avait des jours où l'on doutait de tout, où l'on en venait à désespérer de l'avenir. L'image fugitive du corps recroquevillé de Paul, baignant dans son sang, le traversa brutalement. Décidément, entre son fils à l'adolescence tourmentée, son ex-femme qui le harcelait, et ses frères qui finissaient à l'abattoir, son année sabbatique s'annonçait bien.

Le petit rectangle blanc continuait de le narguer. Dans ce genre de situation, Antoine aurait aimé procéder comme les détectives d'antan. Assis dans un fauteuil de cuir anglais, le cigare nonchalamment aux lèvres, il ferait jouer les rouages impeccables de la logique inductive. De Descartes à Sherlock Holmes, il y avait là toute une époque de penseurs en chambre pour lesquels résoudre une équation ou une énigme policière ne servait qu'à confirmer la toute-puissance de la raison.

Antoine étira les bras. Pour lui, travailler sur une affaire, c'était d'abord oublier toute prétention à la logique pure et ne plus se fier à l'infaillibilité du raisonnement. Bien au contraire, il préférait s'adonner à sa méthode la plus personnelle.

En laissant affleurer les souvenirs qu'il avait de Paul de Lambre. L'émotion de sa mort aidant, c'étaient des bribes de mémoire qui remontaient à la surface. Une intonation de voix lors d'une tenue, un rire éclatant en pleine agape ou un sourire malicieux lorsqu'un frère trop bavard s'apprêtait à prendre la parole.

Sans doute, quand il avait cherché un code pour verrouiller ses fichiers, Paul avait dû, lui aussi, parcourir ses souvenirs, se demander quel fragment partagé du passé reviendrait en premier. Quel mot commun était resté entre eux, quel sésame, telle la madeleine de Proust, ouvrirait d'un coup les portes du passé ressuscité ?

Lou, prononça Antoine. Trois lettres pour un prénom féminin qui les avaient tenus éveillés un soir d'agapes. Quant au moment des confidences, parlant de l'enfant qu'il n'avait jamais eu la chance d'avoir, Paul de Lambre avait cité ce prénom comme le rêve échoué d'une vie. Trois lettres vides que jamais aucun visage ne viendrait combler. Un aveu qui toucha Antoine plus qu'il n'avait osé se l'avouer. C'était l'époque de son divorce, de la maison vide et d'un fils qui ne vivrait plus jamais au quotidien à ses côtés.

Lou.

Trois lettres tapées sur le clavier.

Le rectangle blanc disparut et un texte apparut comme par enchantement.

38

Koweït City,
de nos jours

Jack et son compagnon passèrent sans encombre le poste de garde du nord du complexe pétrolier et filèrent sur la route de Koweït City. À cinq kilomètres, ils ralentirent devant une carcasse de 4×4 en train de flamber, avec deux voitures de police et une ambulance garées sur le côté. Quatre corps semblaient entassés sur le talus, recouverts d'une toile noire.

Les deux hommes échangèrent un regard de circonstance, l'embuscade avait été neutralisée par les hommes de Michel. Winthrop haussa les épaules. Il n'éprouvait pas de compassion. Les victimes, dans ce genre de job, étaient généralement des trafiquants, eux-mêmes sans état d'âme, et assassinés par des hommes du même acabit. Deux fois seulement, en cinq ans, il avait actionné sa gâchette pour le compte de l'organisation. Les consignes étaient très claires, éviter toute violence inutile et n'y recourir que si la situation l'exigeait. Dans ses premières missions, il avait cru jouer le rôle d'un garde du corps classique, mais en fait son job consistait à sécuriser l'or plutôt que la personne qui l'accompagnait.

Une sorte de mercenaire de l'or.

Il ne l'avait pas regretté une seule seconde, sa paie avait été multipliée par cinq et il intervenait en moyenne deux fois par mois, pour des missions d'une durée indéterminée, ce qui lui laissait peu de temps pour s'occuper de sa famille à Pensacola, en Floride. Officiellement, pour sa femme et le fisc, il était consultant en sécurité pour une entreprise d'El Paso.

Il passa la troisième, le van était moins vif qu'à l'aller, en raison des barres d'or sagement rangées à l'arrière du coffre. Au bout d'une demi-heure, ils arrivèrent enfin à leur destination, un immeuble flambant neuf de cinq étages construit dans un style mauresque. Jack tourna sur la gauche de l'édifice, ralentit à hauteur d'une porte de garage qui s'ouvrit automatiquement. Le van s'engouffra dans les entrailles du bâtiment.

Une heure après la livraison, Jack Winthrop se prélassait sous un parasol, au bord de la piscine de l'hôtel. En caleçon de bain, les cheveux encore humides de son plongeon dans l'eau fraîche, il rédigeait son compte rendu de mission, sans omettre le moindre détail. Le code de procédure d'*Aurora* imposait qu'il fasse un point chaque jour par liaison électronique avec un correspondant anonyme. Il tapa sur envoi et reposa le Blackberry à transmission satellitaire sécurisée sur le sol carrelé. Il se demanda ce qu'il allait faire de sa journée avant le décollage de son avion le lendemain. Koweït City n'était pas vraiment le royaume des Mille et Une Nuits : interdiction totale d'alcool, aucune boîte de nuit et quant au sexe, mieux valait ne pas en parler.

Il soupira. Seuls les bars des grands hôtels laissaient présager des rencontres potentielles et encore, la concurrence était rude, avec un ratio de dix hommes pour une femme.

Il vit passer devant lui une grande brune sculpturale

en bikini jaune qui portait une serviette sur l'épaule. La fille s'installa à deux parasols de distance et lui jeta un regard de côté. Il sourit et se prit à fantasmer. Il s'accorderait bien un moment de détente, peu importait s'il s'agissait d'une professionnelle, il avait largement les moyens de s'accorder un petit extra. Il en était à s'imaginer dans quelle chambre ils iraient quand arriva vers elle un homme aux cheveux taillés en brosse et aux épaules de déménageur. À sa démarche martiale, Jack reconnut tout de suite un de ses ex-collègues, sûrement un des innombrables officiers stationnés à Koweït City, considérée comme une base arrière du bourbier irakien. L'homme s'assit à côté d'elle et lui passa de l'huile solaire sur le dos, signant le glas des espérances charnelles de l'ex-marine. Il parcourut du regard toute la piscine, pas une seule femme à l'horizon. Que des hommes dans le personnel de l'hôtel.

Jack soupira. Il regretta qu'on ne l'ait pas envoyé à Dubaï, là-bas au moins on tolérait beaucoup plus les plaisirs, les vices et les faiblesses du genre humain, musulman ou non.

Son Blackberry émit la petite vibration familière, signe qu'il avait reçu un message de son employeur. Il ouvrit l'écran.

De Aurora Source à Aurora DSI
13 h 09 GMT.
Opération Désert Ardent
Bien reçu votre rapport. Félicitations pour la réussite de la mission. Suppression d'éléments humains regrettable. Aucune opération prévue pour la fin du mois. La somme de 18 600 dollars a été transférée sur votre compte à la Bermuda Vernet Bank à Nassau. Bon voyage de retour.
Fin

Winthrop rangea son Black dans une petite housse et afficha un large sourire. 18600 dollars pour faire une petite promenade dans le désert… *Aurora* était généreux, plus que l'armée des États-Unis.

Parfois il se demandait combien d'agents comme lui parcouraient le monde pour « fluidifier » le marché de l'or. Il n'en avait aucune idée. À trois reprises, il s'était retrouvé en compagnie de deux hommes et d'une femme envoyés en renfort sur des interventions réputées délicates. Des spécialistes en sécurité tout comme lui et aussi peu bavards.

Un avion abandonnait sa traînée blanche dans le ciel azuré. Jack ferma les yeux, imaginant dans quel nouvel endroit du monde *Aurora* allait l'envoyer la prochaine fois.

Il renifla, l'odeur du pétrole imprégnait encore ses narines.

La vision de l'Arabe bâillonné resurgit dans son esprit. Depuis la nuit des temps, combien d'hommes avaient vu leur mort en face à cause du précieux métal. Des centaines de milliers… L'or et le sang formaient un alliage éternel. Son employeur, très friand d'anecdotes sur l'or, lui avait raconté la mort horrible de Crassus. Ce général romain, rival de César et de Pompée, réputé pour sa passion immodérée pour le redoutable métal, fut capturé à l'issue d'une bataille sanglante par l'armée des Parthes. Ceux-ci, pour marquer leur mépris, l'exécutèrent devant ses hommes en lui versant un grand gobelet d'or fondu dans la gorge. Crassus eut probablement le même regard affolé que l'Arabe dans le hangar en voyant son destin s'achever.

Jack ne succombait pas à l'envoûtement de l'or, c'était sa force, et son employeur le savait. Au cours d'une des premières missions au Pérou, le représentant local d'*Aurora* lui avait fait comprendre qu'il pouvait se mettre de côté un petit lingot. Il avait poliment refusé.

Heureusement pour lui. Il s'agissait d'un test standard pour mesurer l'incorruptibilité des employés de sa catégorie. Jack s'était toujours demandé ce qui lui serait arrivé s'il avait accepté le bakchich…

Il sentit la fatigue s'abattre sur lui. Il plongea dans un sommeil sans rêves.

39

Paris,
échoppe de Nicolas Flamel,
21 mars 1355

Encore une fois le cauchemar s'empara de lui.

Il avait entendu dire que les rêves, même les plus horribles, ne retraçaient jamais à l'identique la réalité dont ils étaient issus. Selon les livres que Flamel avait consultés, si on rêvait parfois d'événements réels, l'imagination y rajoutait toujours ses couleurs souvent aussi crues que violentes. Alors que là… Non ! C'était la réalité, seule, qui se répétait chaque nuit comme une ultime vérité. Cela faisait presque une semaine qu'il était sorti du cachot du tourmenteur, en titubant.

Mot à mot, il se souvenait de tout. De la salle de torture, des gestes du tourmenteur, mais surtout du son de la voix de Flore de Cenevières quand elle évoquait l'arrivée de ce Juif dans son château de province. De sa vie étriquée entre une mère confite en religion et un frère aîné qui la haïssait. Un frère jaloux qui ne voyait en elle que la cadette qu'il faudrait bientôt ensevelir de force dans un couvent.

La voix s'était faite plus âpre pour raconter les humiliations, les peurs, les suspicions, les menaces. Et puis la mère était tombée malade, d'une de ces maladies de langueur que rien ne guérit. Chaque jour, elle dépérissait un peu plus, la peau collait aux os du visage, son haleine sentait la mort. Pourtant, on avait tout essayé, des médecins vêtus de noir aux charlatans aux yeux de braise, des remèdes de paysan aux philtres à la senteur de marais. Mais rien n'y faisait.

Et la mère avait peur. Une peur atroce qui souillait les draps. Une peur qui invoquait le Mal. Tout plutôt que la mort.

Et Flore avait cédé. Elle avait entendu parler d'un homme qui s'était arrêté à Cahors et dont les cures et les conseils faisaient miracle. À tel point que sa renommée remontait la vallée et que riches ou pauvres ne parlaient plus que de lui.

Un matin, alors que son frère partait à la chasse, elle s'était jointe à un groupe de paysans qui allait au marché. Arrivée dans la cité, elle avait interrogé des marchands qui l'avaient guidée jusqu'à l'échoppe de l'apothicaire. C'est lui qui hébergeait l'étranger.

Dans la boutique, entre les bouquets de fleurs séchées et les bruits du pilon de marbre qui broyait les préparations, elle remarqua un inconnu de haute taille debout près de la cheminée. C'est la première fois qu'elle voyait un homme lire debout. Jusque-là, elle ne connaissait que des prêtres qui se prosternaient devant la Bible et n'osaient en tourner les pages qu'après s'être longuement signés.

L'homme lisait en toute quiétude, se retournant pour offrir son torse à la chaleur des flammes comme si pour lui ce n'était là qu'un seul et même plaisir.

Elle interrogea l'apothicaire qui, d'un geste de la main, la renvoya vers l'étranger qui dorait sa poitrine à la douce caresse du feu.

Flamel se retourna dans son sommeil. Même dans son rêve, les confidences de la jeune fille le gênaient.

Des images troubles se glissèrent dans le sommeil déjà agité de l'enlumineur. Il revoyait cet Isaac Benserade le jour de son exécution. Ce n'était plus qu'un pantin désarticulé dont la torture avait brisé le corps, mais pas la volonté. Il n'avait rien dit. Rien de ce qui s'était passé entre Flore et lui, rien de ce qu'il était venu chercher à Paris.

De nouveau Flamel se retourna. Son imagination fertile superposait le corps de la jeune femme nue et la torche vivante sur le brasier… Des flammes, comme des langues de feu, remontaient les membres de Flore, s'insinuaient dans les replis de sa chair, tressaient des couronnes de braises autour de ses seins…

Il ne savait pourquoi, mais ces images qui l'assaillaient, ses images de désir et de tentation, il était sûr que le tourmenteur les partageait. Sinon, comment expliquer…

Il revoyait la scène pitoyable dans le cachot.

Flore s'était remise à parler, à raconter. De plus en plus vite. Le retour au château. La guérison de la mère qui avait reporté toute sa foi en Isaac. Au point de lui confier sa fille. À la grande joie, sans doute, du frère, ravi de voir sa cadette partir sur les chemins.

Et puis l'errance. L'errance jusqu'à la mort.

Et pendant qu'elle parlait, Nicolas copiait. Chaque parole prononcée passait dans sa main, ses muscles, jusqu'à sa plume et la fine coulée d'encre sur le parchemin.

Et il lui semblait que c'était tout le corps de la jeune femme qui s'installait ainsi en lui.

C'est alors que le cauchemar l'étreignait tel un étau. Il sentait son âme se débattre, comme happée par une volonté plus forte. Son corps se tétanisait, il tentait de bouger, mais plus aucun de ses muscles ne répondait. Comme si c'était lui, Nicolas Flamel, qui était ligoté sur la table de souffrance. Et il sentait les liens de cuir qui cisaillaient ses chevilles, et la peur, la peur horrible qui montait, quand le tourmenteur lui apparut dans un halo de lumière noire.

Il se sentait oppressé. Des nuits et des nuits que cela durait, il fallait en finir.

Au bruit du feu qui ne crépitait plus que par intermittence dans la cheminée, Flamel estima que le jour était sans doute proche. Assez en tout cas pour se lever. Il jeta un coup d'œil rapide sur dame Pernelle qui reposait, enfouie sous un lourd édredon de plumes. Il pouvait descendre sans crainte. Elle au moins dormait du sommeil du juste.

Dans l'escalier, à peine éclairé par un lumignon d'huile, Flamel frissonna encore. Chaque nuit, le même cauchemar revenait le hanter. Le même rêve, où le désir le disputait à l'horreur, mais qui s'arrêtait toujours au moment le plus crucial. Le moment où Arthus avait entamé son rituel de purification et où, lui, Flamel, n'avait pu en supporter plus.

Comme si le cauchemar même hésitait à mettre en scène sa propre fin.

Le feu, dans la vaste cheminée de pierre, finissait de s'éteindre. Tremblant de froid, il jeta un fagot de sarments dans l'âtre. Brutalement, les flammes s'élevèrent, crépitant avec violence, illuminant les murs de reflets de sang.

Flamel tressaillit. Le mal rôdait tout autour de lui. D'un bond il se leva et vérifia la serrure de la porte. Les murs étaient épais, les lourds contrevents baissés, nul ne pouvait pénétrer ici sans diablerie. Flamel n'avait rien à craindre de la violence humaine. Il se rassit, mais son cœur continua à battre la chamade. Car désormais ce n'étaient plus les hommes qui lui faisaient peur, mais le Mal. Le Mal en la personne du tourmenteur.

Il avait beau, chaque soir avant de partager sa couche avec sa femme, invoquer la Vierge Marie et se recommander à son saint patron, dès qu'il fermait l'œil, la même abomination venait s'emparer de lui.

Il avait bien pensé aller voir le curé de Saint-Jacques pour qu'il l'entende en confession, mais en ces temps de bûcher, mieux valait rester discret sur les soubresauts intimes de son âme.

D'ailleurs, aux dernières Pâques, Flamel avait assisté au prêche d'un religieux venu d'Espagne où Inquisition et hérésie se livraient un combat sans merci. Le regard brillant, le souffle haletant, il avait exhorté ses frères à voir l'œuvre de Satan, le Prince de ce Monde, en toutes choses. Et surtout, avait-il affirmé, dans les rêves où les démons sont légion. Tels les incubes, beaux et jeunes, qui viennent hanter les songes des jouvencelles comme des femmes mûres. Des êtres démoniaques à la virilité sans cesse renouvelée, prêts à dépraver aussi bien les innocentes pucelles qu'à transformer en immondes putassières d'honnêtes mères de famille.

Le frère espagnol, qui fascinait son auditoire, n'était pas avare de détails, quand il parlait avec fougue de la puissance érotique des incubes. N'avait-il pas décrit dans le menu le sexe monstrueux de ces démons, langue de feu, capable de se diviser en trois serpents de métal en fusion, pour pénétrer chacun des orifices de la femme et la posséder à jamais ? Effrayé, l'auditoire s'était signé au monstrueux tableau de ces amours contre nature.

Mais le frère, enflammé par ses propres paroles, ne s'était pas arrêté là. Il avait aussitôt enchaîné avec les succubes, ces démons femelles qui hantaient le sommeil des hommes, jeunes ou mûrs. Il avait décrit leurs corps langoureux, leurs caresses expertes. En une nuit, véritables vampires de l'âme et de la chair, elles damnaient un homme en même temps qu'elles l'épuisaient à force de pollutions répétées.

À ces récits déclamés avec feu, nombre d'hommes,

dans l'église, s'étaient mis à se battre la poitrine, psalmodiant de tremblants *mea culpa*.

Ému comme toute l'assemblée, profondément troublé en sa propre conscience, Flamel, avait failli, lui aussi, s'accuser en public d'être la proie d'un de ces démons. Mais le regard de braise du dominicain l'avait retenu. S'il se mettait à se frapper la poitrine comme ses voisins terrorisés, il savait qu'il lui faudrait s'expliquer, décrire ce qui hantait son imagination.

Et ce qu'il voyait, chacune de ses nuits, n'était ni un incube, ni un succube tentateur. C'était pire.

Flamel rajouta une bûche dans la cheminée.

Le plus souvent, il restait éveillé à écouter les bruits de la nuit. La ville n'était pas sûre. Comme tous les commerçants, il craignait surtout les étudiants, cette fange indisciplinée du Quartier latin qui, parfois, passait la Seine et venait vider ses querelles dans le Marais. Des jouvenceaux sans foi ni loi et qui n'hésitaient pas à brutaliser les honnêtes gens. Sans compter les apprentis médecins dont certains rôdaient dans le quartier au plus profond de la nuit pour récupérer les cadavres du cimetière des Innocents.

Un bruit de pas, lourd et cadencé, remontait le long de l'église Saint-Jacques. Une sonnette carillonna tandis qu'un chant, lugubre et plaintif, montait de la nuit. Un prêtre avec ses diacres devait aller porter l'absolution à un mourant. Demain, un nouveau linceul finirait au fond du trou béant des Innocents.

À voix basse, Flamel récita une oraison. Mais il se demandait qui en avait le plus besoin. De l'agonisant ou de lui.

Et pourtant, au milieu de cette boue noire de peurs, une curieuse lumière s'était levée. Une petite flamme dorée, nourrie par la confession de Flore de Cenevières.

L'enlumineur se leva pour contempler la rue par une étroite fenêtre dans le mur. La nuit n'était trouée que de vagues lueurs et tout le quartier semblait encore dormir. Sauf en face, dans la maison des dominicains. Là, au rez-de-chaussée veillait une lumière.

Cette fois, Nicolas n'hésita pas. Il ne pouvait passer ses jours dans la terreur de ses nuits. Un homme l'avait conduit dans cette impasse. Cet homme devait l'en sortir. Tout de suite.

40

Paris,
rue Muller,
de nos jours

Une icône de fichier de traitement de texte apparut dans la fenêtre de la clé USB. Le commissaire sentit l'excitation le gagner. Le logo du logiciel apparut quelques secondes, puis le texte emplit tout l'écran.

Mon cher frère,

Si tu te retrouves devant ton ordinateur à lire ce texte, c'est que mes pires craintes étaient bien fondées et que l'heure du départ a sonné pour moi. Mais je trouve que la fin vient trop vite, surtout quand c'est une main assassine qui a porté le coup fatal, et que j'ai succombé à la menace que je sens si proche de moi.

Peut-être souris-tu à me voir ainsi enfiler des métaphores pour parler de ma propre mort ? Mais j'ai toujours été un incorrigible bavard et même après moi je continue à faire des phrases. Ou alors, est-ce un moyen d'exorciser tous les démons qui me hantent depuis des années ?

Pourtant, en écrivant ces lignes, je réalise que je n'ai pas peur de mourir, peut-être même qu'en secret je l'espère. Depuis l'accident, je n'ai plus goût à rien et le courage me manque de vivre encore et toujours dans cette chaise jusqu'à la fin, mais savoir qu'un inconnu veut ma mort me met hors de moi... et me terrorise.

Néanmoins, je ne veux pas t'ennuyer avec les lamentations d'un impotent, car ce que j'ai à te révéler est beaucoup plus important.

Avant tout, il faut que je te demande de me croire comme tu croirais un frère s'il te demandait sa confiance. Le récit que j'ai à te faire est si étrange que moi-même, j'ai longtemps refusé d'y prêter crédit. Et c'est d'avoir douté que je suis mort.

C'est d'un secret de famille dont je vais te parler.

Il y a un peu plus de vingt ans, mon père est mort, dans la banlieue cossue de Lausanne. Nous nous étions perdus de vue depuis longtemps. En fait, c'est l'héritage que nous avions en commun qui nous avait séparés. Descendre de La Fayette est en effet une lourde succession que mon père ne supportait pas. Comme si l'ombre tutélaire du marquis l'empêchait de s'affirmer. Aussi, dès que j'ai manifesté le désir de m'intéresser à notre ancêtre, mon père s'est éloigné de moi. Plus tard quand j'ai publié des livres sur cette époque, j'ai dû essuyer ses critiques. Et dès que je suis devenu franc-maçon... il a coupé les ponts.

C'est sans doute pour ça que je n'ai été au courant que tardivement de ce secret de famille. Je ne l'ai découvert qu'à la mort de mon père, quand je suis venu en Suisse m'occuper de ses papiers personnels.

Ce que je vais t'apprendre a été consigné dans un petit carnet que l'on se transmet dans la famille de génération en génération. Chaque héritier a apporté sa pierre. Certains ont tenté de briser l'énigme. D'autres comme mon père se sont contentés d'en être les dépositaires.

Quant à moi, j'étais déjà cloué sur mon fauteuil, quand cette révélation m'est parvenue. Cela fait donc deux générations qui ne se sont pas penchées sur ce secret.

Et n'ayant pas de descendant, autant que ce soit un frère comme toi qui prenne la relève.

Le marquis de La Fayette honora ma famille et la France en ces temps où la maçonnerie comptait autant d'aristocrates que de roturiers. Tout a été reporté par les biographes de mon illustre ancêtre, dont je fais partie. Tout, sauf une chose.

Lors de sa campagne aux côtés des révolutionnaires américains, il s'est lié d'amitié avec trois frères. Tous français et tous issus de la même loge.

À cette époque, les jours étaient incertains et les combats avec les Anglais sans pitié. Voilà pourquoi ces frères ont sans doute fini par lui révéler un secret qui l'a bouleversé.

Mais ils ne le lui ont pas révélé intégralement. Simplement, ils en ont codé chacun une partie qui, depuis, se transmet à chaque génération.

Marcas s'enfonça plus profondément dans son fauteuil en calant son portable sur ses genoux relevés. La lumière de l'applique, derrière lui, se reflétait en partie sur l'écran comme un œil brillant dans le lointain.

Voilà ce qui m'a été transmis et qui se résume à deux phrases :

La lame suit le flambeau de la perfection.

Dans l'ombre de Jakin.

D'après le carnet, chacun des quatre descendants possède une formule de ce type. La réunion des quatre devrait permettre de connaître le fin mot du mystère.

Malheureusement, ce n'est pas si simple. Car j'ignore qui sont les autres héritiers de l'énigme. En effet, chaque descendant peut connaître d'autres noms de famille.

Pour ma part, inscrit dans le carnet, il n'y avait que le nom d'Archambeau.

À force de recherches, j'ai fini par l'identifier. C'était une vieille famille française aujourd'hui aux États-Unis et dont la seule descendante vit actuellement à New York.

J'ai retrouvé sa trace, il y a un mois. Nous avons échangé par téléphone, elle était méfiante et m'a affirmé ne rien connaître de cette histoire… Je n'ai pas insisté.

En revanche, mes ennuis ont commencé à partir de ce moment-là.

Il y a deux semaines, un homme m'a contacté. Il avait l'air au courant de tout. À mon tour je me suis méfié. Sa voix était étrange, insistante. Et il parlait comme un frère.

Puis, la semaine dernière, pendant mon absence, j'ai été cambriolé.

Ce soir, à l'issue de la tenue, je dois m'entretenir avec le conservateur pour emprunter la véritable épée, la lame de mon ancêtre. Je crois qu'elle détient une des clés de l'énigme.

Si tu lis ces lignes, récupère-la. Je te laisse aussi les coordonnées de Joan Archambeau. Soit elle joue un rôle dans ma disparition et tu auras une piste pour identifier mon assassin, soit elle n'y est pour rien et elle est menacée.

Suis la lumière.

Ton frère Paul.

La lame suit le flambeau de la perfection.

Dans l'ombre de Jakin.

Marcus sourit.

Le dernier mot était connu de tous les maçons du monde entier.

41

Paris,
minuit trente,
IXe arrondissement,
de nos jours

La nuit drapait les toits de Paris d'un manteau épais. Debout au milieu du grand salon aux murs blancs, le tueur souffla une volute de fumée devant la fenêtre et savoura la vue sur les toits de la capitale. Du sixième étage, il avait une vue imprenable sur un vaste panorama d'immeubles en pierre de taille. Vers l'ouest, il voyait le dernier étage de la tour Eiffel qui faisait tournoyer son gigantesque faisceau lumineux, tel un phare au milieu d'une mer de toits d'ardoises.

Rien ne le calmait plus que ces instants passés seul à réfléchir, quand toute sa famille était couchée et que plus un bruit ne troublait l'appartement. Le calme absolu. Il s'allongea sur la méridienne recouverte de velours bleu sombre et laissa son regard dériver vers le ciel d'encre.

Il aspira une longue bouffée de tabac. La lune naissante semblait presque lui sourire. Tout allait bien, merveilleusement bien. Jamais il n'avait connu une pareille période de plénitude.

Ses employés avaient levé leur préavis de grève, son fils avait ramené un excellent carnet de notes, et sa femme réussi à rentabiliser sa chaîne de boutiques de lingerie, qu'il finançait à perte depuis cinq ans.

Et il venait d'accomplir ses premiers meurtres.

Une petite ombre se faufila entre les pieds des chaises rangées en ordre devant la grande table de bois exotique et bondit en silence sur ses genoux. La boule de poil grise se lova dans les replis de son pantalon, à la recherche d'un peu de chaleur. Il éteignit sa cigarette et passa sa main dans la fourrure du chat, encore imprégnée du parfum de sa femme. Le ronronnement du félin l'apaisait.

Je suis l'Élu. Le frère de sang. Le Grand Œuvre est en marche.

Il revoyait les visages de ses deux victimes, leurs regards surpris, puis terrorisés quand ils avaient compris, la façon dont ils imploraient sa pitié. Il les méprisait, surtout le petit jeune qui se croyait digne de devenir l'un des leurs.

Au plus profond de lui, il savait que sa transformation n'était pas due au hasard. Il ne tuait pas gratuitement mais pour accompagner sa quête du grand secret. Dont une partie avait été détenue par Paul de Lambre.

Le frère de sang.

Ce nom lui était venu naturellement. Logique, parfait, implacable.

Il versait le sang des impurs, frères ou non, et se purifiait en même temps.

Et puis il y avait l'autre frère, celui qui s'était lancé à ses trousses. Une surprise, mais qui avait pimenté le jeu. La course poursuite sous les trottoirs de Paris fut une excellente occasion d'improvisation, de tester ses capacités. C'est confronté à l'imprévu que les meilleurs réflexes se forgent.

Il ralluma une cigarette. Sa clémence l'avait lui-même surpris. Normalement il aurait dû le laisser se noyer, mais, après tout, cette rencontre avec un frère était peut-être un signe du Grand Architecte. D'ailleurs, il avait fait preuve de courage et de détermination. Deux qualités rares de nos jours. Le but de sa quête l'incluait sans doute… De toute façon, il déciderait en temps et en heure du destin de ce type. Il fallait maintenant s'occuper de l'épée.

Voilà un frère qui ne l'avait pas déçu, à la différence de tous les autres. Ils ne le méritaient pas. Pas plus qu'ils ne travaillaient réellement à l'édification d'une société meilleure. Il serra le poing. La maçonnerie s'était dévoyée. Il était temps de la purifier. Et il s'en occuperait quand le Grand Secret serait entre ses mains.

Le Grand Secret. Patiemment, il collectait les indices et finirait par le trouver.

Il sentit la colère monter en lui. Son médecin lui avait dit d'éviter tout énervement et prescrit des médicaments qu'il s'était empressé de mettre à la poubelle.

Il se leva d'un bond, sans se soucier du chat qui avait sauté au dernier moment de ses genoux, et se dirigea vers son bureau. Ses pas résonnaient à peine sur le parquet. Il ouvrit la porte, toujours fermée. La pièce était vaste, une large bibliothèque recouvrait deux pans de mur dont les livres atteignaient le plafond.

À un mètre, posé sur un grand chevalet, le tableau qu'il aimait tant. Une petite folie commandée à un peintre de talent. Tous les symboles maçonniques y faisaient bien, autour du personnage central, un grand homme.

Il appuya sur un petit bouton dissimulé sous une goulotte de plastique blanc qui courait le long du mur. Un clic retentit et trois lames de parquet se soulevèrent légèrement. Il n'avait pas eu besoin de créer cette planque, il l'avait découverte lors des travaux de restauration de son appartement. Un de ces refuges discrets où l'on enterrait des secrets de famille. Il souleva une à une les lattes et plongea sa main dans l'obscurité.

La cache était peu profonde, mais bâtie en longueur. Il en sortit un objet recouvert d'un tissu de velours noir.

L'épée maçonnique du marquis de La Fayette, à la lame ondulée enchâssée dans sa poignée de nacre…

Il la prit et la posa sur le bureau puis en décrocha une autre qui décorait le mur.

La même, l'exacte réplique de la précédente.

Le tueur l'avait reçue de son père qui l'avait lui-même reçue de ses ancêtres. Celle qu'il avait utilisée pour assassiner les deux frères dans l'obédience.

La sœur parfaite, à un détail près, un détail majeur.

La sienne était en or. Il la tira de son fourreau, laissant s'échapper une fine poussière dorée dans l'air, et la mit à côté de celle de La Fayette dont il défit l'étoffe. Il la dégagea de son étui et brandit la lame étincelante sous la lumière.

Il contempla les deux épées avec émotion. Depuis quand n'avaient-elles pas été réunies à nouveau… Et maintenant, il allait découvrir l'indice manquant.

L'indice pour lui seul. Le frère de sang.

42

De nos jours

Aurora Source à tous Aurora
15 h 13 GMT.
Rapport hebdomadaire
Cours
La Reserve Federal Bank écarte toute cession de stocks d'or au cours des deux prochains mois. Cours stable sur une semaine.
Alerte niveau 2
Veuillez trouver en pièce jointe la communication du rapport d'*Aurora New York* sur l'évolution à moyen terme du cours de l'once sur les quatre places mondiales, New York, Londres, Zurich, Hong-Kong.

Comme vous le savez, le cours de l'once sur le marché des métaux précieux, en équivalent dollar, a grimpé de 135 % en six ans. Rappel des cotations en clôture de l'année.

Valeur 2001 : 279 $
Valeur 2004 : 438 $
Valeur 2005 : 516 $
Valeur 2007 : 636 $

L'UBH, Union des banques helvètes, prévoit une valeur 2009 à 800 $.

Le Quantum Soros Fund table lui sur 1000 $.

Le GATA prévoit dans son rapport un cours de l'once d'environ 3000 $ d'ici trois ans. Demandons réunion d'urgence du groupe *Aurora* pour discuter de la fiabilité du rapport GATA. L'un des experts consultés est *Aurora Zurich.* Nous partageons vos réserves sur les motivations de cette association qui ne cesse de dénoncer une manipulation des cours de l'or. Le World Gold Council ne fera pas de déclaration officielle après la publication du rapport.

Opération Désert Ardent

La mission a été un plein succès. Les barres d'or ont été transférées à la Koweïtian Corporated Bank.

Divers

Découverte au Mexique d'une tombe aztèque avec cinq disques d'or d'un diamètre de trente centimètres. Les disques n'apparaîtront pas dans l'inventaire de la découverte, le Pr Antonio Sanchez les a exportés clandestinement et vendus à un riche collectionneur de Chicago. Demande autorisation de faire sortir l'affaire dans le *Washington Post.*

Vente chez Christie de la collection de manuscrits alchimiques Pernety. Ces manuscrits sont inconnus des biographes de cet érudit du XVIIIe siècle, créateur d'un grade maçonnique basé sur un rituel alchimique.

À suivre pour *Aurora Paris.*

Fin

43

Paris,
rue Saint-Jacques-de-la-Boucherie,
21 mars 1355,
dans la nuit

Jehan Arthus contemplait le crucifix de bois qui ornait le mur au-dessus de la cheminée. Pour lui, la quête allait s'achever. Il venait d'atteindre le but qu'il poursuivait depuis des années.

Et une simple phrase avait suffi à lui ouvrir la porte.

« *Que celui qui a des oreilles pour entendre, entende !* » disait l'Évangile. Jamais cette sentence prononcée par le Christ ne s'était révélée plus juste. Lui seul, inspiré et aidé de Dieu, avait su découvrir le sens exact de la parole prononcée par Flore de Cenevières.

La lame suit le flambeau de la perfection. Et il l'avait trouvé.

Encore une fois, il n'avait pas envie de dormir, il préférait consacrer son sommeil à l'étude. Quand les obligations de sa charge ne le retenaient pas toute la nuit, au chevet d'un accusé dont il fallait arracher la confession avant l'aube, il rentrait chez lui et, dans le silence de l'obscurité, priait Dieu de lui accorder la force et le savoir.

Le rituel était toujours le même. Après sa prière, il descendait au cellier, là où était stocké le bois de chauffage que les dominicains lui fournissaient d'un de leurs monastères de province. Jehan aimait à choisir avec soin les bûches qui allaient brûler dans le foyer. D'abord, il ramassait quelques poignées de brindilles qui sentaient le pin, puis des branches de bouleau qu'il cassait d'un coup sec. Et enfin des rondins de chêne dont il caressait l'écorce calleuse.

La cheminée était immense. Voûtée en berceau, elle pouvait accueillir, autour de son âtre, toute une famille. C'était dans un des angles que le tourmenteur s'installait, le dos contre la pierre, face à une petite table de noyer. Dans ce recoin, Arthus pouvait contempler aussi bien le feu que la porte d'entrée.

À sa droite, un coffre de bois ouvert laissait entrevoir l'éclat sombre d'une reliure. Le tourmenteur la sortit avec précaution pour l'examiner avec méfiance, comme s'il mettait la main sur un serpent venimeux.

Le livre d'Isaac Benserade…

Les dernières indications de Flore avaient été précieuses.

Comme souvent, le cuir enserrait une plaque de bois qui protégeait le livre des injures du temps comme de la curiosité dévorante des hommes.

Depuis qu'il l'avait récupéré, il ne l'avait pas parcouru. Le tourmenteur regarda la cheminée. Bientôt, il serait temps de le détruire. Ce livre que des générations d'hommes, des Juifs aux alchimistes, avaient cherché, trouvé puis perdu. Un simple livre, mais dont la légende prétendait que, dans ses illustrations, il retraçait toute la genèse du Grand Œuvre.

Jehan Arthus haussa les épaules. Ce n'était pas le premier ouvrage de ce type qu'il trouvait. Depuis le retour des croisés d'Orient, ces œuvres pullulaient. Partout, en Europe, on copiait des récits dont Soufre et Mercure constituaient les héros hermétiques, on enluminait de couleurs symboliques des dragons rugissants et des rois transpercés d'une flèche. Toute une mythologie, censée dévoiler le chemin secret pour transformer le métal en or.

À la vérité, pensa Jehan, la plupart de ces livres sulfureux n'enrichissaient que leurs auteurs. Des écrivains besogneux qui mélangeaient sans vergogne des citations tronquées de l'Évangile et des remèdes de bonne femme, des dessinateurs qui s'abandonnaient aux délires de leur imagination. Et, en bout de chaîne, de pauvres naïfs qui passaient leur nuit à chauffer des cornues.

C'était œuvre de salubrité publique que de détruire par le feu ces monceaux effarants d'inepties, ces tissus éhontés de mensonges, qui troublaient les esprits et faisaient naître de fausses espérances.

Pour autant, toutes ces affabulations germaient d'une racine commune. Des hérétiques, *questionnés* par l'Inquisition espagnole, avaient parlé d'un livre. Une racine unique à toutes ces œuvres impies. Un seul ouvrage.

Le Livre d'Adam.

Selon la tradition, il remontait à Adam qui, chassé du Paradis, y avait consigné de mémoire les merveilleux secrets de la Création, dont la transmutation de l'or n'était qu'un des mystères dévoilés. Pieusement transmis à ses descendants, le livre mystérieux avait même échappé au Déluge.

Les enfants d'Adam, pour le préserver à jamais, l'auraient enfermé dans deux piliers de pierre qui, pour certains kabbalistes, seraient à l'origine des colonnes du temple de Salomon.

Jehan se signa. Comment les hommes pouvaient-ils croire de pareilles inepties ? En tout cas, selon les rabbins interrogés dans les geôles espagnoles, le livre avait disparu lors de la destruction du Temple par les Romains.

Et puis, les Croisades s'étaient succédé et en même temps que des reliques, retrouvées et exportées par milliers, on avait vu fleurir d'étranges ouvrages qui, tous, revendiquaient d'être la copie exacte et parfaite du *Livre d'Adam*.

Quant à l'original, une rumeur persistante en faisait la propriété de l'ordre des Templiers : ces chevaliers, mi-moines, mi-guerriers, qui avaient bâti leur premier temple en se servant justement dans les ruines du temple de Salomon.

Décidément, les hommes aimaient les fables, songea le tourmenteur. Comment penser qu'un tel livre ait pu ainsi traverser les vicissitudes de l'Histoire ? Et d'Adam au Déluge passer de Salomon aux Templiers. Des mythes, des légendes, forgés par des esprits inquiets et romanesques, toujours prompts à ne voir en tout événement que force cachée et organisation occulte.

Déjà, les cathares, pour étayer leur misérable hérésie, prétendaient détenir le *vrai* Évangile de saint Jean. En accusant, bien sûr, l'Église catholique d'avoir falsifié le texte originel.

Une même rumeur avait couru quand le roi et le pape avaient détruit l'ordre des Templiers. Dès les premières arrestations, les esprits rebelles à la Loi de Dieu avaient parlé de persécutions. Comme si ces chevaliers maudits, usuriers, blasphémateurs et sodomites, étaient les gardiens cachés d'une vérité plus grande que celle de la divinité du Christ.

Dans la cheminée, le feu commençait à faiblir, Jehan Arthus se leva et alla chercher une bûche. Patiemment, il tisonna les braises. Sous l'effet de la ventilation, elles changeaient peu à peu de teinte, passant du rouge sang au jaune presque lumineux. La couleur de l'or.

Le tourmenteur se rassit. L'ordre du Temple ! Il était détruit depuis près d'un demi-siècle, mais il continuait à provoquer l'imagination. Et même par-delà les frontières, jusqu'à ce Juif qui avait franchi les Pyrénées pour venir brûler en plein Paris. Tout ça pour un livre. Ce livre.

Il fallait qu'il le brûle. Mais avant…

Le tourmenteur ouvrit une page au hasard. Des anges à la face d'or, des lettres rougies, brillèrent un instant à la lueur du feu qui gagnait les bûches. Peut-être était-ce le vrai *Livre d'Adam* ? Avant de se jeter dans la lecture, Jehan fit un signe de croix et jeta un coup d'œil à la porte d'entrée. On ne savait jamais. Pour tout le monde, il ne savait ni lire, ni écrire.

44

Paris,
siège de l'obédience,
de nos jours

— On ne va pas aller loin…

Guy Andrivaux jouait avec un compas entre ses mains. La pointe traçait un cercle imaginaire. Le bureau était soigneusement rangé comme il se devait pour un Grand Secrétaire de l'obédience. Une parfaite transparence. Quelques livres sur une étagère. Un bureau de bois clair et un ordinateur branché en permanence.

— Cette histoire tombe mal, je ne te le cache pas. Notre convent est prévu dans deux semaines et ces meurtres vont attirer les journalistes. On se serait bien passé de cette contre-publicité. Tu as lu les journaux ?

Marcas jeta un œil aux titres qui s'étalaient en énormes caractères.

Double meurtre chez les frères.
Sanglant assassinat maçonnique.
Le tueur ésotérique a volé l'épée de La Fayette.
Un serial killer franc-maçon en liberté.

— J'aime beaucoup celui-ci, dit Marcas, un serial killer franc-maçon en liberté. C'est efficace. J'imagine les lecteurs en train de s'inventer un Francis Heaulmes avec un maillet ou un Guy Georges en tablier attendant dans l'obscurité avant de les étriper sauvagement. Un tueur franc-mac, mais c'est le pactole assuré pour la presse.

— Il n'y a rien de drôle là-dedans. On va avoir droit au retour du grand complot. Ce matin, à la radio, j'entendais un criminologue qui refourguait la thèse de l'appartenance maçonnique de Jack l'Éventreur. Il faut mettre la main sur ce malade. Et vite.

Antoine regarda par la fenêtre un rectangle de ciel bleu. Subitement, il se sentit fatigué. Comme l'impression de porter tout un fardeau sur ses épaules. Mais ce n'était pas le moment de flancher.

— Je suis d'accord avec toi. Il faut l'identifier et l'arrêter le plus rapidement possible. Le problème, c'est que nous ignorons tout de ses motivations. Il tue un néophyte, puis un handicapé, et enfin il vole une épée. Tu avoueras que pour démêler une logique…

Antoine souffla comme s'il avait parlé trop vite. À la vérité, il se sentait gêné de mentir à un de ses frères. Mais le Grand Secrétaire était trop impliqué dans les affaires internes de l'obédience pour qu'il puisse lui révéler le contenu de la clé USB. Mieux valait écouter que parler.

— Résumons, commença Andrivaux qui avait la réputation d'un pragmatique pur et dur dans le monde de la maçonnerie. Nous avons deux meurtres. Le premier, à mon avis, est purement accessoire. J'entends par là qu'il s'agit d'un moyen et non d'une fin. Si ce néophyte, qui attendait dans le cabinet de réflexion, a été tué à ce moment précis, c'est qu'on savait que le Grand Expert allait le trouver et ensuite prévenir ses frères dans la loge. Résultat, tout le monde est descendu.

Marcas réfléchit. À la vérité ça ne s'était pas passé comme ça. C'est la course poursuite dans les escaliers qui avait ameuté les frères. Mais le résultat était le même. Tous les frangins s'étaient regroupés devant le cabinet de réflexion.

— … Sauf un ! Paul de Lambre, ajouta Antoine sombrement.

— Évidemment. Difficile de courir en chaise roulante. Il est donc resté seul. Comme le voulait le tueur.

Le commissaire regarda de nouveau le rectangle de ciel bleu, coincé entre les toits en plomb et le linteau de la fenêtre. Un nuage prenait de l'ampleur, lourd et noir.

— Et quand le tueur a eu fini, il est descendu dans la salle du musée et a dérobé l'épée, avant de disparaître sous terre. Un vrai calculateur. Qui a tué une fois pour pouvoir tuer une seconde. Remarquable.

— On dirait que tu es admiratif.

— Du tout, rétorqua Andrivaux, simplement c'est comme aux échecs : un joli coup.

Décidément le secrétaire général ne démentait pas sa réputation : un pur adepte de la raison. Rapide et efficace. Marcas hocha la tête.

— Alors, pour toi, c'est donc Paul que l'on voulait tuer ?

— Allons, tu as deviné, toi aussi, non ?

Antoine eut un sourire indécis. Assez pour convaincre Andrivaux de continuer à lui exposer sa théorie. Même un franc-maçon ne résistait pas au menu plaisir de la vanité intellectuelle.

— C'est pourtant évident. Quel est le lien entre le vol et le meurtre de Paul ? Le personnage de La Fayette. D'un côté, nous avons son épée volée, de l'autre côté, son descendant, mort. Ah ! Paul de Lambre aurait pu nous dire bien des choses… Au fait, tu n'as toujours pas réussi à ouvrir la clé USB ?

Antoine secoua la tête d'un air contrit.

— Enfin, soupira Antoine, si ta théorie est exacte, il ne

continuera pas. Il a ce qu'il voulait maintenant : le silence éternel de Paul et l'épée du héros de l'indépendance américaine.

— À dire vrai… commença Andrivaux. Il risque d'être surpris.

Éberlué, le commissaire balbutia :

— Comment ça, surpris ?

— Si c'est bien l'épée de La Fayette qui l'intéresse, je crains bien qu'il ne soit déçu. Très déçu. (Guy Andrivaux sortit une photo d'un dossier posé sur le bureau.) Voici l'épée que possède le musée. Ou plutôt que *possédait* le musée. Tu ne remarques rien ? Tu crois vraiment qu'un noble, comme l'était le marquis de La Fayette, irait combattre les Anglais à l'autre bout du monde, avec une épée de parade, incrustée de nacre ?

Évidemment, se maudit Antoine, il suffisait d'y penser. Il se souvint que Paul avait souligné en gras le mot véritable.

— Eh oui, l'épée de cérémonie du marquis n'est pas celle qu'il a emportée dans ses campagnes. Il en existe donc une autre. Hélas pour le tueur et hélas pour nous qui perdons l'épée de nacre, joyau de notre musée. Encore heureux qu'il n'ait pas volé l'autre pièce précieuse du musée, l'acte du convent de Wilhelmsbad de 1782…

— Sauf que c'est pour la véritable épée de La Fayette que l'assassin a commis ces meurtres. Et quand il va s'en rendre compte…

Guy Andrivaux sursauta.

— Tu veux dire qu'il va tuer à nouveau ?

— Oui, et on a intérêt à trouver la véritable épée avant lui. Et vite.

Le portable de Marcas vibra dans la poche intérieure de sa veste. Il fit un signe à Andrivaux et décrocha pendant qu'il regardait la photo de l'épée. Une voix familière hurla :

— Ah, tu décroches enfin ! Je t'ai laissé des messages sur ton répondeur… Tu sais comment tu t'es comporté avant-hier soir ? Comme le pauvre type que tu es ! Je t'ai demandé un service, un seul. Venir à cette soirée. Ça comptait pour moi. C'était important et tu…

— Isabelle, je…

— Ne m'interromps pas. Tu es vraiment un… un con. Tu t'es amusé à faire le malin devant mon amie la comtesse et des gens importants pour moi.

— Des gens importants… tu as raison, je vais envoyer un mot d'excuse signé de mon Grand Maître. Ça suffira ?

— Ah ! ne me sors pas ton ironie à la petite semaine qui a déjà fait assez de dégâts comme ça. Ces gens sont mes amis, Antoine ! Tu saisis, Antoine ? Mes amis !

— Dans ce cas, trouve un autre mariolle que ton ex-mari pour les amuser. J'ai pas le profil.

Antoine soupira. Il aurait donné n'importe quoi pour en finir.

— Écoute, Isabelle, on ne va pas se disputer…

— Je te préviens, tu as ton fils demain soir. Tâche de ne pas l'abreuver de tes plaisanteries minables. Tu as déjà foutu ma vie en l'air, ne gâche pas la sienne.

Un bruit sec. Elle avait raccroché.

Andrivaux le regarda avec un air compatissant.

— Tu as terminé ? Il m'est venu une idée à propos de l'épée de La Fayette pendant que tu réglais tes affaires familiales. Le mois dernier, nous avons reçu un conférencier pour une tenue blanche fermée. Quelqu'un qui n'est pas de chez nous, mais qui, à mon avis, mériterait de l'être, car… Bref, une conférence remarquable et devine le sujet ? *« La Fayette franc-maçon »*…

— Où je peux trouver ton conférencier ? demanda Marcas, impatient.

— Au musée Carnavalet, à Paris. Il m'a appelé ce

matin quand il a appris le vol de l'épée de nacre. À cette heure-ci, il est peut-être encore à son bureau. Demande Hervieu au standard du musée. Dis-lui que tu appelles de ma part.

Marcas bondit de son siège et enfila son manteau. Le temps pressait.

La lame suit le flambeau de la perfection. L'indice laissé par Paul sur sa clé USB ne cessait de trotter dans sa tête.

— Merci, mon frère. Je te rappelle dès que j'aurai vu ton type.

— Ça va être dur !

— Comment ça, tu ne veux pas que je te rappelle ? s'étonna Antoine.

— Si, mais le problème, c'est que ce n'est pas mon type ! C'est une femme.

45

De nos jours

Aurora Paris à Aurora Source
23 h 09 GMT.
Rapport hebdomadaire.
Cours
Le marché s'est bien comporté, nos cours estimatifs indexés sur la Banque de France sont maintenus au fixing estimé par *Aurora Londres*, les données reçues indiquent cependant une probabilité forte pour une baisse, de l'ordre de 0,2 point pour la semaine à venir.

Rappel des cours Banque de France pour un lingot d'un kilo.

Chiffres clés (pièce jointe cours Bdf depuis janvier 1999 en HTML).

Première cotation janvier 1999 : 7 950 €
Première cotation janvier 2005 : 10 750 €
Première cotation janvier 2007 : 15 400 €
Cotation semaine en cours : 15 900 €
Mouvements
Selon une source fiable de Lugano, la HKBI, Hong-Kong Bank Inc, va mettre sur le marché, d'ici le 27 du mois, un lot de 2 000 lingots. Le représentant indique une

vente en cent tranches, soit par lots de 20 lingots, soit en une cession unique. L'or est en provenance, selon une probabilité de 78 %, de la maison mère chinoise de l'actionnaire de référence de la HKBI.

Il serait opportun que *Aurora Hong-Kong* puisse se porter acquéreur du lot unique, sous réserve que le titrage de pureté soit garanti pour chaque lingot. Il est rappelé que la Red Dragon Bank, sise à Shanghai, actionnaire de la HKBI, a été mêlée à l'affaire des lingots d'Oslo il y a deux ans. Pour mémoire, un dixième des lingots écoulés avait été carotté avec un noyau de fer.

Suivi de l'en-cours. La Banque de France n'a pas l'intention de se séparer de 1,5 tonne de ses réserves avant juin prochain. Un point sera fait dans le mois à venir.

Divers

Contact pris avec l'université de Toulouse et l'Agence spatiale européenne pour une participation budgétaire dans un programme de recherche sur l'utilisation de feuilles d'or dans les panneaux satellitaires. La communication des résultats nous sera réservée.

Selon l'agence AFP, un escroc se prétendant alchimiste a été incarcéré à la prison de Fresnes ; il vendait sur Internet une méthode, dite de Fulcanelli, pour fabriquer de l'or. La police a trouvé dans son pavillon un mini-laboratoire avec un four et des instruments de chimie. L'homme devrait subir une expertise psychiatrique.

Fin

46

Paris,
rue Saint-Jacques-de-la-Boucherie,
21 mars 1355,
dans la nuit

Flamel frappa deux fois sur le vantail de bois qui fermait la porte de son voisin. Il tendit l'oreille, un silence, puis un bruit de pas qui se rapprochait. Et la porte s'ouvrit.

Le tourmenteur ne parut pas surpris de le voir. D'un geste de la main, il l'invita à entrer. Il n'y avait qu'une chaise, une seule, dans la pièce. Le tourmenteur alla, lui, s'asseoir sur le rebord de l'âtre.

— Vous êtes bien matinal, maître Flamel ! Quelque chose vous préocuppe ?

À ces derniers mots, Flamel eut un frémissement. Un signal que le combat venait de commencer.

— Je fais de mauvais rêves.

Le tourmenteur gardait un calme étrange. Comme si la situation ne le concernait pas. Il se leva, regarda la lumière de l'aube gagner la rue et reprit les derniers mots de Flamel d'une voix lasse :

— Nous en faisons tous. Je n'échappe pas à la règle

commune. Cependant, aucun de mes rêves ne m'a jamais fait traverser la rue pour en parler à mon voisin.

— Sans doute parce que vous ne rêvez pas de votre voisin.

Jehan Arthus leva brusquement son visage.

— Serais-je dans vos cauchemars, maître Flamel ? Qui donc hante vos nuits ?

— Cherchez bien.

Subitement le ton de la voix de l'enlumineur venait de monter. Plus que du tourmenteur, c'était de lui-même qu'il avait peur. Arthus prit son temps avant de répondre.

— Le sort de cette fille vous préoccupe donc tant ?

— Je vous en prie. Vous êtes homme de Dieu et mon esprit est en proie à la confusion. J'ai peur d'avoir péché en…

— En m'aidant ? Mais vous n'êtes rien. Rien qu'une oreille et une main.

— Et une conscience… Une conscience qui se rappelle sans cesse à moi.

Revenu près de l'âtre de la cheminée, le tourmenteur ramassa de la cendre froide et la fit couler entre ses doigts.

— La conscience. Mais que savez-vous de la conscience, vous dont la seule responsabilité, en ce monde, est de copier ?

— Je n'ai pas fait que copier, messire, j'ai aussi entendu. Et les plaintes de cette pauvre femme résonnent dans mon esprit, elles troublent mon âme.

— Qu'avez-vous entendu ?

La voix de Jehan Arthus se fit plus lente.

Subitement, Nicolas comprit ce qui se passait dans l'esprit du tourmenteur. Jamais ce dernier n'avait cru au cas de conscience de Flamel. Il ne l'écoutait que parce qu'il le soupçonnait. Arthus renchérit :

— Êtes-vous sûr que c'est seulement le sort de cette malheureuse qui vous tourmente, maître Flamel ? Vous pourriez, dans vos rêves, être touché par d'autres désirs… plus matériels. Il s'est dit bien des choses durant cet interrogatoire.

La phrase resta en suspens. L'enlumineur n'osait répondre.

— Cet homme brûlé en place publique, que croyez-vous donc qu'il cherchait au prix de sa vie ?

— Si vous voulez parler du secret de l'or, il intéressait peut-être cet homme, mais pas moi. Ce n'est pas la fortune en ce monde qui ouvre les portes du Paradis.

— L'or corrompt, maître Flamel. Et c'est pour cela qu'il doit rester rare. Si l'or se répandait, l'homme ne vivrait que pour lui et c'en serait fini du Royaume de Dieu. C'est pour préserver l'espoir de l'homme en une vie future, meilleure que celle qu'il connaît ici-bas, que nous traquons tous les faiseurs d'or, ceux qu'on appelle les alchimistes.

Flamel se taisait. Il songeait aux livres interdits qui reposaient dans la cache de son cellier. Mais le tourmenteur continua comme s'il parlait pour lui-même.

— On ne sait d'où ils sont sortis. De quelle race d'hérétiques ils sont issus. Mais depuis près d'un siècle, ils apparaissent et disparaissent. Soleil et éclipse se suivent. Tantôt on les trouve en Espagne où ils recrutent et forment des disciples. Parfois, c'est dans les cours princières d'Allemagne qu'un de leurs adeptes fait des miracles avant de disparaître. Mais tous promettent le même pouvoir, la même illusion : faire de l'or à volonté.

— Le seul or que je convoite est celui que j'emploie pour orner mes livres du reflet du soleil. Je n'en connais point d'autre.

De son banc, le tourmenteur jeta un œil sur le coffre de bois à l'angle de la cheminée.

— Vous êtes un copiste renommé, maître Flamel, un enlumineur estimé, ne vous a-t-on jamais proposé de reproduire un livre aux étranges figures ou écrit dans une langue que vous ne connaîtriez pas ? Un livre comme celui-ci ?

Après l'avoir pris dans le coffre, Jehan Arthus fit glisser sur la table un manuscrit enluminé. Flamel avança la main pour le consulter, mais se ravisa.

— Une dernière fois, messire, seul le salut de mon âme me préoccupe. Et donc de savoir ce qu'est devenue cette femme, pour ne pas être damné du péché de sa mort violente. Après mon évanouissement, quand je suis revenu à moi… elle n'était plus là.

Le tourmenteur secoua la tête en signe d'agacement.

— Elle est vivante. Présentement, elle est en route pour sa province ou a déjà rejoint sa famille.

— Alors, pourquoi hante-t-elle mes nuits ?

47

Paris,
musée Carnavalet

Antoine s'arrêta un instant dans le jardin d'honneur qui précédait l'entrée du musée. Il n'était pas revenu dans cet endroit depuis son divorce. Un sinistre rappel l'en empêchait. Il regarda avec tristesse les haies taillées au cordeau, les parterres de fleurs symétriques, toute une géométrie classique qui contrastait avec l'état de son esprit. Décidément, la nostalgie n'était pas son truc, surtout quand les souvenirs étaient encore vibrants de colère et de rancœur. Encore un fragment du passé qu'il ne pourrait raconter à son fils. Et pourtant, c'était avec lui et son ex-femme qu'il avait passé un après-midi à arpenter les salles au parquet craquant du musée. Une mauvaise idée pour un dimanche de pluie. Dès le premier étage, leur fils, alors âgé de trois ans, avait commencé à gémir, puis à pleurer, provoquant l'exaspération croissante de sa mère. Depuis des mois, elle ne supportait plus que sa vie personnelle se résume à son seul rôle de femme au foyer. Un choix venant de sa part, mais dont elle avait sans doute sous-estimé la multiplicité des contraintes.

Sa vie professionnelle lui manquait et les absences

répétées du père n'arrangeaient pas l'ambiance familiale. À chaque retour de mission, Antoine entendait la même litanie de reproches, alors que, vidé par le stress, il ne rêvait que d'un repos bien mérité. Très vite la situation avait tourné à l'affrontement journalier avec parfois, malgré tout, des rémissions : quand il s'occupait toute une soirée de son fils ou qu'Isabelle décidait d'une sortie pour détendre l'atmosphère. Comme ce dimanche où ils avaient choisi de visiter le musée, tout proche de leur domicile familial.

L'escapade avait pourtant viré à la guerre ouverte. Antoine ne se souvenait plus lequel des deux avait lancé la première pique, mais la réplique ne tarda guère et l'échange verbal ne cessa de s'envenimer. Jusqu'au départ d'Isabelle dans un claquement rageur de talons, suivi pour Antoine d'une nuit solitaire sur le canapé à ressorts du bureau.

— Anne Hervieu, s'il vous plaît – Antoine sortit sa carte de police –, j'ai rendez-vous.

Le préposé au guichet, un Antillais aux dents éclatantes, lui fit signe d'attendre.

— J'appelle le secrétariat de madame le conservateur pour voir si elle peut vous recevoir.

— Faites, répondit Antoine, surpris, sur le même ton.

Il regarda encore une fois le jardin à l'ordonnance contrôlée. Peut-être était-ce l'esprit des lieux qui faisait s'exprimer d'une manière aussi guindée un simple guichetier. À force de contempler la sobriété ordonnée du lieu, le langage lui aussi prenait une sorte de solennité froide et hiérarchique.

— Commissaire – une voix fluette s'éleva d'un coup dans son dos –, j'ai préféré descendre vous chercher. On se perd si vite dans le musée. Un vrai dédale.

Antoine se délecta du sourire de porcelaine qui ponctuait cette phrase.

Tout semblait fragile chez Anne Hervieu. Du regard bleuté aux jambes fines comme des tiges de fleurs.

— Madame la conservatrice… commença Marcas.

— Tout le monde m'appelle Anne. À commencer par votre ami Andrivaux. Un homme charmant. Il m'a fait de grands éloges de vous. Mais ne restons pas là, allons dans mon bureau.

Dans l'ascenseur de service, le commissaire chercha une parole intelligente, mais ne trouva rien à dire. Il était là, posté dans une cabine étroite, à trente centimètres d'une femme qui lui souriait de toutes ses dents. Antoine était désarmé face à ce genre de femme à l'empathie immédiate, au visage lumineux… Il réfléchissait alors qu'il aurait dû parler, séduire, mais non, il restait paralysé comme un collégien en pleine crise de puberté.

Le claquement sec des portes de métal le ramena à la réalité. Il sortit à l'étage, s'effaça devant son hôte pour la suivre respectueusement dans un couloir au parquet lustré.

— Vous êtes toujours aussi silencieux, commissaire ?

— À vrai dire, je suis préoccupé par cette affaire…

Anne Hervieu s'arrêta devant une porte massive à deux battants et sortit une clé de la poche de sa jupe. Avant d'ouvrir, elle tourna vers son invité son regard transparent.

— Alors, espérons que je vais pouvoir vous aider.

Antoine n'était jamais rentré dans un cabinet qui respirait autant la sérénité de l'étude. Sans doute les boiseries qui ornaient les murs, les plafonds d'un blanc immaculé ou la stricte cheminée de marbre gris étaient pour beaucoup dans cette atmosphère de travail intellectuel. Pourtant, certains détails ajoutaient encore à cette impression de paix, presque de sagesse. Un coupe-papier posé négligemment au centre du bureau, un livre encore ouvert sur une étagère de la bibliothèque…

Marcas se ressaisit. Décidément cette visite au musée lui tournait la tête. Un simple visage, un sourire à la fraîcheur inattendue, trois phrases dans un ascenseur et voilà qu'il se laissait aller au pur fantasme. À croire que toute sa vie il n'avait jamais rêvé que d'une seule chose : tomber en béatitude devant une intellectuelle au visage fragile de madone italienne.

— Alors, vous vous intéressez à La Fayette ? l'interrogea Anne Hervieu après l'avoir fait asseoir. Je vous avoue que, quand Guy Andrivaux m'a téléphoné en me disant que la police avait besoin d'un spécialiste du marquis, j'ai été plus qu'étonnée. Vous savez, c'est un personnage historique que tout le monde cite et que personne ne connaît.

Assis dans un fauteuil d'époque au dos particulièrement rigide, Antoine écoutait, droit comme un i, la conservatrice du musée. Son physique éclatant – ce n'était pas le bon adjectif, mais il n'en trouvait pas d'autre – l'intimidait étrangement. Se retrouver dans la posture d'un élève au garde-à-vous n'arrangeait en rien la situation.

— En fait, c'est une longue histoire, commença-t-il, et sans doute beaucoup plus longue que nous ne le supposons.

Le sourire permanent sur le visage d'Anne Hervieu sembla s'effacer un instant.

— Si elle remonte trop loin, vous risquez de vite sortir de mon champ de compétence. Je ne suis spécialiste que du XVIIIe siècle et plus précisément de la deuxième moitié. Voyez que mes connaissances sont bien limitées.

— Vous êtes pourtant conservatrice d'un des musées les plus prestigieux de la capitale ! lança un Marcas sincèrement admiratif.

— Affectée aux collections de l'époque révolutionnaire. J'espère donc que votre histoire ne remonte pas avant.

Le commissaire prit un air dubitatif. Une énigme qui

se déployait déjà sur deux continents, difficile d'en déterminer l'origine dans le temps.

— À vrai dire, je ne le sais pas encore… Mais parlez-moi de votre intérêt pour La Fayette, d'où vient-il ?

Une légère rougeur colora les joues de la conservatrice.

— D'un sentiment d'injustice. J'ai toujours pensé que La Fayette valait mieux que sa réputation d'homme sans cesse dépassé par les événements auxquels il participait.

Antoine la regarda d'un air surpris. Il ne s'attendait pas à pareille réponse.

— Vous voulez parler de son intervention dans la guerre d'Indépendance américaine ?

— Oui, mais aussi durant la Révolution. À chaque fois il est au premier plan. À chaque fois, il est traîné dans la boue. Adulé le matin, souillé le soir. Certains le considèrent comme un opportuniste. D'autres comme une simple marionnette.

— Manipulée par qui ?

Anne Hervieu se mit à rire.

— Mais par tout le monde. Les royalistes, les républicains, les Américains, les Anglais… Et j'en passe.

— Iriez-vous jusqu'à dire qu'il aurait pu être un instrument dans les mains de certains cercles occultes de son époque ? demanda négligemment Antoine.

— Si vous pensez aux francs-maçons, sans aucun doute. D'ailleurs, ce sont eux qui ont financé son départ pour les futurs États-Unis.

— Pourquoi ?

— Par amour de la liberté des peuples. Par solidarité avec leurs frères d'outre-Atlantique ! Les raisons à l'époque ne manquent pas. Mais tout cela ne me dit pas ce qui vous intéresse particulièrement chez La Fayette.

Avant de répondre, Marcas se leva de son siège. Le dossier lui brisait la colonne vertébrale. Il fit quelque pas et prononça lentement :

— En fait, je cherche son épée, pas celle de cérémonie qui a été volée au musée de l'obédience mais l'épée de combat. Celle avec laquelle le marquis guerroyait aux côtés de George Washington lors de son expédition dans le Nouveau Monde.

La conservatrice le regardait avec amusement, comme s'il avait dit une ineptie.

— Vous êtes mieux placé que moi pour savoir où la trouver, dit-elle d'un air espiègle.

— Comment ça ?

— C'est amusant, je pensais que vous étiez au courant dans votre obédience.

Marcas se rassit et rapprocha sa chaise de la table de la conservatrice.

— Au courant de quoi ?

— Hum… Quand j'ai effectué mes recherches sur l'engagement maçonnique du marquis, j'ai découvert qu'à sa mort il avait légué certes son épée de parade mais aussi celle de combat à ses frères maçons. À la condition que cette dernière puisse être un jour exposée dans un temple, de façon anonyme, en toute humilité.

— Bon sang, alors elle serait…

Anne Hervieu croisait ses bras délicats et continuait à le dévisager malicieusement.

— N'avez-vous pas un temple dans votre obédience avec plein d'épées au mur ?

48

De nos jours

Aurora Source à tous Aurora
Bulletin hebdomadaire et alerte réunion
06 h 07 GMT.
Cours
Surchauffe des cessions dans la zone d'Asie du Sud-Est, prévue dans trois jours en raison d'une crainte de baisse des cours. *Aurora Tokyo* recommande d'acheter au fixing de base le 18 du mois après une baisse de 0,9 point.
Mouvements
Aurora São Paulo nous a fait parvenir en copie les récents travaux du Pr Ugarte de l'université d'État de Campinas, en liaison avec le laboratoire national Luz Sincrotron, avant publication dans la revue *Nature Nanotechnology*.

Les chercheurs ont réussi, après deux années de travail, à fabriquer et à enregistrer l'image du plus petit alliage métallique du monde or et argent, du diamètre d'un atome.

L'un des résultats obtenus indique qu'un alliage 20 % or et 80 % argent présente une apparence dorée au lieu d'argentée. Les chercheurs veulent renouveler l'expérience avec un couple or/cuivre.

Aurora Paris a complété l'information de *Aurora São Paulo* avec la communication d'un extrait du bulletin électronique du conseiller économique à l'ambassade de France au Brésil envoyé au ministère des Affaires étrangères : *« Les résultats obtenus offrent des informations importantes en vue de comprendre le comportement des alliages métalliques et d'améliorer leur utilisation dans des secteurs clés comme la métallurgie, la construction civile ou la microélectronique. »*

Nous recommandons à tous les *Aurora* de faire le point sur les recherches en cours dans ce domaine au niveau de leur zone de référence.

Alerte standard

Suite à la communication du rapport GATA, la réunion mensuelle à Londres est annulée dans l'attente d'autres éléments.

Fin

49

Paris,
rue Saint-Jacques-de-la-Boucherie,
21 mars 1355,
dans la nuit

Flamel était figé comme une statue, attendant que le tourmenteur se livre enfin. La réponse de ce dernier fusa :

— Vous êtes la proie d'une image, maître Flamel, d'une image qui a réveillé vos démons obscurs. Durant tout l'interrogatoire, vous n'avez cessé de vous retourner, de contempler son corps. C'est le péché de luxure qui vous habite. Et il n'y a que moi, moi seul, qui me suis occupé de la purifier.

— Flore de Cenevières… murmura Nicolas.

Arthus se leva d'un bond.

— Vous vous souvenez de son nom. Je vous avais conseillé de l'oublier aussitôt. Comme tout ce que vous avez entendu.

Derrière son dos, les mains de l'enlumineur commencèrent à trembler, mais il était déjà allé trop loin.

— C'est vous qui disposez de ma mémoire, messire

tourmenteur. Vous devez donc l'apaiser. Je veux la vérité.

Face à la cheminée, sur un mur blanchi à la chaux comme dans les cellules de moines, un crucifix de bois étendait sa présence vacillante. Selon l'intensité du feu, l'ombre de la croix se réduisait ou s'amplifiait. Depuis l'irruption de Nicolas Flamel, Arthus contemplait ce Dieu aux contours incertains.

— Que voulez-vous savoir que je ne vous aie déjà dit ?

— Quand je me suis évanoui… Que s'est-il passé ? Je ne dors plus. Je ne sortirai pas d'ici sans avoir la vérité. Qu'elle fût de Dieu ou du diable. Je suis enfant de Jésus et…

L'enlumineur se plaqua contre la porte. Arthus avança d'un pas. Un sourire mauvais barrait son visage.

— … Et devant lui, vous êtes mon complice. Si j'ai péché, nous serons damnés ensemble. Je l'ai purifiée, voilà tout. Je l'ai lavée de ses souillures.

— Mon Dieu, vous l'avez…

— Oui.

Flamel se raidit. Il fallait partir vite. Échapper à cet enfer. Partir… ou le tuer.

— Vous êtes pressé tout à coup. Vous pouvez aller où bon vous semble. Vous ne parlerez plus, car maintenant, vous êtes mon complice. C'est trop tard, désormais.

Nicolas Flamel s'avança, prêt à tout.

— Ne me forcez pas à partager votre péché.

— C'est trop tard, maintenant. Car elle…

L'enlumineur n'hésita plus. Le tourmenteur éclata d'un rire infernal.

— … Elle était vierge !

50

Paris,
siège de l'obédience

Marcas appuya sur l'interrupteur. La lumière inonda le temple. Il se plaça au centre, sur le pavé mosaïque, précisément là où Paul s'était fait transpercer. Tout autour de lui, les épées brillaient d'une même lumière froide. Toutes identiques.

Antoine se dirigea vers l'entrée de la salle, où se trouvaient les deux colonnes qui soutenaient symboliquement l'entrée du temple. Jakin se trouvait à sa droite, Boaz à sa gauche. Deux noms hébreux dont l'origine se perdait dans la nuit des temps et dont le sens précis demeurait encore un mystère.

La lame suit le flambeau de la perfection. Dans l'ombre de Jakin.

Un texte qui avait traversé les générations et qui, malgré son obscurité manifeste, devait avoir un sens précis. À la différence des écrivains de polars ésotériques, les maçons n'avaient guère de goût pour les codes multiples et autres trucages de romans destinés à alimenter le suspense.

Antoine se plaça sous la colonne. Il regarda le sol pour

voir si une ombre se dessinait. Rien. Un coup d'œil sur l'éclairage du temple le convainquit d'ailleurs que sa recherche était inutile. Toutes les lampes actuelles se situaient bien après la colonne. Il ne pouvait y avoir aucune ombre. Ni sur le sol. Ni sur le mur.

Découragé, Marcas revint s'asseoir dans les travées. Pourtant il l'aurait juré, c'était bien dans l'ombre formée par la colonne de Jakin que devait se trouver la clé du mystère. Seul problème, il fallait déterminer la position de la source lumineuse de référence. Or, depuis que le texte avait été écrit, il y avait belle lurette qu'on ne s'éclairait plus aux chandelles.

Le mot *chandelle* l'interpella brusquement. Il regarda le temple. Sa taille imposante. On devait forcément fixer des chandeliers aux murs. Avec un peu de chance…

Le commissaire fonça vers la colonne Jakin. Juste au-dessus, mais légèrement décalée vers la gauche, une applique en fer forgé subsistait encore. Immédiatement, il se plaça dans l'axe et traça une ligne imaginaire qui courait sur le sol, escaladait les travées, grimpait sur le mur et… la course se finit sur un faisceau où pendait, entre deux maillets, une épée solitaire.

Le jackpot.

Arrivé devant le présentoir, il prit l'épée entre ses mains. Elle n'avait rien de particulier, fine, souple et incapable de transpercer quoi que ce soit. Il examina la poignée. Le manche de métal était lisse, sans aucune inscription. Il la brandit vers le plafond pour inspecter la garde, mais il ne trouva rien du tout. Quand soudain il aperçut sur la lame nue quelques lettres gravées qui ondulaient comme un serpent.

Son cœur battait. La clé de l'énigme était là. Dissimulée par sa banalité depuis des siècles. Il approcha la lame de ses yeux. Il n'y avait plus qu'à lire.

Don du frère Filleul, bourgeois de Paris, à ses frères de la Très Respectable Loge…

Marcas n'acheva pas sa lecture. Un cadeau. Un simple cadeau. Le don oublié d'un frère à son atelier. Rien à voir avec l'épée de La Fayette.

Découragé, Antoine se laissa retomber sur un siège. Décidément il n'y arriverait jamais. À nouveau il prononça la phrase de l'énigme.

La lame suit le flambeau de la perfection. Dans l'ombre de Jakin.

Subitement, Marcas se demanda s'il n'avait pas négligé quelque chose. Le flambeau.

Il tâta sa poche intérieure, à la recherche de son portable. Si quelqu'un pouvait avoir une idée sur la question, c'était bien le frère Andrivaux. D'un geste nerveux, il composa le numéro du Grand Secrétaire.

— Marcas ! Justement j'allais t'appeler pour savoir si tu…

— Tu me diras après. Rien qu'une question. Flambeau. Le mot ou l'objet, ça signifie quoi pour toi d'un point de vue maçonnique ?

Andrivaux n'hésita pas.

— Il s'agit d'une vieille allégorie. On la retrouve dans des récits et même dans des peintures. C'est le symbole de la liberté.

Antoine frappa du poing sur le rebord de la travée. La liberté ! Avec ça, il était bien avancé.

— Et d'ailleurs dans les tableaux maçonniques, elle est souvent représentée.

— Quoi, la liberté ? le flambeau ?

Marcas n'y comprenait plus rien.

— La liberté est figurée sous la forme d'un flambeau. Et ce qui est curieux d'ailleurs… c'est que le flambeau est toujours porté par une femme.

L'esprit du commissaire percuta immédiatement. Sans prendre la peine de s'excuser auprès d'Andrivaux, il coupa son portable. Cherchez la femme !

Juste au-dessus de la porte d'entrée du temple se tenait

un buste de Marianne. Antoine bondit de son siège. Sculptée dans le marbre, elle portait en sautoir les symboles maçonniques du compas et de l'équerre. Marianne, la liberté en marche qui avait conquis deux continents, l'Ancien et le Nouveau Monde !

Placé sous cette tutelle féminine, le commissaire fixa d'abord la colonne Jakin avant de suivre du regard une ligne invisible qui s'arrêta net sur un râtelier…

Une épée était légèrement plus haute que les autres, de quelques centimètres. La lame brillait moins, semblait plus ancienne. Il la retira du présentoir et vit que quelque chose clochait. Elle paraissait plus lourde que la précédente. Il la posa sur sa main. C'était une épée véritable, quasiment identique aux autres, mais la lame était d'une dureté incomparable. Sur le manche, il aperçut un minuscule blason gravé. Il reconnut tout de suite la marque familiale des La Fayette.

Il sentit l'excitation le gagner. Il tenait entre les mains la véritable épée du marquis, celle qui l'avait accompagné pendant ses campagnes de libération en Amérique voilà plus de trois siècles. Il imagina un court instant le flamboyant frère charger à la tête de ses troupes les bataillons ennemis sur un champ de bataille, brandissant son épée sous le soleil chaud de la future république américaine.

Il sortit de son songe et examina à nouveau l'épée. Il la retourna à la lumière et s'aperçut qu'il avait vu juste. Il y avait quelque chose d'insolite.

Une longue inscription en minuscules caractères courait le long de la lame. Une indication qui avait traversé les siècles, cachée à l'abri des regards indiscrets, protégée dans un temple à la gloire de son maître.

Marcas respira profondément et lut à haute voix :

« *New York, là où des frères est l'antre,*
Du regard ancien ôte le centre » 1886.

Marcas fronça les sourcils. Un détail clochait, la date de 1886 était postérieure d'un siècle aux exploits de La Fayette durant la guerre de l'Indépendance américaine. Cela signifiait que quelqu'un avait gravé cette indication bien après cette période tumultueuse.

La rue était déserte quand Marcas sortit de l'obédience. Il pressa le pas pour attraper un taxi. Excité par sa découverte, il n'avait pas remarqué l'homme qui le suivait du regard, assis dans un café.

51

Paris,
rue Saint-Jacques-de-la-Boucherie,
21 mars 1355,
au matin

Le hurlement, dans la rue, réveilla dame Pernelle en sursaut. De la main gauche, elle tenta d'agripper le bras de son mari, mais sa place dans le lit était vide. Elle se leva d'un bond. Le hurlement avait repris. Un cri de bête apeurée qui implore secours. Pernelle ouvrit lentement la fenêtre et jeta un œil inquiet. La nuit venait à peine de se lever. Dans le brouillard qui se formait, l'épouse de Flamel voyait des ombres s'agiter, des gens courir. Les hurlements avaient cessé, on n'entendait qu'un gémissement presque lointain. Dame Pernelle se retourna vers le lit, de la paume de la main elle tâta le drap : il était froid. Son mari n'était pas remonté. Cela faisait plusieurs nuits qu'il se levait ainsi, mais jusqu'à aujourd'hui il revenait toujours là avant son réveil. Dehors, l'agitation augmentait. On entendait des portes claquer, un murmure grandissant envahissait la rue.

— On l'a tué ! cria une voix répercutée par d'autres.

Pernelle dévala l'escalier et jaillit sur le pavé juste à temps pour voir une femme en pleurs que l'on emportait.

— Que se passe-t-il ?

Maître Maillard, enroulé dans une lourde pelisse, la regarda d'un air étonné.

— Comment ? Mais vous ne savez pas ? Décidément, grogna leur voisin, vous êtes comme votre mari…

À ce mot, Pernelle jeta un regard inquiet vers son échoppe. La porte était restée grande ouverte et Nicolas n'apparaissait toujours pas.

— … L'autre jour, c'est moi qui ai dû lui apprendre qu'on brûlait un scélérat sur les bords de Seine. D'ailleurs…

Mais sa voisine, d'habitude si courtoise, n'écoutait plus. Elle avançait, fascinée, vers l'attroupement qui s'était formé devant la maison en face de chez elle. Pernelle s'arrêta net. Les soldats du guet venaient d'arriver, suivis d'un officier des gardes du roi. À grands coups d'épaules, ils dispersèrent la foule. Maître Maillard avait prudemment reculé.

— Quand le guet survient, c'est mauvais signe. Mais quand il est accompagné d'un officier de la maison du roi, c'est preuve que l'affaire est grave. Tiens, votre mari arrive. Il est bien tard à se lever.

Pernelle vit son époux surgir du néant, comme ressuscité d'entre les morts.

— Alors, voisin, lança le Maillard, vous venez aux nouvelles ?

Flamel restait muet, le regard fixe. Le fourreur allait reprendre quand un groupe d'hommes en noir surgit à l'angle de la rue. Un essaim sombre et bourdonnant qui se précipita vers la maison déjà gardée par les archers.

— La *horde du Gardien*, murmura Pernelle en se signant.

D'autres badauds l'imitèrent. La vue de ces hommes en noir causait toujours l'effroi. Tout le monde à Paris connaissait les exactions de cette police secrète qui dépendait directement de Bernard de Rhenac, gardien des Sceaux, ministre de la Justice, l'homme le plus puissant du royaume après le roi. Sa *horde*, composée de sbires et de ribauds, avait plus de pouvoir que quiconque dans le royaume.

— Mais enfin que se passe-t-il ? s'écria Pernelle en se rapprochant de Nicolas.

— Vraiment, vous ne savez pas ? s'exclama Maillard.

Pernelle tentait de saisir la main de son mari.

— On vient d'assassiner le tourmenteur !

La main de Flamel était froide comme la mort.

52

De nos jours

Aurora New Delhi à Aurora Source
Rapport hebdomadaire.
09 h 23 GMT.
Cours
RAS
Événements
Le World Gold Council organisera enfin son séminaire dans trois mois sur l'évolution sociale de la femme indienne dans les cinq prochaines années.

Rappelons que 72 % de la demande mondiale de la production d'or concerne la joaillerie. Or, selon les dernières estimations du WGC, l'Inde est devenue le premier marché mondial pour la joaillerie avec une consommation de 598 tonnes, + 14 % en un an, soit presque le double des États-Unis. L'essentiel de la demande indienne est destiné aux bijoux féminins, qui jouent un rôle fondamental dans la culture du pays. La saison des mariages à l'automne correspondant à un pic avec la constitution de dots.
Mouvements
Un nouveau lingot allemand a été proposé à une

succursale de la Seguridad de Banco de Lima. C'est le deuxième de ce type qui refait surface dans cette région de l'Amérique latine à deux mois d'intervalle. Le premier a été vendu à Santiago : l'estampille de l'aigle du IIIe Reich avait été partiellement grattée par le vendeur. Les enregistrements vidéo des deux banques identifient le même homme. Identification du vendeur en cours. Compte tenu de l'historique d'accueil des fugitifs nazis dans cette zone du monde et de leur descendance familiale, il est à prévoir qu'un nouveau stock d'or SS refasse surface. Demande autorisation de saisir le service DSI pour traitement approprié de l'affaire. Rappelons que le butin récolté par les nazis pendant la Seconde Guerre mondiale – pillage des banques centrales des pays occupés et des particuliers, collecte de dents et d'alliances dans les camps – a été de plusieurs centaines de tonnes d'or, dont la majeure partie n'est pas réapparue sur les marchés mondiaux.

Divers

La société Pharmaceutica del Pilar, cotée en Bourse, a vu son action grimper de dix points à la suite de la publication dans la revue *British Medical Journal* des résultats de l'efficacité de son médicament à base de sel d'or sur le traitement des rhumatismes. J'ai procédé à la revente de trois cent vingt mille titres, comme vous me l'aviez indiqué. Le bénéfice de l'opération est estimé à 2,8 millions de dollars, à répartir auprès de nos investisseurs.

Fin

53

Paris,
place de Clichy,
de nos jours

Une foule compacte se massait aux abords du complexe de cinémas. Les files d'attente s'étendaient sur plus de vingt mètres de chaque côté des caisses. Antoine Marcas et son fils attendaient patiemment que leur tour arrive.

Le policier vivait encore sous le coup de l'excitation d'avoir trouvé l'épée du marquis et l'indice gravé sur la lame. Il aurait voulu aller plus loin mais c'était le jour de garde de son fils. Son ex savait qu'il était en congé sabbatique et s'il ne l'avait pas sorti avec lui pour l'après-midi, elle aurait appelé son copain l'huissier comme la fois précédente.

Plutôt que de tourner en rond dans l'appartement, Antoine avait emmené son fils au cinéma avant de le raccompagner chez son ex. Il culpabilisait mais il n'avait qu'une hâte, rendre son gamin et s'occuper de l'énigme de l'épée. Et surtout retrouver l'Américaine, descendante de la famille Archambeau. L'indice sur New York était un signe majeur.

La file commençait à avancer. Le multiplexe organisait un festival James Bond. Marcas assumait ce vice caché. Le premier film qu'il avait vu au cinéma était *Les Diamants sont éternels*, avec Sean Connery, quand il n'avait que sept ans. Son cousin l'avait emmené en cachette de son père, qui l'aurait étripé s'il avait su que son fils allait voir ce genre de film commercial, aux antipodes du cinéma d'auteur qu'il affectionnait. D'un coup, grâce à son cousin, il avait découvert un monde incroyable : des gadgets démentiels, des femmes somptueuses et des méchants délirant sur la conquête du monde dans des décors futuristes. Rien à voir avec les rediffusions du commissaire Maigret avec Jean Richard qui passaient à la télé. Quand il avait avoué, à l'adolescence, son admiration pour le héros de Fleming, son père lui avait lancé le regard le plus méprisant de son souvenir.

Depuis, il était resté un fan, savourant à chaque nouvel opus un plaisir enfantin. Sauf pour le dernier.

— Tu aurais pu réserver les places. C'est nul de faire la queue, lança son fils alors qu'il avalait une grosse poignée de pop-corn.

— Déjà bien beau que je t'emmène revoir cette daube, mon gars. Tu devrais plutôt me remercier. Si ça ne tenait qu'à moi, on sauterait cette séance et on se précipiterait voir le prochain *Bons Baisers de Russie*. Voilà un vrai film ! Mais non, monsieur veut se retaper *Casino Royale*. Tu renies tout ce que je t'ai appris.

Il avait transmis à son fils le goût des aventures de 007, mais depuis la dernière mouture, leurs avis divergeaient. Il vit son rejeton qui atteignait 1,60 mètre du haut de ses douze ans le narguer ouvertement.

— Classique conflit de générations, papa… Quand je pense que tu étais membre du fan club de James Bond il n'y a pas si longtemps, d'ailleurs ça craint pour un flic. Et maintenant, tu craches dessus comme un malade. C'est dingue.

— Non, je dis juste que cet imposteur de Craig n'a pas le droit de jouer 007. C'est un sacrilège. Tu sais à qui il ressemble ? À Vladimir Poutine. Et encore, en plus moche. En fait, il a autant de classe qu'un merlan congelé.

— Tu pousses, là !

— En tout cas, je reprendrai ma carte du club quand les producteurs auront dégagé ce garçon boucher décoloré.

— T'es véner ! Le smoking de papy Connery, le brushing de Brosnan, ça se fait plus. Craig assure comme une bête. Les filles de ma classe, elles le trouvent à fond craquant. Même ma mère l'aime bien.

Antoine Marcas haussa un sourcil pour accentuer l'œillade de mépris.

— Comme quoi j'ai bien fait de divorcer…

— T'es lourd, papa, jeta son fils, les yeux dans le vague.

Son fils se rembrunit, Antoine comprit qu'il avait été trop loin. Depuis quelque temps, les rapports avec son ex s'étaient rafraîchis. Surtout depuis leur dernier échange téléphonique. Une vraie catastrophe.

Ils arrivèrent devant la caisse. Il prit les billets, furieux contre lui-même d'avoir plombé l'ambiance.

Antoine s'étira, il avait toujours mal à l'épaule depuis sa course poursuite. Va pour *Casino Royale*. Après tout, le choix du film n'avait aucune importance. L'essentiel, c'était d'être réuni avec son fils et de savourer ce moment partagé.

Mais il n'arrivait pas à se concentrer. Tout le ramenait vers l'épée de La Fayette et la phrase mystérieuse inscrite sur la lame.

« New York, là où des frères est l'antre,
Du regard ancien ôte le centre » 1886.

New York… Il fallait qu'il appelle l'Américaine. C'était sa seule piste.

Ils s'installèrent sur les derniers fauteuils en haut de la salle. Au bout de dix minutes, le film commença. Les premières images apparurent, James Bond en T-shirt troué exécutait son premier contrat avec une brutalité nouvelle dans la série.

Marcas bâilla, mauvais signe en début de film. Il attendit patiemment l'arrivée du générique, assez inventif mais pas suffisant pour sauver le reste. Il jeta un œil à son fils qui, lui, n'en ratait pas une miette.

— C'est un Bond ? On s'est pas trompés de salle ? L'acteur a une gueule de mort vivant, chuchota-t-il.

— T'es lourd, si ça te plaît pas, retourne dans ta maison de retraite.

Antoine soupira et regarda autour de lui, la salle était presque pleine. Sans doute des gens qui ne connaissaient rien aux vrais James Bond. Des ignorants ou des condamnés à suivre, comme lui, des niaiseries sur grand écran à cause de leur progéniture. Décidément, il vieillissait. Il ne supportait plus rien. Et plus il regardait ces faces réjouies, comblées par le spectacle, plus il se sentait seul. À la limite de l'obsession.

Il se retourna encore une fois avec la sensation désagréable d'être observé.

Tu deviens parano depuis ta balade dans les catacombes.

Il se cala à nouveau dans son siège, mais les images de l'écran ne l'atteignaient plus. Il revoyait le regard froid du tueur derrière son masque.

Putain de taré !

Les questions se bousculaient dans sa tête sans qu'il puisse les hiérarchiser. Rien ne se décantait. New York… L'énigme des descendants de La Fayette paraissait sans queue ni tête. D'ailleurs il était rétif à ce genre de jeu de piste. À se demander si le pauvre Paul, à la fin de sa vie, n'était pas un peu sénile. Lui, Marcas, n'avait pas l'esprit à ces constructions rocambolesques. Trop rationnel pour se perdre dans ce genre de situation. Non, pour démêler pareil écheveau, il faudrait un esprit quasi adolescent.

Une pointe juvénile de folie. Et non un quadragénaire, célibataire et ronchon, qui se pourrissait la vie tout seul devant un film pour attardés du bulbe.

Son fils se tourna vers lui.

— Tu me raconteras la suite ? Faut que je fasse un saut aux chiottes.

Antoine émit ce qui ressemblait à un grognement d'acquiescement et se redressa sur son siège. Par réflexe il regarda son fils descendre les marches et pousser la porte des W-C, éclairée par une petite lumière verte.

Depuis la mort de Paul, il devenait méfiant. Jusqu'à l'excès.

Sitôt la silhouette de son fils disparue, Marcas retomba dans ses pensées. Si ce n'était que lui, il aurait lâché là cette affaire. D'ailleurs, il était en congé et un staff d'enquêteurs, sous pression du frère commissaire obèse, devait déjà fouiller dans tous les coins. Seul problème, lui et le Grand Secrétaire avaient omis de leur donner quelques détails cruciaux, dont la clé USB et l'histoire de l'épée. Un élément essentiel pour orienter l'enquête.

Antoine soupira. D'un autre côté, il ne se voyait pas aller voir ses collègues en charge de l'enquête pour leur dire : *« Coucou, j'ai oublié de vous donner ça l'autre jour ! Vous m'en voulez pas trop ? »* Un coup à sabrer sa carrière. Non. Il n'avait pas le choix, il devait mener cette enquête jusqu'au bout. Et pour ça, il allait falloir franchir l'Atlantique.

Sur l'écran, James bondissait dans le siège d'une ambassade et fracassait avec entrain des gardes patibulaires transformés en punching-balls.

Il entendit une voix qui chuchota juste derrière lui.

Une voix qu'il ne pourrait jamais oublier. La dernière fois qu'il l'avait entendue, c'était au moment de se noyer dans un cloaque sous terre :

— Mon cher frère, ce n'est pas bien de montrer toute cette violence à ton fils.

Antoine tenta de bouger mais le canon d'un pistolet, qui dépassait du mince espace entre les deux sièges, rentra profondément dans son côté droit.

— Je t'ai observé avec ton fils. Dans le métro, dans la file d'attente. Tu es très paternel. C'est touchant, vraiment. Moi aussi j'ai des enfants, tu sais.

— Il va arriver d'une minute à l'autre. Sortons d'ici, il n'a rien à voir avec tout ça.

— Allons, cher frère. Ne panique pas. Je suis certain que nous allons nous entendre.

— Je ne panique pas ! Je veux juste que mon fils…

Le tueur le coupa :

— Tu veux protéger la chair de ta chair. Quoi de plus naturel ? À ta place j'agirais de même et surtout je me montrerais très coopératif.

— Bon Dieu, mais tu veux quoi ?

— Un maçon qui jure par le nom de Dieu ? Mais tu t'oublies, mon frère.

Le commissaire regarda en direction de la porte d'accès aux toilettes. Toujours rien.

— Ne perds pas ton temps à faire de l'ironie. Dis-moi ce que tu veux.

Le canon dans son dos se fit moins pressant.

— Ce que je veux ? Oh ! Presque rien. Juste un signe du passé. Un message d'outre-tombe. Une réponse oubliée…

— Putain, mais tu…

L'arme glissa d'un coup en direction de la nuque. Marcas reconnut le bruit caractéristique de la sécurité que le tueur venait de désenclencher.

— Cesse de faire ton naïf avec moi. Tu sais ce que je veux. Le message. Dans l'épée de ce cher marquis de La Fayette.

Antoine scrutait la sortie des toilettes avec angoisse.

— Je ne comprends pas. Tu l'as volée dans le musée.

La voix se rapprocha de son oreille. Marcas pouvait sentir la chaleur de l'haleine.

— Mauvaise réponse. Tu recommences encore une fois et dès qu'il a fini de pisser, ton fils va se retrouver avec un petit trou sur son front angélique.

— Sortons, je te dirai tout.

Il vit avec effroi la porte des W-C s'ouvrir et laisser apparaître la silhouette de son fils dans l'embrasure nimbée d'une lueur verte. L'enfant regardait l'écran, comme hypnotisé.

La voix chaude reprit :

— Ah ! le fiston a terminé sa petite commission. Voilà comment je vois les choses. Tu te retournes, tu es mort. Tu lui dis de s'enfuir, il meurt. Tu ne réponds pas dans les vingt secondes à ma question, vous mourrez tous les deux.

Le fils d'Antoine remontait lentement les marches à reculons pour ne pas rater le moindre détail de la scène où Bond joue au poker contre l'un des méchants de service.

— Plus que dix secondes. Dommage, je vais lui tirer d'abord une balle dans l'aine. Il paraît que ça fait très mal. J'ai assisté à une planche d'un frère sur les blessures mortelles. Remarque, à cette distance, je peux rater et toucher plutôt la poitrine.

Le commissaire serrait les poings, il entendit le bruit de la culasse qui s'armait.

L'enfant n'était plus qu'à cinq mètres de la rangée de fauteuils. Antoine chuchota, la voix hachée :

— « *New York, là où des frères est l'antre*
Du regard ancien ôte le centre. »

— Tu es sûr ?

— Oui, bordel !

— Je l'espère pour toi. Je peux te retrouver n'importe où. Et tu connais la suite.

Le fils d'Antoine était à six fauteuils de lui. Le tueur se leva doucement de son siège.

— Tu restes sagement assis pendant que je quitte

la salle. Un seul coup d'œil et j'arrose la petite famille Marcas. On est d'accord ?

— Oui…

L'enfant chuta lourdement sur son siège. Il prit le bras de son père.

Le commissaire restait figé, le moindre faux mouvement et ce serait la tuerie. Il haïssait cet homme qui jouait avec lui. Derrière eux un bruit de manteau froissé s'estompa vers la droite. Il mourait d'envie de se retourner pour voir le visage du tueur, mais la présence de son fils paralysait tous ses efforts.

Un paquet de pop-corn apparut sous ses yeux.

— Tu ne t'es pas endormi, papa ? C'est vraiment la partie du film où il y a le moins de suspense.

54

Paris,
rue Saint-Jacques-de-la-Boucherie,
mars 1355

Dame Pernelle avait fui dans la maison. Seuls restaient dehors maître Maillard et Flamel. Un secrétaire du palais venait d'arriver. Il avait installé son écritoire à la fenêtre et on le voyait noter les premiers témoignages. Le corps du tourmenteur avait été trouvé par la servante au petit matin. Aussitôt, ses hurlements avaient ameuté le quartier et chacun pouvait contempler le spectacle macabre : le cadavre d'Arthus atrocement mutilé.

— C'est là œuvre du diable, avait dit un des gardes en pénétrant dans la maison du mort.

Cette opinion se répandait dans la foule qui stationnait dans la rue. Les femmes se signaient, les hommes murmuraient en regardant avec effroi la façade désormais marquée du sceau du crime.

— Diable ou pas, réfléchit à voix haute maître Maillard, vous ne m'ôterez pas de l'idée que ce meurtre a à voir avec le bûcher de l'autre soir. Qu'en pensez-vous, voisin Flamel ?

Mais Nicolas regardait avec attention le secrétaire qui

écrivait les réponses de la servante. Il y voyait un double qui, à son tour, allait le condamner. L'histoire se répétait. Il frissonna de peur.

— Vous avez froid ? remarqua Maillard, à moins que ce spectacle sordide ne vous bouleverse ? Pourtant, vous n'avez pas vu le corps ? Si vous l'aviez contemplé comme moi, vous…

Il n'eut pas le temps de terminer. L'officier du roi venait de sortir. Flamel reconnut messire Guy de Pareilles, l'homme qui dirigeait la garde du roi.

— Messieurs les bourgeois, je souhaiterais vous interroger. Quel est le plus proche voisin de la victime ?

— Moi, murmura Flamel.

Alors, entrez. J'espère que vous n'avez pas une âme sensible.

La pièce était remplie de monde. Des gardes qui surveillaient les entrées. Des hommes en noir de Bernard de Rhenac en train de fouiller les tiroirs. Et toujours ce secrétaire qui, d'une écriture posée, notait avec attention chaque parole.

— Votre nom ?

— Nicolas Flamel, écrivain public.

— Connaissiez-vous assez le mort pour le reconnaître ?

Ce n'était pas le moment d'hésiter. Nicolas frémit tout en répondant aussitôt.

— Je pense, il portait le plus souvent sa capuche de tourmenteur, mais oui, il avait une physionomie…

— … qu'on n'oublie pas ?

De nouveau, Flamel se sentit envahi par le même malaise qui l'avait saisi dans la cellule des tortures. Guy de Pareilles se tourna vers la servante qui parlait d'une voix rapide et aiguë.

— Cette vieille est presque aveugle. Et ce depuis des années. De son maître, elle n'est capable que d'identifier sa capuche.

— Je ne comprends pas. Même en ne voyant plus bien, on ne peut oublier un visage.

Guy de Pareilles se leva et fit signe à Flamel de le suivre en direction de la chambre.

— Encore faudrait-il qu'il reste un visage.

55

Paris,
IXe arrondissement

Le petit café de la rue en pente était presque vide. Cela faisait trois mois que Roger, le propriétaire, avait claqué la moitié de ses économies pour transformer le décor de zinc et de formica en bois plaqué et tentures de velours prune. Pour faire « lounge » et capter une nouvelle clientèle « jeune et dynamique », comme lui avait conseillé le commercial qui venait prendre les commandes tous les deux mois. Résultat, avec sa trogne rougeoyante d'amphitryon, Roger trônait derrière son comptoir, en complet décalage dans un cadre branché. Les habitués, ceux du petit ballon de 8 heures du matin et du grand dès 8 heures du soir, ne décollaient pas les yeux de l'écran plat qui diffusait des clips de rap en boucle avec des bimbos qui se trémoussaient en minishort en latex.

Assis en retrait de la salle, Marcas tournait lentement la cuillère dans la tasse de café brûlant. Il aimait bien ce rade perdu sur la frontière de Pigalle et ses gueules de poivrots qui gardaient encore cette part d'authenticité parisienne. À chaque fois qu'il rentrait, on le saluait avec un respectueux « monsieur le commissaire Marcas », et même les deux vieux souteneurs corses, reconvertis dans la vente de DVD pornos, venaient lui serrer la main.

Antoine avala une gorgée de son breuvage. L'irruption du tueur dans la salle de cinéma l'avait déstabilisé, il n'avait pas fermé l'œil de la nuit. Juste après son départ, sans rien laisser paraître à son fils, il l'avait raccompagné chez sa mère.

Antoine n'avait pas voulu l'affoler, se contentant de lui expliquer qu'il avait reçu des menaces anonymes et qu'il fallait mettre leur fils en lieu sûr quelque temps. Elle avait à peine bronché, gardant les réflexes d'une épouse de flic. De son côté, il avait demandé à un de ses collègues, un inspecteur de son ancienne équipe, de filer discrètement son fils jusqu'à son départ. Son ex avait compris au quart de tour la situation. Le marché était simple. Soit elle acceptait une protection de la police, soit elle partait avec leur rejeton en villégiature forcée à l'autre bout du monde, dans un club de congés paradisiaque, le temps d'y voir plus clair. Elle avait opté pour la deuxième solution, les vacances scolaires étaient proches, elle pouvait se permettre de partir au moins trois semaines. De l'avantage d'avoir une ex nantie d'un héritage important, soupira Marcas en finissant son café. Pour une fois ça allait servir à quelque chose.

Il poussa sa tasse vers le centre de la table et croisa les mains. Comment allait-il retrouver ce fumier ?

Il avait cru un moment qu'il pourrait l'identifier en recherchant la trace de tous les maçons qui avaient été élevés au neuvième grade mais Andrivaux n'avait pas trouvé de fichier centralisé des hauts grades. Un message avait été envoyé à une liste de dignitaires de l'Île-de-France et des autres régions, qui s'occupaient de loges rouges et noires mais le temps que les informations reviennent, si elles revenaient, cela pouvait prendre des semaines.

La seule piste restante était celle de Joan Archambeau. L'Américaine.

Il se leva, déposa une pièce de deux euros dans la soucoupe, salua le patron et sortit. Un vent doux coulait dans la rue. Il sentit les premières gouttes tomber sur ses mains au moment où il repoussait la porte du bar. Il n'avait plus de temps à perdre, il se dirigea vers l'avenue Trudaine pour héler un taxi.

Il fallait qu'il contacte cette inconnue. Il grimaça. Le message de Paul à son sujet était lourd de menaces. Raison de plus pour préparer soigneusement son entrée en matière et tout d'abord se renseigner sur elle.

Le taxi mit à peine dix minutes pour le déposer chez lui.

Installé devant son ordinateur, il tapa sur un moteur de recherche le nom de la femme en espérant qu'elle était plus qu'une illustre inconnue.

Joan Archambeau.

La fenêtre afficha un total de douze résultats. Elle était avocate, spécialisée dans le droit de l'environnement pour un cabinet situé sur Madison Avenue, réputé pour ses class actions contre les entreprises chimiques. Joan Archambeau ne semblait pas être une star du barreau, les réponses évoquaient des contributions pour des revues spécialisées de droit des entreprises. Un article du *New York Times* sur les avocats peu connus du grand public, mais redoutés par les entreprises, indiquait qu'elle était certes brillante mais se refusait à toute publicité. Une bonne technicienne des dossiers, une avocate de l'ombre qui préparait les affaires pour des avocats plus en vue.

Une photo accompagnait l'article.

Brune, aux cheveux mi-courts, un air de Cécile de France, l'expression un peu sévère avec une sorte de moue ironique à la commissure des lèvres. Les yeux noirs fixaient l'objectif non sans malice.

Il hésita quelques secondes avant d'écrire son mail puis se lança. Il résuma les circonstances de l'assassinat de Paul ainsi que les éléments de l'énigme en sa possession. Il était 12 h 30 avec le décalage horaire, 5 h 30 du matin à New York, elle ne le consulterait que dans quelques heures. Il cliqua sur la case « envoyer » de sa messagerie.

Juste au moment où l'avis de départ du mail s'affichait, son portable se mit à bourdonner.

— Oui ?

— Très cher frère Marcas ?

Il reconnut tout de suite la voix du Frère Obèse.

— Frère oui, mais pas forcément de la même famille.

— Très drôle. Comme je m'y étais engagé, je te tiens au courant de l'enquête. Avant que je commence, as-tu avancé de ton côté ?

— Non, répondit Marcas sur un ton qui se voulait détaché.

Il s'abstint de parler de sa seconde rencontre avec le tueur. Il ne voulait pas avoir dans les pattes une surveillance diligentée par son collègue.

— Ton obédience a cherché dans ses fichiers ?

— Oui, sans résultat. Il n'y a pas d'enregistrement systématique des hauts grades sur toute la France.

— C'est bien ce que je pensais. C'est vraiment le bordel chez vous, grommela la voix.

— Tu as raison, mon gros. Dommage que le tueur n'ait pas eu l'idée de venir étriper quelques frangins dans vos temples de rupins. On pourrait peut-être le lui suggérer. Ça vous ferait une bonne pub. Et puis rien ne dit qu'il n'est pas de votre tendance, après tout, vous pratiquez plus que nous la cordonite.

Un court silence s'installa. Marcas se demandait si le Frère Obèse transpirait dans son bureau. Il l'avait toujours vu suer à grosses gouttes quelle que soit la température. Une vraie fontaine. Un soupir finit par jaillir.

— Bon… On a peut-être du nouveau sur ton ami l'étripeur de maçons. Ça t'intéresse ?

— Évidemment, répondit Antoine non sans rester sur ses gardes.

Son collègue ne faisait jamais de cadeaux, il fallait toujours rendre la monnaie et souvent au centuple.

Le ton du Frère Obèse était goguenard.

— Le laboratoire d'analyses a rendu les résultats des prélèvements effectués sur les victimes. Il y a quelque chose de très curieux dans ces examens. Les experts n'en sont pas revenus, au point de refaire deux fois leurs tests.

— C'est-à-dire ?

— Les tissus des plaies à l'endroit du passage de l'épée contenaient une substance qu'on ne trouve habituellement pas dans ce genre d'endroit.

— Quoi ?

— De l'or, mon cher. De l'or d'une pureté incroyable.

— Tu plaisantes ?

— Nullement. Si tu veux en savoir plus, viens me rejoindre. Dans une demi-heure près de la Comédie-Française. Tu connais le Nemours ?

— Je ne connais que ça. Apporte tes résultats.

— Plutôt deux fois qu'une. De l'or, Marcas. De l'or !

56

Paris,
rue Saint-Jacques-de-la-Boucherie,
21 mars 1355

Le corps était étendu sur le sol dallé de la chambre, le visage dissimulé sous une toile de laine grise.

— Nous attendons le médecin du roi, Robert Harcourt, annonça Pareilles, c'est lui qui décidera, mais je pense qu'il faudra procéder à une incision.

Flamel marqua sa surprise en s'arrêtant net à deux pas du cadavre.

— Mais je croyais que c'était pécher que de fouiller le corps d'un chrétien.

— Quand on le fait en premier, oui. Mais pas quand on vient après les autres…

Et d'un geste rapide, Pareilles fit voler la couverture qui couvrait les traits du tourmenteur.

Le visage n'était plus qu'une plaie.

Nicolas contemplait la face ruisselante de sang, il cherchait les yeux. Pareilles surprit son regard.

— Vous ne les trouverez pas.

— Mais ils ne se sont pas volatilisés !

— Ils ont disparu pourtant. Soit qu'on les ait ôtés, soit qu'ils aient fondu dans…

Du doigt, il désigna deux cratères purulents, au centre du visage d'où s'échappait une puanteur de plus en plus atroce.

— Comme si on avait voulu nous faire comprendre que le tourmenteur avait manqué de clairvoyance, réfléchit à voix haute le chef des gardes.

— Dieu ait son âme, répondit Flamel, mais cette puanteur horrible, même pour un mort, n'est pas normale. Et puis – sa voix se mit à faiblir –, et puis tout ce… ce liquide granuleux qui coule des orbites, ce n'est ni de la chair, même corrompue, ni…

— Ni du sang. J'ai assez vu de morts sur les champs de bataille pour le savoir. Mais une seule chose m'importe. Est-ce le tourmenteur ?

Nicolas regarda une fois de plus le cadavre.

— Non, vraiment, je ne puis rien affirmer.

Le chef de la garde esquissa un sourire de dépit. Il allait poser une autre question quand la porte s'ouvrit sur une haute silhouette vêtue de noir.

— Messieurs, je vois que vous êtes en bonne compagnie.

La voix ironique du médecin fit s'écarter aussitôt les hommes du cadavre.

— Messire médecin, nous étions en train de tenter de reconnaître le corps, répliqua Pareilles. Regardez l'état du visage.

Robert Harcourt jeta un œil négligent sur le corps.

— Et vous, vous avez regardé l'état de ses ongles ?

— Non, mais je ne vois pas…

— Ne discutez pas ! Faites.

Guy de Pareilles se pencha vers le corps et saisit une main.

— Alors, que remarquez-vous ? interrogea le médecin

qui sortait d'une peau de cuir des instruments aux formes déroutantes.

— Une croûte noire qui se trouve sous chaque ongle.

— De la crasse, selon vous ? Récupérez-la !

Le chef de la garde royale parut décontenancé. Il n'avait pas l'habitude de recevoir des ordres. Mais on ne discutait pas avec un homme qui pouvait à toute heure entrer dans la chambre du roi sans se faire annoncer.

— Mais comment ?

— Avec vos dents !

Prudemment à l'écart, Nicolas regardait la scène en se demandant s'il rêvait.

— C'est fait ?

— Oui, répondit la voix mal assurée de Pareilles.

— Eh bien, qu'attendez-vous ? Mâchez maintenant.

— Je ne sais dire…

— Un goût âcre ?

— Plutôt, oui.

— Écrasez entre les molaires.

— C'est répugnant.

— Faites, je vous dis. Est-ce friable ?

— Oui.

— Alors, vous pouvez avaler.

Guy de Pareilles tenta de protester.

— Mais pourquoi ?

— Parce que ce n'est pas de la crasse et que ça ne vous fera aucun mal.

Harcourt regarda le cadavre dont la peau commençait à bleuir avant de reprendre :

— D'ailleurs, certains auteurs antiques le recommandent.

— Recommandent quoi ? le coupa Guy de Pareilles, excédé. Comme si nous n'avions pas assez de mystère, ce matin.

— Mais de consommer du sang humain.

Le chef des gardes se mit à cracher en jurant.

— Mais vous êtes fou !

— Nullement, vous m'avez demandé s'il s'agissait du tourmenteur.

— Et alors ?

— Eh bien, j'ai constaté qu'il avait les ongles noirs. Vu sa… disons, profession, il y avait une hypothèse qui me semblait prioritaire. Tout simplement il fallait vérifier si c'était bien du sang humain, des restes de son travail.

— Vous m'avez fait avaler le sang des victimes de ce… ? s'insurgea l'officier royal.

Le médecin haussa les épaules.

— Il fallait bien vérifier. Et on ne peut le faire qu'au goût. Il n'y a nul autre moyen. Mais rassurez-vous, vous avez brillamment passé l'épreuve. Il s'agit bien du corps du tourmenteur.

Replié dans le coin de la chambre, Nicolas Flamel observait la scène.

— Maître Flamel – la voix de Pareilles avait retrouvé toute son autorité –, mon greffier est occupé en bas à entendre les témoins, je vous réquisitionne au nom du roi. Mon greffier va vous monter plumes et parchemin.

— Je… mais pour quoi faire ?

Mais Guy de Pareilles ne l'écoutait plus. Il se tourna vers le médecin.

— Messire médecin, je vois que vous avez les instruments de votre art ?

— Oui.

Le chef des gardes se dirigea vers le corps de Jehan Arthus et le contempla un instant.

— Alors ouvrez-le !

57

Paris,
Palais-Royal,
de nos jours

La pluie se déversait à torrents sur la chaussée, comme si tous les nuages au-dessus du ciel s'étaient rassemblés en un point précis de Paris pour l'arroser sans discontinuer. Les voitures roulaient lentement et les piétons couraient pour se mettre à l'abri des trombes d'eau. Seul un groupe de Japonais, tous revêtus du même imperméable en plastique arborant le soleil nippon, attendait stoïquement sous la pluie devant la grande vitrine d'une boutique de parfums et de sacs de marque détaxés.

Marcas se reprocha de ne pas avoir emporté son parapluie. Il régla le taxi et courut vers l'entrée du palais construit par la famille d'Orléans. Le temps de parcourir les quelques mètres qui le séparaient du café, il était déjà trempé.

Dans le palais, les galeries étaient bondées de touristes venus admirer les devantures des boutiques de luxe, auxquels s'ajoutaient les simples passants attendant la fin du déluge.

Le commissaire aperçut le Frère Obèse de loin grâce à

sa corpulence. Il était sanglé dans un imperméable mastic sombre qui aurait pu faire fureur au siècle dernier dans la Gestapo française. Le policier, un cigare à la main, lui fit signe.

Antoine marcha d'un pas vif vers lui, l'humidité froide imprégnait déjà ses vêtements. Le Frère Obèse lui tendit la main qu'il serra non sans maugréer. Son collègue lui faisait systématiquement le coup de la poignée maçonnique alors qu'ils se connaissaient depuis des années. Une vieille habitude dont il ne pouvait se défaire.

— De l'or ! Marcas, de l'or !

— De l'or ? Vraiment ? reprit Antoine, tu es sûr que tes experts ne se sont pas trompés ?

L'Obèse desserra sa poignée et le prit par l'avant-bras comme pour le guider. Le commissaire se raidit, il détestait les familiarités, surtout avec ceux dont il se méfiait.

— Je te l'ai dit. Ils ont refait leurs analyses par précaution. Du coup, les cadavres ont été sortis de la morgue pour être réexaminés. Ça se présente sous forme de poudre, en traces infimes, mais suffisantes pour être détectées.

— C'est surprenant, certes, mais sûrement une coïncidence. Ça ne colle pas avec les meurtres.

— Écoute, on a rendez-vous chez un de nos frères qui tient un commerce de vente et d'achat d'or au Palais-Royal. C'est l'un des plus grands experts sur la place. Je lui ai fait envoyer les résultats de l'analyse pour avoir son avis.

Antoine hocha la tête, puis se leva. Après tout, se renseigner ne coûtait rien.

— Et que disent les experts du laboratoire sur la présence de cet or dans les cadavres ?

Le Frère Obèse, que le pas rapide de Marcas fatiguait, reprit son souffle avant de répondre.

— Pour eux, il y aurait deux hypothèses. Soit l'épée du tueur a été en contact avec de la poudre d'or et elle s'est déposée au moment de la pénétration de la lame, soit notre homme a répandu cette substance quand il a retiré la lame des corps de ses victimes. Mais cette seconde hypothèse ne tient pas vraiment la route.

Antoine réfléchissait pendant que son interlocuteur parlait, tentant d'organiser selon une suite logique les informations fournies, en vain.

— Et quel est le rapport avec l'expert que nous allons voir ?

— Tu ne m'as pas écouté. L'or trouvé est, selon les analyses, d'une pureté extrêmement rare. Rien à voir, semble-t-il, avec ce que l'on trouve dans le commerce. Si notre tueur a manipulé cette substance, on pourrait avoir des indications précieuses sur sa provenance. Ah ! Nous y sommes.

Ils s'arrêtèrent dans un retrait de la galerie, juste à côté d'une porte d'évacuation fermée. Un coin délaissé par les clients du passage.

La vitrine ne payait pas de mine. Avec la porte aux gonds rouillés, la devanture ne dépassait guère les deux mètres de large, son encadrement de boiserie noircie patinée, son panneau vieilli sur lequel était inscrit *« vente et achat d'or »* et ses rideaux opaques finissaient de rendre l'endroit peu avenant.

Il n'y avait pas de poignée à la porte fermée. Sur le côté droit, à hauteur de visage, un petit interphone avec un seul nom : *Canseliet*, écrit en lettres d'or jouxtait un minuscule œilleton de caméra.

— Il n'a pas l'air de rouler sur l'or ton expert, plaisanta Marcas.

— Ne jamais juger sur les apparences, cher frère…

Le Frère Obèse sourit et sonna. Presque immédiatement, un déclic retentit et la porte s'ouvrit sur une grande pièce aux murs blancs, beaucoup plus vaste que ne le laissait supposer la devanture.

Une magnifique Eurasienne apparut dans l'encadrement. Sa chevelure noire comme de l'encre était ramenée dans un artistique chignon derrière sa nuque. Sa peau d'une blancheur nacrée contrastait avec le rouge sang de sa tunique boutonnée des chevilles au col et qui moulait des formes impeccables. Elle venait de se lever de son bureau.

— Je vais vous débarrasser de vos manteaux avant de vous conduire au bureau de M. Canseliet, murmura-t-elle dans un français teinté d'un accent indéfinissable.

Les deux hommes se laissèrent faire. Le commissaire crut déceler un air fugitif de satyre dans le visage de l'Obèse mais se garda bien d'émettre le moindre commentaire. La jeune femme accrocha les deux impers sur un portant qui ressemblait à une copie d'un Giacometti, puis d'un geste leur indiqua un escalier étroit qui partait d'un coin du bureau.

— Si vous voulez bien me suivre.

Ils montèrent deux étages puis arrivèrent devant une porte blindée surmontée de deux caméras encastrées dans le mur. La porte s'ouvrit. Les deux hommes précédés de l'hôtesse entrèrent. Antoine n'en crut pas ses yeux.

De l'or. De l'or. Partout.

La vaste pièce dans laquelle ils se trouvaient devait faire au moins quarante mètres carrés. Les murs étaient peints d'une laque en or sombre, le plafond, lui, reflétait une nuance dorée plus claire. Les meubles d'ébène du noir le plus profond contrastaient avec l'étalage de tout cet or. Le sol, lui, était revêtu d'un dallage de marbre noir veiné de rivières dorées.

Antoine songea à son fils, fan absolu de Bond, quand il lui raconterait qu'il s'était rendu dans la maison du fils caché de *Goldfinger.*

À côté du bureau en laque noire chinoise, un tableau de trois mètres de haut était calé sur deux blocs de métal sombre. Toute la toile était recouverte d'une sorte de terrain grumeleux doré. Marcas reconnut un Klein, qui devait appartenir à une série dont il avait vu quelques originaux exposés à Beaubourg l'année précédente.

Un homme vint à leur rencontre. Grand, élancé, blond, la cinquantaine assumée, le pas alerte.

— Je suis Edmond Canseliet. Soyez les bienvenus dans mon humble demeure. (Puis, s'adressant à la jeune femme) Apportez-nous quelques rafraîchissements, je vous prie.

L'homme s'abstint d'utiliser la poignée de main rituelle. Son regard bleu acier sonda Marcas. Il désigna sur la gauche un canapé en velours noir et deux fauteuils du même tissu rassemblés autour d'une petite table qui semblait taillée en or massif.

— Asseyez-vous. J'avoue que les informations communiquées par votre laboratoire de police m'ont intrigué. L'analyse de pureté est extraordinaire. J'ai des acheteurs qui dépenseraient des fortunes pour se procurer des échantillons de cette sorte.

Marcas se cala dans un des fauteuils, il n'avait pas envie de partager le canapé avec son énorme collègue. Il joignit les mains et s'adressa à l'expert.

— Pouvez-vous être plus clair ?

L'Eurasienne venait de poser sur la table un grand plateau comportant des coupes et une bouteille de champagne. L'homme lui adressa un signe, elle fit sauter le bouchon et versa le liquide doré dans les flûtes.

— Avant de vous répondre, il faudrait que je mesure l'étendue de vos connaissances sur ce métal. Que savez-vous de l'or, monsieur Marcas ?

— Peu de choses, si ce n'est que l'humanité a passé des milliers d'années à s'entre-tuer pour en posséder le plus possible et que des femmes, dans le monde entier, en font leur plus fidèle compagnon.

Il vit l'Obèse le fusiller du regard.

— J'oubliais, il flatte aussi la vanité de l'homme, reprit Marcas, agacé par l'air supérieur de leur hôte.

L'homme émit un mince sourire.

— Vous n'avez pas tort… Tout n'est-il pas que vanité en ce bas monde ? Mais j'ai une autre approche de ce métal précieux. Voyez-vous, l'or est pour moi ce qu'il y a de plus noble sur terre. C'est un métal inaltérable à l'eau, inoxydable à l'air, incorruptible, symbole du soleil dans toutes les civilisations qui ont dominé le monde. Un atome d'or possède exactement 79 protons. Songez qu'avec un seul proton de plus ce serait du mercure et un proton de moins du platine. D'ailleurs, je vous propose de porter un toast à ce chiffre de 79 qui nous réunit aujourd'hui, déclara-t-il en levant sa coupe.

Les trois hommes avalèrent une gorgée. Edmond Canceliet reprit :

— Pour résumer, l'or qui circule dans le commerce est de qualité variable et se mesure par une unité de pureté, le carat, correspondant précisément à chaque vingt-quatrième d'or fin contenu dans une quantité d'or. Il existe quatre variétés. Le 24 carats, l'or le plus pur, hélas trop malléable pour être vendu en l'état. On le mélange alors avec d'autres métaux comme le cuivre et l'argent pour obtenir les trois autres catégories, par ordre de valeur décroissante, 18,14 et 9 carats.

Le Frère Obèse retira son alliance de son doigt boudiné et la tendit à l'expert.

— Vous seriez capable de me dire le nombre de carats rien qu'en la palpant ?

L'homme prit l'anneau, le soupesa et le fit jouer à la lumière. Il s'exprima d'une voix claire :

— Mon cher ami, je suis navré, il s'agit de la catégorie la plus vile. Du 9 carats.

Il lui rendit l'alliance avec un air désolé.

— Comment avez-vous fait, sans l'analyser ? C'est la couleur ? demanda Antoine, impressionné.

L'homme sourit à nouveau.

— Non. Si vous regardez attentivement l'alliance de notre ami, vous y trouverez un petit poinçon. Celui-là est une feuille de trèfle, donc 9 carats. Le 14 est repéré par une coquille Saint-Jacques et le 18 par une tête d'aigle.

— Et si nous revenions à notre or, grommela l'Obèse, vexé.

— C'est là que la chose devient étrange. Les chiffres indiquent un or supérieur à 24 carats. C'est proprement incroyable.

— Avez-vous déjà entendu parler d'or en circulation de cette catégorie ?

Le regard de l'homme se fit plus perçant.

— Oui. Il existe même des traités là-dessus. C'est l'or du millième matin.

Marcas et son collègue posèrent leur coupe quasiment en même temps sur la table.

— Soyez plus clair.

Edmond Canceliet avait détourné son regard, presque gêné.

— L'or du millième matin. L'or légendaire des alchimistes.

58

Paris,
échoppe de Nicolas Flamel,
21 mars 1355

Sitôt l'assassinat du tourmenteur annoncé, dame Pernelle s'était réfugiée en courant dans sa maison. Plaquée contre la porte, elle écoutait la rumeur de la rue. Son mari Nicolas ne l'avait pas suivie. Sans doute devait-on l'interroger. Pourtant, ce n'était point là l'inquiétude de dame Pernelle. Non, ce qui la tracassait, c'était d'avoir trouvé le lit vide à son réveil.

Elle s'approcha de la cheminée. Il ne restait plus dans l'âtre qu'une fine couche de braise. D'un geste las, elle jeta une brassée de bois mort, puis commença d'activer le soufflet. Ces gestes mécaniques l'apaisèrent aussitôt. L'angoisse vague qui l'étreignait l'instant passé laissa place aux méandres de la réflexion. Tout se mêlait encore, mais peu à peu une hypothèse prenait corps.

Presque imperceptiblement, elle déplaça son regard à droite du manteau de la cheminée : là où s'ouvrait la porte de la cave.

Dame Pernelle n'y descendait jamais. L'escalier était étroit et les murs humides couverts de salpêtre. Une fois seulement, elle avait accompagné son mari pour inspecter la futaille : les barriques de vin alignées comme des statues à terre. C'est là qu'elle aperçut le placard de pierre où Nicolas rangeait ses livres. Depuis elle n'avait osé redescendre.

À la vérité, elle détestait cet endroit sous terre et elle ne pouvait comprendre comment son mari était capable d'y rester des heures. Tout ce temps perdu à lire à la lueur d'une mauvaise lampe alors que les démons battaient la mesure derrière chaque mur. C'est du moins ce que disaient les commères du quartier pour expliquer les bruits étranges qui s'échappaient des entrailles de la terre. Car les caves, sous Paris, communiquaient entre elles par des galeries tortueuses, des couloirs secrets, des portes dérobées, formant un labyrinthe mystérieux propice aux diableries.

D'ailleurs, des audacieux s'étaient risqués au hasard de ces méandres de l'Enfer. Des amoureux en quête d'endroits discrets, des hérétiques à la recherche d'un asile, des chercheurs avides d'or. Et parmi ceux qui remontaient à la surface, on trouvait toujours des bavards impénitents. Ainsi certains prétendaient avoir trouvé d'antiques carrières qui dataient des Romains, d'autres d'infranchissables lacs souterrains, mais tous, à un moment de leur périple, avaient rencontré la peur ultime.

Dame Pernelle se signa. Dans la rue, le vacarme avait cessé. Elle regardait toujours, fascinée, la porte de la cave que son mari, dans la précipitation, avait oublié de fermer. La porte ouverte sur la tentation.

Elle se signa encore. Elle avait peur. Peur de céder à son désir. Jusqu'à se lever et entamer la descente vers le royaume des morts. Car c'est là, elle en était sûre, que les âmes des damnés menaient leur sabbat.

Depuis l'épidémie de peste et les chevauchées anglaises, la mort devenait une présence familière. Sans la voir, on la côtoyait tous les jours. Elle pouvait être l'air que l'on respire, le passant que l'on croise. À tout moment, elle pouvait surgir pour vous emporter dans une ronde funèbre. D'où nul ne revenait.

Les prêtres même en parlaient comme d'un être vivant. Dans les sermons, ils la décrivaient, montée sur un cheval noir, le corps décharné, le bras armé d'une lame effilée qui fauchait sans trêve les pécheurs comme les justes, les riches comme les pauvres. En ces temps où le droit était chaque jour oublié, bafoué, la mort représentait la grande justicière. À son verdict, nul ne pouvait se dérober.

L'épouse de Flamel marmonna une prière. Dans ses rêves, la mort se manifestait sans cesse. Comme une prémonition. Et toujours sous la forme d'une jeune femme qui tendait la main pour qu'on l'invite à danser.

Mais aussitôt que l'apparition se trouvait un cavalier, son corps devenait cadavre. Et il était trop tard : dans un sordide cliquetis d'ossements, elle entraînait son amant dans un irrémédiable ballet funèbre.

D'ailleurs, sur le mur d'entrée du cimetière des Innocents, un peintre avait représenté cette farandole macabre. On y voyait des squelettes, les orbites creuses, les os saillants, entraîner les vivants dans une bacchanale morbide qui conduisait tout droit en Enfer.

Le feu ronflait dans la cheminée. Dame Pernelle saisit une bûche et la jeta dans les braises. Une pluie d'étincelles illumina le dallage tandis que des flammes bleues jaillissaient en panache. Toute la pièce vibra de lumière. Elle risqua de nouveau un œil vers la porte de la cave.

Elle se leva, comme hypnotisée.

Mais arrivée devant l'escalier qui dévalait dans la nuit, elle s'arrêta brusquement.

Elle ignorait encore ce que cherchait son mari, mais une fois qu'elle aurait ouvert sa cachette, elle ne pourrait plus douter. Ni espérer.

Franchir le seuil revenait à entrer dans un monde inconnu qui risquait de bouleverser toute leur vie.

Elle descendit une marche. L'obscurité était lourde de silence. Une encre épaisse.

Elle hésita encore. Mais l'occasion de savoir ne se représenterait pas.

Pernelle entama sa descente.

59

Paris,
Palais-Royal,
de nos jours

— Ne me dites pas que vous croyez à ces sornettes, lança Marcas d'un air dubitatif. L'alchimie a été une quête illusoire, une rêverie balayée par la chimie et le progrès. On n'a jamais vu un alchimiste réussir son coup.

Edmond Canseliet le fixa avec dédain.

— N'en soyez pas si certain. Je m'étonne qu'un maçon comme vous soit aussi péremptoire sur cette question. De nombreuses loges travaillent sur la symbolique alchimique. Au-delà de l'obtention de l'or, c'est une allégorie sur la quête de sa propre perfection. Vous devriez savoir que la pierre philosophale qui sert à fabriquer l'or alchimique est aussi un art qui permet de se transformer soi-même. Les philosophes spagyriques du Moyen Âge étaient beaucoup plus avancés qu'on ne le croit sur la nature humaine.

Marcas soutint son regard.

— Désolé, je suis plutôt du côté des maçons héritiers de l'esprit des Lumières. Pour moi, le Moyen Âge est une époque d'obscurantisme. Et si des frères passent leur temps en loge à plancher sur le soufre, le mercure, la symbolique des cornues, c'est leur problème ! Je les respecte en tant que frères, mais ça s'arrête là. Revenons plutôt à votre interprétation des analyses.

Sans un mot, Edmond Canseliet s'était levé de son fauteuil et se dirigea vers la partie la plus reculée de la salle, où se trouvait une grande armoire noire laquée de style Ming. Il l'ouvrit et en retira avec précaution un mince livre recouvert d'une reliure vieillie sertie d'une multitude de petits rivets dorés. En son centre avait été ciselé un grand soleil de type médiéval. Il l'apporta et le posa sur la table.

— Ceci est un fragment du *Livre d'Adam*, une rareté absolue. Sa version complète appartenait à Nicolas Flamel. Elle s'est perdue. Il n'existait que deux exemplaires de ce fragment et le second a disparu de la circulation pendant la Seconde Guerre mondiale. Je le tiens de mon grand-père, dont je porte le prénom, qui a été le dernier alchimiste que le monde moderne, celui de la raison triomphante, ait connu. Ses contemporains le prenaient pour un fou, pourtant il s'était obstiné à mener sa quête de l'or sublime.

— J'ai entendu parler de ses travaux en loge, lors d'une planche sur la symbolique des métaux, opina le Frère Obèse, fasciné par l'ouvrage posé devant lui.

— Ce livre fait état, à travers des allégories complexes, de la fabrication d'or divin, d'une pureté sans pareille, qui n'existe pas dans la nature. Un manuscrit alchimique parfait si ce n'est que personne, à part peut-être mon grand-père, n'a su le déchiffrer.

— Je suppose qu'il vous a transmis son goût pour l'or et accessoirement sa fortune colossale, ironisa Marcas.

L'homme sourit à nouveau, imperméable aux attaques du commissaire.

— Il est mort pauvre et oublié de tous. Quant à moi, seul le commerce de ce métal précieux sur les marchés mondiaux me permet de vivre, comment dirais-je, confortablement. Mais il est probable que j'ai hérité de lui sa passion…

— Il n'a donc jamais trouvé d'or, on est bien avancés, ajouta le Frère Obèse.

— Je n'ai pas dit cela, le coupa Edmond Canseliet. Pauvre oui mais avant de mourir, il a avoué à son fils qu'un homme inconnu était venu le voir un jour, lui apportant une preuve que les travaux alchimiques n'étaient pas vains. Il a donné à mon grand-père une petite pépite d'or. Cette pépite, mon grand-père l'a transmise à son tour à son fils, son unique héritage, puis elle m'a été donnée. Elle se trouve devant vous.

Marcas et le Frère Obèse ouvrirent de grands yeux. Canseliet s'amusa de leur étonnement. Il posa son index sur un rivet du grimoire, situé à l'angle gauche du soleil. En appuyant légèrement, il retira une pointe d'or qu'il brandit sous les yeux des deux policiers.

— Il y a une dizaine d'années, sentant sa fin venir, mon père m'a transmis ce grimoire et la pépite de son père alchimiste. Par curiosité je l'ai fait analyser, avec des appareils perfectionnés. La pureté en est extraordinaire. Quand je vous ai parlé de l'unité de mesure en carats, cela correspondait à une subdivision en unités dites de millièmes. 24 carats, l'or le plus cher, correspond à une mesure d'au moins 900 millièmes d'or, sachant que l'or natif le plus pur est de 99,998 %.

— Et la fameuse pépite ?

— Mille millièmes d'or, du jamais vu. L'or du millième matin, selon l'allégorie poétique des philosophes de métaux. En termes plus scientifiques, il s'agit d'un isotope de l'or, qui habituellement est instable. Je n'ai jamais retrouvé par la suite un or de cette composition au cours de mes nombreux déplacements dans le monde. Vous comprenez donc ma surprise quand vous m'avez communiqué ces analyses.

— C'est incroyable, ponctua le Frère Obèse en fixant le minuscule bloc d'or.

— Est-il indiscret de vous demander où vous avez trouvé l'or analysé ? s'enquit Canseliet d'un air songeur.

Marcas et le Frère Obèse échangèrent un rapide coup d'œil. Ils hésitaient. Leur hôte sourit d'un air serein.

— Je serai muet comme une tombe, mais comprenez-vous vraiment ce que révèle votre analyse, et les conséquences que cela suppose pour l'humanité ?

Antoine fronça les sourcils.

— Pour le moment, c'est confidentiel. Mais je ne comprends pas les conséquences. Au mieux, celui qui est en possession du secret deviendrait immensément riche et détrônerait Bill Gates au panthéon des milliardaires. Un de plus dans la liste des grands capitalistes de ce monde. Et l'industrie du luxe gagnerait un client supplémentaire.

Edmond Canseliet se raidit. Il avait perdu une partie de son impassibilité. Son visage devint grave.

— Vous ne comprenez pas. Tout ce que vous voyez dans cette pièce n'aura plus aucune valeur. Ces dorures seront aussi abâtardies que du plastique ou des canettes de bière. Ce qui est précieux est rare, c'est la devise de base de notre monde capitaliste. Actuellement, les mines d'or dans le monde produisent 2500 tonnes chaque année, suffisamment pour répondre aux besoins de la bijouterie et de l'industrie, et sans que cela ne perturbe trop les cours. Si le secret des alchimistes a été retrouvé, nous entrons dans une ère de bouleversement total.

— Je ne vous suis pas, le coupa Antoine.

— L'économie mondiale tient en partie sur les réserves d'or des grands pays industrialisés, garantes de la stabilité des devises internationales. Même si les monnaies ne sont plus indexées sur le cours de l'or, les interactions sont très fortes. L'or est une sorte d'assurance tous risques en cas de crise grave ou de guerre mondiale.

Le Frère Obèse se figea comme un chien de chasse devant une odeur imprévue.

— Vous voulez dire qu'une injection massive d'or sur le marché briserait automatiquement et immédiatement cet équilibre ?

— Exactement. Le cours chuterait, entraînant une dévaluation vertigineuse des stocks entreposés et donc des monnaies. Ça s'est déjà vu par le passé. Le chaos à l'échelle planétaire. Le rêve philosophique des alchimistes conduirait inéluctablement à une catastrophe économique.

— On pourrait toujours substituer un autre métal précieux à l'or, suggéra Marcas.

— Seul le platine pourrait faire office de garant, les cours tournent autour de 27 600 euros le kilo, soit 11 000 euros de plus que l'or, mais il faudrait trop de temps aux États pour se constituer des réserves, d'autant que la spéculation ferait aussitôt atteindre des sommets au platine, les empêchant de garnir leurs coffres. De plus, l'Europe, les États-Unis et l'Asie se lanceraient dans une course effrénée pour se procurer les réserves suffisantes. Avec les risques de confrontation que vous pouvez imaginer. Je vous repose donc ma question : Où avez-vous trouvé cet or ?

— Dans des cadavres, lança le Frère Obèse.

Cette fois, ce fut Marcas qui le fusilla du regard.

Edmond Canseliet s'était levé et regardait fixement la toile énigmatique de Klein. Sa voix devint caverneuse :

— Croyez-moi, vos cadavres vont plonger notre monde en enfer.

60

Paris,
rue Saint-Jacques-de-la-Boucherie,
21 mars 1355

D'un geste brusque, Harcourt souleva la couverture qui masquait le visage du tourmenteur. Un instant, il contempla la face mutilée, les orbites énucléées où palpitait une bouillie de chair et de sang.

— Travail d'amateur ! Celui qui s'est acharné sur ce visage n'est pas un spécialiste de l'anatomie. Messire de Pareilles, vous pouvez déjà rayer de vos tablettes les suspects ayant fait des études de médecine.

— À moins que l'assassin n'ait voulu masquer les traces de son savoir-faire, répliqua perfidement le capitaine des gardes.

— Impossible, voyons. Regardez la bordure des orbites, on a extrait l'œil au couteau, tonna le médecin du roi, c'est contraire à toutes les règles. Même le plus novice de mes étudiants sait retirer un œil sans léser les chairs environnantes. Et regardez la manière dont le nerf optique a été sectionné, du vrai travail de boucher.

— Je retiens que le tueur s'est acharné sur sa victime,

résuma Pareilles, mais… pensez-vous que le tourmenteur était vivant, lors de cette opération ?

Le médecin saisit les poignets du cadavre et les examina avec attention.

— Vous voyez ces marbrissures ?

Le chef des gardes opina en silence.

— C'est preuve que quelqu'un immobilisait le tourmenteur par la force, sans doute pendant qu'un autre lui ôtait la vue.

— Deux hommes, conclut Pareilles, au moins deux.

— Et pourquoi pas deux femmes ? Ou un homme et une femme ? suggéra Harcourt qui commençait à récurer le visage à l'aide d'une fine lame de rasoir.

Assis dans l'angle de la fenêtre, Flamel tressaillit quand il entendit cette interprétation.

— Jamais femme ne pourrait commettre pareille abomination. C'est là travail d'homme, répondit péremptoirement Guy de Pareilles. Travail d'un fou.

Le médecin du roi prit son temps pour répondre : il séparait et récupérait avec soin les deux liquides qui, en s'échappant des orbites, souillaient le visage.

— Vous avez un fils ?

— Pour sûr. De six ans. Un bon gaillard qui me fait honneur, répliqua Pareilles.

— Que feriez-vous si on vous tuait cet enfant au printemps de sa vie ?

Flamel se retourna et vit Guy de Pareilles blêmir.

— Par le sang de Dieu, je n'aurais de cesse que de me venger du chien qui aurait occis la chair de ma chair.

— Vous le tueriez ?

— Pire que ça, je…

Harcourt jeta un regard fatigué sur le chef des gardes.

— Et vous n'êtes pas fou, n'est-ce pas ?

La colère de Pareilles tomba d'un coup. Il baissa le regard. Son interlocuteur poursuivit :

— Mais, confronté à l'inacceptable, le démon de la

vengeance s'emparerait de vous, obscurcirait en vous toute morale, toute pitié. Vous deviendriez une bête assoiffée de sang. (Le médecin fit un geste vers le corps.) Comme ceux qui ont commis cette horreur.

Flamel était resté la plume en suspens. L'échange avait pris un tour privé et aucun des protagonistes ne souhaitait sans doute le voir retranscrit. Il préféra attendre.

Au rez-de-chaussée, la fouille continuait. Les hommes de Bernard de Rhenac sondaient désormais les murs. Après avoir éventré les meubles, on les entendait frapper à coups réguliers les cloisons. Ce bruit n'échappa pas au médecin.

— Je vois que vos amis, les sbires du gardien des Sceaux, s'exercent aussi à la quête de la vérité et ils le font avec une méthode originale : d'abord les meubles et maintenant les murs.

Guy de Pareilles ne répondit pas. Comme tous les officiers du roi, il supportait mal la présence de la police secrète du ministre lors d'une enquête.

Le médecin venait de saisir deux écuelles de bois. Dans chacune, il versa une grande part des liquides qui avaient fini de couler des orbites. Il procédait avec patience et précision, ce qui ne l'empêcha pas d'interroger à nouveau le chef des gardes :

— Certes, je ne suis qu'un humble médecin, mais j'avoue ne pas comprendre ce que cherchent ces gens, en bas. Pourquoi mettent-ils ainsi à sac la maison ?

— Le ministre, Bernard de Rhenac, fait mener sa propre enquête, messire Harcourt. Et ni vous ni moi n'avons rien à y voir, ni rien à redire.

— Certes, mais on croirait vraiment que ces hommes soupçonnent quelque action du diable… Ils fouillent tout comme si leur âme en dépendait.

— Ne prononcez pas ces mots-là dans la maison d'un mort, le coupa Pareilles en se signant, et vous le copiste, effacez cette dernière phrase, si vous l'avez notée.

Flamel s'exécuta aussitôt et sortit une fine lame pour gratter le parchemin. Délicatement, le médecin versa une poudre à gros grain sur le contenu de chaque écuelle.

Dans chaque bol en bois, une réaction fulgurante se produisit. Une vapeur âcre s'échappa du premier, tandis que dans l'autre un gris vif, presque étincelant, émergeait en surface.

Nicolas, intrigué, abandonna sa copie. Guy de Pareilles interrogea Harcourt du regard.

— Du plomb et du soufre. Voilà ce qu'on a mis à la place des yeux du tourmenteur.

— Du plomb et du soufre, répéta le chef des gardes, incrédule.

Le médecin se releva.

— Voilà qui sent l'alchimiste à pleines narines.

61

Saint-Ouen,
rue Dante,
de nos jours

La rue sentait le moisi. Le trottoir, les murs des pavillons crasseux, la chaussée, tout baignait dans une odeur de pourriture tenace. Comme si l'atmosphère s'était imbibée de ce parfum de décomposition depuis des décennies. Ni la rue d'à côté ni la perpendiculaire, non, uniquement cette courte voie d'une centaine de mètres, perdue entre l'avenue Michelet et le quartier de la mairie. Même le froid sec de la nuit n'arrivait pas à chasser l'odeur écœurante qui stagnait sur le béton environnant.

C'est déplaisant, songea-t-il en sortant la lame de son étui. Il aurait voulu un décor plus plaisant mais c'était le seul endroit où il pouvait accomplir sa tâche sans se faire remarquer par les habitants. Debout dans l'encoignure de la porte du grand garage désaffecté, surmonté d'un vieux panneau émaillé Motul, il attendait sa victime. Si ses repérages se révélaient justes, l'homme ne devrait pas tarder. Les mauvais journalistes sont ponctuels, remarqua-t-il en fixant un chat gris qui s'apprêtait à sauter sur un rat presque aussi gras que lui.

Je suis le frère de sang. L'Élu de la vengeance.

L'excitation se propageait. Il sentit son sang affluer dans son cerveau comme un réflexe ancestral. Il voyait déjà le visage du journaliste quand il lui plongerait le poignard dans le cœur.

Le double meurtre à l'obédience avait servi de catalyseur. Désormais, il savait qu'il ne pourrait plus s'arrêter dans sa mission. Tuer devenait un acte aussi vital que… Il n'arrivait pas à trouver la comparaison, manger ? boire ? faire l'amour ? Rien ne parvenait à la hauteur. Si, la quête du Grand Secret. Ou peut-être était-ce la recherche du secret ultime qui lui donnait cette soif de sang. Il n'avait pas fait le parallèle mais ça se tenait.

Et maintenant, il allait commettre un nouveau meurtre. Le dernier avant son départ pour New York. Un meurtre pour le plaisir mais utile. Pas à sa quête mais à la société tout entière. Il allait la débarrasser d'un parasite.

Il consulta sa montre, en principe sa proie passerait devant lui dans moins de quatre minutes. Il était déjà sorti de son journal et se dirigerait comme tous les jours vers la station de métro de la ligne 13, Mairie-de-Saint-Ouen.

Cela faisait dix ans qu'il n'avait pas vu le journaliste. Ce salaud ! Il s'était bien moqué de lui à l'époque en rédigeant son article sur les jeunes chefs d'entreprise qui organisaient des stages commando pour leurs cadres méritants. Dans les années 90, c'était à la mode. Naïf, il se fit piéger par le plumitif qui publia une photo de lui en treillis et béret au milieu de ses « troupes » rapportant ses jurons favoris lors des « ateliers » de combat. Après la publication de l'article, il était passé pour une sorte de dictateur au petit pied, ses employés, ses amis du Medef, et même sa femme se gaussèrent de lui. Tombé en profonde dépression, il avait dû suivre une thérapie pendant six mois.

Ce fut la première fois qu'il ressentit une haine aussi dévorante et l'envie irrépressible de tuer quelqu'un de ses propres mains. Lors d'une séance de thérapie, son psy lui avait expliqué que ce désir de meurtre était normal, tout au contraire du passage à l'acte.

Eh bien, désormais, il s'épanouissait dans le passage à l'acte. Ce meurtre ne s'inscrivait pas à proprement parler dans la logique de sa quête. Ça constituait juste un plaisir supplémentaire. Une petite vengeance qui se transformait en gâterie.

Il entendit les pas de l'homme dans la rue déserte. Moins de deux minutes de retard sur l'horaire, excellent, songea-t-il. Il maintint le poignard effilé à la lame aiguisée à la pierre contre le haut de sa cuisse.

Les pas se faisaient de plus en plus proches. Son sang lui martelait les tempes comme un métronome, à tel point que c'en était presque douloureux.

Le journaliste arriva devant lui. Il avait la cinquantaine, la démarche pesante, le cheveu dru et un air de satisfaction hautaine.

D'un mouvement brusque, le tueur se dressa devant lui et le dévisagea d'un air extatique. Le journaliste poussa un juron de surprise. Sans même lui laisser le temps de finir son exclamation, sa main propulsa le poignard dans le ventre de l'homme. Le tueur ferma les yeux au moment où la lame pénétrait la chair de sa victime, pour savourer l'instant précis où le métal déchirait la peau et s'enfonçait en profondeur dans les viscères.

Le journaliste s'effondra lentement comme dans un film au ralenti en battant des mains. La souffrance qui se peignait sur son visage provoqua une onde de joie chaude dans le corps de son bourreau. Les yeux grands ouverts, il finit par agripper le bas du pantalon du tueur comme s'il s'accrochait à une bouée.

— Qui… qui êtes-vous… je…

Le tueur le laissa s'accrocher, une posture qui accentuait l'humiliation de sa victime.

— Tu ne me reconnais pas, murmura l'homme au poignard. Pourtant tu as toujours fait partie de ma vie. Dis-moi, de combien de pigeons comme moi as-tu exploité la crédulité ?

Le journaliste se tenait maintenant à genoux. Il n'avait plus la force de se redresser, ses membres s'affaissaient à mesure que la vie le quittait. Une vague lueur de conscience lui avait fait reconnaître le type qui l'avait éventré. *Absurde*, ce fut le mot qui parvint à son cerveau quand il se souvint de l'homme en tenue de Rambo, des années plus tôt. *Absurde*. Il voulut lui dire la vérité : son chef de service avait relu son papier et inventé les propos pour « muscler » l'article. C'était trop con. À cause de cette histoire justement, il avait changé de canard et pris la tête d'une association pour promouvoir la déontologie des médias. Les mots se bousculaient dans sa tête, mais les muscles de sa bouche ne fonctionnaient plus. L'odeur âcre du trottoir se rapprocha de son visage.

Absurde. Il cherchait à se justifier auprès d'un homme qui l'assassinait. Il tomba lourdement. La dernière information qu'il enregistra fut le nom de son tueur qui revint brutalement à sa mémoire.

L'homme contempla sa victime qui gisait à ses pieds. Il profitait à fond de cet état extatique. Cette fois, il avait nettement ressenti le moment fugace où la chair ralentissait la lame et le surcroît de force qu'il avait impulsé pour enfoncer le métal dans le corps. Une analogie éblouissante lui vint à l'esprit. Les maçons avaient coutume de dire qu'ils déposaient leurs métaux quand ils rentraient en tenue dans leurs temples, pour laisser de côté toutes les impuretés du monde profane. Lui, il déposait son métal dans le corps de ses victimes pour pratiquer son propre rituel de vengeance.

Satisfait de la profondeur maçonnique de sa réflexion qu'il ne pourrait pas, hélas, exposer dans une planche en loge, il retira le couteau du corps, l'essuya et jeta un coup d'œil aux alentours. La rue était toujours déserte. Le Grand Architecte se trouvait avec lui.

Je suis le frère de sang.

Il tourna au coin de la rue et récupéra son coupé garé devant le local délabré de l'association de lutte contre les addictions. Un petit panneau écrit à la main souhaitait la bienvenue à tous ceux qui vivaient dans la dépendance de la drogue, de l'alcool ou de la violence. Le tueur éclata de rire.

Cap sur New York.

62

Paris,
rue Saint-Jacques-de-la-Boucherie,
maison de Nicolas Flamel,
21 mars 1355

L'escalier qu'empruntait dame Pernelle tournait lentement autour d'un axe de pierre. Il descendait en spirale vers une obscurité toujours plus profonde. Des ténèbres que la maigre lueur d'une lampe à huile ne parvenait pas à vaincre. Plus elle s'enfonçait dans les entrailles, plus la nuit pesait sur ses épaules. Il lui semblait qu'elle ne parviendrait jamais à remonter, à retrouver le chemin de la lumière. Et puis l'escalier n'en finissait pas.

Elle pensa un instant rebrousser chemin tant la peur lui tenaillait le bas-ventre, mais le démon de la curiosité fut le plus fort. Et puis, elle faisait une action pieuse, en perçant le secret de son mari, elle ne doutait pas qu'elle aidait à sauver son âme. Rassurée par sa foi naïve, elle descendit une autre marche avant de toucher du pied le sol meuble de la cave.

Ainsi, c'était là que son mari se rendait presque toutes les nuits depuis des semaines. Elle tenta sommairement de s'orienter, s'avançant prudemment, tâtant l'obscurité d'une main hésitante. D'un coup elle buta sur la forme ronde, souffla et remercia le Tout-Puissant. Elle avait trouvé son premier repère : la rangée de barriques qui occupait toute la longueur du mur qui, plus haut, donnait sur la rue. Lentement, elle se mit à suivre les courbes des fûts. Dans le même temps, elle comptait. Elle en dénombra onze avant d'atteindre le mur en perpendiculaire. Là où son mari dissimulait ses livres.

Elle soupira. Pourquoi Nicolas ne se contentait-il pas de ce que Dieu lui avait octroyé : un bon travail et une femme aimante ?

Pourquoi fallait-il qu'il se passionne pour des ouvrages dont il avait pour seule charge de les recopier ? Et non de les comprendre.

Dame Pernelle avait atteint le neuvième tonneau. Plus que deux et elle se trouverait devant la cachette de Nicolas.

La lampe à huile vacilla brusquement. Comme balayée par un souffle venu des ténèbres, la flamme manqua de s'éteindre. Affolée, elle faillit lâcher son lumignon de fortune et hurler de peur.

Quand la faible lueur revint, son cœur battait à tout rompre. Elle regarda droit devant elle et vit ce qu'elle était venue chercher : la porte en bois noircie derrière laquelle Flamel cachait tous ses secrets. Son mari n'avait pas refermé la porte. Sans doute le bruit de la rue, les hurlements des femmes, avaient fini par le faire sortir de ses lectures et il s'était précipité pour remonter à l'étage. Dame Pernelle prenait du temps à penser. Du temps qui retardait sa décision : celle d'ouvrir franchement la porte et d'explorer le jardin secret de l'homme dont elle partageait le lit et le destin.

Un bruit la fit sursauter. Elle se retourna et tenta d'éclairer l'obscurité, lourde et humide, de la cave. Elle tendit l'oreille, mais ne perçut que le son régulier de gouttes d'eau qui s'écrasaient au sol. En agitant sa lampe, elle aperçut, à droite de la cachette, une torche éteinte. Elle s'approcha, saisit le manche et versa délicatement un filet d'huile sur la charpie frottée de résine. Puis elle approcha la flamme et une lumière dorée éclata qui illumina tout le sous-sol.

Cette fois, elle ne pouvait plus reculer, elle s'avança et s'empara du loquet de la porte.

Avant de tirer, elle commença le *Notre Père* et quand elle arriva à *Que votre volonté soit faite*, elle tira d'un coup sec.

La porte céda brusquement. Un livre, encore ouvert, chuta sur la terre battue.

Dame Pernelle se précipita pour le ramasser. La reliure lui sembla bien humide. Elle abaissa la lampe.

Elle hurla quand elle comprit.

Elle avait la main rouge de sang.

63

De nos jours

Aurora Paris à Aurora Source
Alerte de niveau 3
Niveau de cryptage supérieur
21 h 46 GMT.
Objet :
Veuillez trouver en pièce jointe le relevé d'analyse d'un échantillon récupéré à Paris ce jour.
Je demande communication en temps réel pour prendre la mesure de cette information.
Fin

Aurora Source à Aurora Paris
Réponse alerte
22 h 58 GMT.
Objet :
Reçu analyse. Êtes-vous sûr qu'il ne s'agit pas d'une erreur du laboratoire d'analyses ? Provenance de l'échantillon ?
Fin

Aurora Paris à Aurora Source
Réponse alerte
22 h 59 GMT.
Objet :

L'analyse a été doublée par précaution. Je réitère ma demande d'entretien, hors réseau. Je demande aussi la mise en place d'une surveillance sur cible, dès maintenant.

Fin

Aurora Source à Aurora Paris
Réponse alerte
23 h 10 GMT.
Objet :

Entretien confirmé pour demain 18 heures GMT. L'autorisation d'alerter la division DSI pour mise sous surveillance nécessite une réunion du conseil, mais je prends sur moi l'initiative d'activer un agent… Réponse à venir.

Fin

64

Paris,
rue Muller,
de nos jours

Marcas venait de raccrocher, rassuré par ce que lui avait dit son ancien adjoint chargé de la surveillance de son fils. Il était rentré du collège comme d'habitude et personne ne l'avait suivi. Son ex avait confirmé un départ sous deux jours à Saint-Martin, de quoi mettre suffisamment de kilomètres entre eux et le tueur. Satisfait, il s'était servi un verre de planteur qu'il commença à siroter devant son écran d'ordinateur.

Il pesta contre le vieux disque dur qui mettait dix minutes avant de fonctionner correctement et de se connecter à Internet. Il repensa à Edmond Canseliet. Comme si leur entrevue s'était déroulée dans un rêve. Pourquoi le tueur se trouvait-il en possession d'or alchimique ? Cela avait sûrement un rapport avec le secret de Paul. Il y avait trop de paramètres qui se télescopaient. Il tapota nerveusement des doigts devant le clavier, espérant impatiemment une réponse de l'Américaine.

Un mail s'afficha enfin.

Bonjour monsieur,

Je suis surprise et touchée par ce que vous venez de m'apprendre. Je vous présente toutes mes condoléances. Mais je ne suis qu'à peine au courant du lien qui unissait ma famille à celle de votre ami. Cependant vous comprendrez que je prenne certaines précautions. Veuillez donc me contacter au numéro ci-dessous. Je suis parfaitement bilingue, ma mère est française.

Marcas composa immédiatement le numéro. La tonalité résonna trois fois, une voix féminine répondit.

— Monsieur Marcas ?

Il se redressa sur son siège, décontenancé.

— Oui… mais comment savez-vous que…

— L'indicatif de la France qui vient de s'afficher sur mon téléphone. Je ne reçois pas souvent d'appels de votre pays. Je suis navrée de ce qui est arrivé à votre ami, mais que voulez-vous exactement ? Soyez précis, je n'ai que peu de temps.

Le ton était ferme, sans une fêlure. Antoine s'assit sur le bord de son bureau. Il n'avait rien à perdre et elle représentait son seul espoir pour trouver le meurtrier.

— Je vais aller droit au but. Je veux découvrir son assassin. D'après ce que m'a confié mon ami, vous avez en votre possession une partie d'une énigme pour laquelle on l'a tué. J'ai donc besoin des informations dont vous disposez.

— Je vais être directe à mon tour, monsieur Marcas. Qui me dit que justement vous n'êtes pas ce tueur ? Le seul fait que vous possédiez mon mail est déjà suspect à mes yeux.

Le commissaire réfléchit avant de donner une réponse. Elle était en droit de se méfier. Il expliqua :

— Je suis commissaire de police. Vous pouvez appeler

le ministère de l'Intérieur ou l'unité dans laquelle je travaille pour vous renseigner.

Il entendit comme en écho un bruit de chaise déplacée.

— Je suis respectueuse des forces de l'ordre mais je ne vois toujours pas en quoi je suis mêlée à une enquête de la police française. Comme vous pouvez le constater, j'habite New York.

— Je suis également franc-maçon, compagnon de loge de Paul de Lambre. C'était mon ami. Vous pouvez appeler le siège de l'obédience qui confirmera que je suis celui qui a trouvé son corps. Ce tueur a exécuté un autre frère et vous êtes la seule qui puisse m'aider à l'identifier.

— Comment ?

— Une partie de l'énigme fait référence à un lieu précis à New York. Le tueur est lui aussi au courant, mais il ne le possède pas. Du moins pas encore. Vous comprenez pourquoi je dois vous rencontrer.

— Et vous comptez venir quand ?

La voix était ironique.

— Je peux prendre un avion demain s'il le faut. Accordez-moi une petite heure. C'est tout ce que je vous demande.

Le ton de la femme se fit plus froid.

— Je dois d'abord vérifier quelques informations à votre sujet. Je vous rappelle dans une heure, restez près de votre téléphone.

Avant même qu'il n'ait eu le temps de parler, elle avait raccroché. Antoine jura en posant le téléphone sur son support. Si elle était dans le coup, elle jouait fort bien la comédie. Le ton franchement condescendant l'avait irrité au plus haut point.

Il patienta pendant une heure en essayant de lire un ouvrage sur l'histoire de l'alchimie. Le téléphone sonna. La voix de Joan Archambeau résonna avec un écho métallique.

— Je vous rappelle comme convenu. Nous pourrons nous rencontrer dans quatre jours, ici à New York. Cela vous convient-il ?

— Oui. Où exactement ?

— Venez à mon bureau, situé sur Madison Avenue, à 10 heures du matin. Vous connaissez New York ?

— J'y suis allé deux fois. Bel endroit.

— On peut dire ça comme ça… Mais vraiment je ne suis pas certaine de vous apporter toute l'aide que vous désirez. Je sais très peu de choses et je vous avoue que les histoires de franc-maçonnerie et de secrets ésotériques ne sont guère ma tasse de thé.

Marcas s'était levé de son siège et contemplait sa gravure des droits de l'homme.

— La maçonnerie n'est pas que synonyme d'ésotérisme. Elle a des buts bien plus pragmatiques.

— Je le sais, répondit Joan, mon père était militaire dans l'US Air Force mais aussi franc-maçon. Vénérable de la loge *Brothers of Freedom*.

Antoine sourit, cela allait peut-être lui arranger les choses. Il joua la carte de la politesse.

— Vous m'en voyez ravi. Je ne doute pas que c'était un homme de qualité.

— En effet, mais il est mort. Nous en reparlerons à votre arrivée. Je…

Le ton signifiait qu'elle allait raccrocher. Marcas se décida à garder la main. Il la coupa.

— Je suis obligé de raccrocher, je dois continuer mon enquête. Je vous laisserai un message de confirmation de mon arrivée. Merci de votre compréhension. Bonne journée.

Cette fois, c'est lui qui interrompit la conversation, pour bien marquer qu'il ne comptait pas se laisser dicter sa conduite. Il s'imagina la jeune femme arrogante l'air courroucé devant son téléphone. Cela ne faisait pas de mal de s'accorder un petit plaisir.

Il se mit devant son ordinateur, sortit sa carte bleue de son portefeuille et se connecta sur un site de réservations de voyages. Il y avait un vol pour New York sur Air France dans trois jours, à 12 heures. Il appela une hôtesse du site et réserva dans la foulée deux nuits dans un hôtel situé du côté de Gramercy Park, qu'il avait fréquenté avec son ex, le Chelsea Hotel, haut lieu de l'intelligentsia littéraire et autres vedettes déchues du rock. De Sid Vicious à Warhol en passant par Joyce, ils s'étaient tous cuités et envoyés en l'air dans cette grande bâtisse décorée de toiles uniques, coincée entre la Septième et la Huitième Avenue. Elle lui avait offert un séjour là-bas pour fêter son anniversaire. Un bon moment, songea-t-il en se souvenant de leurs balades dans la grande cité, comme deux gamins émerveillés.

Un quart d'heure plus tard, il enregistrait son numéro de réservation.

65

Floride,
Pensacola,
de nos jours

Il avait plu pendant trois jours d'affilée, des trombes d'eau qui détrempaient jusqu'au sous-sol des immeubles pourtant prévus pour résister aux cyclones. Jack Winthrop en venait presque à regretter le Koweït et sa chaleur étouffante. Il plia ses chemises et les rangea soigneusement dans sa valise, vérifia les deux systèmes de Palm pouvant lui permettre de recevoir et d'envoyer ses mails cryptés dans le monde entier. Un léger mal de tête lui enserrait les tempes, probablement dû au décalage horaire. Il n'avait pas beaucoup profité de sa femme et de ses deux filles.

La demande d'*Aurora* lui était parvenue au petit matin alors qu'il contemplait le déluge s'abattre sur la plage devant sa villa. Cette fois, il regrettait de repartir aussi rapidement. Ses deux petites lui manquaient de plus en plus et sa femme devenait distante à chacun de ses retours. Peut-être était-il devenu trop vieux pour ce genre de vie. Et puis, il y avait ce détail insidieux qui grippait ses pensées ; la tête apeurée du type dans ce hangar koweïtien.

Des remords absurdes lui venaient, c'était nouveau et pas bon signe. Ça nuisait à son efficacité.

Il vérifia que ses billets étaient bien dans sa poche. Destination Paris. Il y avait pire, on aurait pu l'envoyer dans un coin pourri d'Ouzbékistan.

Il déposa un baiser sur le front de ses deux filles qui dormaient profondément dans leur chambre envahie de posters de personnages de Disney et ferma la porte derrière lui. Il savait que sa femme l'avait entendu partir tout en faisant semblant de dormir. La pluie lui gifla le visage quand il courut vers le taxi qui l'attendait devant sa maison. Il se promit de mettre les choses à plat à son retour. Il en avait marre de cette vie absurde. Quand il arriva dans l'aéroport, il découvrit que son vol pour Miami avait été annulé, ainsi que tous les autres, en raison du mauvais temps. La météo ne prévoyait un retour à la normale que dans la soirée. Il regardait autour de lui les troupeaux de passagers en déshérence, essentiellement des hommes d'affaires, tous l'air agacé ou piteux avec leurs ordinateurs inutiles sur leurs genoux.

Jack Winthrop contempla ces clones ridicules et prit la décision qui s'imposait. Ce serait sa dernière mission pour *Aurora*.

66

Paris,
rue Saint-Jacques-de-la-Boucherie,
21 mars 1355

— Je ne crois pas qu'il soit nécessaire que je poursuive l'ouverture du corps, annonça Harcourt, nul besoin d'être grand clerc pour savoir de quoi il est mort.

Comme pétrifié, le chef des gardes regardait fixement le contenu des écuelles. La réaction chimique était terminée et on distinguait nettement la consistance particulière du mercure et la couleur caractéristique du soufre.

Flamel, qui s'était rapproché du corps, avait repris sa place derrière son écritoire et attendait, immobile et silencieux, que reprenne le dialogue.

Mais aucun mot, aucune phrase ne venait. Même le médecin était perdu dans une contemplation intense. Sans doute son esprit habitué à la déduction formait-il déjà certains liens logiques. Tout particulièrement, en direction de ce Juif récemment brûlé. Mais dans le même temps, il se demandait aussi s'il était vraiment opportun d'en informer le chef des gardes du roi.

— Si ce sont bien du soufre et du mercure… commença Pareilles, comme s'il espérait encore avoir à traiter un simple meurtre.

— Soyez-en sûr. Aussi sûr que c'est une vengeance ! le coupa le médecin.

Le silence plana dans la pièce. C'est du moins l'impression qu'eut Nicolas Flamel. D'autant qu'au rez-de-chaussée, les sbires de Rhenac semblaient avoir fini leur fouille.

Un ordre, donné d'une voix grave, s'éleva du rez-de-chaussée. Guy de Pareilles se redressa, vérifia sa tenue et se dirigea vers la porte. Harcourt et Flamel restèrent seuls. Chacun devait ruminer ses propres idées, car la pièce demeura encore silencieuse. Le médecin surtout contemplait le cadavre avec un intérêt accru, comme si ses récentes découvertes venaient d'incliner l'ordre de ses déductions. Flamel regardait, sans parvenir à la lire, la feuille de parchemin qu'il venait de remplir. Lui aussi était préoccupé par une idée ou une crainte qui, diffuse jusqu'alors, prenait désormais des allures inquiétantes.

La porte s'ouvrit sur un chef des gardes dont le visage était devenu étonnamment grave, sa voix avait pris une profondeur imprévue, comme si dans son débit, pourtant mesuré, elle charriait désormais des blocs entiers d'ombres.

— Maître Flamel, vous ne ferez aucune mise au propre. Donnez-moi votre parchemin. Nous… Je tiens à ce qu'il n'y ait aucune autre copie de notre… de cette…

— On appelle cela une autopsie. Un nom nouveau, il vient du grec…

Le regard brûlant de Guy de Pareilles arrêta Harcourt dans son élan, mais il se reprit aussitôt. Ce n'était quand même pas un militaire qui allait le faire taire, lui, le médecin privé du roi.

— Allons, ne me faites pas ces yeux de colère, soldat. Je ne l'ai même pas ouvert, votre tourmenteur de malheur. Et le diable seul sait ce que j'aurais trouvé dans ses viscères…

C'était la première fois que le médecin employait le terme de soldat. Flamel s'attendait à voir Pareilles bondir, heurté dans sa vanité. Mais il ne se passa rien. Le chef des gardes se contenta de répondre sur un ton d'une neutralité glaciale.

— Vous êtes témoin dans une affaire de meurtre aggravé. Les frères dominicains vont nous dire bientôt si l'on doit craindre une affaire d'hérésie ou de sorcellerie, voire les deux. Pour ma part, je soupçonne déjà un complot contre l'État. Peut-être même contre la personne du roi.

Le médecin fixa Pareilles comme s'il découvrait subitement une autre personne. Décidément la mort du tourmenteur se rapportait à ce bûcher ordonné par le roi.

— Alors sans doute venons-nous de penser à la même personne…

Pareilles ne répondit pas, gagna la fenêtre et héla les hommes de garde qui attendaient dans la rue. Un à un les soldats répondirent à l'appel et se rangèrent l'arme à la main.

— … une personne qui vient, il y a peu, de partir en fumée sur les bords de la Seine.

Sitôt le premier ordre donné, un premier groupe de soldats se précipita et forma un faisceau à l'entrée de la rue. L'aube naissante fit scintiller le métal des lances.

— … Un homme que le roi a lui-même fait venir en France, car, en ces temps incertains où les Anglais sont aux portes de Paris, les princes du royaume en perpétuelle révolte, les caisses du Trésor sont désespérément vides…

Une autre cohorte formée d'archers bloqua la rue à l'angle de l'église Saint-Jacques. Comme au moment d'une bataille, les hommes sortirent les flèches du carquois et les plantèrent dans le sol. Juste à portée de main.

— … et quoi de mieux qu'un alchimiste pour remplir d'or les coffres de l'État. Sauf que, bien sûr, ce malheureux Juif espagnol n'était qu'un vil charlatan…

Pareilles hurla un dernier ordre et les gardes restants prirent position devant la porte d'entrée, dagues sorties.

— … et que notre roi, une fois détrompé, a bien fait de se débarrasser par les flammes de cet imposteur…

Avant de répondre, le capitaine des gardes jeta un œil sur Flamel qui roulait son parchemin dans un étui de cuir. Puis, il porta la main à sa ceinture. Pourtant, le médecin continuait.

— … Mais un imposteur qui, d'abord et sur ordre direct de Sa Majesté, est passé dans les mains de…

Robert Harcourt fit un geste vers la forme qui gisait sur le plancher.

— … dans les mains du tourmenteur. Et qu'a-t-il dit à son bourreau ? Quel secret lui a-t-il transmis ?

— Messire médecin, le coupa brusquement Pareilles, vous parlez trop. Bien trop.

67

De nos jours

Aurora Source à Aurora Paris
14 h 50 GMT.
Alerte
Un agent DSI a été alerté, il sera envoyé sur Paris.
Fin

Aurora Paris à Aurora Source
15 h 08 GMT.
Opération Chimère
Objet
Suite à notre entretien téléphonique. La cible, le commissaire Antoine Marcas, qui enquête de façon non officielle, a pris le vol AF 010 à destination de New York aujourd'hui. Selon ma source, ce départ inopiné serait lié à son enquête. L'heure d'arrivée à J.F.K. Airport est prévue pour 18 h 10 heure locale. Annulez le transfert de DSI sur Paris et expédiez-le sur New York, sinon nous le perdrons.
Fin

Aurora Source à Aurora Paris

16 h 12 GMT.

Opération Chimère

Bien reçu, notre agent DSI basé en Floride sera à New York, huit heures avant la cible. Il a prévenu son contact local pour une filature discrète. Prière de me faire parvenir une photo récente de la cible. Une réunion d'urgence du conseil *Aurora* est prévue incessamment, pour avaliser la demande d'une action DSI.

Fin

68

New York,
de nos jours

Le taxi jaune se faufilait sur les voies multiples du pont de Brooklyn. À travers les longs câbles d'acier, Marcas apercevait la muraille de gratte-ciel illuminés de tous leurs feux dans la nuit new-yorkaise. Comme à chacune de ses visites, il avait l'impression que la ville entière était parcourue par un courant électrique invisible.

Le vol s'était déroulé sans encombre. Au moment du départ à l'aéroport de Roissy, une file serrée de voyageurs attendait devant les contrôles des passeports. Il avait abusé de ses prérogatives et signalé à la police des frontières son appartenance à la maison. On lui avait fait couper la file, le dirigeant vers un sas réservé aux équipages des avions et aux VIP.

Marcas remarqua, un brin agacé, que le taxi aurait dû prendre Manhattan Bridge pour remonter plus facilement vers son hôtel situé sur la 23e Rue. Il s'était fait prendre pour un touriste de base, un pigeon à qui on en mettait plein les yeux en passant par le mythique pont de Brooklyn.

— Tu es de France, un beau pays *buddy*, lui avait

claironné le chauffeur quand il l'avait chargé à J.F.K. Airport. Veux-tu visiter Big City ?

Marcas avait poliment décliné la proposition et donné l'adresse de son hôtel sous le regard déçu du chauffeur.

Le taxi continuait de slalomer à toute allure. Le chauffeur jura dans une langue que Marcas n'arrivait pas à identifier, en regardant d'un air maussade la limousine blanche qui roulait devant lui. Peut-être un Pakistanais ou un Indien. Marcas aperçut deux Noirs en train de faire des gestes obscènes au chauffeur. Le taxi accéléra brutalement et fit une queue de poisson à la voiture de luxe. Le chauffeur ricana d'un air mauvais, puis ralentit à l'unisson du flot de voitures encombrant la voie express qui pénétrait dans le centre de Manhattan.

Marcas scruta les gigantesques panneaux de publicité omniprésents dans la cité. L'un d'entre eux annonçait le lancement d'une nouvelle saison de la série télé *Desperate Male*, une parodie masculine de *Desperate Housewives*, et qui faisait déjà un carton.

Marcas se demanda s'il n'appartenait pas lui-même à une génération de mâles désespérés par les femmes. Sa dernière aventure s'était soldée par un nouvel échec et cette fois c'est lui qui avait déconné.

Le taxi pila à un feu. Marcas entendit le clignotant se mettre en marche et vit que le chauffeur se préparait à tourner sur la gauche pour aller vers City Hall au lieu de continuer vers le nord. La plaisanterie devait s'arrêter, il n'avait pas envie de parcourir trois fois le tour de la ville pour plus de cent dollars. Il tapa sur la vitre et indiqua le bon chemin au chauffeur qui haussa les épaules et changea immédiatement de direction. Marcas crut entendre un *fucking bastard*, mais il n'en était pas sûr.

Une demi-heure plus tard, il était dans son hôtel, allongé dans un lit aux draps frais. Le ventilateur au plafond tournait à plein régime. Il n'avait rien d'autre à faire que d'attendre son rendez-vous le lendemain.

Tout d'un coup, il saisit l'absurdité de la situation. Il avait traversé un océan pour passer une heure avec une femme qu'il ne connaissait pas pour évoquer une énigme fumeuse de plusieurs siècles. L'alchimie, l'or, les meurtres rituels, quelles foutaises !

Hi ! mademoiselle Archambeau, je viens de Paris et je recherche un putain de psychopathe, probablement maçon, qui joue les Indiana Jones en trucidant des frères. Votre papa ne vous aurait pas laissé une petite enveloppe avec le secret du Graal ?

Bull shit, comme disaient les Ricains.

Il prit une petite bouteille de gin dans le minifrigo et se versa un verre. Le liquide clair tomba directement dans sa gorge sans que cela lui procure le moindre plaisir. Il aurait pu sortir, arpenter Broadway jusqu'à Times Square et se payer un bon steak mais il se sentait épuisé.

Désœuvré, il appuya sur la télécommande de la télévision. Un flot de chaînes thématiques, toutes plus racoleuses les unes que les autres, défilèrent sur l'écran. Une vente de bijoux de pacotille, une autre qui passait en boucle deux mannequins bodybuildés en train de suer sur un appareil d'abdominaux, une suivante qui vantait un appareil de stimulation électrique des muscles qui évitait d'utiliser les engins de la chaîne concurrente. Marcas espérait secrètement qu'il allait tomber sur le canal des prédicateurs évangélistes, son émission préférée quand il venait aux États-Unis. Un vrai moment de bonheur pour l'athée qu'il était. Il reconnut tout de suite la bonne station quand l'écran afficha le décor d'un intérieur rutilant de dorures avec quatre personnes assises autour d'un feu de cheminée surmonté d'un tableau très kitsch de Jésus. Du moins un Jésus avec des pectoraux et des épaules de nageur dessinés sous sa tunique blanche ornée d'un cœur rougeoyant sur la poitrine.

Une blonde d'une cinquantaine d'années, choucroutée à souhait, les lèvres explosées par le botox, caressait un caniche blanc. Elle écoutait un rouquin coiffé avec une raie sur le côté, dont les pellicules maculaient le costume gris brillant et la cravate jaune fluo. À leurs côtés un Noir et un Hispanique en complet cravate rutilant hochaient chacun la tête d'un air pénétré. Marcas monta le son. Le prédicateur roux ânonnait le retour sous peu de Jésus, mais pour l'accueillir il fallait bâtir des temples dignes de son nom. Les téléspectateurs étaient invités à donner leur argent pour préparer la venue du messie et ainsi combattre l'antéchrist qui attendait son heure, patiemment tapi dans le cœur des hommes. Un numéro de téléphone défilait en continu en bas de l'écran. La blonde coupa le prédicateur en demandant si la carte de crédit était acceptée. Le Noir prit la parole avec un air compassé pour dire que si Dieu avait insufflé à l'homme le génie d'invention, dont celui de la carte en question, il était donc normal qu'on l'utilise pour la plus grande gloire du Seigneur.

Marcas n'en revenait toujours pas du ridicule de ces émissions. C'était énorme et ça marchait. Il eut une pensée compatissante pour la masse compacte de fidèles gogos qui dilapidaient leur argent en faveur de ces escrocs à la religion. Il profita quelques minutes du spectacle et zappa sur la retransmission d'une dance party sur une plage de Miami, dans laquelle des dizaines de bimbos à l'air pleinement satisfait dansaient en exhibant leur plastique irréprochable dans de minuscules bikinis. C'était un cocktail télévisuel indigeste mélangeant sans vergogne sexe et religion.

Il s'endormit d'un coup sans même s'en rendre compte.

L'eau chaude coulait du robinet, la vapeur emplissait toute la salle de bains. L'homme ne pouvait voir son reflet sur le miroir embué. Il plongea dans le bain brûlant en poussant un soupir de satisfaction. La voix rugueuse de Dinah Washington sortait du haut-parleur incorporé dans le mur à côté de la petite armoire à pharmacie. Le Waldorf Astoria soignait bien ses clients, même dans les détails les plus mineurs.

Suivre Marcas avait été un jeu d'enfant. Il savait tout de lui. Il connaissait à l'avance ses moindres mouvements. Dont son rendez-vous du lendemain. Il passa la main dans ses cheveux mouillés. L'eau chaude lui faisait du bien.

On frappa à la porte. Son rendez-vous était arrivé, ponctuel. Comme seules le sont les véritables professionnelles. Il se leva et passa un peignoir. Il traversa la grande chambre au sol recouvert d'un épais tapis qui amortissait le bruit de ses pas et alla ouvrir.

Une grande femme blonde d'une trentaine d'années au sourire éclatant le salua et se dirigea au centre de la pièce sur le tapis. Il referma la porte et prit son portefeuille sur la commode à côté du lit. Il tendit les cinq billets de cent dollars à la fille qui les mit élégamment dans son sac. Puis, naturellement, elle dégrafa sa robe pour se retrouver en sous-vêtements noirs.

L'homme enleva son peignoir. Il jaugea la fille du regard pendant qu'elle marchait à travers la chambre en faisant jouer ses muscles fins. Il savoura l'instant à venir. Une heure de pur plaisir. Au moment où il s'approchait d'elle, la fille afficha de nouveau son sourire radieux et tout d'un coup l'attrapa par le cou. En un éclair, elle le fit basculer sous elle et, avant même qu'il ne puisse réagir, elle bloqua sa tête entre ses cuisses. L'homme sut alors qu'il avait fait le bon choix en la sélectionnant, deux jours à l'avance, sur le site Internet du club privé de lutte érotique new-yorkais. Des filles superbes, généralement des modèles fitness, se faisaient de l'argent en pratiquant cette spécialité très américaine dont il raffolait depuis qu'il se rendait aux États-Unis.

Il arriva à se dégager mais sentit les bras de la blonde lui bloquer les mains par-derrière. Elle était plus forte que les précédentes. Plus il sentait sa domination s'accentuer, plus son excitation grandissait. Son sexe se durcit alors qu'il luttait désespérément pour reprendre le dessus. En même temps, ses mains caressaient les aréoles durcies de la jeune femme. Au bout d'une demi-heure de joute sportive intense, il se décida à entrer dans une phase plus charnelle.

Au moment où il allait jouir entre les seins moites de la blonde, l'image des trois hommes assassinés de sa main jaillit dans son cerveau. L'orgasme le submergea.

69

Paris,
rue Saint-Jacques-de-la-Boucherie,
21 mars 1355

Dans la rue Saint-Jacques, les premiers commerçants sortirent pour lever les auvents et déployer les étals. La nuit avait été courte à cause du meurtre du tourmenteur. Beaucoup des marchands avaient encore les yeux rougis et la mine défaite. On n'appréciait guère, dans cette rue passante où clients et badauds ne cessaient de circuler, de voir des gardes armés contrôler les allées et venues. Les bourgeois les plus téméraires faisaient quelques pas vers la maison du tourmenteur, mais les archers appliquaient les ordres à la lettre : nul ne devait s'approcher du théâtre du crime. Quant aux entrées de la rue, elles étaient sous haute surveillance, à tel point que les rumeurs commençaient à se répandre dans le quartier. On parlait d'assassinat politique, de risque de guerre civile, d'émeutes… mais on évitait soigneusement la moindre allusion à la présence de la *horde du Gardien*, personne ne souhaitant se mêler d'un meurtre qui avait attiré sur place la fine fleur des hommes de Bernard de Rhenac. Personne, sauf maître Maillard.

Étrangement, le maître fourreur n'arrivait pas à se persuader de la menace qui rôdait dans sa propre rue. Bien au contraire, il se sentait presque vexé, lui, marchand renommé et bourgeois de Paris, qu'on n'ait pas encore fait appel à sa bonne volonté. Et ce qui l'enrageait plus encore, c'était que son voisin Flamel, un simple gratte-papier, soit là depuis des heures au centre de l'action. Tandis que lui, maître Maillard, en était réduit à tourner en rond alors même que sa tête échafaudait les combinaisons les plus brillantes pour expliquer ce meurtre abominable.

D'ailleurs, à force de faire des allers-retours entre son magasin et la maison du tourmenteur, il avait fini par attirer l'attention des gardes qui maintenant l'observaient d'un œil méfiant. Maître Maillard s'en aperçut et décida de demeurer sur le pas de sa porte. Certes, il souhaitait aider la justice, l'éclairer de ses lumières, mais pas au point de se voir interrogé, surtout par les frères dominicains.

Perdu dans ses réflexions contradictoires, le fourreur entendit à peine la porte de son vis-à-vis s'ouvrir. C'est seulement en levant les yeux qu'il vit dame Pernelle s'aventurer discrètement sur le pavé.

— Dame Pernelle, vous sortez ? (Maître Maillard avait traversé la rue en deux enjambées.) Cela fait des heures que votre mari est enfermé dans cette maison maudite. Tout le quartier se fait du souci pour lui. Et moi le premier. Un si bon voisin. Mais un homme si distrait, toujours perdu dans ses rêveries…

Face à ce flot de paroles, Pernelle resta interdite. Comme si brutalement la réalité venait de se rappeler à elle. D'autant que Maillard, ravi d'un auditoire en apparence si attentif, en profitait pour se soulager de son trop-plein de questions.

— D'ailleurs je ne comprends pas, pourquoi le garde-t-on si longtemps ? Il ne connaissait pas le tourmenteur.

— Excusez-moi, maître Maillard, mais je suis pressée.

D'un geste brusque, dame Pernelle venait de serrer les pans de son manteau et tentait d'avancer.

— Les gardes ont bloqué la rue.

— Je vais à l'église. Je ne pense pas qu'on interdise aux chrétiens de se rendre dans la maison de Dieu.

Le fourreur fut surpris du ton décidé de sa voisine. Le visage fermé, les deux mains en croix sur la poitrine, le manteau comme enroulé autour du corps. Il ne la reconnaissait pas.

— Vous avez raison, bien sûr. En ces temps difficiles, il faut…

— Bien le bonjour chez vous, maître Maillard.

Le fourreur resta interloqué. Avant qu'il ait pu réagir, sa voisine avait traversé la rue. Il la suivit du regard, mais trop tard. Dame Pernelle avait disparu dans l'église.

70

De nos jours

Aurora Source à Aurora Paris
19 h 07 GMT.
Alerte
La cible a été accrochée ce jour. DSI traite le dossier en temps réel. Vous ferons parvenir copie des comptes rendus de missions chaque jour.

Aurora Source à tous Aurora
20 h 12 GMT.
Alerte
Confirmation de la réunion d'un conseil restreint *Aurora* à Berne, demain. Objet : mise en place d'une opération de surveillance à la suite des informations fournies par *Aurora Paris*. Lieu et heure suivent sur pièce jointe cryptée.
Fin

71

New York,
de nos jours,

Il n'était que 10 heures du matin et pourtant la moiteur de l'air imprégnait déjà toute la ville. Les gouttes de condensation des climatiseurs encastrés sur les rebords des fenêtres coulaient sur la tête des passants, diffusant au passage une odeur âcre et tenace. Marcas avait choisi de remonter la Cinquième Avenue à pied depuis son hôtel plutôt que de prendre un taxi qui de toute façon aurait été bloqué par les embouteillages. Il passa devant une grande galerie de photographies d'art dont il reconnut les œuvres exposées. Des visages et des corps de femmes nimbés dans des clairs-obscurs. Il s'arrêta, amusé de la coïncidence. Il connaissait l'auteur, Unkay, d'origine mexicaine, qui vivait à Paris et dont il avait fait la connaissance un mois avant dans une soirée vénitienne. Au vu des prix affichés sous les cadres, il comprit que la cote de l'artiste était montée en flèche. Il fantasma un instant devant le grand portrait de la photographe, une jeune femme brune, superbe, aux lèvres pulpeuses et au regard magnétique, qui trônait à côté de ses œuvres, puis il reprit sa marche en soupirant.

Il arriva devant l'immense building pourtant coincé entre deux gratte-ciel de verre encore plus hauts et massifs. À son approche, un portier en livrée lui ouvrit une des lourdes portes de métal incrustées de boules dorées. Il déboucha dans un sas en verre qui encadrait un portique de sécurité. Un Noir en casquette et blouson de cuir de la protection privée de plus de deux mètres de haut lui sourit et lui passa un détecteur de métaux sur tout le corps. Un autre contrôla ses papiers en notant le nom de la société qui le recevait ainsi que l'objet de sa visite.

Antoine obéit docilement, depuis le 11 septembre on ne pouvait plus mettre les pieds dans un immeuble public ou privé sans subir des contrôles drastiques. Il sortit du sas et arriva dans une gigantesque rotonde de marbre blanc décorée de statues d'anges, de style art déco.

Des hommes d'affaires en costume sombre, presque tous affublés d'une cravate rouge, et des femmes en tailleur strict, chaussées pour certaines d'énormes chaussures de running, allaient et venaient dans tous les sens. Il se dirigea vers un long comptoir derrière lequel étaient assises cinq hôtesses, toutes plus ravissantes les unes que les autres. Au-dessus d'elles, un panneau doré de plusieurs mètres de haut était couvert d'une multitude de logos d'entreprises et de plaques de cabinets d'avocats, avec pour chaque société le numéro d'étage correspondant. Il n'eut pas le courage de trouver tout seul le cabinet de Joan Archambeau et afficha son plus beau sourire devant la réceptionniste qui ressemblait à un clone, en plus jeune, de Terry Hatcher.

La jeune femme lui sourit à son tour, consulta son ordinateur, lui tendit un petit papier et lui indiqua d'un geste gracieux le sixième ascenseur au fond de l'entrée, celui qui menait aux étages supérieurs, au numéro quarante.

Il ne suffit que d'une dizaine de secondes pour qu'il

arrive au cinquante-sixième, qui hébergeait les bureaux de Walter, Omahony, Alimi and Partners.

À peine la porte s'était-elle ouverte qu'un coursier entra en trombe dans la cabine et faillit le renverser. Marcas aperçut un homme chauve en bras de chemise, la cravate défaite, le teint rouge, dans l'encadrement d'une porte qui l'invectivait de tous les noms.

— Tire-toi, connard !

Après un dernier juron, le chauve fit demi-tour et claqua avec force la porte d'un bureau. Marcas se dirigea vers un comptoir, plus discret que celui du rez-de-chaussée, et s'approcha de la secrétaire standardiste qui portait à l'oreille un récepteur téléphonique. Au moment où il allait lui donner son nom, une main se posa sur son épaule. Une voix féminine résonna derrière lui.

— Je ne pensais pas que vous feriez ce long voyage juste pour me voir.

Il se retourna et découvrit une splendide femme aux cheveux châtains. Infiniment plus séduisante que sa photographie sur le Net. Elle lui tendit une main ferme qu'il serra avec empressement.

— Je ne vous importunerai pas longtemps, mademoiselle Archambeau, répondit-il d'un ton poli.

— Parfait. Suivez-moi dans mon bureau, nous serons plus à l'aise pour parler. Si nous avons la malchance de croiser mon patron, un grand chauve perpétuellement en colère, ne vous en formalisez pas.

— Je crois l'avoir vu à l'œuvre, dit le Français, amusé.

Ils contournèrent un amas de cartons de la taille d'une armoire normande et pénétrèrent dans une pièce de taille modeste encombrée de livres reliés et de chemises cartonnées de toutes les couleurs. Elle lui fit signe de s'asseoir sur une chaise en acier poli.

— Ce que vous avez vu dans le couloir est l'intégralité des pièces que vient de nous envoyer la partie adverse dans le cadre d'une class action contre le fabricant d'un médicament dangereux. Mon job pour les trois prochains mois consiste à dépiauter ce monticule de paperasses pour trouver les failles.

Il sortit de la poche de sa veste une petite enveloppe qu'il fit glisser sur le bureau.

— Voilà la partie de l'énigme transmise par la famille La Fayette à ses descendants. Vous possédez, en tant qu'héritière des Archambeau, un autre élément. Peut-être qu'en les assemblant, comme je vous l'avais précisé, je pourrais savoir pourquoi on a assassiné mon ami.

Elle prit le pli, sortit une feuille et lut le texte. Son visage s'assombrit. Elle reposa le papier et le regarda d'un air las.

— Je suis désolée, je n'y comprends rien. Votre ami qui est mort m'avait déjà appelée et je lui avais dit tout ce que je savais. Lors de l'inventaire des documents que mon père m'avait laissés à sa mort, il y avait une enveloppe qui m'était spécialement destinée et à l'intérieur…

— Oui…

Elle le jaugea encore du regard et sortit à son tour une feuille de couleur prune sur laquelle étaient écrites deux simples notations, que Marcas lut avec attention.

L'Écossais étincelant. 33.1886.

Cenevières.

Marcas fit jouer le papier entre ses doigts. Au premier abord, les deux premiers mots faisaient référence au Rite écossais. Le chiffre suivant, lui, devait correspondre au 33e degré maçonnique. Quant au dernier… 1886, la même date que sur l'épée de La Fayette. Il pouvait s'agir d'une année de passage de grade. C'était ça ou bien n'importe quoi… Et *Cenevières* était sans doute l'un des noms des quatre familles.

— Votre père vous a expliqué quelque chose à propos de ces notes ?

— Il n'y a fait allusion qu'une seule fois. Le jour où il a préparé son testament.

— Et que vous a-t-il dit ?

— De me méfier de toute personne qui m'en parlerait, cher monsieur.

D'un coup, Antoine en eut assez de son ton péremptoire.

— Écoutez, je n'ai pas le temps de jouer aux devinettes. Un homme est déjà mort à cause de cette foutue histoire. Alors dites-moi tout ce que vous savez.

Elle parut soudain mal à l'aise. Son regard se détourna.

— Je suis navrée. Je n'ai rien de plus à vous montrer. Je vous avais prévenu que tout cela était vain, fit-elle en se levant.

Marcas poussa un soupir d'agacement, mais resta assis.

— Puis-je au moins recopier le message ?

— Je vous en prie, ajouta-t-elle d'un ton froid. Mais ne traînez pas, j'ai beaucoup de travail.

Le commissaire s'exécuta sans un mot. L'entretien était terminée. Il griffonna les deux lignes sur une feuille et se leva à son tour. Il avait la désagréable sensation de se faire congédier comme un malpropre. Il se retrouvait seul dans New York avec un bout de papier qui ne voulait rien dire. Retour à la case départ, marmonna-t-il en se dirigeant vers la porte. Elle le salua poliment.

— Bon voyage de retour, monsieur Marcas.

Il allait lui répondre, mais elle avait déjà rebroussé chemin sans se retourner. Sans plus hésiter, il prit l'ascenseur.

Joan Archambeau ouvrit la porte du bureau à côté du sien. Elle entra dans la pièce dont les stores à lamelles filtraient la lumière. Un homme était assis sur un fauteuil de cuir noir. Il fixait la fumée évanescente de sa cigarette.

— Bravo, Joan. Tu as été parfaite. Plus froide qu'un iceberg, j'avais le son, mais pas l'image, dommage, dit-il en brandissant une petite oreillette.

— Et maintenant ?

— Et maintenant… *Que vais-je faire de tout ce temps, que sera ma vie…*

— Ce qui veut dire ?

— Rien. Une vieille chanson d'un chanteur français passé à l'Orient éternel. (Il fit tourner sa tête et ses épaules avec une grimace de douleur.) J'ai perdu l'entraînement. La fille à l'hôtel m'a vraiment mis la pâtée.

Il se leva et croisa les bras face à la fenêtre. Joan Archambeau s'approcha de lui.

— Il est sur la voie.

— Tant mieux. *Ne rien faire. Tout faire faire.*

— Je ne comprends pas. Tu aurais dû me laisser lui donner l'indice manquant, le tien.

— Non, il se serait méfié. Et puis je suis certain qu'il ne m'a pas tout dit au cinéma la dernière fois. Alors c'est lui qui va coller les pièces du puzzle. Et toi, tu vas l'aider.

Elle ne répondit pas, ses mains se crispèrent le long de son tailleur. Il se retourna vers elle.

— Le plan continue comme prévu. D'ailleurs…

Il prit son menton entre ses doigts.

— … ne sommes-nous pas associés depuis des siècles ?

72

Paris,
rue Saint-Jacques-de-la-Boucherie,
21 mars 1355

Dans l'escalier, un bruit de pas montait. Rythmé et lourd. D'un coup, le sourire qui zébrait le visage du médecin se mua en grimace craintive. D'un œil inquiet, il regarda vers le chef des gardes comme s'il cherchait un soutien. Guy de Pareilles n'essaya pas de le rassurer. Le visage pâle, il écoutait les pas se rapprocher, le regard rivé sur l'entrée de l'étage.

Un homme poussa la porte avec fracas. Un homme âgé, de haute stature, le regard acéré, portant barbe et habit de cour. Flamel reconnut tout de suite Bernard de Rhenac, gardien des Sceaux du roi, l'un des seigneurs les plus puissants de France. L'âme damnée du bon roi Jean. Il s'assit sur un banc le long du mur.

Guy de Pareilles s'inclina respectueusement, avec une raideur calculée. Robert Harcourt hocha la tête, il croisait parfois le seigneur à la cour du roi et s'en méfiait comme des écrouelles d'une ribaude. Il ne comprenait pas pourquoi le roi s'encombrait d'un personnage aussi cruel. Il l'avait vu une seule fois en tant que patient, nu, se tordant de douleur en raison d'une indigestion, mais implorant comme un enfant le médecin.

Le seigneur toisa les trois hommes avec morgue.

— Je vais être bref. Où est le livre ?

— Quel livre ? répondit le médecin, nullement impressionné par la suffisance de l'aristocrate. Il n'y a qu'un cadavre ici.

Le gardien des Sceaux jeta un regard rapide sur Harcourt puis regarda par la fenêtre.

— Comment est la rue ? interrogea-t-il.

— Bloquée à ses deux accès ainsi que l'entrée de la maison, répondit Pareilles.

— Bien, descendez et dites à vos gardes de repartir. Nous n'avons plus besoin ni d'eux, ni de vous. Dites aussi au chef de mes sbires, Feublas, que ses hommes prennent la relève.

— Mais… je représente la justice du roi ! s'étrangla Pareilles.

— Il suffit. Un mot de plus et vous irez vous occuper de la police au gibet de Montfaucon.

Pareilles grimaça et sortit, les mâchoires crispées comme s'il avait été humilié en place publique. Rhenac se tourna aussitôt vers Harcourt.

— Vous êtes celui qui a ouvert le tourmenteur… Qu'avez-vous trouvé ?

Le médecin du roi se racla la gorge.

— Je n'ai examiné que le visage, c'est là que se trouvait la cause de la mort. Le tourmenteur avait été privé du don de la vue, on lui avait retiré ses deux yeux. Et à la place…

— … Vous avez retrouvé du mercure et du soufre, je sais déjà. Bien avant vous.

Harcourt allait manquer de s'étouffer. L'aristocrate coupa net toute réaction.

— Ce n'est plus la peine de parler ou d'interroger, messire médecin. Contentez-vous de vous asseoir. Comme maître Flamel, notre copiste.

Nicolas se leva, tremblant, de sa chaise. La main caressant son collier de barbe blanche, le noble laissa un air de doute gagner progressivement son visage.

— Pourquoi un tel affolement, maître Flamel, que vous importe que je connaisse votre nom d'aujourd'hui ou d'un autre jour ?

Les deux mains plaquées sur sa table de travail, Flamel tentait de reprendre contenance.

— Veuillez me pardonner, j'ai été surpris. Un instant j'ai cru que…

— Que nous savions ? glissa le seigneur, mais bien sûr que nous savons.

Nicolas sentit ses jambes vaciller alors que Bernard de Rhenac reprenait de sa voix sifflante :

— Et si nous savons tout, c'est parce que… nous sommes à l'origine de tout.

73

Suisse,
canton de Berne,
de nos jours

L'arête de béton brut tranchait sur le bleu lumineux du ciel helvète. L'architecte hollandais avait conçu la maison en hommage à Loyd Wright et s'était plu à multiplier les angles droits sur toutes les parties du bâti sans compter une vaste plate-forme de soutien de la structure à flanc de colline. Le propriétaire, un cinéphile passionné, voyait, lui, dans cette villa, une réplique de la maison occupée par James Mason, non loin du mont Rushmore, célébré par Hitchcock dans *La Mort aux trousses*.

Les rayons du soleil éclaboussaient les larges baies vitrées du grand salon sans toutefois pénétrer plus loin que le premier tiers de la pièce. Une astuce de l'architecte pour que les occupants profitent de la luminosité sans être importunés par la chaleur presque intenable en cette fin de printemps.

Edmond Canseliet finissait sa sole meunière en rangeant méticuleusement les arêtes sur les bords de son assiette rectangulaire. Il venait rarement deviser avec le fondateur du groupe *Aurora* et à chaque fois c'était un plaisir de goûter aux plats préparés par le cuisinier de la maison.

Autour de la grande table recouverte d'une nappe jaune dorée, six hommes en costume sombre et deux femmes en tailleur strict terminaient eux aussi leur repas. Tous membres du groupe *Aurora*, comme Canseliet, ils avaient répondu à l'invitation de son fondateur.

Leur hôte avalait lentement un verre de lait crémeux. Nul ne l'avait jamais vu boire de l'alcool ou fumer. Canseliet, grand consommateur de havanes, ne s'en étonnait plus depuis longtemps. Il l'observa à la dérobée. La soixantaine, ou peut-être plus, mais le cheveu encore noir, seule la barbe laissait entrevoir quelques piquetages de sel. Il le soupçonnait de se teindre, une coquetterie très commune chez les hommes de cet âge. Quant aux sourcils arqués, ils donnaient à son regard une nuance grave ou malicieuse selon les expressions du visage. Mais c'était surtout la couleur des yeux qui marquait tous ceux qui rencontraient pour la première fois Andrea Consurgens. Verts, comme deux pierres de jade polies, enfoncés dans des orbites profondes.

Comme beaucoup, Canseliet était fasciné par ce personnage au charisme indéniable, mais qui se faisait une règle de rester loin de l'agitation du monde. Andrea Consurgens, négociant suisse, réputé sur la place helvète, avait fondé quelques décennies plus tôt le groupe *Aurora* et Canseliet n'avait jamais regretté une seule seconde son adhésion. Depuis, il avait multiplié par cinq son stock personnel d'or grâce aux échanges d'informations entre les différents membres triés sur le volet. Une sorte de club de l'or où chacun s'engageait à fournir aux autres des tuyaux très précis et qui profitaient au plus grand nombre. Andrea Consurgens et ses collaborateurs centralisaient et diffusaient les informations dans le circuit. De ce qu'il en savait, le réseau *Aurora* ne possédait pas plus de vingt membres répartis dans le monde. Tous animés par une même fascination pour le précieux métal.

Après une période de probation de sept ans, Edmond Canseliet, comme tous les associés, avait appris qu'*Aurora* ne se contentait pas d'observer le marché mais intervenait aussi ponctuellement pour éviter des déséquilibres et soutenir les cours. Une activité, à la limite de la légalité, qui pouvait s'apparenter à celle d'un cartel, et dont les affiliés se gardaient bien de divulguer quoi que ce soit. Rares étaient ceux dans l'univers de l'or qui se doutaient de l'existence d'*Aurora* et, même au sein du très puissant World Gold Council, on ne donnait guère de crédit aux rumeurs sur l'existence de ce groupe d'influence. Pour intervenir, *Aurora* s'appuyait sur les fonds personnels considérables de ses membres quand il fallait apporter des *correctifs* sur les cours. De plus, comme il faisait l'objet de toutes les convoitises, et en particulier de personnes douteuses, le groupe avait créé une petite structure informelle composée de professionnels de la sécurité, envoyés dans le monde pour répondre aux besoins des sociétaires quand ils devaient négocier des transactions délicates, spécialement dans des zones dangereuses du globe. Mais à chaque intervention, il fallait qu'une majorité des adhérents approuvent la décision, afin d'éviter toute instrumentalisation du bras armé de l'organisation. Une procédure adoptée et mise en place par Andrea Consurgens lui-même.

Le brouhaha des conversations avait cessé. Ce dernier prit la parole.

— Mesdames, messieurs, vous avez tous reçu le compte rendu des analyses fournies par notre ami de Paris ici présent. Personnellement, je ne souscris pas à l'hypothèse envisagée… hélas ! Car si je pouvais me transformer en alchimiste, je serais le plus heureux des hommes.

Des rires discrets parcoururent l'assistance, à l'exception du représentant de Paris qui restait impassible. Andrea Consurgens reprit :

— Néanmoins, il faut toujours faire preuve de prudence. J'ai pris l'initiative d'envoyer un agent en surveillance, il se trouve en ce moment à New York. Ainsi, compte tenu des potentialités de cette information, je propose de lancer une opération DSI afin d'avoir une vision plus précise sur cette histoire, avec tout ce que cela entraîne en matière de… souplesse pour l'aspect… hum… juridique. Comme pour toute décision de ce type, votre vote est nécessaire. Nos amis qui ne sont pas présents m'ont envoyé le leur. J'ai sept voix pour et cinq voix contre.

— Puis-je prendre la parole ? lança un petit homme au crâne dégarni.

— Bien sûr, l'avis de la place de Zurich est toujours de bon aloi.

— En théorie, l'hypothèse de base de l'alchimie, c'est-à-dire la transmutation du plomb en or, est valable sur le plan scientifique. Il s'agit tout simplement de retirer un certain nombre de protons et de neutrons et le tour est joué. Le problème, c'est que la technologie actuelle ne permet pas d'effectuer cette opération sans consacrer une dépense d'énergie incommensurable ainsi que des mois d'utilisation d'un accélérateur de particules de dernière génération.

Canseliet hocha la tête en signe d'assentiment. Il avait lu tous les travaux à ce sujet. Une main se leva au bout de la table.

— En clair, cela relève du mirage ou de la fumisterie, ajouta son voisin de table, plus âgé, franchement pas de quoi mobiliser la DSI. Je vote contre. Je ne comprends d'ailleurs pas pourquoi ce genre de balivernes a pu provoquer une réunion d'urgence. L'alchimie n'a rien à voir avec la science. Si je…

— Je n'ai pas fini mon exposé, coupa le chauve avec

une pointe de dédain. Rien ne dit qu'il n'existe pas un autre moyen trouvé par les alchimistes et dont un jour la science donnera une explication logique. D'autre part, les analyses viennent d'un laboratoire qui travaille avec la police française et dont la crédibilité est reconnue partout. Je suis quelqu'un de très rationnel, mais j'estime qu'il manque des éléments complémentaires pour résoudre cette énigme.

Les convives échangèrent des regards embarrassés. Andrea Consurgens tapota son verre avec une petite cuillère en or.

— Je ne vous cache pas que je suis aussi très intrigué par cette affaire. D'ailleurs, peu de missions se profilent à l'horizon et nous disposons de personnel compétent. Profitons-en. Messieurs, je vous propose de voter à main levée. Ceux qui sont contre l'envoi de la DSI ?

Il y eut un léger moment de flottement et cinq mains se levèrent. Canceliet fit le calcul de tête, avec les voix transmises à Andrea, on était à égalité, dix voix contre, dix pour. Tout dépendrait du fondateur d'*Aurora*, qui était le vingt et unième membre.

Leur hôte se leva, mit ses mains sur la table et regarda l'assistance. Son regard vrillait les huit participants.

— Je vote pour. Ce qui fait un total de onze voix, soit la majorité. Décision est prise d'avaliser une action DSI. Je vous fournirai à tous les éléments recueillis au cours des jours prochains.

— Et le nom de l'opération, mon cher Andrea ? demanda Edmond Canseliet.

— Chimère. L'alchimie a toujours été considérée par les esprits censés comme une superbe illusion… Opération Chimère, cela me semble parfaitement approprié.

74

New York,
de nos jours

Le groupe de coureurs passa devant lui sans même qu'il y fasse attention. Assis sur son banc en plein milieu de Central Park, à côté d'une vieille dame qui tricotait en lui jetant un regard de biais, il tentait de faire le point sur son échec avec Joan Archambeau. Elle lui cachait quelque chose, mais il était incapable de deviner quoi. Il croqua dans son hot-dog dégoulinant de moutarde. Cela faisait à peine vingt-quatre heures qu'il était à New York et il en avait déjà marre d'être là.

Il s'essuya la bouche sur le bout de serviette jetable fourni avec le sandwich et avala une gorgée d'un soda couleur orange fluo.

Il déplia le bout de papier sur lequel il avait recopié la phrase de l'énigme de la famille Archambeau.

L'Écossais étincelant. 33.1886.
Cenevières.

Il sortit ensuite l'énigme gravée sur l'épée de La Fayette.

New York, de nos frères là où est l'antre
Du regard ancien ôte le centre. 1886

Il avait beau tourner les phrases dans tous les sens, ça ne voulait rien dire. Il soupira et se demanda s'il n'avait pas intérêt à réserver tout de suite un avion pour Paris.

Son portable sonna.

— Monsieur Marcas, c'est Joan.

— Oui, dit-il d'un ton sec.

— Je... Quelque chose m'est revenu. Ça pourrait vous aider, en fait, je ne sais pas. Mon père, je vous l'ai dit, était franc-maçon. Un jour, il m'a parlé de ce qu'il faisait dans sa loge. Ça ne m'intéressait pas vraiment, mais je crois me rappeler que *L'Écossais étincelant* était le nom d'une des plus anciennes loges de la ville.

Antoine sentit son cœur s'accélérer. Il se leva d'un bond sans se soucier des papiers gras qu'il faisait tomber par terre sous l'œil désapprobateur de sa voisine.

— Merci, vraiment. Je vais essayer de retrouver un registre des loges. Je ne sais pas où se trouve le siège d'obédience maçonnique dans la ville. Le savez-vous par hasard ?

— Oui, il est situé sur la 23e Rue, c'est assez connu, il y a un centre de conférences et de recherches médicales. Quand j'étais adolescente, mon père y avait sa loge...

La voix de Joan Archambeau se fit plus hésitante :

— Pourrais-je vous accompagner ?

Marcas tergiversa.

— Je ne sais pas. Vous comprenez. Je vais essayer d'avoir un rendez-vous en arguant de mon appartenance maçonnique. Ce sera difficile si vous êtes avec moi.

— Écoutez, les rapports avec mon père ont toujours été très difficiles. Nous ne nous sommes jamais vraiment parlé. Il est mort, il y a cinq ans, et je me dis que peut-être je pourrais, au moins une fois, comprendre qui il a été.

Le portable à l'oreille et le regard en quête d'un taxi, Antoine ne répondit pas instantanément. Joan reprit :

— Si vous voulez, je vous attendrai à la sortie de votre

rendez-vous. À moins, bien sûr, que vous ne teniez vraiment pas à me revoir…

Il comprit que s'il refusait elle lui causerait des ennuis. Après tout, elle avait le droit aussi de connaître le secret familial. Plus que lui, d'ailleurs.

— D'accord. Je vous rappelle pour donner l'heure de ma visite là-bas, si j'obtiens un rendez-vous.

— Merci.

Il ferma son portable. Il n'arrivait pas à lui faire entièrement confiance. D'un autre côté, son revirement indiquait au moins qu'elle n'avait rien prémédité. Il secoua la tête. On verrait bien.

Le tueur enfila son pardessus pendant que Joan reposait son téléphone sur la table de son bureau.

— Parfait. On va voir s'il arrive à découvrir où se trouve la loge de *L'Écossais étincelant*. J'ai eu raison de lui laisser la vie sauve à Paris.

— Tu m'effraies. Tu es allé trop loin en tuant ces pauvres gens. Ce n'était pas prévu dans nos arrangements. Je commence à croire que tes émotions prennent le pas sur ton intelligence.

Elle ne vit pas arriver la gifle. Il la regarda d'un air méprisant.

— Ne me parle jamais plus sur ce ton. Tu sais ce que tu me dois. Alors plus jamais un seul commentaire de la sorte. Suis-je assez clair ? Je suis le frère de sang.

— Oui… bredouilla-t-elle.

— Bien. Dès qu'il t'appelle, tu vas le rejoindre bien sagement à la sortie du temple. Moi, j'ai quelques obligations.

Sans même attendre sa réponse, il claqua la porte du bureau.

L'énorme édifice de la grande loge de New York était situé sur la 23e rue. Aux États-Unis, la franc-maçonnerie s'affichait sans complexe, on voyait dans toutes les grandes villes des temples avec pignon sur rue, voire arborant des enseignes au néon, quasi criardes. Rien de comparable avec les loges européennes qui cultivaient une discrétion prudente. En pénétrant dans le bâtiment, le Français avait été bluffé par l'opulence qui émanait des lieux et dont ses frères seraient les premiers estomaqués. Des photos des temples exposées dans le hall d'entrée dévoilaient des salles de toute beauté, gothiques, doriques, il y en avait pour tous les goûts. À l'évidence, les frères américains avaient le portefeuille plus garni que leurs homologues français…

Marcas avait passé un coup de fil à Guy Andrivaux pour lui demander d'intercéder en sa faveur auprès de son homologue de la grande loge américaine. Deux heures plus tard, il avait reçu un appel d'un certain Samuel Colt, secrétaire bibliothécaire à la grande loge qui lui proposait de passer à sa convenance au siège des loges new-yorkaises. Il n'avait pas réussi à identifier celle de *L'Écossais étincelant* mais mettrait à la disposition de Marcas les archives dont il avait besoin.

Il avait ensuite contacté Joan Archambeau pour lui dire que son rendez-vous était pour le lendemain. Il n'avait pas envie de l'avoir dans ses pattes pendant ses recherches.

Quand il se présenta à l'entrée, tout avait déjà été organisé pour qu'il puisse compulser les ouvrages demandés. La bibliothèque magnifique était en travaux, on lui avait donc proposé de s'installer dans un petit bureau pour les consulter. Un portrait en pied du vénérable frère George Washington trônait au-dessus d'une petite commode.

Samuel S. Colt, le bibliothécaire, un quadragénaire à la moustache fournie, lui avait déposé les registres des loges sur la table en chêne et s'éclipsa discrètement.

Les dix gros volumes reliés de cuir noir étaient ornés sur leur couverture d'un œil inséré dans un triangle doré. Chaque volume portait le chiffre de l'année qu'il avait demandé à consulter. De 1870 à 1880. La table des matières recensait le nom des loges créées dans l'année ainsi que les événements marquants de celles existantes pour tout l'État. Il passa plus d'une heure à parcourir tous les ouvrages en épluchant les caractères minuscules imprimés sur le papier jauni par plus d'un siècle. La loge n'apparaissait nulle part.

Ses yeux le piquaient à force de déchiffrer l'écriture fine qui s'estompait par endroits.

Il tapa du poing sur la table. C'était trop rageant, la loge devait exister, il n'y avait aucune raison pour que les indications soient fausses. Il voyait qu'il tournait en rond. Il se leva et prit un gobelet de plastique à la fontaine d'eau qu'il avait repérée dans le couloir.

Ça ne collait pas. Pourquoi les quatre fondateurs avaient-ils indiqué le nom d'une loge new-yorkaise inconnue. Ou alors, ils avaient délibérément brouillé les pistes, et il ne possédait pas toutes les clés nécessaires.

Samuel Colt sortit de son bureau et lui fit un signe amical ; il se dirigea vers lui d'un pas tranquille.

— Tu as trouvé ce que tu cherchais ?

— Non, *L'Écossais étincelant* devait sûrement être une loge sauvage, elle n'est pas répertoriée dans les volumes. Et je suis sûr de l'année de constitution.

L'homme enleva ses petites lunettes et les essuya avec une peau de chamois sortie de sa poche.

— Quel est le nom de la loge, déjà ?

— *L'Écossais étincelant*. Nous l'avons trouvée citée dans un registre en France, d'où ma curiosité, mentit-il.

— Peut-être que ce nom désigne une autre appellation de la loge. Une sorte de surnom. À l'époque, c'était très courant à New York. Tu as quelque chose d'autre à propos de cette loge ?

— Oui, le chiffre 33, je suppose que c'est le trente-troisième degré.

Le secrétaire s'installa au bureau et prit une feuille de papier. Il écrivit le nom de la loge en lettres capitales.

L'ÉCOSSAIS ÉTINCELANT. 33.

— Non, cela ne colle pas avec l'usage officiel dans nos temples ! Il y a bien à New York une loge qui s'appelle *Scottish Valley* que fréquentaient des personnalités célèbres comme Cecil B. de Mille ou d'autres pointures du cinéma, mais ça n'a rien à voir avec le chiffre 33. Toutes nos loges aux États-Unis possèdent des numéros accolés. Il suffit donc de chercher par numéro. Moi, par exemple, je fréquente celle des *Fils de l'Union 301* dans le New Jersey, là où je réside. Il n'y a donc qu'un moyen, c'est de reprendre chaque volume et noter toutes les loges qui portent ce chiffre.

Antoine soupira. Il avait mal aux yeux. Il ouvrit néanmoins le deuxième registre à la suite de Samuel Colt. Le moustachu était déjà plongé dans son ouvrage. Au bout d'une bonne heure, les deux hommes avaient récolté neuf noms de loges.

Étoile polaire 33.

Saint-Jean 33.

Les Fils de la Lumière 33.

Le Trèfle d'Or 33.

Le Chandelier à sept branches 33.

Ivanhoé 33.

Louxor étoilé 33.

Les Enfants de Washington 33.

La Cornemuse de la Liberté 33.

Marcas étira ses épaules et ses bras. Sa vue se brouillait et un mal de tête s'annonçait. Samuel Colt avait croisé ses mains derrière la nuque et se balançait sur sa chaise.

Le commissaire prit la liste et pointa le dernier nom.

— *La Cornemuse de la Liberté*, ce serait pas ça ? C'est un des emblèmes de l'Écosse.

Le moustachu restait dubitatif.

— Trop simple et l'année ne colle pas. Elle a été créée bien plus tard, en 1890, soit quatre ans après. (Il fronça les sourcils et s'exclama.) Mais, bon sang ! Ça crève les yeux. C'est celle-là, dit-il en montrant le sixième nom.

Ivanhoé 33.

— Mais pourquoi ? s'exclama Antoine.

— *Le Chevalier en armure d'or, Ivanhoé*, écrit par le frère Walter Scott, chantre de l'Écosse. À l'époque, son roman fut un best-seller. Il a été initié à Edimbourg à la loge *Saint-David*. Scott est à la racine de toute la tradition moderne écossaise. Il y a beaucoup de loges maçonniques ici aux États-Unis qui portent le nom d'Ivanhoé, en référence à sa droiture et à sa bravoure. Mais il n'y en a eu qu'une seule numérotée 33 à New York.

Il prit le volume correspondant à l'année et compulsa une dizaine de pages pour arrêter son doigt sur le milieu d'un chapitre consacré au mois de novembre.

Ivanhoé. Adresse à New York. *Harlem*.

— Voyons voir. D'après l'ouvrage, elle était intégrée dans un temple de taille respectable et très fréquenté si on en juge par les relevés de présence. Elle se situait à Harlem mais il semble qu'elle a été créée à l'époque où ce quartier était habité par la bourgeoisie blanche.

— Harlem blanche ? Première nouvelle !

Le secrétaire essuya à nouveau ses lunettes.

— Bien sûr, Harlem était un quartier élégant, très prisé des Blancs au XIXe siècle. Par la suite, il a servi d'asile aux vagues d'immigration successives, allemandes, irlandaises, juives. Il y a eu des commerces prospères, des églises puissantes et des… loges. Ce n'est que bien après que les Noirs du Sud vinrent s'installer pour s'y réfugier au tout début du XXe siècle. Il est donc tout à fait normal d'y trouver des temples maçonniques dans les années 1870-1900.

— Tu penses qu'elle pourrait être toujours en activité ? J'aimerais m'y rendre pour mes recherches.

— Je vais te dire ça tout de suite.

Colt pivota vers l'écran d'ordinateur et tapa le nom de la loge. Le secrétaire fronça les sourcils.

— Elle a cessé toute activité en 1904, probablement au moment de l'exil des Blancs. Le temple qui l'abritait a été repris un temps par les frères de *Prince Hall*, puis l'immeuble a été vendu, sans doute à un marchand de biens.

— Les frères de *Prince Hall* ? interrogea Marcas.

— Prince Hall a été le premier franc-maçon noir des États-Unis, initié en 1775. Un pasteur méthodiste qui a fondé par la suite l'*African Grand Lodge* pour intégrer les Noirs qui ne pouvaient pas rentrer dans les loges blanches. Il en a été Grand Maître et son mouvement, implanté initialement à Harlem, est depuis devenu un puissant courant maçonnique ici en Amérique et dans le monde. Pour la petite histoire, Louis Armstrong et Count Basie ont été initiés à *Prince Hall* et le frère Duke Ellington fréquentait l'une de ces loges avec assiduité.

Antoine sourit à son tour.

— Tous les profanes savent que Mozart était maçon mais qui sait que les grands noms fondateurs du jazz l'ont été aussi… Tout cela ne me dit pas ce que sont devenus les locaux du temple. Je vais prendre l'adresse et essayer de m'y rendre.

Samuel Colt fit une moue dubitative.

— Je te le déconseille, si j'en juge par le numéro de la rue, ça doit se trouver dans le Harlem le plus pourri. C'est sûrement un véritable coupe-gorge.

Rapidement le commissaire nota les coordonnées dans son carnet.

— À la vérité, je crains de ne pas avoir trop le choix.

— Alors, je vais te donner le numéro de téléphone d'un frère de *Prince Hall*, il est policier comme toi. Préviens-le de ton arrivée à Harlem.

Il lui griffonna un nom sur un bout de papier que Marcas mit en hâte dans sa poche, pressé de partir.

— Merci de ton aide. Si tu viens en France, tu seras mon invité fraternel. Une dernière question. Ton nom a-t-il un rapport avec les célèbres pistolets des westerns ?

Le moustachu fit mine de dégainer avec son index.

— Oui, le fondateur de la firme d'armement Colt était l'un de mes arrière-arrière-arrière-grands-pères. On m'a donné son prénom, mais je ne m'en vante pas. Je ne partage pas sa passion des armes à feu !

Antoine lui serra la main. Le secrétaire ajouta :

— Mais j'ai quand même un point en commun avec mon aïeul. Lui aussi était franc-maçon…

Dans la rue, le soleil commençait à baisser sensiblement vers l'autre rive de Manhattan. Marcas hésita un instant, puis prit sa décision. Il irait dès ce soir à Harlem pour retrouver la trace de la loge *Ivanhoé*.

Peut-être, depuis plus d'un siècle, subsistait-il encore un indice que cherchait le tueur ?

75

Suisse,
canton de Berne,
de nos jours

Les membres du groupe *Aurora* ne s'étaient pas attardés après le déjeuner pour ne pas rater leurs avions. Seul Edmond Canseliet était resté pour parler avec le créateur du groupe. Les deux hommes sirotaient un café sur la terrasse.

— Le vote est passé de justesse, dit le Français d'un air maussade, j'ai bien cru que le représentant de Londres allait emporter le morceau.

Andrea Consurgens plissa ses lèvres pour goûter le liquide qui fumait légèrement.

— Ne soyez pas naïf, Edmond. Vous croyiez vraiment que le vote serait négatif ?

— Comment ça ?

— J'ai contacté à l'avance quelques-uns de nos amis pour les convaincre d'apporter leur voix. Pour tout dire, cela m'a coûté une poignée de petits lingots. Vous n'avez pas été ébloui par la passion soudaine de Zurich pour les accélérateurs de particules ?

Le Français ouvrit de grands yeux.

— De la corruption ?… Je croyais qu'*Aurora* s'interdisait ce genre de pratiques.

Les yeux verts d'Andrea reflétaient la lumière du soleil sans qu'il cille.

— Tranquillisez-vous, mon cher. Il s'agit d'une petite entorse au règlement, mais uniquement pour pallier l'étroitesse d'esprit de certains de nos membres. Votre échantillon… familial me préoccupe. À vrai dire, il me rappelle des souvenirs.

Edmond Canseliet consulta sa montre, il avait encore le temps avant de se rendre à l'aéroport.

— Vous avez dit des souvenirs ?

— Oui, une autre époque. Celle où les alchimistes, malgré les menaces et les anathèmes, étaient considérés comme des savants d'envergure, où nul ne doutait de leur art.

— Pourtant, beaucoup ont fini en exil, en prison, quand ce n'était pas…

— … sur le bûcher ? (Andrea reposa sa tasse.) Effectivement, il y a eu quelques-uns de ces malheureux. Vous n'avez jamais entendu parler d'un certain Isaac Benserade ?

Canceliet prit un air interrogatif.

— Non, jamais ! Un Juif, d'après son nom ?

— Oui, exécuté à Paris en 1355 comme alchimiste.

— Pile l'année où Flamel est parti en pèlerinage, un hasard sans doute !

— Oui, sans doute, un hasard… répondit Andrea, mais je vous retarde avec mes souvenirs, vous vouliez me poser une question, je crois ?

— Vous savez qui s'occupe de la surveillance ?

— Bien sûr. Un ex-officier américain, Winthrop, le type idéal pour ce genre de mission. Discret et professionnel. Ça tombe bien, il était en Floride au moment de partir pour Paris, il a bifurqué immédiatement vers New York. Selon son dernier rapport, que j'ai reçu juste avant le déjeuner, il était aux trousses de notre homme. Ce M. Marcas a rencontré une avocate, puis il est allé jouer les rats de bibliothèque à la grande loge maçonnique de New York. Ça ne doit pas vous étonner ?

Canseliet grimaça. Consurgens était donc au courant de son appartenance maçonnique. Et puis, il aurait voulu un agent européen, il n'aimait pas les Américains et leur arrogance. Et encore moins les militaires. Consurgens devina sa pensée.

— Je m'en porte garant. Oubliez vos préjugés, mon cher.

L'homme aux yeux verts se leva et raccompagna le Français vers le vestibule qui donnait sur la porte d'entrée. Canseliet salua son hôte poliment et s'engouffra dans la Lexus grise qui attendait devant le perron.

Il adressa un dernier signe de la main au fondateur d'*Aurora*, se cala dans le siège en cuir noir et donna l'ordre au chauffeur de démarrer. Il ne pouvait s'empêcher d'éprouver un léger malaise après leur ultime entretien. C'était la première fois que Consurgens avouait un contournement des règles qu'il avait lui-même édictées. Il n'aimait pas cela. Tout *Aurora* reposait sur la confiance.

La voiture puissante descendait une route en lacets sinueux. Ce n'est qu'en bas de la colline qu'il comprit ce qui l'agaçait. Si le Suisse trichait en minimisant la portée de son acte, sans éprouver le moindre remords, cela ne voulait dire qu'une seule chose.

Il n'en était pas à son premier mensonge.

76

Paris,
église Saint-Jacques-de-la-Boucherie,
21 mars 1355

Dame Pernelle avait pénétré dans l'église de la paroisse par la petite porte. L'entrée latérale, la plus discrète, que les fidèles utilisaient pour se rendre aux messes quotidiennes. Le grand portail avec ses sculptures flamboyantes ne s'ouvrait que pour les fêtes religieuses quand tout le quartier se retrouvait pour célébrer la naissance ou la résurrection du Sauveur. On y pénétrait alors en grande procession dans le fracas assourdissant des cloches. C'était là jour de liesse où la lumière venait illuminer la vieille église. Mais, en ce premier matin de printemps, ce n'était pas la lumière que dame Pernelle venait chercher, mais l'obscurité des voûtes et l'anonymat des ténèbres.

Dès la porte franchie, elle risqua discrètement un œil en direction des travées pour voir si quelque paroissien ne s'oubliait pas en prière. Le risque était faible à cette heure, mais elle ne pouvait se permettre qu'on la reconnaisse. Elle savait trop que son visage n'était plus le même.

À pas lents, elle se glissa jusqu'au bénitier, plongea sa main droite dans l'eau glacée et esquissa un signe de croix. Les mots lui manquaient pour prier. De toute façon qu'aurait-elle pu dire à Dieu ? Depuis le meurtre du tourmenteur, la foi s'était retirée d'elle. Elle ne comprenait pas ce qui arrivait à sa vie si calme, si réglée. Pas plus qu'elle ne parvenait à saisir la vraie personnalité de son mari. Copiste respecté le jour et lecteur assidu d'ouvrages maudits la nuit.

Elle ne se souvenait même plus comment elle était remontée de la cave. Elle se rappelait juste s'être retrouvée dans la grande salle, les mains pleines de sang. Quant au livre…

Elle serra rageusement son manteau. Quant au livre… Elle savait ce qu'elle avait à faire. Elle sauverait son mari. Et d'abord de lui-même.

Le carillon la fit sursauter. Elle se plaqua contre un mur et balaya du regard la porte voûtée qui s'ouvrait à gauche du chœur. C'était par là que les prêtres qui desservaient l'église entraient pour la messe ou les confessions. Mais ils arrivaient par un escalier de pierre dont les marches résonnaient au moindre pas. Elle tendit l'oreille. Rien. Restait maintenant à explorer les chapelles latérales qui longeaient la nef. Pour la plupart c'étaient des oratoires privés où les riches bourgeois du quartier venaient honorer leur saint patron. Parfois même, quelques-uns s'y faisaient enterrer sous une humble dalle de pierre. Une vraie preuve de dévotion pour certains, une assurance pour l'au-delà pour d'autres. En tout cas, pour dame Pernelle, un rêve qu'elle poursuivait depuis des années : elle avait même repéré, au fond de l'église, une antique chapelle au pavement disjoint, où, si Dieu le voulait, elle pourrait reposer à côté de son époux dans la paix de l'éternité.

Elle se dirigeait à la lueur vacillante des bougies, comptant l'une après l'autre les chapelles qui s'ouvraient à sa droite, quand elle entendit un bruit de voix. Derrière une grille, deux silhouettes agenouillées parlaient à voix basse. Dissimulée dans l'ombre du mur, dame Pernelle cherchait une issue. Si elle voulait atteindre le lieu sanctifié au fond de l'église, elle devait impérativement passer juste derrière les deux fidèles.

Le risque était trop grand qu'ils se retournent à un moment ou à un autre. Mieux valait attendre qu'ils aient fini leurs prières. Mais les deux inconnus ne priaient pas, au contraire, ils semblaient en proie à une discussion plutôt animée.

Dame Pernelle se rapprocha. Maintenant elle distinguait la statue du saint qui trônait dans la chapelle. Saint Antoine. Elle sourit intérieurement. Elle savait qui se tenait là : les deux frères Bartoléï, deux Italiens d'origine, qui prêtaient de l'argent à usure et trafiquaient sur le change de l'or. Leur métier était si risqué qu'ils vouaient une dévotion éperdue à saint Antoine, dont une légende tenace disait qu'il était le protecteur des voleurs et des larrons en tout genre.

— Je te dis et te répète que les Anglais vont arriver !

— Je te dis et te répète que ce ne sont que des racontars de paysans. Dès qu'ils voient une bande avec un casque et une pique, ils se ruent en ville et crient que les Anglais attaquent.

— Les témoignages sont sérieux, je les tiens du prévôt de Neaufles, il a vu les troupes se rassembler. Et il est venu retirer ses fonds.

— Il avait sûrement besoin d'argent pour quelque galanterie.

— Il a repris tous ses avoirs et il a quitté la ville comme s'il avait le diable à ses trousses. Et je crois qu'on a intérêt à faire pareil.

Le silence s'installa. Un des deux frères semblait prendre du temps pour bien saisir la portée de l'information. Dame Pernelle, elle, avait écouté sans s'alarmer. Depuis des semaines, on parlait d'une attaque imminente des Anglais dont les avant-gardes, disait-on, rôdaient dans la campagne. Tous ces bruits ne la tourmentaient guère et puis, à la différence des frères Bartoléï, elle n'avait pas d'or à mettre à l'abri. Protéger son mari du mauvais pas dans lequel il s'était mis, voilà qui était bien plus réel. Et bien plus pressé.

Il fallait qu'elle gagne la chapelle. Peut-être pouvait-elle couper par le chœur juste devant l'autel. C'était l'endroit le plus visible de l'église, mais si aucun paroissien n'était rentré, elle avait des chances de passer sans être reconnue… Elle avança d'un pas vers la droite, mais le sol usé par des siècles de passage était inégal. Elle buta sur le rebord d'un pavé, tendit la main pour se protéger et heurta un luminaire qui roula à terre.

Dans la chapelle de saint Antoine, ce fut la panique. Les deux frères, qui se croyaient seuls, se mirent à courir le long de la nef, jurant et criant comme s'ils étaient poursuivis par le démon. Venant de la sacristie, une cavalcade se fit entendre. Le prêtre de la paroisse descendait quatre à quatre l'escalier.

Dame Pernelle, dans sa course aveugle, se retrouva au centre de l'église. Affolée, elle se retourna. Face à elle se tenait l'autel. Sur la pierre consacrée, elle aperçut un fermoir d'argent. Les hurlements résonnaient sous les voûtes, le bruit des pas se précipitait. Sans réfléchir, elle défit son manteau, sortit le livre ensanglanté, remonté de la cave, et se précipita sur le fermoir qui contenait la Bible. D'un geste brusque, elle ôta les ferrures et procéda à l'échange. L'ouvrage impie de son mari remplaça le Livre saint. Elle fourra la Bible sous son manteau et s'enfuit comme si sa vie en dépendait.

Le prêtre inspecta du regard l'intérieur de l'église. Il n'y avait ni bruit, ni démon. Simplement un luminaire qui était tombé. Il le releva. Encore des chiens rentrés par la petite porte qui était restée ouverte. C'était déjà arrivé. Il faudrait qu'il en parle dans l'un de ses sermons.

Quand il retraversa l'église pour remonter dans la sacristie, il s'aperçut que, dans sa précipitation, il n'avait pas rendu grâce au Seigneur.

— Dieu tout-puissant, pardonne ma négligence et accepte ma prière.

Face à l'autel, le prêtre s'agenouilla, contempla le fermoir d'argent, illuminé par deux hautes chandelles, puis se prosterna devant le Livre saint.

77

New York,
Harlem,
de nos jours

Il sortit du taxi avec une sensation de malaise. Le crépuscule était tombé sur New York, mais de ce côté-ci de Manhattan, on aurait dit que les ténèbres s'incrustaient dans la pierre rongée. Au loin, plus au sud, on voyait les lumières dorées des gratte-ciel. Là, tout ce qui s'offrait à sa vue portait les stigmates de la pauvreté et du délabrement absolu. Le contraste avec les quartiers du Sud était saisissant, ce n'était plus le même pays opulent, ni le même continent. De rares passants, tous noirs, traînaient comme des fantômes le long de la rue déserte.

Son souvenir d'Harlem n'avait rien à voir avec le paysage désolé autour de lui. Il n'était venu qu'une seule fois dans ce quartier, pour écouter James Brown au mythique Apollo Theater, sur la 125e Rue, une incursion d'une soirée dans le quartier black avec une bande de copains dans les années 80. Il se souvenait d'une foule joyeuse qui se mouvait autour du point central constitué par ce temple de la culture noire. Mais cette fois, c'était différent, il était seul au milieu d'un territoire hostile.

Il se repéra sur le plan avec une petite lampe de poing qu'il avait achetée dans un bazar à côté de son hôtel. Le temple, ou ce qui en restait, se trouvait à trois pâtés de maisons, à peine quelques centimètres sur le plan, mais en réalité plus d'un kilomètre à pied. Marcas referma la fermeture Éclair de son blouson de toile noire et marcha d'un pas rapide vers l'adresse inscrite sur son plan. Il aurait pu attendre le lendemain, mais la curiosité était la plus forte. Il fallait qu'il trouve ce lieu.

Il aperçut, à environ vingt mètres, un groupe d'une dizaine de Noirs assis sur une rambarde du trottoir où il avançait. Prudemment, il traversa la rue pour les éviter et marcher de l'autre côté. Il tourna sur la gauche et longea un immense immeuble de dix étages dont une partie des façades s'était écroulée. Toutes les fenêtres étaient éteintes sauf une, éclairée comme par miracle. Il se demandait comment l'électricité arrivait encore dans ce taudis. La rue, elle, était plongée dans l'obscurité la plus absolue. Il y avait des décennies que les lampadaires ne fonctionnaient plus.

Il ralentit et essaya de déchiffrer les numéros des rues sur les pancartes rouillées. Rien ne correspondait aux repères pris sur le plan du quartier.

Il avait surestimé son sens de l'orientation et s'était enfoncé dans une zone encore plus sordide, copie presque parfaite d'un quartier d'une ville des Balkans ravagée par la guerre.

Il marcha encore sur une cinquantaine de mètres jusqu'à un croisement, cette fois éclairé par miracle. Il entendit des rires et de la musique sortir d'une impasse à sa gauche. Il s'approcha doucement et vit avec effarement trois Noirs en débardeur et casquette piétinant un clochard aviné qui se traînait avec peine le long des poubelles rouillées, collées le long de la ruelle. Ses supplications excitaient leur violence. L'un d'entre eux, le plus vieux, environ seize ans, avait posé un gros appareil argenté radio CD par terre qui crachait un rap rugueux adouci d'un mix de la *Septième* de Beethoven. Les coups de godillots ferrés sur le corps du malheureux alternaient au rythme du tempo.

Les trois types devaient peser à eux tous une demi-tonne, sans compter les chaînes en acier massif qui pendaient à leur cou.

Le clodo continuait de ramper sous les coups. Ses agresseurs s'amusaient de le voir se tortiller. Marcas se sentait complètement impuissant. Son devoir était d'intervenir, mais au risque de se faire défoncer lui aussi le portrait. Il n'eut pas à se poser longtemps la question, l'un des voyous l'aperçut et hurla en battant des bras dans sa direction. Les deux autres stoppèrent leur numéro de claquettes sur le tas de chair ensanglantée et se mirent à l'observer. Marcas sentit l'adrénaline bondir en flèche dans ses veines. Les trois hommes hurlèrent un cri, qu'il ne comprit pas mais dont il devinait le sens. Il devenait leur proie à son tour. Sa seule consolation quand il se mit à courir à toute allure vers la rue opposée était qu'il avait accordé un répit au clodo.

Les jeunes étaient à trente mètres derrière lui. Il pouvait presque entendre le bruit des chaînes qu'ils faisaient tournoyer au-dessus de leur tête. Il fonça à travers une rue étroite encombrée d'appareils ménagers rouillés, un cimetière à l'air libre de frigos, cuisinières et machines à laver désossés. Il faillit trébucher dans sa course sur ce qui ressemblait à une épave de moto puis bifurqua sur sa droite sans réfléchir.

Il se trouva bloqué dans un renfoncement de briques suintantes grand comme un mouchoir. Il s'arrêta net et se faufila dans une citerne rouillée encombrée de détritus en tout genre. Son cœur battait à perdre haleine. Il sentit sous ses pieds des petits objets qui craquaient avec un bruit de verre brisé. Des seringues usagées. L'endroit devait servir de refuge à des toxicos du coin. Il essaya de contrôler sa respiration, la pression du sang dans son cou devenait intolérable ; il se maudit de n'avoir pas repris l'entraînement avec ses collègues du club sportif de la brigade.

Il entendit soudain le fracas des bottes de ses agresseurs sur le macadam bosselé qui passait à moins de deux mètres de sa cachette. L'écho de la cavalcade s'amplifia puis décrut. Soulagé, il attendit que le bruit disparût complètement. Son souffle revenait imperceptiblement à un rythme plus lent.

Que la paix soit dans nos cœurs, que… Pour se calmer, il prononça à voix basse l'antique rituel de la chaîne d'union que tous les maçons connaissaient par cœur.

Au moment où il finissait de réciter ces paroles d'espérance, la porte de la citerne s'ouvrit dans un fracas de tôle rouillée. L'un des jeunes se tenait devant lui, une grosse chaîne pendant dans sa main gauche, un tesson de bouteille dans l'autre. Il balançait la tête de droite à gauche en ricanant, les yeux rougis roulaient dans ses orbites. Marcas avait déjà vu ce regard longtemps auparavant chez des enfants à peine plus âgés à Paris, quand il avait suivi des maraudes du côté de Stalingrad. Le crack. Ce môme était imbibé de cette saloperie jusqu'à la moelle. Sous l'emprise de la substance chimique, le gamin pouvait le massacrer sans éprouver le moindre sentiment de culpabilité.

Antoine savait qu'il n'y avait qu'une issue, l'attaque. Il se jeta sur le môme, qui devait peser au moins quinze kilos de plus que lui. Son poing se propulsa dans l'estomac de son agresseur qui eut le souffle coupé et vacilla sur ses jambes. Le temps qu'Antoine ramène sa main, le Noir lui envoya un coup de chaîne sur le côté. Le Français poussa un cri de douleur et recula en position défensive, il ne supporterait pas le même traitement longtemps. Le gamin avait l'avantage des armes et semblait encore plus enragé. Marcas essaya de se souvenir de ses cours de *Krav-Maga*, l'art de close-combat inventé par la police israélienne et adopté par quelques unités en France. Au dernier moment, il esquiva une volée de chaîne qui passa à deux centimètres de son visage. Il fallait reprendre l'initiative, il se baissa légèrement, durcit son index et son majeur et d'un geste précis les propulsa vers le haut de son adversaire, à la jonction entre le cou et la mâchoire. Le colosse émit un râle d'outre-tombe, comme si ses poumons se vidaient de tout leur air, s'immobilisa sur place, regarda Marcas d'un air étonné, puis s'effondra sur lui-même.

Antoine se redressa et jeta un œil autour de lui. Les deux autres n'allaient pas tarder à rebrousser chemin pour retrouver leur copain, il ferait mieux de décamper. Pour expulser son agressivité, il écrasa avec son talon la main du Noir. Il avait conscience que c'était un acte gratuit, voire lâche, mais ça le soulageait. Sa part d'ombre, aurait dit son ex qui lui avait déjà fait la remarque sur sa part de cruauté toujours prête à surgir en lui.

Il épousseta son blouson, effleura en jurant un point douloureux là où la chaîne avait frappé et marcha en retenant son souffle.

Il sortit de l'impasse, plongée dans l'obscurité, en suivant le mur de la main.

Arrivé dans la rue principale, la nuit était totale.

Marcas se mit à courir.

78

Paris,
maison du tourmenteur,
21 mars 1355

— Nous sommes à l'origine de tout, répéta Bernard de Rhenac, et nous avons manipulé le tourmenteur pour qu'il retrouve le livre à notre place.

— Pourquoi lui ? osa Flamel.

Le gardien des Sceaux contempla distraitement le cadavre.

— On peut toujours compter sur les fanatiques. Il haïssait les livres. Il suffisait de le mettre sur la piste.

— Mais comment savez-vous s'il est parvenu à le trouver ?

Le regard de Bernard de Rhenac se planta dans les yeux de Flamel.

— Parce que nous l'avons suivi. Comme vous.

Le copiste se tassa d'un coup, terrassé. Le gardien des Sceaux se devait d'avoir un coup d'avance dans les affaires du royaume.

Nul ne savait, à part Bernard de Rhenac lui-même, tout ce qui avait été nécessaire en intrigues, complots et hypocrisie pour devenir gardien des Sceaux.

Non pas que cette position soit convoitée par tous les ambitieux qui entraient dans la maison du roi pour favoriser leur ascension sociale, mais tenir dans ses mains toute la justice et la police secrète du royaume offrait un tel pouvoir, représentait un tel danger, que tout le monde tremblait devant le titulaire de cette fonction. C'est dire aussi que l'on n'arrivait pas à cette fonction sans avoir dû éviter tous les coups bas, les tentatives de déstabilisation, voire les disparitions pures et simples.

Au fil de son ascension, Bernard de Rhenac avait appris à moduler son visage, à s'en servir comme un acteur, à en faire sa meilleure arme. Et à chaque fois qu'il pouvait en mesurer l'effet, une vague de pur plaisir le balayait.

Le médecin, Harcourt, continuait à se taire. Assis sur une chaise, il contemplait encore le cadavre dont il s'était si imprudemment approché. Sans doute devait-il faire le tour mental de ses relations, à commencer par le roi. De temps à autre, il levait le visage et lançait un regard de suffisance à l'assistance. À d'autres moments, il baissait la tête et triturait nerveusement ses mains.

Le gardien des Sceaux avait observé avec détachement ses réactions. Le médecin, fût-il du roi, n'avait plus qu'un intérêt et un seul. Il n'était plus qu'un pion sur un échiquier dont il ne comprendrait jamais ni l'étendue ni la complexité. Et les pensées qui l'agitaient n'avaient plus aucune importance.

Plus intéressant était ce Flamel qui venait de s'installer dans l'encoignure d'une fenêtre. Il avait abandonné son écritoire, ses plumes et même son parchemin. Il ressemblait à un gibier surpris hors de sa tanière. Un lièvre qui ne trouve plus d'issue pour s'échapper.

Bernard de Rhenac lissa sa barbe. Il imaginait quelle tempête devait se dérouler sous le crâne du copiste. L'impression folle et désordonnée d'être pris au centre mouvant d'une affaire qui ne cessait de s'emballer. Certes, au premier plan, la succession des événements semblait totalement incohérente, mais depuis les coulisses, tout prenait forme.

À la condition, bien sûr, que ce Flamel coopère. Et pour cela, il fallait agir. Vite et fort. Il cria :

— Feublas !

Un homme sec, au visage rouge, quitta l'embrasure de la porte et s'approcha à grands pas.

— Faites sortir discrètement le corps du tourmenteur par deux de vos hommes et qu'ils le portent au couvent des dominicains. Qu'il soit déposé dans un des celliers. Ils sont bien frais. Cela aidera. Et puis… J'ai vu en bas un tapis. Vous roulerez le corps dedans et vous l'emporterez avec quelques meubles. Si l'on vous interroge dans la rue, vous direz qu'il s'agit de preuves nécessaires à l'enquête.

— Flamel, je crois que nous avons à parler en tête à tête… annonça Bernard de Rhenac.

Il fit un signe à Feublas qui se dirigea vers le centre de la pièce et dit :

— *Non nobis domine sed nomine tuo*[1].

En un éclair, Feublas porta la main à sa ceinture.

La dague jaillit.

Quand Harcourt s'en aperçut, son ventre venait de s'ouvrir et ses intestins en sortirent dans un curieux gargouillis. Il s'écroula dans une coulée de sang.

Rhenac attendit que le corps ne bouge plus et il se retourna vers Flamel qui le regardait, horrifié.

— *Non nobis domine sed nomine tuo*, répéta le noble, j'ai toujours aimé cette expression des Templiers. On peut tout justifier avec ça… Vous avez vu, mon cher copiste, comment ce malheureux est devenu subitement fou et s'est ouvert le ventre ? Je dirai à notre bon roi de prendre un autre médecin.

Le gardien des Sceaux lissa sa barbe.

— Et si vous me parliez du livre, mon cher Flamel ?

1. Pas pour nous, Seigneur, mais en Ton Nom.

79

New York,
Harlem,
de nos jours

Sa course en aveugle ne dura que cinq minutes. Brutalement, il jaillit de l'obscurité et déboucha sur une artère animée, illuminée d'enseignes de boutiques, décrépites certes, mais témoignant d'une présence humaine. Il leva la tête vers le panneau et vit avec soulagement que le hasard l'avait emmené dans la rue qu'il cherchait.

Il croisa au niveau d'une épicerie miteuse une jeune femme accompagnée de deux enfants en bas âge qui marchaient d'un pas rapide. Les yeux des mômes trahissaient une dureté qu'il avait déjà vue chez des gamins qui jouaient les durs dans les cités du 93. À peine avait-il tourné la tête qu'ils avaient disparu à l'angle de la rue.

Il passa devant la devanture à moitié fermée d'un magasin de musique qui portait un numéro proche de sa destination. Vingt mètres après il avait trouvé ce qu'il cherchait.

L'immeuble était magnifique, du plus pur style victorien, une incongruité totale dans cet univers dévasté. L'encadrement de la porte principale, murée, en pierre sculptée, témoignait d'une splendeur perdue, d'une époque révolue où l'on gravait dans la roche des signes pour la postérité, d'une époque qui croyait qu'elle serait éternelle. La façade était entièrement bariolée de tags formant comme une bande dessinée délirante, sans queue ni tête. Comme la porte, toutes les fenêtres avaient été murées. Un bâtiment fantôme de plus. Marcas poussa un soupir. À moins d'avoir une pioche, sa quête s'achevait ici.

Il allait rebrousser chemin quand il distingua avec émotion, au-dessus du porche, recouvert d'une couche de peinture brune, un symbole qu'il connaissait bien. Un compas et une équerre entrelacés. Il sourit. Retrouver ce signe familier à des milliers de kilomètres de chez lui provoqua une sorte de réconfort.

Juste à côté de l'entrée de l'immeuble, une petite vitrine éclairée de rouge vif trahissait la présence d'une boutique de… sorcellerie et vaudou.

Il poussa la porte et entra. Un bruit de grelot retentit dans le magasin qui sentait un lourd parfum d'encens que Marcas identifia à du musc. Les murs étaient recouverts de posters de dieux cornus, de femmes aux visages peints, habillées en robes provocantes, de saints barbus affichant des sourires narquois et d'un Malcolm X en tenue de prêtre vaudou. Une étagère remplie de têtes d'animaux empaillés complétait le décor. Un panneau indiquait une consultation de tarot pour cinq dollars. Au fond de la boutique, une tenture mauve criarde ondulait paresseusement.

— Monsieur désire ?

Une métisse, grande, au visage fin, vêtue d'une longue tunique blanche, arriva à sa rencontre. Elle le regardait d'un air méfiant, il ne devait pas y avoir beaucoup de Blancs qui poussaient la porte de sa boutique, surtout le soir.

Antoine lui sourit et présenta un billet de vingt dollars.

— Je voudrais me faire prédire le passé.

— Ce n'est pas courant. Je ne sais pas si ce sera possible, dit-elle en durcissant son regard.

Il sortit un nouveau billet, cette fois de cinquante dollars.

— J'insiste. Je ne suis pas de la police si ça peut te tranquilliser.

— À ton accent, ça m'aurait étonné, aussi.

Le visage de la femme s'éclaira, elle empocha le billet avec une rapidité peu commune et tendit le doigt vers une chaise posée à côté d'un guéridon. Il s'installa, affichant un air de décontraction. Il réalisa que, si elle appelait des copains du quartier, il pouvait se faire égorger et rançonner sans que cela trouble le voisinage. Il jeta un œil à la porte qui restait sagement fermée. La jeune femme prit place devant lui et sortit un jeu de tarot divinatoire qui avait bien vécu.

— Je t'écoute, face de lune, lança-t-elle avec un air légèrement méprisant.

— Je voudrais savoir s'il est possible de rentrer dans l'immeuble qui héberge ta belle boutique de spiritualité, articula Antoine. Je suis franc-maçon et je fais des recherches sur les anciennes loges de New York.

La fille le regarda d'un air plus dur.

— Franc-maçon… Il paraît que vous êtes tous du côté des Juifs et des riches. Pourquoi je devrais t'aider ? Vous avez opprimé mon peuple pendant des siècles.

Marcas ne voulait pas polémiquer. Il sortit un autre billet qu'il posa à côté des cartes.

— Je suis solidaire de la juste lutte du peuple noir. Mais j'ai vraiment besoin que tu m'aides.

Le billet disparut aussi prestement que le premier. La fille soupira.

— Après tout… Il y a une cave en dessous d'ici, elle possède une porte qui donne directement à l'intérieur de l'immeuble. Il y a une grande croix noire peinte dessus. Je n'aime pas y aller, il y a trop de mauvais esprits là-bas. Les francs-maçons commettaient des sacrilèges.

— On t'a jamais dit qu'il ne fallait pas croire aux

superstitions ? Si tu me montrais le chemin, répondit Marcas qui se levait lentement.

Tout d'un coup, le rideau qui séparait le fond du magasin se souleva avec fracas. Un Noir d'au moins deux mètres de haut, taillé en armoire, au crâne luisant, s'avança avec un sourire assuré. Antoine sursauta. La voix du Noir emplit toute la boutique.

— On t'a jamais dit qu'Harlem était interdite aux petits Blancs, surtout aux étrangers. Tu ne vas nulle part sans ma permission.

Il joignit ses mains en un étau qui émit un craquement sinistre.

La fille s'était postée devant l'entrée de la boutique, et avait sorti de nulle part un revolver à la gueule argentée qu'elle braquait en direction du Français.

80

Paris,
rue Saint-Jacques-de-la-Boucherie,
21 mars 1355

Bernard de Rhenac regardait Flamel avec bienveillance, pourtant le copiste savait que son sort allait se jouer en fonction de ce qu'il répondrait. S'il avait fait exécuter le médecin du roi comme un vulgaire truand, il n'aurait aucune pitié pour un petit enlumineur. La police de Pareilles avait disparu, il ne restait que les soldats dévoués du gardien des Sceaux, autant dire personne pour le protéger. Flamel se raidit quand Bernard de Rhenac prit à nouveau la parole :

— Mon cher Flamel. À mon âge, on n'a plus le temps de se perdre en vaines paroles. Je vais être direct et je n'en attends pas moins de vous. Ai-je raison de miser sur votre intelligence ?

— Oui… oui, répondit le copiste, sur ses gardes.

— Bien. Comme vous le savez, Flore de Cenevières possédait un secret. Celui du lieu où se trouve le livre d'Isaac Benserade, un livre très utile au royaume. La pauvre enfant n'ayant rien voulu entendre, nous l'avons laissée aux soins de feu votre voisin. Ce dernier, nous en sommes persuadés, a délié la langue de la jouvencelle et a dû mettre la main sur le livre. Vous êtes d'accord ?

— Je ne sais que répondre…

— Flamel, je vous conseille de ne pas jouer avec moi, gronda le seigneur. Le tourmenteur aurait dû me rapporter ce livre, au lieu de quoi je me retrouve avec son cadavre, pas de livre et la fille désormais hors de ma portée, sous protection du comte de Toulouse dont elle est la vassale. Loués soient les scrupules de notre bon roi Jean de ne pas tuer une enfant de la noblesse, mais il y a des limites à la charité. Les caisses du royaume sont vides, et l'or… L'or est seul garant de la stabilité des finances royales. Il nous faut de l'or, vous comprenez !

Flamel fut soulagé d'apprendre que la jeune femme était vivante. Le gardien des Sceaux le saisit par les poignets, ses mains noueuses s'accrochaient comme des griffes. La force du vieil homme était prodigieuse.

— Flamel, vous êtes le seul à avoir assisté à… l'entretien… avec le tourmenteur. Qu'a-t-elle révélé ? Où est ce livre ? Choisissez bien vos mots, sinon Feublas, ici présent, vous fait rejoindre le médecin au royaume de Dieu. À moins que ce ne soit celui du diable. Feublas !

L'homme de main se mit derrière le copiste et lui passa sa dague sous la gorge. Nicolas savait qu'il avait perdu la partie, tout cela le dépassait. Il n'avait plus qu'une issue. Dire la vérité en espérant qu'après sa mort, on ne s'en prendrait pas à dame Pernelle. Il se jeta à genoux.

— Je sais où est le livre. Chez moi, dans… une cache secrète. Dans la cave, après les tonneaux… C'est en face…

Bernard de Rhenac sourit de toutes ses rares dents.

— Ainsi donc, le petit copiste sait manier d'autres instruments que la plume. En tout cas, félicitations pour cette mise en scène avec le plomb et le soufre dans les yeux. Mais pourquoi ?

— Je… Je voulais lui faire du mal. J'étais comme possédé depuis que j'avais dû assister à la torture de Flore de Cenevières. Il l'avait souillée. Je ne pouvais lui pardonner.

— Alors ? l'encouragea le gardien des Sceaux.

— Alors, je lui ai ôté les yeux avec mon grattoir à parchemin, puis j'ai fouillé son coffre. Il y avait du plomb, du soufre… Il s'en servait pour torturer ses victimes. Cette fois, c'était son tour : il fallait qu'il endure tout. Tout ce qu'il avait fait subir.

Bernard de Rhenac le dévisagea longuement, d'abord l'air songeur, puis ironique et triomphant.

— L'agneau est devenu loup… mais vous aurez tout le loisir de méditer sur votre sort quand le bourreau vous fera subir la roue. En attendant, allons chercher le livre. Je vous préviens, n'essayez pas de vous échapper. Ma garde personnelle manque de distractions, ces temps-ci.

Feublas releva Nicolas par le col et le poussa avec rudesse vers la porte.

Solidement escorté, Flamel descendit les marches. Il avait l'impression que l'histoire se répétait et qu'à son tour il partait pour son lieu d'exécution, comme Isaac Benserade, quelques jours auparavant. Il se signa et entama un *pater noster*. Il devait se préparer à affronter son destin. N'avait-il pas tué de ses propres mains le tourmenteur et volé le livre maudit…

81

New York,
Harlem,
de nos jours

Prudemment le Français s'était reculé contre le mur. Entre la fille au revolver et le colosse au crâne rasé, ses chances de s'en sortir étaient proches du néant. Il crispa sa main sur la poignée de sa lampe. Le grand Noir se colla presque devant lui et lui tendit sa main.

— Ici, on dit bonjour, gronda-t-il, à moins que tu n'aimes pas serrer la main d'un Noir.

La fille continuait de viser sa tête et souriait d'un air goguenard.

Marcas n'avait pas d'autre choix. Il tendit à son tour la main, s'attendant à se la faire broyer. Il sentit la chaleur de la paume du colosse. À sa grande surprise, celui-ci serra sa main en lui tapotant le poignet de son index.

La poignée rituelle des maçons.

Antoine resta interloqué. Le grand Noir éclata d'un rire homérique.

— Bienvenue à Harlem, mon frère. Je suis le capitaine Ray Robinson, mes amis me surnomment Sugar en souvenir du grand boxeur qui fut grand officier de ma loge.

— C'est dingue, murmura Marcas, encore sous le choc.

La fille avait reposé son arme, fermé le loquet de la porte et abaissé le rideau métallique. Le Noir prit Antoine par l'épaule et lui porta l'accolade maçonnique puis d'une main ferme il le fit rasseoir sur son siège.

— Tu as du cran de te promener tout seul dans ce coin avec ta face de lune. Ou de l'inconscience, s'esclaffa le Noir en s'asseyant sur une chaise à califourchon. Trêve de plaisanterie, Sam Colt m'a appelé. Il était inquiet. Il t'avait laissé mon numéro, mais tu ne t'étais pas manifesté.

— Il me tardait de voir ce temple…

— Et de te précipiter dans Harlem la Noire !

Antoine eut un sourire contrit.

— Bref, ça fait plus d'une heure que je t'attends chez notre sœur.

Le commissaire commençait à reprendre ses esprits. La jeune femme s'assit à son tour à côté de lui et lui tendit la main en se présentant sur un ton cérémonieux.

— Annie Besant, fausse prêtresse vaudou, mais authentique Vénérable de la loge *Les Trois Sœurs*, pratiquante du Rite écossais ancien et rectifié. Et surtout sociologue, diplômée de l'université de Washington en préparation d'une thèse sur la superstition à Harlem. Bienvenue, mon frère, et revoilà tes billets. Alors dis-moi, pourquoi t'intéresses-tu à cet immeuble ?

Marcas n'en revenait pas. Un frère flic à l'allure de gangster et une sœur en fausse sorcière africaine. Il allait se payer un franc succès dans sa loge parisienne quand il leur raconterait son périple new-yorkais.

— Merci de cet accueil original, lâcha-t-il. Pour répondre à ta question, je voudrais retrouver le temple qui accueillait les travaux d'une loge qui a opéré ici à la fin du XIXe siècle. C'est très important pour moi.

L'homme et la femme se regardèrent en fronçant les sourcils. Le policier au crâne rasé prit la parole.

— Ne le prends pas mal, mon frère, mais il est rare qu'un Blanc, et encore moins un Français, fasse du tourisme maçonnique en soirée dans ce coin. Tu peux nous en dire plus ? C'est une question de confiance.

Le commissaire comprit qu'il devait se montrer plus transparent, annoncer qu'il était franc-maçon ne suffisait pas. Après tout, ils pouvaient lui procurer une aide précieuse.

— Je viens de Paris où il y a eu deux meurtres dans ma propre loge. Le tueur a assassiné des frères pour percer un secret, une énigme dont l'une des clés se trouve peut-être dans cet immeuble.

L'homme le dévisagea pendant quelques secondes, puis hocha la tête d'un air entendu.

— Suis-moi, dit-il en se levant. Annie, allume le dispositif, veux-tu ?

Antoine le suivit et passa avec lui derrière le rideau mauve. Une porte en fer sans serrure barrait l'entrée. Un déclic retentit et l'huis s'ouvrit. Ils marchèrent le long d'un couloir éclairé par des petites lumières vertes, puis arrivèrent face à une autre porte qui s'ouvrit automatiquement à leur approche.

— Nous sommes dans l'un des plus vieux temples maçonniques de Harlem, qui occupe un pan entier de l'immeuble. Il a été construit en 1860 par un groupe d'immigrés européens, aidé financièrement par des maçons de France, et qui ont été parmi les premiers à accepter mes frères de couleur en loge. À l'époque, ce n'était vraiment pas courant.

— J'imagine…

— La ségrégation raciale a aussi existé dans les loges maçonniques. Par la suite, les frères qui ont suivi Prince Hall ont récupéré le temple au début du siècle et à leur tour déménagé dans les années 30 pour des bâtiments plus adéquats. Depuis nous avons fait racheter l'immeuble par un frère pour qu'il soit conservé. Toutes les entrées ont été murées et blindées. Vu de l'extérieur, rien ne le différencie des autres bâtiments abandonnés, mais à l'intérieur nous nous en servons comme entrepôt et comme tu vas le voir il y a d'autres surprises.

L'homme le guida vers un hall majestueux illuminé par un gigantesque lustre en cristal. Sur les murs, le Français reconnut avec émotion les insignes maçonniques traditionnels. Les mêmes sur tous les continents.

Une porte monumentale à deux battants encadrée par deux colonnes, l'une gravée d'un J, l'autre d'un B, de trois mètres de haut s'offrit au regard du commissaire.

Le policier américain poussa lentement les deux battants et Marcas eut le souffle coupé.

C'était l'exacte réplique du temple La Fayette à Paris : les épées toutes disposées de manière identique sur les murs, le même ciel étoilé, les travées de bois et le pavé mosaïque en tout point similaires. Antoine sentit la tête lui tourner. Comment cette coïncidence était-elle possible ?

Ray Robinson se tenait assis sur le siège du Vénérable, l'air amusé.

— Tu es dans la loge que tu cherchais. Étonnant, non ? Tous les solstices, nous venons faire une tenue commémorative ici.

— J'aimerais comprendre, dit Marcas en se plaçant au centre du temple pour embrasser l'ensemble du décor.

— Tout est resté à l'identique. Quand les tensions interraciales se sont exacerbées au début du XXe siècle, le dernier vénérable de la loge *Ivanhoé* a transmis le temple à un groupe de maçons de *Prince Hall*. À l'époque, la maçonnerie était un facteur d'émancipation pour ceux d'entre nous qui ne voulaient plus subir leur condition. Les premiers frères ont pu ainsi créer leur loge et ils ont scrupuleusement conservé le décor d'origine comme tu peux le constater.

— Mais pourquoi n'ont-ils pas plutôt fusionné leurs loges ?

Le policier noir jouait avec le maillet d'un air désabusé.

— À l'époque, les loges racialement mixtes seraient passées pour une aberration. Nos frères de *Prince Hall* ont certes bénéficié du soutien de certains frères blancs, mais ils ont dû se créer seuls. D'ailleurs, quand ils ont fait leur première sortie publique, la grande loge de New York a diligenté une enquête pour savoir si ce n'étaient pas des imposteurs…

Marcas savait que la question raciale chez les maçons américains avait longtemps été un tabou, même si nombre de frères blancs devinrent membres actifs des mouvements antiségrégationnistes dans les années 60.

— Chez nous aussi au début on ne trouvait pas beaucoup de frères de couleur, répondit le commissaire, mais ça a bien changé par la suite.

Pris d'une intuition, Antoine passa derrière les bancs et chercha la réplique de l'épée de La Fayette. Si son idée était juste, elle devait se trouver au même endroit que dans le temple parisien. Et receler, elle aussi, une inscription sur le plat. Il inspecta les lames une par une. Sous l'œil vigilant du frère Robinson, il finit par retirer une épée de son reposoir et la brandit à la lumière.

L'acier fit miroiter les rayons du plafonnier.

La lame était vierge de toute inscription. Déçu, Marcas saisit chaque épée et les exposa à la lumière sous les yeux intrigués de son collègue américain.

— Tu as été envoyé par ton obédience pour inspecter la propreté des temples ? plaisanta-t-il.

— Les épées ont-elles été changées depuis la transmission du temple ?

— Non, je ne crois pas. Ce sont des épées d'apparat, sans valeur particulière.

Antoine s'assit sur un des sièges en bois de la première rangée. Son intuition l'avait trompé.

Restait la double phrase gravée sur l'épée de La Fayette.

« New York, là où des frères est l'antre

Du regard ancien ôte le centre » 1886.

Si la première phrase indiquait sans trop d'ambiguïté un site maçonnique dans la métropole américaine, en revanche la seconde était pour le moins obscure…

Bon sang ! Il se leva brusquement et s'arrêta devant le plateau du vénérable. Juste au-dessus du fauteuil d'apparat se dressait un triangle doré, le delta lumineux, le symbole de la sagesse maçonnique. Au centre du triangle, un œil de style égyptien, à la cornée allongée, fixait les arrivants. Le *regard ancien !* Antoine grimpa sur le velours du fauteuil, et appuya sur la pupille émaillée. L'œil coulissa sur une cavité maçonnée qui contenait un coffret ancien de couleur cuivre.

Marcas le brandit à la lumière avec un air triomphant. Sur le couvercle une épée flamboyante était gravée.

Il revint sur la rangée de sièges et posa sa découverte avec précaution. Rejoint par son collègue, il commença à faire jouer le système d'ouverture. Le coffret s'ouvrit dans un crissement de gonds qui n'avaient plus connu d'huile depuis longtemps. À l'intérieur, sur un velours bleu marine reposait un rouleau relié par un ruban rouge. À côté, se trouvait une petite boule de deux centimètres de circonférence. Une boule en or. Marcas la prit entre ses doigts, elle était molle, malléable à souhait.

L'or alchimique.

Antoine remit la boule dans le coffret et dénoua le rouleau avec précaution.

Un plan apparut, surmonté de trois sentences comme des légendes.

Le soleil illumine l'adepte, mais ne se regarde jamais en face.

Perfection, la pierre disperse les ténèbres.

De la pierre cubique à ses pieds, viendra la lumière.

82

De nos jours

DSI à Aurora Source
Horaire crypté GMT.
Opération Chimère
La cible n'est pas sortie d'une boutique vaudou du quartier de Harlem. Demande instructions.
Fin

Aurora Source à DSI
Horaire crypté GMT.
Contentez-vous d'observer.
Fin

83

Paris,
rue Saint-Jacques-de-la-Boucherie,
21 mars 1355

Au moment où Flamel passait le pas de la porte, une grande clameur retentit dans la rue. Des cris, des hurlements fusaient de toutes parts, les commerçants fermaient en hâte les panneaux de bois qui protégeaient leurs échoppes. Une foule affolée courait dans tous les sens.

— Que se passe-t-il, Feublas ? Par Dieu, vos hommes devaient bloquer la rue, cria le gardien des Sceaux.

Le garde se précipita et agrippa par le revers un bourgeois apeuré pour revenir aussitôt, l'air inquiet.

— Une troupe d'Anglais a pénétré par surprise dans Paris. Ils pillent et tuent de l'autre côté de la Seine. Il faut partir !

— Non ! Je dois récupérer le livre, le coupa l'aristocrate. Vite, chez le copiste, en face. Feublas, taille-nous un passage à travers cette populace.

Le garde lança un signe aux hommes en noir qui firent bloc autour de Flamel et de Rhenac, puis s'élancèrent les lames à la main. Dans la cohue, un homme et deux femmes, poussés par la foule paniquée, s'embrochèrent sur les pointes. Tout autour de lui, Flamel ne voyait que des visages marqués par la peur, des badauds fuyant dans un désordre indescriptible, des enfants perdus qui hurlaient de terreur. Pas à pas, les hommes du Gardien avançaient vers son échoppe. Soudain, une onde sous la forme d'un mot crié à pleins poumons se propagea le long de la foule.

Un Anglais !

Au bout de la rue, à environ cent mètres, Flamel aperçut la bosse si caractéristique des casques des ennemis héréditaires. Les hommes de la horde ne purent résister au flot des Parisiens terrorisés. Ils tentèrent de faire un rempart de leurs corps, mais furent balayés sur le côté, comme un navire soufflé par un vent contraire. Dans l'affolement général, le copiste donna un violent coup de poing dans les reins d'un des hommes de la garde qui bascula sur le côté. Profitant de la trouée créée, il fonça dans la foule et eut juste le temps de voir le seigneur brandir le poing de colère. Il l'entendit hurler, mais c'était trop tard, les remous de la foule entraînaient Flamel de l'autre côté de la rue.

Il parvint à la hauteur de l'entrée de l'échoppe juste au moment où l'un de ses aides posait la grande porte en bois. Il s'engouffra de justesse dans sa boutique et vit sa femme assise tremblante dans un coin. À ses côtés, il reconnut un visage familier. Le sieur de Tuz.

— Alors Nicolas, votre femme m'a expliqué de quoi il retournait. Vous êtes dans de bien mauvais draps, déclara le seigneur d'un air inquiet. Et moi avec. Si votre boutique n'a pas d'autre sortie, nous allons nous faire tailler en pièces par l'Anglais, ou pire, par la horde du gardien des Sceaux.

Flamel se précipita vers son épouse.

— N'aie pas peur. Je récupère juste un bien précieux dans la cave et nous pourrons nous enfuir.

Elle se leva d'un bond, rouge de colère.

— Si c'est ton maudit livre… je l'ai trouvé !

Flamel recula, comme sonné.

— Qu'en as-tu fait ?

— Tu te préoccupes plus de tes maudits livres que de ton épouse.

— Tu es folle ! explosa Nicolas.

Le noble à la petite barbe noire s'interposa entre les deux époux et cria d'une voix forte :

— On n'a vraiment pas le temps pour une scène de ménage. Si nous ne sortons pas d'ici, ce sera la curée.

Des coups retentirent à la porte. L'apprenti copiste jeta un regard terrorisé à son maître. Une pointe d'épée traversa le bois qui se fendillait de toutes parts.

Dame Pernelle se précipita dans les bras de son mari en hurlant.

Flamel tendit le bras vers l'étage :

— Par les toits !

84

New York,
Harlem,
de nos jours

Le café était bondé. Pour se remettre de leurs émotions, Ray avait invité Antoine à prendre un verre dans un des bars cultes de Harlem la Noire. Dès leur entrée, le brouhaha des conversations s'était arrêté net avant de reprendre dans un éclat de rire quand Robinson avait lancé une plaisanterie dans un argot incompréhensible.

— Tu leur as dit quoi ? s'inquiéta Marcas.

— Qu'ils y voyaient mal et que tu étais noir.

Le commissaire n'insista pas. L'humour made in Harlem n'était pas sa préoccupation du moment. Aussitôt assis, il déplia avec précaution la carte qu'il avait trouvée dans le temple.

— Tu reconnais ?

Interrogé, Ray se pencha et hocha la tête.

— Ouais, j'ai fait la même quand j'étais en primaire.

— La même quoi ?

— Eh bien, la même carte. Regarde, ce sont les contours de la côte de New York. Là, le fleuve Hudson, là, Manhattan. Tous les écoliers de New York dessinent cette carte. C'est leur première leçon de géographie.

Antoine le regardait, interloqué.

— Tu veux dire que c'est un dessin d'enfant, que j'ai traversé l'Atlantique, risqué ma peau dans Harlem, pour un gribouillis de marmot ?

Désarçonné par tant d'incompréhension, Robinson haussa les épaules.

— Mais non, tu vois bien que le papier est ancien. Les côtés sont rongés par l'humidité. Quant à l'encre, elle a quasiment disparu par endroits.

Marcas secoua la tête. La discussion commençait à l'énerver.

— Je n'y comprends rien. Tu viens de me dire…

— Je viens juste de te dire que, comme tout ancien écolier de New York, je suis capable de reconnaître cette carte et même de te dire où se situe cette croix.

— Quelle croix ?

— Décidément, faut que tu consultes. Tu es aveugle ou débile. Là, regarde.

Ray pointa son doigt sur le papier et le retira aussitôt. Antoine se saisit du plan et le plaça juste sous l'un des spots du comptoir. Aucun doute, c'était bien une croix.

— Et ça se trouve où ?

Le visage de Robinson s'illumina.

— Brooklyn, vers les docks, mon frère.

Antoine se leva.

— Faut que j'appelle Joan.

— Joli prénom. Je ferais bien connaissance.

— C'est prévu. On va la chercher.

Le frère de sang démarra doucement et mit son clignotant dès que la voiture du flic noir s'inséra dans la circulation. Joan l'avait appelé juste à temps.

Il s'était garé au moment où elle sortait de l'immeuble. Elle avait jeté deux ou trois regards circulaires avant de l'apercevoir, mais le Black l'attendait déjà dans sa voiture banalisée. Pauvre Joan ! Dès que Marcas avait raccroché, après lui avoir raconté son épopée et ses découvertes, elle l'avait contacté aussi sec. Comme un bon petit soldat pour se mettre au rapport. Décidément, les pions qu'il avait choisis œuvraient à merveille. Joan se transformait en Judas de service et cet Antoine avait fini par trouver le temple et la cachette qu'il renfermait. Un dépôt de deux siècles.

Le frère de sang se regarda dans le rétroviseur et sourit.

Tout se déroulait comme prévu. Au détail près que Marcas avait failli vraiment y passer dans le quartier de nègres. S'il n'était pas intervenu pour liquider à son insu les deux voyous qui attendaient en embuscade, le commissaire serait déjà en train de pourrir dans le caniveau.

De toute façon, n'était-il pas l'Élu ?

Pourtant, il avait redouté le pire quand la boutique vaudou avait baissé ses volets, mais ses craintes s'étaient révélées sans fondement lorsqu'il avait découvert le signe maçonnique sur le porche de l'immeuble. Marcas avait vu juste et trouvé ce que lui cherchait depuis longtemps avec Joan. Le commissaire leur mâchait le travail.

Il suivait leur voiture à trente mètres de distance, en prenant soin de ne jamais se mettre dans l'axe du conducteur. Le jeu de piste prenait une tournure qui le ravissait, d'autant que le meurtre des deux nègres constituait somme toute une récompense méritée.

Deux voyous minables, deux déchets de la société. Son combat n'en était que plus juste.

Il regarda la silhouette sombre de Joan dans la voiture. Désormais, le ver était dans le fruit.

85

De nos jours

DSI à Aurora Source
Horaire crypté GMT.
Opération Chimère
La cible a quitté Harlem avec un individu de race noire, non identifié. Ils ont fait monter dans leur voiture une jeune femme à Washington Square. Par ailleurs, il semble que le trio soit filé par une voiture.
Fin

86

New York,
Brooklyn,
de nos jours

À cette heure avancée, le quartier des docks aurait dû être désert ; pourtant, une noria de camions circulait dans tous les sens. En interrogeant le central, Robinson avait appris que trois cargos déchargeaient à l'entrée des docks. Exceptionnellement, une partie des entrepôts était réouverte, avec la bénédiction des syndicats qui venaient de réussir à obtenir un triplement des heures sup.

Tout en roulant, Ray se remémorait la carte. La croix se trouvait face à une étroite avancée de terre ferme, abandonnée aux junkies et aux cormorans. Il suffisait de continuer, puis de bifurquer à gauche.

En arrivant en bordure du site, les phares éclairèrent deux bâtiments de briques noircies, sans doute construits vers la fin du XIXe siècle, et qui avaient échappé à la rénovation du secteur.

La Lincoln noire se gara sur le trottoir défoncé qui longeait la façade. Antoine sortit, suivi de Joan et Robinson. La jeune femme paraissait tendue mais Marcas mit ça sur le compte du lieu, plutôt déconcertant pour une avocate habituée aux quartiers chics de la métropole.

Robinson avait sorti un trousseau de passes, emprunté à un cambrioleur, et en moins d'une minute, la porte s'ouvrit dans un craquement sinistre. Une odeur de moisi et d'humidité suintante leur monta au nez quand ils pénétrèrent à l'intérieur de l'entrepôt aux trois quarts plongé dans la pénombre. Des tableaux de comptabilité à l'ancienne jonchaient les sols, tandis que des affiches jaunies ornaient encore les murs aux tapisseries défraîchies.

— C'est étonnant, constata Robinson. D'habitude, ce genre d'endroit est investi par les squatters et les toxicos, les proprios ont eu de la chance. D'ailleurs, excepté l'odeur, c'est plutôt bien conservé. Que cherchons-nous exactement ?

— Je ne sais pas.

— Bon sang, je ne pige pas, explosa subitement Joan. À quoi rime ce jeu de piste ? Un secret qui traverse les siècles et se balade de Paris à New York ? Avec le petit père La Fayette en guest star…

Antoine la regarda avec stupéfaction. Robinson, gêné, se perdit dans la contemplation d'un calendrier poussiéreux qui datait des années folles.

— Non, c'est vrai, reprit Joan en se tournant vers Marcas, vous avez débarqué comme ça avec une histoire invraisemblable. Je vous ai cru, je vous ai soutenu, mais maintenant si vous voulez que je continue à vous aider, il faut m'expliquer.

— Elle n'a pas tort, commenta Robinson.

— Vous savez tous que je poursuis un meurtrier. Un tueur d'un genre plutôt spécial puisque ses victimes sont toutes des frères.

— Un malade, commenta Ray d'un ton péremptoire.

— C'est ce que j'ai cru au début, mais le premier mort, Paul de Lambre, se sentait menacé, non pas parce qu'il était maçon, mais parce qu'il détenait un secret ou plutôt un fragment d'un secret.

— Comme mon père, ajouta Joan avec concision.

Antoine constata que son visage était plus serein depuis qu'il avait accepté de parler. Il lui sourit avant de continuer :

— Chacun possédait un message, toujours composé de la même manière : une ou plusieurs phrases énigmatiques et un nom de famille. À cette heure, on a identifié deux noms, celui de La Fayette, l'ancêtre de mon frère de Lambre, et celui d'Archambeau que porte toujours Joan.

L'air de plus en plus stupéfait, Robinson contempla l'avocate comme une pièce rare, une porcelaine imprévue qu'il fallait protéger. Antoine ne lui laissa pas le temps de se remettre.

— Nous avons aussi un autre nom, Cenevières, mais j'ignore à qui ou à quoi il correspond.

— Il était écrit sur le fragment légué par mon père, précisa l'avocate.

— Ce que je sais aussi, ajouta Antoine, c'est qu'il y a quatre noms de famille. Tous des frères ayant participé à la guerre de l'Indépendance américaine. Tous ayant des descendants à l'heure actuelle. Comme je vous l'ai dit, chaque message contient une énigme : une ou deux phrases codées qui permettent de déterminer, dans un lieu précis, une cache où se trouve un objet.

Robinson acquiesça. Il se retrouvait sur un terrain connu. Joan, elle, écoutait avec attention.

— Comme dans le temple de Harlem, quand tu as découvert le coffret avec le plan à l'intérieur ?

— Oui, chaque objet permet d'identifier un lieu nouveau. Par exemple à Paris, c'est une épée sur laquelle était gravée une énigme qui m'a amené jusqu'au cœur de Harlem.

Joan se rapprocha d'Antoine. Brusquement, elle pâlissait.

— Et tu n'as trouvé qu'un objet ? Un seul ?

Marcas hésita. La vérité pouvait déchaîner bien des passions, mais il ne tenait pas non plus à s'aliéner l'avocate.

— Dans la cache du temple des frères de *Prince Hall*, il y avait autre chose.

Joan ne l'interrogea pas. Elle se contenta de le fixer du regard.

— Montre-lui, conseilla Ray, elle a le droit de savoir. Autant que moi.

La main droite du commissaire fit un aller et retour dans la poche de son blouson, puis il ouvrit la paume.

— Mais c'est… balbutia la descendante d'Archambeau.

— De l'or, confirma Marcas.

Délicatement, Robinson prit la boule d'or. Aussitôt elle se déforma sous ses doigts. Joan s'exclama :

— Mais c'est de l'or pur !

Antoine sourit avant de répondre.

— L'or des alchimistes.

Installé dans sa voiture, le frère de sang monta le son. La technologie faisait vraiment des merveilles. Il était à plus de cent mètres et il entendait comme sur place. Tout autour de lui, les docks étaient retombés dans le silence. Il prit une cigarette dans un paquet qu'il n'avait pas encore ouvert. Une entorse à sa discipline, mais il méritait bien une récompense. À la première bouffée, il pensa au corps de Joan. Elle avait dû placer le micro pile entre ses deux seins… Il aspira une autre bouffée et relâcha la tension. Il n'était pas venu jusqu'ici pour se perdre dans une rêverie érotique. S'il devait penser à Joan, c'était plutôt en considérant ses talents d'actrice. Remarquable, sa crise de colère feinte. Et en plus le Black l'avait soutenue. Marcas ne s'y attendait pas : il était tombé dans le panneau. L'heure de la confession venait de sonner.

87

Paris,
échoppe de Nicolas Flamel,
21 mars 1355

Le petit groupe se tenait encore dans les escaliers quand la porte de l'échoppe explosa dans un fracas de bois éclaté.

— Courez, Flamel, je ferme la marche avec mon épée, cria le baron de Tuz en brandissant sa lame.

Flamel et sa femme traversèrent la chambre et passèrent dans les combles percés d'une lucarne qui donnait sur la rue de derrière. Le copiste fit sauter le loquet qui bloquait la fenêtre. Un bruit d'épées entrechoquées et de menaces proférées par Feublas se répercutait dans l'escalier. Flamel aida son épouse à passer sur le toit et vit le sieur de Tuz débouler dans les combles en refermant avec fracas la porte qu'il barra d'un coffre.

— Qui a dit que le métier de copiste était ennuyeux, mon ami ?

Il fonça vers la fenêtre et sauta à son tour sur les plaques de pierres plates qui constituaient le toit.

Ils virent Feublas émerger de la fenêtre mais l'assaillant

ne les poursuivit pas, se contentant de leur envoyer une bordée d'insultes.

Ils couraient à perdre haleine, manquant de trébucher sur les blocs de cheminées qui hérissaient les toits. Ils entendaient la clameur de la foule apeurée, en contrebas, mélange de vociférations et de hurlements. Au bout d'une centaine de mètres, les cris s'estompèrent et ils s'assirent contre un mur à l'aspect lépreux. Tandis que l'aristocrate époussetait son pourpoint, Flamel posa son bras autour des épaules de son épouse.

— Je suis désolé, mon amour. Pardonne-moi… Tu es tout ce que j'ai… Ce livre ne représente rien à mes yeux en comparaison de ton amour, murmurait Flamel. Et puis je leur ai avoué où était le livre, ils doivent l'avoir déjà trouvé. C'est la volonté de Dieu.

Pernelle essuya ses larmes avec le bas de sa manche brodée et pour la première fois lui sourit.

— Après la scène de ménage, les roucoulades ! C'est du tragi-comique, plaisanta le baron en se levant brusquement. Ne traînons pas. Il y a là une échelle qui descend dans la ruelle. À première vue, nous sommes juste à côté du Châtelet. Un de mes amis réside dans le quartier. Il pourra nous donner asile et ensuite je vous emmènerai tous les deux chez moi. Entre les Anglais et cette canaille de Rhenac, votre vie ne tient vraiment pas à grand-chose.

— Merci pour votre bonté, lança Flamel, visiblement ému.

Le petit groupe arriva dans la ruelle qui sentait le bois brûlé et les immondices putréfiées. Ils s'arrêtèrent à l'angle qui donnait sur la rue de la Neuvaine, entièrement déserte.

— La garnison du Louvre a dû être alertée pour venir en renfort. Les Anglais ne sont pas gens stupides, ils pillent à la vitesse de l'éclair et s'enfuient avant de rencontrer les hommes d'armes. Venez, mon ami habite à trois pâtés d'ici.

— Non !

La voix de dame Pernelle résonna sur les murs noirâtres de la ruelle. Flamel la prit par le bras.

— Nous ne risquons rien, n'aie pas peur.

Mais elle paraissait sereine.

— Je ne t'ai pas tout dit. J'ai caché le livre en lieu sûr, pour éviter qu'il ne te détruise, mais j'ai fait fausse route. Sans le savoir, je l'ai protégé. Tu vas pouvoir le récupérer. Puisque Dieu veut que tu possèdes ce livre.

88

DSI à Aurora Source
Horaire crypté GMT.
Opération Chimère
La cible et ses deux compagnons sont entrés dans un entrepôt situé au 25 Coffey Street. Je confirme qu'un individu non identifié les suit à distance et s'est garé non loin de l'entrepôt. Demande instructions.
Fin

Aurora Source à DSI
Horaire crypté GMT.
Opération Chimère
Restez en observation. N'intervenez pas.
Fin

89

New York,
Brooklyn, quartier des docks,
de nos jours

Ray et Joan fouillaient l'entrepôt, à la recherche d'un indice. Seul Marcas restait assis. Une évidence le taraudait : l'ancienneté du manuscrit. Sans le moindre doute, il avait été rédigé bien avant la construction du bâtiment où ils se trouvaient. Donc, s'il existait un passage ou une cache, il devait fatalement se situer dans des parties antérieures à l'entrepôt. Et comme il était construit tout en brique…

Ray venait d'allumer une nouvelle lampe torche, un modèle plus puissant qu'il était allé chercher dans la voiture.

— Explore les murs un par un, lança Antoine.

Un premier balayage ne donna rien. Le faisceau lumineux ne révélait que des fragments de tapisserie au niveau des bureaux, et de la brique, nue, poreuse, aux endroits de stockage de la marchandise.

— Putain, on trouvera pas ! s'exclama Ray, t'as vu la taille de l'endroit.

— *Autant chercher une aiguille dans une meule de foin !*

— Quelqu'un a une boussole ? demanda doucement Joan.

Robinson lui tendit son porte-clés. Une aiguille aimantée tournait affolée sur un minuscule cadran circulaire. Antoine secoua la tête. Ça n'avait aucun sens.

— *« Le soleil illumine l'adepte, mais ne se regarde jamais en face »*, c'est bien la première sentence, non ? interrogea Joan.

— Affirmatif, répondit Robinson.

— Alors, moi je cherche l'est. Là où le soleil se lève.

L'aiguille venait de trouver le nord. Chacun se tourna à droite en direction de l'est. Un amoncellement de vieux meubles masquait le mur en question. Ray se précipita. En quelques secondes, chaises et tables disparurent dans un nuage de poussière. Une tapisserie criarde apparut. Joan, transportée d'enthousiasme, en déchira un pan. L'enduit s'effrita, révélant une ligne de pierre.

Antoine bondit. Cette fois, ils tenaient le bon bout. Ils avaient retrouvé le site d'origine.

— Hey, doucement ! cria Robinson. Regardez !

Juste au-dessus du crépi effrité, un cercle, entouré de chiffres romains, se dessinait sous la lumière blanche de la torche. Au centre, un soleil joufflu dardait des rayons couleur or.

— Ça y est ! s'exclama Joan, on l'a.

Ray se tourna vers elle et la prit dans ses bras. Elle éclata de rire. Comme un enfant.

— C'est bien ça, acquiesça Marcas en avançant son doigt sur le soleil curieusement bombé. Un bouton…

Il appuya sur l'astre solaire.

— Attention ! hurla Joan.

Antoine sentit son corps s'effondrer brutalement sur lui-même. Le plancher s'était dérobé sous ses pieds et il se vit chuter droit sur une rangée de pics effilés.

Il battit désespérément des bras pour se rattraper.

D'un coup les mains puissantes de Robinson s'agrippèrent à son blouson, le tenant suspendu à bout de bras. Ses pieds se balançaient au-dessus des pieux tranchants et noircis.

— Hey, le Français, faudrait voir à bien lire les instructions. *Le soleil ne se regarde pas en face*, rappela le colosse en le sortant du piège.

Joan se pencha pour aider à le hisser sur le plancher. Il rampa sur le sol et se redressa en soufflant.

— Merci… Vraiment les frères d'antan ne nous facilitent pas la tâche.

— Comme tu dis, brother, regarde sur ta gauche.

Robinson tendait le doigt vers un ancien placard dans le mur où se dégageait une ouverture de la taille d'un homme. La lumière se fit dans l'esprit du commissaire : la trappe déclenchait un contrepoids qui dégageait un accès latéral.

Le soleil ne pouvait se regarder de face. Mais de biais, oui.

Robinson passa le premier, sa torche à la main. Un escalier de pierre en colimaçon s'enfonçait dans le sol. À peine eurent-ils passé la troisième marche que le plancher se referma avec fracas derrière eux.

— Charmant, lança Marcas, mais ses coéquipiers ne l'entendaient plus.

Ils dévalaient les marches à un rythme effréné.

La descente n'en finissait plus, comme si l'escalier s'enfonçait dans les entrailles de la terre. Leurs respirations haletantes rythmaient le silence qui régnait autour d'eux.

— On est au moins à trente mètres sous terre, estima Ray. Ça me rappelle ma descente de l'Empire State le jour où il fallut évacuer un type qui faisait une crise d'hystérie devant les ascenseurs.

— Je crois qu'on est arrivés, souffla Joan qui était passée en tête.

L'escalier venait de s'arrêter. Un long couloir étroit lui succédait. Au fond on devinait une porte. Robinson se proposa comme éclaireur.

— Vous m'attendez là. Si j'arrive à l'ouvrir, je crie et vous me rejoignez.

Le commissaire hocha la tête, incapable de parler, les poumons en feu. Joan, nerveuse, maltraitait les boutons de son chemisier. La lueur de la lampe torche s'amenuisait dans l'obscurité.

— Vous croyez que les ondes de radio passent ici ? demanda subitement Joan.

— À cette profondeur, j'en doute, répliqua Marcas, mais pourquoi vous me posez cette question ?

Elle se tourna vers lui, le visage marqué par l'angoisse.

— C'est bon. J'ai ouvert, venez ! hurla Ray.

Antoine n'eut pas de réponse. Joan s'était précipitée dans le couloir d'ombre.

Ils trouvèrent Robinson debout sur une plate-forme en surplomb. Il masquait la lumière de la lampe avec la paume de sa main.

— Vous allez pas me croire.

Antoine, encore essoufflé, passait la porte. Joan, elle, s'approchait du rebord, irrésistiblement attirée par l'immensité qui semblait s'ouvrir sous ses pieds.

— Bon Dieu, Ray, éclaire ! Elle risque de tomber, lança Marcas.

Brusquement, le faisceau de la torche balaya le sol situé en contrebas.

Joan hurla.

90

Pointoise,
château de Tuz,
24 mars 1355

Flamel et son épouse avaient dormi pendant deux jours et deux nuits, sans interruption. Le second soir, ils s'étaient assis à la table du baron, retrouvant l'appétit. Loin de Paris qu'ils avaient quitté clandestinement, Flamel reprenait des forces et recouvrait ses facultés de raisonnement qui lui avaient fait tant défaut depuis des jours. Il n'avait pas voulu ouvrir le livre d'Isaac Benserade après l'avoir fait récupérer dans l'église, là où son épouse l'avait caché. L'ouvrage reposait dans la chambre privée du baron, à l'abri de toute tentation.

Le sieur de Tuz était arrivé de la capitale, le sourire aux lèvres.

— Ami, j'ai une excellente nouvelle. Bernard de Rhenac est… mort.

— Je n'y crois ! lança Flamel, incrédule.

— Que si ! Il a été piétiné par la foule à deux pas de votre boutique, la plupart de ses gardes ont perdu la vie eux aussi. Parfois, les émeutes populaires ont du bon.

— Alors, nous pouvons retourner chez nous ? s'exclama dame Pernelle.

Jean-Baptiste de Tuz secoua la tête.

— Je vous le déconseille. Guy de Pareilles n'a pas terminé son enquête et il vous cherche. Il ne sait pas encore si vous êtes de ce monde ou entassé dans le charnier des Innocents après l'attaque des Anglais. Restez ici pour vous faire oublier.

— Mais nous n'avons plus rien ! Comment vivre ? s'exclama amèrement dame Pernelle.

— Je vous aiderai. Dieu m'a donné fortune, il est normal que j'apporte mon appui à des amis dans le besoin. Quant à dame Pernelle, elle peut très bien revenir tenir l'échoppe, elle jouera les veuves éplorées pour donner le change, jusqu'à votre retour. Les premiers temps, je la ferai garder discrètement par mes gens. Et puis tout se tassera.

Flamel surprit une lueur étrange dans le regard de son protecteur. Ce dernier, après avoir réconforté une dernière fois sa femme, se leva et se dirigea vers la cheminée. Flamel le suivit. Quand ils furent seuls, le baron parla à voix basse :

— Figurez-vous que j'ai… ouvert votre livre par curiosité. Je n'ai malheureusement pas les connaissances pour en comprendre la signification, mais il y est bien question d'or et aussi, ce qui m'a frappé, d'immortalité. Si Dieu vous a laissé en garde ce manuscrit, cela représente pour vous une responsabilité, à mes yeux, évidente : vous devez percer ce secret.

Flamel réfléchit avant de répondre.

— Je refuse. Trop de gens sont morts à cause de cet ouvrage. Et puis que ferais-je de l'immortalité ? C'est une idée diabolique.

Tuz le prit par les épaules.

— Allons, débarrassez-vous du venin de la superstition. La peur est le plus grand ennemi de l'homme. Et pensez à tout le bien que vous pourrez faire autour de vous.

Flamel sembla touché. Il demanda à demeurer seul dans sa chambre pour réfléchir. Tuz le regarda monter les escaliers d'un air pensif. Il n'aurait pas voulu se trouver à la place du copiste. De bien curieuses pensées lui avaient traversé l'esprit alors qu'il tenait le livre entre ses mains. Les gravures étaient les plus étranges qu'il eût jamais vues : bêtes fabuleuses, serpents ailés, hommes et femmes accouplés dans des bassins aux reflets de sang, tout avait été dessiné pour frapper l'imagination du lecteur. Mais tout cela n'était qu'un leurre, un masque pour cacher au commun des mortels des secrets prodigieux.

Des secrets qui n'attendaient qu'à être délivrés de la nuit des âges pour revenir à la lumière.

Au bout d'une heure, le copiste redescendit, le visage grave. Il s'assit à côté de sa femme et lui prit les mains avant de s'adresser au baron.

— J'ai pris ma décision, elle est sans appel. Puisse Dieu me guider. Dame Pernelle ira à Paris mais je ne resterai pas ici. Je dois partir faire pénitence sur les chemins de Saint-Jacques-de-Compostelle. En quelques jours, j'ai commis les plus graves péchés. J'ai été complice par lâcheté de la torture d'une innocente, j'ai eu des pensées impures, j'ai tué un homme de façon abominable, j'ai volé par cupidité et j'ai menti devant Dieu. Je dois retrouver la foi.

— Mais le livre, mon ami, le livre ? murmura Tuz.

— En chemin je trouverai le refuge de Flore de Cenevières pour lui remettre l'ouvrage. Elle seule est digne de garder le trésor d'Isaac Benserade.

Sa femme lui pressa la main. Il l'embrassa avec amour.

— Je partirai dans deux jours.

91

New York,
Brooklyn,
de nos jours

Une marée noire ondulait à cinq mètres sous leurs pieds. Des centaines de rats tournaient en tous sens, agglutinés les uns aux autres, formant un magma où l'on ne pouvait distinguer un centimètre carré de sol. Les petits cris aigus vrillaient l'air comme des milliers de lames acérées.

Ils venaient à peine de s'avancer que la porte par laquelle ils étaient entrés claqua derrière eux.

— Cette fois, on est coincés, lança Antoine.

Joan tambourina contre la paroi, mais rien n'y fit, l'issue était condamnée. Robinson lança un juron bien senti.

Au même moment, comme alertés par un signal inconnu, des dizaines de rats tournèrent leur museau humide vers le haut de la salle. Une onde invisible, un ordre secret parcourut la masse qui se mit en ordre d'attaque. En quelques secondes, des milliers de paires d'yeux dardaient leurs prunelles rougies vers les intrus. Un regard brûlant, attisé par la faim.

Les premiers rats avaient repéré le haut des marches qui menaient à la plate-forme et, comme poussés par une main géante, ils avançaient déjà en rangs serrés. Le festin humain était au bout de l'escalier.

Marcas se tourna vers Ray qui avait sorti son arme de service. Il fallait qu'ils trouvent une issue, quelques balles et un chargeur supplémentaire leur feraient gagner à peine une poignée de secondes.

À l'autre extrémité de la salle, dans la pénombre, se dessinait une sorte d'orifice étroit qui s'enfonçait dans les ténèbres. Robinson s'avança prudemment à la limite de la plate-forme ; déjà il pouvait distinguer les têtes affairées de la première vague de rongeurs, qui fondaient sur eux.

— Les gens qui ont construit cette pièce n'auraient pas pu imaginer meilleurs gardiens. Impossible de descendre là-dedans, la férocité des rats new-yorkais vaut largement celle des humains. On se ferait dévorer sans avoir le temps de lever le petit doigt. Il doit pourtant y avoir un moyen de continuer. Que dit le message ?

Marcas déplia le plan et lut à haute voix la deuxième phrase :

— « *Perfection, la pierre disperse les ténèbres.* »

Joan leva sa torche et examina avec attention les murs lépreux de la salle. Tout en haut, se devinaient des sortes de hublots aveugles, encastrés au plafond dans la roche. Elle baissa la lampe et balaya le sol, jusqu'à une rangée circulaire d'ouvertures en bas des murs, quasi masquée par la masse informe des rats.

Perfection, la pierre disperse les ténèbres.

— Éclaire-moi, il y a un truc, je le sens sous la main ! cria Robinson, arc-bouté près de la porte pour vérifier si une issue était encore possible.

Le visage du New-Yorkais pâlit étrangement sous le faisceau de la lampe. Un mort vivant, pensa Antoine tandis que les cris stridents emplissaient l'atmosphère.

— Regarde.

De la main droite, Ray palpait avidement des symboles

sculptés le long d'une corniche juste à gauche de la porte d'accès. Joan hurla de joie.

— Ça y est, on les a ! C'est comme dans l'entrepôt.

— Raison de plus pour se méfier, cette fois, répliqua Marcas qui s'avança vers les signes sculptés pour les examiner avec attention.

Un triangle équilatéral avec un œil légèrement effilé en son centre. Une pierre brute posée sur une table et un cube en équilibre sur un socle en pointe.

Perfection, la pierre disperse les ténèbres.

Ray approcha son doigt du deuxième symbole. Mais bien sûr ! La pierre qui n'était pas dégrossie, symbole du maçon lui-même, et qui doit être travaillée pour dissiper ses propres ténèbres. Le flic sourit, sûr de son interprétation. Au moment où il allait poser son index sur la pierre en relief, la main de Marcas s'abattit sur son poignet.

— Non. Surtout pas !

Le flic releva sa main, étonné.

— Comment ça ? La pierre brute qui se transforme. C'est évident.

— Trop évident. Après le premier piège que nous avons évité, tu crois vraiment que ce sera si facile ? Bon sang, le mot « *perfection* » indique la nature de la pierre, elle ne peut pas être brute, mais de forme…

— … cubique, s'exclama Ray. Mais oui. La pierre brute devient la pierre cubique.

Joan Archambeau regardait la montée des rats, comme hypnotisée.

— Dépêchez-vous. On va y passer.

Les premiers rats grimpaient sur la terrasse, précédés d'une abominable odeur d'égout. Robinson visa et abattit deux rongeurs qui volèrent en éclats dans un nuage de sang. Aussitôt des hordes hurlantes se battirent pour dévorer les lambeaux.

Antoine appuya sur le cube en saillie.

92

New York,
Brooklyn,
de nos jours

Tout d'un coup, une lumière aveuglante jaillit du plafond, par les hublots. Une clarté si intense qu'elle irradiait toute la salle, brûlant les yeux des petits mammifères qui, pour la plupart, passaient toute leur vie dans les ténèbres des entrailles de la ville. Affolés, des centaines de rats se précipitèrent les uns contre les autres, cherchant désespérément une issue, un refuge contre la lumière. Ils s'enfuyaient, paniqués, dans les trous percés en bas des murs. Ceux qui avaient monté les marches rebroussaient chemin en grimpant sur les corps suintants de leurs congénères.

Au fur et à mesure que la salle se vidait, le sol commençait à se dégager. Deux rails d'acier apparurent suivis d'un wagonnet de chantier, un modèle héroïque qui s'actionnait en poussant et en tirant alternativement sur une double barre de cuivre. Tout autour, traînaient des vieux rouleaux de câbles, des outils rouillés tout droit sortis d'un musée de la guerre de Sécession. Les déjections des rongeurs souillaient le sol piétiné dans une odeur de décharge.

Impatiente, Joan se lança la première, et tous dévalèrent les marches de l'escalier de pierre jonché de corps gris qui tressaillaient encore.

— Ingénieux ! Nos frères ont vraiment fait du beau boulot. J'espère seulement qu'il n'y a pas un minuteur pour l'ouverture des hublots... s'exclama Marcas.

— En fait, je crois qu'on n'a pas tellement le choix, commenta Robinson en montrant les rails, d'autant que les rats vont finir par revenir. Entre la peur de la lumière et notre chair fraîche, ils ne vont pas hésiter longtemps.

Le tunnel était noir comme la nuit.

Joan regardait autour d'elle avec dégoût. Elle tritura nerveusement le col de son chemisier.

— Il n'y a vraiment pas d'autre issue ?

Dans les multiples trous, des yeux rougis de haine luisaient dans l'obscurité, n'attendant qu'une baisse de luminosité pour revenir occuper leur territoire.

— On ne peut pas revenir en arrière, avertit le commissaire, il faut y aller, et vite.

Ray était monté sur le chariot et actionnait le mécanisme.

— Les engrenages semblent en bon état. Même avec la poussière accumulée, ce chariot peut nous emmener en balade. Vous venez ?

Antoine et Joan sautèrent sur le wagonnet. Les deux policiers se mirent debout de chaque côté et enclenchèrent le mouvement de va-et-vient. Imperceptiblement, le chariot chuinta, puis s'ébranla sur les rails. Les deux hommes poussant encore plus fort, le chariot accéléra et commença à prendre de la vitesse. Bientôt, les parois du tunnel défilèrent comme s'ils se trouvaient dans une rame de métro.

— À votre avis, ça date de quand, ce truc ? demanda le Français qui calait sa respiration en fonction de l'abaissement de la barre de traction.

— De la fin du XIXe siècle, lança Joan d'un ton rapide et saccadé. La facture des outils dans la salle, le type de traction que l'on utilise, tout concorde avec cette époque. New York entrait en plein dans l'ère industrielle. On construisait les premiers buildings, les voies ferrées tissaient leur toile… une époque extraordinaire. Le début de l'âge d'or.

Le commissaire lui jeta un œil de côté. Depuis qu'ils avaient entamé leur descente, elle ne cessait de le surprendre. Tantôt enjouée, tantôt au bord de la crise de nerfs, elle changeait constamment d'attitude. Et voilà que maintenant elle se lançait dans un cours d'histoire urbaine.

— Je dirais plutôt l'âge de fer… Vous vous y connaissez en culture industrielle ? Ça fait partie de vos études d'avocate…

Elle sourit et sembla se décontracter.

— Non, mon père était passionné d'histoire, en particulier de celle de New York. Il m'a entraînée dans toutes les conférences possibles et imaginables sur la fondation de notre cité. Les premiers tunnels percés dans la ville et sous l'Hudson, pour répondre au développement des échanges, datent du XIXe. Ils sont d'ailleurs bien répertoriés et des études leur ont été consacrées. C'est étonnant que celui-ci soit resté inconnu.

Sa voix se perdait dans le roulement bruyant du wagonnet sur les rails. De temps à autre, des groupes pelotonnés de rats sifflaient dans les recoins. Marcas transpirait à grosses gouttes. Le décalage horaire amplifiait sa fatigue, ses poumons le brûlaient, il avait du mal à reprendre sa respiration.

— Est-ce qu'on peut faire une pause, Ray, quelques minutes ? J'ai besoin de reprendre mon souffle.

— Ah, ces Frenchies, toujours à la ramener et puis après plus rien. C'est comme pour l'Irak, à nous le sale boulot et à vous les grandes déclarations, répondit le New-Yorkais.

Antoine le regarda de travers.

— Non, je plaisante. Remets-toi. On s'arrête.

Ils laissèrent le bras de métal finir son mouvement. Emporté par la pente, le chariot, lui, continuait son élan. Le commissaire se redressa pour soulager ses lombaires douloureuses. Robinson sortit la boussole de sa poche. La voie ferrée obliquait désormais vers le sud-ouest.

— On a des millions de tonnes de flotte au-dessus de nos têtes. On devrait se trouver sous l'Upper Bay, et si ma boussole n'a pas perdu le nord, on file plein cap vers le New Jersey. Sûr et certain que les frangins ont bâti ce tunnel pour aller dans les casinos sans se faire voir ou faire le trafic d'alcool du temps de la prohibition.

Soudain, Joan poussa un cri de joie.

— Là-bas !

Antoine tourna la tête. Au bout du tunnel, il aperçut un rayon de lumière.

93

Journal de Nicolas Flamel

29 mars

Voilà quatre jours que je suis parti. Que j'ai quitté ma femme, mon échoppe et tous les miens. Depuis ma naissance, c'est la première fois que je m'éloigne de Paris, les gens de ma génération n'ont jamais eu ni le choix, ni l'envie de partir. Les temps sont durs, les routes incertaines et les voies du destin si impénétrables. D'ailleurs, durant des années, je me suis félicité de pouvoir mener ma vie d'homme dans ma bonne ville à l'abri des dangers et des tentations du vaste monde. Chaque jour, j'ai remercié Dieu de voir l'aube et le crépuscule sous sa protection. Et chaque jour, je n'ai jamais failli d'allumer un cierge, en l'église Saint-Jacques, pour le remercier de sa bienveillance.

Et pourtant, ce bonheur simple, cette vie sans drame ne m'ont pas suffi. Une soif me taraudait dont je ne connaissais pas l'origine. Avec les années, l'habitude ne l'a pas éteinte. Bien au contraire. Il suffisait que je voie un de ces pèlerins qui rentrait de Terre sainte, le visage boucané par le soleil, les os rompus par le voyage, pour que je me mette à l'envier.

Et me voilà aujourd'hui comme eux, vêtu d'une longue cape déjà noircie par la boue du chemin, un bâton recourbé à la main où bat la coquille blanchie de saint Jacques.

30 mars

Arrivé aux abords de Chinon, après avoir franchi la Loire. Un groupe de paysans que j'ai croisés alors qu'ils rentraient du bois m'ont dit que le pays était infesté de bandes à la solde des Anglais, qui pillaient les fermes isolées et rançonnaient les voyageurs. Ce n'est pas la première fois que j'entends de pareils bruits, mais jusqu'ici je n'ai point rencontré de ces brigands et autres ribauds. Et puis, que pourraient-ils bien me voler ? Je vis de charité, mendiant mon pain devant les églises. Je ne suis plus qu'un errant parmi les plus humbles, m'en remettant à la grâce de Dieu pour me mener à bon port.

Je n'ai qu'un bien précieux, le livre que j'ai repris au tourmenteur. Mais les soudards qui dépouillent les voyageurs ne savent pas lire et il y a bien peu de chances qu'ils me le volent. Pourtant, par précaution, avant de partir, j'ai soigneusement découpé chaque page, que j'ai glissée, finement roulée, dans la doublure de ma cape. Je ne puis me laisser ôter ce bien, car il ne m'appartient pas. Je ne l'ai qu'en dépôt. Et je me dois de le rendre à sa légitime propriétaire.

Que Dieu me protège dans ma quête.

94

New York,
de nos jours

Ray s'était précipité sur le bras mécanique pour accélérer la cadence, aussitôt suivi par Marcas qui, malgré ses poumons en feu, actionnait le levier avec frénésie. Le halo de lumière s'élargissait. Antoine avait l'impression de parcourir un tableau mystique de Jérôme Bosch. Après la nuit des profondeurs et les démons sous forme de rats, l'âme délivrée de ses angoisses se rapprochait enfin de la vérité.

Plus il y songeait, plus ses périples souterrains, de Paris à New York, ressemblaient à une suite d'épreuves, un rituel d'initiation.

À croire que, depuis qu'il avait trouvé l'épée, il suivait une voie qui l'attendait depuis longtemps et qu'au fond de lui-même, il souhaitait obscurément. Un chemin nocturne, traversé d'embûches et de pièges, mais qui devait le mener à la vérité. Parfois, il en venait même à se demander si le tueur, le frère maudit, n'était pas comme une sorte de guide maléfique qui lui faisait traverser les cercles de l'Enfer…

— Attention !

Le choc les fit vaciller. Le wagonnet s'immobilisa.

— C'est rien, c'est la butée de fin de rail, annonça Ray. Pas de bobo ?

Le trio s'engagea dans un tunnel moins large, et qui, à la différence du précédent, n'était pas maçonné. Ray s'approcha, la lampe à la main, et toucha les parois.

— C'est taillé dans la roche. Sans doute la partie la plus ancienne. Trop étroit pour passer avec le wagonnet. C'est pour ça que les rails s'arrêtent là.

— Alors il va falloir continuer à pied, conclut Marcas, et il s'avança.

Le tunnel s'évasait progressivement. Le groupe marchait en file indienne. Chaque balancement de torche sur les murs dévoilait les coups de barre à mine qui avaient brisé et poli la roche. Parfois, un éclair de quartz scintillait tandis qu'une goutte d'eau s'écrasait au sol dans un bruit cristallin. D'un coup, les parois disparurent. Instinctivement, Antoine s'arrêta et braqua sa lampe en avant.

Le choc fut immédiat.

Ils venaient de déboucher sur une salle aux proportions gigantesques.

Une caverne.

À plusieurs dizaines de mètres de haut, le plafond dentelé de roches pétrifiées semblait un ciel suspendu. Quand le faisceau des lampes effleurait la voûte, la lueur qui se reflétait brillait comme une étoile lointaine. Ray s'était arrêté à son tour. Dans sa poitrine, son cœur battait à rompre. Lui, l'enfant de Harlem, qui avait toujours vécu entre asphalte et gratte-ciel, avait le souffle coupé par l'immensité naturelle du lieu.

— C'est pas possible !

— T'as pas tout vu, lui répondit Antoine, et il dirigea sa torche droit devant eux.

Au centre de la salle, se dressaient deux grands piliers, massifs, cyclopéens, hauts comme un immeuble, décorés avec profusion de gravures et de sculptures en relief. Les deux colonnes se terminaient en pointe à leur sommet. Les extrémités renvoyaient des éclats dorés sous la lumière artificielle.

— Deux piliers… murmura Robinson. Antoine, ça ne te rappelle pas quelque chose ?

Marcas contempla ce décor époustouflant. Lui aussi avait fait la même interprétation que Ray, mais c'était si incroyable. Ils se dirigèrent vers les deux colonnes, marchant à pas lent, comme écrasés par les proportions démesurées de tout ce qui les entourait.

— Tu as raison, mais c'est extraordinaire…

Marcas, fasciné, contemplait chaque pilier avec son entrelacs de symboles et de figures. Il était en terrain connu… Il murmura, comme à lui-même, le passage de l'Ancien Testament, du Livre des rois, appris par cœur des années auparavant.

— « *Et il dressa la colonne de droite et la nomma Jakin ; puis il dressa la colonne de gauche et la nomma Boaz…* »

Ray ne pouvait détacher son regard des montants, comme hypnotisé.

— Jakin et Boaz, les deux piliers souverains du temple maçonnique, ajouta-t-il en s'approchant pour toucher la texture de la colonne de droite.

95

Journal de Nicolas Flamel

2 avril

Il pleut depuis quatre longs jours. J'ai trouvé refuge dans une grotte taillée dans une falaise de craie. Elle est abandonnée, mais a servi de cave sans doute pour conserver le vin à l'abri et le faire doucement vieillir. D'ailleurs, on voit quelques vignes sur les coteaux, mais les ceps ne sont pas taillés et les sarments courent en tous sens. Tout le pays sent la misère et la peur. La nuit, j'entends parfois des cavalcades dans la vallée, mais j'ignore s'il s'agit de ces bandes de pillards dont on m'a parlé ou pire, de hordes de loups qui sont bien plus dangereuses.

J'ai renoncé à allumer du feu de peur d'être repéré. Je vis comme un ermite, couchant sur un tas de vieille paille et mangeant le pain rance de mes rares provisions. Heureusement, une source coule au fond de la grotte et je peux boire. C'est aussi là que je prie Dieu de ne pas m'abandonner et de me donner la force et le courage de mener à bien ma mission.

4 avril

Les jours passent et se ressemblent. La pluie ne cesse pas. J'ai épuisé mes réserves. Et je vis maintenant comme les paysans quand il n'y a plus de blé à moudre ou de cochon à tuer. Je descends dans la forêt vivre de cueillette. Depuis mon départ, j'ai souvent vu des enfants, dans les sous-bois, cueillir des herbes et des baies dont ils font leur repas ordinaire. Je les avais observés par curiosité. J'ignorais qu'un jour je me nourrirais comme eux.

Cette inactivité forcée et la solitude dans laquelle je suis m'ont amené à relire le livre. J'ai décousu ma cape, déplié les pages pour les assembler. Et durant les heures du jour, je médite autant sur les textes que sur les enluminures. À force de réflexion, j'ai fini, je crois, par distinguer les phases principales du Grand Œuvre. Ce fut pour moi une immense joie, mais vite assombrie par une autre certitude. La transmutation, le passage à l'or, ne peut se faire que si l'on possède la Pierre, aussi nommée la poudre de projection, que l'on doit mélanger au vil métal pour obtenir de l'or pur.

Et le livre, malheureusement, ne dit rien sur cette mystérieuse substance.

Et je sais maintenant que mon âme ne sera jamais en paix tant que je n'aurai pas trouvé le sublime secret.

96

New York,
de nos jours

Les deux piliers se dressaient, immémoriaux, témoins muets d'un passé qui laissait encore trop d'ombre. Marcas avait croisé les bras, à la fois impressionné par leur découverte et indécis sur la suite des événements.

— Nous voilà bien avancés. Deux colonnes maçonniques, installées pour une raison inconnue, sous New York, et recouvertes d'inscriptions qui prendraient des jours entiers à décrypter. Jakin et Boaz, l'une symbolise la force, l'autre, la stabilité. Mais je ne vois vraiment aucun rapport avec l'or alchimique.

— Et s'il y avait une autre interprétation ?

Joan fixait les deux hommes d'un regard brillant.

— Vous n'avez jamais entendu parler de Noé ?

Ray, qui avait fait partie d'une Église protestante, dans sa jeunesse, éclata de rire. Cette question intempestive le décontractait enfin.

— Bien sûr que si. La colère de Dieu, le Déluge qui détruit la Terre, l'arche que construit Noé, les animaux sauvés… Tout le monde connaît ça. Pourquoi, tu veux nous faire croire qu'on a retrouvé l'Arche perdue ? Super, on est aussi bon qu'Indiana Jones.

— Précise, l'interrompit Antoine, décontenancé par l'intérêt de la jeune avocate pour la chose religieuse.

— C'est une vieille tradition, issue de la Bible. On la retrouve dans pas mal de cultures du Moyen-Orient sous la forme de légende. D'après la tradition, quand Adam a quitté le Paradis, il n'est pas parti les mains vides.

— Ne me dis pas qu'il a emporté un sac de pommes.

— Ray, ça suffit, laisse-la terminer !

Joan reprit :

— Je dis simplement que, selon la légende, Adam connaissait certains secrets du Paradis et qu'il les a transmis à ses descendants. En fait, à Caïn.

— Celui que Dieu a maudit ?

— Exact. On dit même que c'est la vraie raison de la colère de Dieu à son encontre. Un jour, de peur que le Ciel ne les frappe d'une autre malédiction, les descendants de Caïn ont décidé de préserver ces secrets. En les gravant sur deux colonnes. Et grand bien leur a pris, car juste après le Déluge a frappé la terre.

Le regard de Ray enlaça furtivement les deux piliers avant de se reposer sur Joan. S'il doutait toujours, son ironie néanmoins commençait à s'effriter.

— Et ces colonnes, elles sont devenues quoi ?

— Toujours selon la tradition, elles ont résisté à la colère de Dieu. Seulement, après le Déluge, nul ne savait où elles se trouvaient.

Au fur et à mesure que Joan parlait, Antoine l'observait avec un intérêt croissant. Elle devait sentir cette attention qui s'intensifiait. Tout en dévidant son histoire, elle torturait avec anxiété les boutons en nacre de son chemisier mais elle continuait d'une voix fiévreuse :

— D'ailleurs, la légende est si tenace que, dès l'époque biblique, des hommes se sont mis à la recherche de ces deux colonnes. À commencer par les propres fils de Noé.

— Tu inventes, là ? protesta Ray.

— Pas du tout. Tu trouveras ce récit dans les *Antiquités judaïques* de Flavius Josèphe. Écrit il y a maintenant près de deux mille ans.

Robinson paraissait ébahi.

— Et comment tu sais ça ?

L'avocate fit un geste d'indifférence de la main.

— C'est un ami qui me l'a raconté.

— Un franc-maçon peut-être ? insinua Marcas brusquement. Je croyais que toutes ces histoires ne t'intéressaient pas ?

Joan se retourna, comme mordue par un serpent.

— Pourquoi tu dis ça ?

— Une simple supposition, Joan. Mais lors de notre première rencontre tu étais moins bavarde. Et tout d'un coup, tu nous débites ton histoire de Noé. Plutôt bizarre, non ?

Robinson, qui observait les détails d'une des colonnes, poussa soudain une exclamation.

— Bordel, c'est pas vrai…

— Quoi ?

Le flic noir leur fit signe d'avancer vers lui.

— Si vous cherchez, tous les deux, à éblouir la galerie à coups de références culturelles, moi je vous garantis qu'il y en a une qui va vous laisser sur le cul ! Vous savez où on est, là ?

— Vu le trajet parcouru, affirma Joan, soit on est revenus vers Manhattan, soit on a traversé la grande baie et on a changé d'État.

Robinson éclata d'un rire sonore.

— Raté, ma jolie, nous ne sommes pas du tout dans le New Jersey mais en plein milieu de la baie.

— C'est pas possible, répondit Joan.

Ray ne répondit pas. Il tendit la lampe vers le pilier de gauche sur lequel était ciselée une femme en bronze de plus de deux mètres de haut. Le dessin était d'une finesse à couper le souffle, les moindres détails rendaient l'identification incontestable.

— Non… jeta Marcas.

— Si, répondit Robinson. Nous nous trouvons exactement sous Liberty Island.

— Sous…

— Sous la statue de la Liberté.

97

Journal de Nicolas Flamel

7 mai

Il m'a fallu près d'un mois pour traverser le Berry et le Limousin. Et partout je n'ai vu que guerre et misère. Hier, j'ai observé mon reflet dans l'eau d'une fontaine et je ne me suis pas reconnu. Une barbe grise mange mon visage, mes yeux sont cernés et tout mon corps flotte dans mes vêtements déchirés. Il est vrai que je ne mange plus à ma faim depuis bien longtemps.

Cela fait une semaine que je n'ai croisé âme qui vive sur mon chemin. Je ne marche plus que de nuit et encore je ne parcours que quelques lieues. Tout le pays est dévasté, les villages abandonnés. J'ignore où sont les habitants. Sans doute terrés dans les forêts. Les monastères où d'habitude on reçoit les pèlerins pour les nourrir et les héberger ont porte close ou sont en ruine. Les ronces poussent devant les entrées et les cloches ne sonnent plus.

Depuis peu, j'ai appris à chasser. Je me suis confectionné un arc avec une branche souple de châtaignier et une corde faite en boyau. L'idée m'en est venue en dérangeant une bande de corbeaux qui finissaient de dépecer la carcasse d'un mouton crevé. Ils n'avaient pas touché aux intestins. Je les ai prélevés, séchés, puis tressés pour en faire une corde. Quant aux flèches, j'ai taillé des branches de frêne en pointe avant de les durcir au feu.

Le gibier ne manque pas depuis que plus personne ne le chasse et je suis devenu assez habile pour tuer un ou deux lapins qui ne se méfient plus des hommes.

9 mai

J'arrive en pays des Causses. Une forêt basse de chênes qui alterne avec des landes peuplées uniquement de genévriers. L'eau manque cruellement. On n'en trouve que dans les vallées et elles sont rares dans ce pays de plateaux. Depuis trois jours, je boite de la jambe gauche qui me fait souffrir. Je ne sais si je me suis fait quelque blessure invisible à l'œil nu ou si ma profonde faiblesse physique me trahit. Je suis si exténué que je ne cherche plus de refuge pour dormir, je me couche sous les arbres et je sombre aussitôt dans un profond sommeil.

Pour ne pas perdre le décompte des jours, j'entaille chaque matin mon bâton de pèlerin. Mais je n'ai pas parlé depuis tant de jours que je crains maintenant de croiser d'autres hommes.

Je ne saurais quoi leur dire.

11 mai

Ma provision d'encre s'est épuisée. Pour écrire je pile du charbon de bois que je dilue dans de la graisse animale mêlée à de la salive. Il ne faut surtout pas que je renonce à tenir la plume. Il n'y a plus qu'ainsi que je suis encore humain.

Ma jambe me tire de plus en plus. Et je sens désormais que, sans soins et repos, je ne pourrai aller bien loin. Depuis deux jours je chemine le long d'une falaise qui tombe en pente droite dans une vallée. Je n'ai pas encore trouvé de chemin pour y descendre. Que le Seigneur me vienne en aide, car le soleil me tanne le corps et désormais je manque d'eau.

12 mai

Je n'ai pas prié Dieu en vain ! Ce matin, après m'être mis en route, je suis tombé sur un sentier muletier qui descendait dans la vallée. À chaque pas que je faisais, malgré ma jambe douloureuse, je n'ai cessé d'invoquer et de remercier son Saint Nom. Je n'ai renoncé que quand j'ai entendu un bruit lourd et régulier que je ne connaissais pas. J'ai quitté le chemin pour avancer masqué derrière les buis qui sont nombreux dans ce pays. Et ce que j'ai vu a fait bondir mon cœur d'allégresse. Une large rivière longeait des champs en culture. Je suis sorti des taillis et j'ai vu, large et trapue, la roue d'un moulin qui frappait l'eau de ses pales.

14 mai

Je suis resté toute une journée à dormir dans l'écurie. Le meunier, un bon chrétien, m'a offert le gîte et le couvert. La coquille de saint Jacques est un véritable sésame en ces contrées. Sans bien le savoir, je suis arrivé à proximité du sanctuaire de Rocamadour. Un lieu saint où l'on honore en grande pompe Marie, la mère de Notre Sauveur. Le meunier m'a expliqué qu'un grand nombre de pèlerins s'arrêtaient en ces lieux et les moines leur faisaient bon accueil. D'après lui, je ne suis qu'à quelques lieues du monastère.

Cette nouvelle m'a réjoui le cœur. Mon courage est revenu et avec lui ma foi dans l'avenir.

Je partirai demain.

98

New York,
sous la statue de la Liberté,
de nos jours

Le silence était absolu dans la gigantesque enceinte, comme si une chape de béton recouvrait l'ensemble. Antoine s'était assis et regardait pensivement la voûte rocheuse.

— Dire qu'au-dessus de nos têtes il y a des milliers de tonnes de roc et de fer… Je n'arrive pas à comprendre pourquoi ils ont installé cet… cet endroit sous la statue.

Joan le rejoignit et s'assit à son tour.

— Mon père m'avait expliqué que les francs-maçons avaient joué un rôle essentiel dans la conception et la construction de cette statue.

— Je sais seulement que c'est un architecte français, Bartholdi, qui l'a édifiée.

— Du côté des Américains, Richard Hunt, l'architecte qui a conçu le socle, était un initié, annonça fièrement Ray.

Antoine déplia le petit bout de papier qui contenait la suite de l'énigme.

De la pierre cubique à ses pieds, viendra la lumière.

— Qu'est-ce que ça peut signifier ? s'interrogea-t-il à haute voix.

Joan s'était rapprochée. Elle se passa la main devant les yeux.

— Ça va ?

Elle était devenue étrangement pâle.

— Ça va aller. D'ailleurs, il faut que ça aille.

Ray était resté accroupi devant le dessin de la statue de la Liberté au bas de la colonne. Il braqua sa torche et cria :

— Regardez, juste sous les pieds de la statue.

Antoine s'avança. Posé sur le rebord d'un cube aux lignes parfaites, on voyait un coffret en relief entouré d'un halo de lumière. Ray s'exclama :

— La pierre d'angle, bordel, j'aurais dû y penser.

— Je ne saisis pas, répondit Marcas, décontenancé.

Robinson se releva. Il bafouillait presque de joie. Les mots, les phrases sortaient dans le désordre. Antoine lui tapa rituellement sur l'épaule droite. Ce rappel à l'ordre dégrisa le New-Yorkais.

— OK ! OK ! Je t'explique. Mais c'est fou ! C'est historique.

Il reprit son souffle et son calme.

— Voilà. Lors de la pose de la première pierre du socle de la statue, s'est déroulée sur place une cérémonie spécifiquement maçonnique, dite de la *cornerstone*. La pierre angulaire. Un dignitaire est venu enfouir un coffret dans la base du monument. Selon la tradition, il contenait des objets rituelliques. La *cornerstone* est devenue une tradition pour presque tous bâtiments publics. On a même une représentation de George Washington en train de poser une pierre d'angle, tu te rends compte !

— Si tu pouvais être un peu moins lyrique !

— Pour les fêtes du centenaire de la Statue, en 1986, les francs-maçons ont organisé une nouvelle cérémonie pour commémorer la *cornerstone*. Ce fut très émouvant et les frères de *Prince Hall* étaient dignement représentés, ajouta Robinson.

Marcas fronça les sourcils.

— Mais oui, bon sang, 1886, la date sur l'épée de La Fayette ! Et vous savez ce qu'il y avait exactement dans ce coffret dissimulé ?

— Je ne sais pas, mais ça vaut le coup de chercher, d'autant que, si vous regardez mieux sur la gravure de la colonne, répondit Ray, une petite échelle a été gravée à côté du cube et il semble bien que la position de la *cornerstone* coïncide avec un des angles de notre salle.

— Et lequel ? demanda Antoine.

— L'ouest.

Tous se tournèrent vers la bouche d'ombre d'où ils venaient de sortir.

— Ça veut dire qu'il faut revenir dans le tunnel ?

— On ne peut rien te cacher, répliqua Robinson devant la moue dubitative de Joan.

— Les rats sont encore loin. On a de la marge. Et s'il y a un passage pour atteindre la pierre d'angle, il doit se trouver juste au début.

L'avocate parut vexée qu'on la soupçonne de couardise. Elle toisa les deux hommes d'un regard lourd et s'avança la première.

Cette fois, les faisceaux des lampes illuminèrent le plafond du tunnel. Ils n'eurent pas longtemps à attendre. Un orifice s'ouvrait en hauteur comme une trappe menant à un grenier. Le long de la paroi, une échelle de fer, dissimulée dans une avancée de la roche, escaladait la muraille.

Joan grimpa les barreaux un à un, suivie par les deux hommes. L'échelle courait sur une dizaine de mètres puis s'engouffrait dans l'œil sombre percé au niveau de la voûte.

Une fois le trou passé, ils arrivèrent dans un boyau en pente aux murs en béton d'un mètre de circonférence. Joan, qui avait récupéré la torche de Robinson, rampait déjà dans le conduit. Les deux hommes l'imitèrent et au bout de multiples contorsions ils débouchèrent sur un minuscule réduit. Dans une niche creusée dans le béton, ils découvrirent un coffret recouvert de plaques de cuivre.

— La pierre d'angle, s'exclama Joan.

Ils récupérèrent le coffret et redescendirent l'échelle encore plus vite qu'ils n'étaient montés.

Devant la grande salle aux deux piliers, Ray l'ouvrit avec précaution.

Curieusement, il n'y avait aucun autre objet maçonnique qu'un maillet en bois. Le marteau symbolique avec lequel le vénérable de la loge dirigeait l'assemblée des frères.

Antoine saisit le maillet. Sur le manche à base carrée ses doigts sentirent des aspérités. Il le reposa aussitôt.

Ray l'éclaira. Des noms étaient gravés sur chaque côté.

La Fayette
Archambeau
Cenevières

Il en manquait un.

Le flic rapprocha la lampe. Sur le dernier côté, délicatement ciselé, on apercevait les courbes incendiaires d'une flamme qui montait tout le long du manche.

— Tu crois que c'est une représentation du flambeau de la statue de la Liberté ? demanda Robinson.

— En tout cas ça y ressemble.

Ray se tourna vers Joan, tout sourire, mais son visage se figea. Le Français ne comprit pas son changement d'expression et dirigea son regard à son tour vers elle.

La jeune femme braquait une arme de petit calibre. Droit sur eux.

99

Journal de Nicolas Flamel

15 mai

Ai passé la journée au monastère où les pèlerins affluent surtout depuis que la nouvelle circule qu'on ne peut plus traverser les Pyrénées. Le royaume d'Aragon serait à feu et à sang comme si les malheurs qui touchent la France s'étendaient désormais au-delà de ses frontières. Beaucoup de pèlerins sont accablés par ces événements qui les privent du but de leur voyage. Ils y voient un signe néfaste du destin.

J'avoue que je me suis interrogé, car pour moi aussi la déception est grande, mais peu à peu une idée a fini par s'imposer dans mon esprit. À vrai dire la coïncidence m'a frappé : j'ai su que je ne pourrais atteindre Saint-Jacques en même temps qu'un moine m'apprenait que le château de Cenevières n'était plus qu'à un ou deux jours de marche. Et j'ai vu dans cette proximité la main de Dieu, car lui seul connaît le véritable sens de mon périple.

Après avoir visité le sanctuaire, accroché à flanc de falaise comme une fleur éclose dans un désert de roche, je me suis rendu au réfectoire où, pour la première fois depuis des mois, j'ai pu étancher ma faim et ma soif. Nous étions foule dans la grande salle de pèlerins : ceux qui jusque-là comptaient rejoindre Compostelle, mais aussi ceux auxquels la guerre avait fait rebrousser chemin dès les contreforts des Pyrénées. Le vacarme des discussions était assourdissant et, après tant de jours de solitude, le cœur me chavirait de tant de bruit. Heureusement le père abbé entra et le silence se fit dès qu'il prit la parole.

Sans hésiter, il confirma la fermeture de la frontière entre la France et l'Aragon. Un murmure s'éleva, mais s'éteignit dès qu'il frappa le sol de sa crosse abbatiale. Visiblement, il était homme d'autorité et habitué à manier les masses. D'autant que si Saint-Jacques se révélait inaccessible, Rocamadour devenait de fait le dernier grand sanctuaire sur la route du pèlerinage. Un don du ciel pour le monastère.

Le père abbé, d'ailleurs, semblait l'avoir bien compris, car il chantait déjà les louanges de son prieuré qui, depuis des siècles, abritait la dépouille de Zachée, le Juif de Jéricho chez lequel le Christ avait daigné dormir.

Beaucoup de pèlerins ignorant cette histoire se levèrent et poussèrent une clameur de joie. Tous voulaient se rendre et prier sur la tombe de cet homme que Jésus avait honoré de son amitié et béni de ses propres mains. Le vacarme de nouveau était à son comble. Les moines ouvrirent à la hâte les portes du réfectoire et un torrent humain se rua dans l'église. En compagnie de quelques pèlerins, mal en point, qui ne pouvaient courir, je restai parmi les derniers dans la salle. Le temps de voir qu'un sourire de malice zébrait le visage du père abbé.

Si Dieu me prête vie et me révèle le secret de la pierre,

je le jure, c'est pour mes frères humains que je ferai de l'or, pour les soulager de leurs misères et élever leur conscience. Jamais pour m'enrichir moi et les miens des biens de ce monde.

Et que je sois maudit si je manque à ma parole.

100

New York,
statue de la Liberté,
de nos jours

— Je crains de devoir vous annoncer un léger changement de programme.

Joan dirigeait son arme de petit calibre à hauteur du visage des deux hommes. Laissant tomber le maillet, Antoine se leva.

— Restez tous assis. Les mains posées bien à plat sur la tête. Les jambes écartées. Vite !

Ray, lui, avança dans sa direction. Comme s'il n'entendait rien. Il avait gardé ses bras le long du corps. Joan se mit en position de tir. Ses lèvres minces se crispèrent.

— Toi, le nègre, un pas de plus et tu vas rejoindre tes ancêtres dans la savane. Tu piges ou t'es trop ralenti pour ça ?

— On a perdu le sens de la politesse, petite oie blanche ? répliqua Robinson en continuant d'avancer. On n'aime pas les Blacks ?

Lentement il remontait sa main vers la poche de son blouson.

— Tu bouges plus. M'oblige pas à te le dire deux fois, cria la jeune femme.

— Tu vas faire quoi, me tirer dessus ? Je mate des voyous de la pire espèce chaque jour, tu veux que je te montre les coups de couteau que j'ai reçus, ma petite, rétorqua Ray qui n'était plus qu'à un mètre d'elle. Regarde, je vais relever ma chemise, et tu vas me tirer dans le bide. On va voir si tu as le cran suffisant pour ça.

L'avocate ne recula pas.

— Ne me… ne me force pas… Pauvre crétin ! Et laisse tomber ton numéro de macho. Tu avances encore et tu finis comme les rats que tu as plombés. En liquide !

Robinson ouvrit son blouson et commença à défaire les boutons de sa chemise blanche. Marcas s'était placé hors de la ligne de mire et avançait sur la droite. Les deux hommes jouaient l'encerclement.

L'avocate se rendit compte de leur manège et braqua le commissaire d'un geste circulaire.

— Toi, le Français, joue pas le héros. Je te préviens. Je n'hésiterai pas.

— Tu n'auras pas le temps, répondit Antoine, si tu tires sur l'un de nous deux, l'autre te maîtrisera avant même que tu réajustes ton tir. Jette ce pistolet et on discute.

— Laisse tomber, frérot, ricana le Noir, cette petite salope n'a pas la carrure pour jouer avec les grandes personnes, ajouta-t-il en tenant en évidence son ventre rebondi, et il faut lui parler comme à la sale gamine qu'elle est.

Le regard froid, Archambeau fit glisser son doigt sur la détente. Ray avança d'un pas lourd, la voix méprisante :

— Écoute-moi bien, pétasse choucroutée de Manhattan, je vais te faire passer un sale petit quart d'heure à ma façon si tu ne baisses pas ton arme.

Juste au moment où Robinson s'élançait, la détonation retentit. Un bruit sec et long. Le coup se répercuta en écho sur les murs de pierre de la caverne. Ray ouvrit de grands yeux incrédules et s'effondra sur lui-même en basculant sur le sol. Marcas tourna la tête sur sa gauche. Le bruit du coup de feu n'était pas venu de l'endroit où se trouvait l'avocate. Derrière l'un des piliers, il découvrit avec stupéfaction une forme noire qui surgit de la pénombre. La silhouette devint plus nette et Antoine, stupéfait, reconnut l'homme à la cagoule. La voix familière retentit entre les colonnes :

— Notre frère de couleur n'a eu que ce qu'il méritait... On ne parle pas comme ça aux dames. Enfin... Ça lui apprendra à se moquer !

— Tu es malade, complètement malade, éructa le commissaire.

— Marcas. Ce cher Marcas, cela faisait longtemps... trop longtemps.

— Ne me parle pas comme si j'étais ton frère.

— Mais je suis ton frère. Ton frère de sang, en quelque sorte.

Joan avait baissé son arme et contemplait le corps de Robinson qui se contorsionnait par terre. Antoine s'avança pour lui porter secours. Le tueur tira un coup juste aux pieds du commissaire.

— Il vaut mieux que tu t'assoies. Je ne suis pas sûr de viser aussi bien la prochaine fois.

Marcas s'arrêta net.

Ray se tordait de douleur en se tenant le ventre, une tache de sang s'élargissait sur sa chemise. Sa main fébrilement cherchait son arme de service, le Glock 19 qui équipait la police de New York. Joan, qui le surveillait, lui écrasa le poignet d'un coup de talon. Robinson poussa un nouveau cri de douleur et s'évanouit. Le pistolet roula sur le côté.

Joan ne bougeait plus, comme fascinée par le spectacle de ce corps qui se vidait de sa propre vie. Une somnambule, pensa Marcas avant de se retourner vers le tueur.

— Quelle est la suite des opérations ? Je dois répondre à un nouveau quizz ?

Derrière sa cagoule, le frère ricana :

— Hélas, je crains que cette fois ce ne soit pas aussi simple. Lors de notre dernière rencontre j'avais misé sur tes capacités intellectuelles, mais maintenant tu vas devoir compter sur tes muscles.

— Explique-toi.

— Je crains que nous ne soyons très peu à emprunter le chemin du retour. Tu connais le proverbe : « *Beaucoup d'appelés, peu d'élus.* »

La douleur venait de réveiller Ray. Il s'était soulevé, mais n'avait pu se relever complètement et gisait affalé contre le mur. Sa voix n'était plus qu'un murmure, interrompu par des hoquets de sang.

— Vous… n'irez… nulle part. Mes collègues ont été… avertis, dit-il en déglutissant.

— Bien essayé, cher frère, mais je suis arrivé après vous trois et personne n'était là. Je doute que pour ce genre d'affaires personnelles un petit flic de Harlem alerte sa hiérarchie, surtout s'il fait du tourisme nocturne hors de son territoire.

Marcas avait rejoint son collègue pour tenter de lui venir en aide. Le sang poissait ses vêtements jusqu'au pantalon. Les blessures au ventre sont les plus vicieuses. Ray pouvait mettre des heures à crever ou mourir en quelques minutes. Antoine tourna la tête vers le tueur qui s'était approché des deux piliers.

— Pourquoi ?

— Pourquoi ? répéta la voix sous la cagoule, mais tout simplement pour l'or, l'or des alchimistes. Le pouvoir de tout acheter sur cette terre, puisque tout y est à vendre. Nous avons fait connaissance avec Joan quand son père est mort et puis nous nous sommes liés… C'est grâce à elle que j'ai pu trouver de Lambre.

Joan jeta un coup d'œil nerveux à sa montre.

— Il faut faire ce qu'on a prévu. On n'a plus beaucoup de temps.

Le tueur secoua la tête doucement.

— J'ai tout le mien. Et puis… – le profil de la cagoule se tourna vers Marcas – … c'est mon double. C'est lui qui m'a conduit jusqu'ici. Qui a mené la quête à ma place. C'est mon frère. Je lui dois la vérité.

Le commissaire ne répliqua pas.

— Il y a de cela très longtemps, un homme a découvert le secret de la fabrication de l'or. Son nom, tous les francs-maçons qui se sont intéressés à l'alchimie le connaissent. Il est célèbre, même si on a fini par croire qu'il ne s'agissait que d'une légende.

— Flamel, murmura Antoine, Nicolas Flamel.

— Lui-même. Un simple écrivain public, un copiste anonyme de manuscrits, un petit-bourgeois insignifiant, mais qui, un jour, mit la main sur un livre.

— Le *Livre d'Adam*, précisa Joan.

— Un bien curieux livre dont la tradition dit qu'il n'était que la copie d'un texte bien plus ancien. Un texte gravé sur de la pierre pour échapper à la colère de Dieu.

Antoine fixa Joan, puis les deux colonnes dont le sommet se perdait dans l'obscurité.

— Ne me dites pas que c'est vrai ! Que ce sont les deux piliers qui ont échappé au Déluge…

— Le livre, lui, a disparu dès l'époque de Flamel. Sans doute volontairement. On n'en connaît que quelques fragments épars qui n'ont plus aucun sens. Quant aux colonnes qui sont ici, je t'expliquerai plus tard.

— Si c'est tout ce que tu as à me dire !

— Ce que je peux te confier, c'est que, grâce au *Livre d'Adam*, Flamel a fini par trouver le secret de la pierre philosophale. Le secret qui permet de transformer n'importe quel métal en un or d'une pureté inégalée.

Une main glissée dans la poche, le commissaire serra la boule d'or qu'il avait récupérée dans le temple de Harlem.

— Comme l'or que l'on a retrouvé sur les cadavres à Paris ?

— Tout juste. Le fourreau de mon épée familiale contenait de la poudre d'or alchimique qui a dû se répandre sur la lame. Je vois que tu as bien mené ton enquête. Cet or est bien la preuve que Flamel a réussi la vraie transmutation. Que la légende belle et naïve n'est que pure vérité.

Un hurlement les fit se retourner. Ray rampait, le visage déformé par la souffrance. Une traînée rouge maculait le sol. Tout en le labourant avec ses ongles, le flic hurla à nouveau. Antoine se précipita avant de reculer.

Un groupe de rats se vautrait déjà dans le sang frais.

101

DSI à Aurora Source

Horaire crypté GMT.

Opération Chimère

Perdu contact avec la cible depuis plus d'une heure après leur entrée dans un bâtiment désaffecté de Brooklyn. L'inconnu a pénétré dans le bâtiment une demi-heure plus tard.

102

Journal de Nicolas Flamel

17 mai

Je suis descendu par petites étapes vers Cahors. Je ne sais pourquoi j'ai pris mon temps. Le ciel est doux et la végétation a encore ce vert tendre de printemps qui donne presque envie de mâcher les feuilles des arbres. J'ai atteint la ville en fin d'après-midi. Je n'y ai pas trouvé le tumulte de Rocamadour. Bien au contraire, la ville semble endormie entre ses murailles. En traversant les hauts quartiers, j'ai vu beaucoup de maisons à l'abandon dont les portes étaient marquées d'une croix noire. Un prêtre qui remontait de l'évêché remarqua ma surprise et m'expliqua qu'il s'agissait des victimes de la dernière épidémie de peste. Je me signai aussitôt. Il rit de mes craintes et me rassura quoique à moitié. Les épidémies étaient comme des tempêtes, elles balayaient tout sur leur passage, puis disparaissaient ailleurs. Jusqu'à leur retour ! Ce prêtre m'eut l'air d'être un bon vivant que la prochaine peste trouverait sans doute attablé dans un cabaret à boire une pinte de vin. Je lui demandai où se trouvait

Cenevières. Il m'indiqua mon chemin sans marquer la moindre surprise. À croire que les démêlés de Flore avec l'Inquisition ne sont pas parvenus jusqu'ici. Tant mieux. Cela me laisse un espoir de la retrouver.

18 mai

Je griffonne juste ces mots pour dire que je suis aux portes du château. Il ne ressemble en rien aux forteresses royales que je connais. Il s'agit là d'un repaire, comme l'appellent les gens d'ici. Un nid d'aigle entre falaise et rivière. C'est là qu'elle vit. Je le sais maintenant. Les paysans du village voisin m'ont renseigné quand je leur ai dit – Dieu me pardonnera mon mensonge – que j'allais demander l'aumône au château. Tous m'ont conseillé de me méfier du fils aîné qui n'était qu'une brute. Devant ma déception, ils ont aussitôt ajouté que la demoiselle, elle, était bonne et généreuse et que je pouvais m'adresser à elle sans crainte. Elle savait compatir au malheur. Je trouvais que certaines des commères insistaient sur cette dernière phrase. Comme si un non-dit circulait dans l'air. Mais j'étais trop pressé désormais pour y prêter attention et je me suis précipité au château.

Une servante est venue m'ouvrir et m'annonça d'office que le maître n'était pas là. La nouvelle me rassura. Je répondis aussitôt que j'espérais rencontrer la demoiselle. Je lus la suspicion sur son visage. Je la rassurai en lui demandant de simplement transmettre un message et je lui donnai une des pages du livre que j'avais retirée de ma cape.

J'ai peu attendu. Des pas résonnèrent sur le dallage. La porte se rouvrit et Flore de Cenevières apparut. Une main sur son ventre rond.

19 mai

Je ne m'étais jamais confessé à une femme. Encore moins à une future mère. Je ne lui cachai rien. Ni même le crime dont je m'étais rendu coupable. À ce passage de mon récit, ses yeux brillèrent. Je n'osais imaginer ses sentiments : j'avais tué à la fois son bourreau et le père de son enfant. Cette terrible vérité me troubla tellement que je me mis à balbutier, ému jusqu'aux larmes. Elle me fit signe de continuer et je terminai mon histoire. Puis je posai sur la table de chêne les pages du livre.

Ma mission était terminée.

J'attendais un mot et ce fut un geste.

Elle se leva et, sur la peau pâle de mon front, elle fit le signe de croix.

Je glissai à ses pieds. Mon émotion, tant retenue, éclata enfin. Dans une pluie de larmes, j'embrassai la main qui venait de m'offrir son pardon.

20 mai

L'aube n'est pas encore levée, mais il est temps pour moi de partir. C'est la dernière fois que je tiens ce journal. Désormais une autre tâche m'attend que je dois mener à bien. Mon âme est en paix. Et dans le sanctuaire de mon cœur, une flamme secrète brûle désormais pour Isaac Benserade. Dès ce jour, je suis son successeur.

Je ne reverrai pas Flore. Elle a fait ce qu'elle devait. Elle a transmis l'héritage, comme Isaac le lui a demandé. À celui qu'elle estimerait le plus digne.

Elle a brûlé le livre mais a conservé les enluminures. Plus tard, peut-être, elle les montrera à son enfant.

Je passe la porte du château. La lune se couche lentement dans le lit de la rivière. Il fait froid. Je m'enroule dans ma cape. En marchant, je suis surpris de ne plus entendre le bruit de papier froissé que faisaient les feuilles du livre dans ma doublure. Je m'y étais habitué.

Le chemin est escarpé et je dois sauter de pierre en pierre. À chaque mouvement, un nouveau bruit fait son apparition comme un petit sac de poudre que l'on remue. Je souris. À lui aussi, il faudra que je m'habitue.

103

New York,
sous la statue de la Liberté,
de nos jours

Les rats, dérangés par le bruit de pas, avaient détalé dans le tunnel, mais Marcas restait près de l'entrée à l'écoute de la moindre rumeur. Il craignait par-dessus tout d'entendre le piétinement hérétique, et de sentir l'odeur musquée d'une armée de rats rendus fous par l'odeur du sang.

— Goûter de la chair humaine. Quel régal pour un rat d'égout ! C'est comme trouver la pierre philosophale pour un alchimiste.

— Justement, si tu finissais ton histoire ? Ta compagne semble s'impatienter.

Joan le fusilla du regard, mais elle n'arrivait plus à masquer son angoisse. Elle semblait de plus en plus pressée. Elle jeta un œil interrogatif au tueur qui acquiesça en silence avant de reprendre :

— Dans sa grande sagesse, Flamel ne voulut pas divulguer son secret, conscient du chaos que cela engendrerait. L'époque était trouble et les mœurs des puissants plus rudes qu'aujourd'hui. Il divisa ce secret en quatre parties, comme les quatre éléments traditionnels, et les donna à quatre personnes en lesquelles il avait toute confiance.

À chaque partie du secret correspondait un dessin qui était l'explication symbolique de chaque phase du Grand Œuvre, l'art de faire de l'or alchimique. Mais on ne pouvait y arriver qu'en réunissant, dans le bon ordre, les quatre gravures.

Les destinataires devaient maintenir intacte la transmission de la partie qu'ils recevaient au fil des générations. Tous connaissaient aussi le nom d'un autre dépositaire.

Silencieux, Marcas écoutait le tueur dont le récit était entrecoupé par les gémissements de plus en plus sourds de Robinson.

— Au fil des siècles, le secret a été bien gardé, mais sous le règne de Louis XVI, les quatre descendants se sont retrouvés, et tu sais où ?

— Je n'ai pas de goût pour les devinettes.

— Dans une loge maçonnique. À l'époque, les temples où l'on s'occupait d'alchimie pullulaient. Cagliostro ressuscitait des agonisants avec de l'or potable, le comte de Saint-Germain fabriquait en une nuit des diamants d'une pureté incroyable, Frédéric de Prusse et la Grande Catherine de Russie se passionnaient pour la chimie occulte dans l'espoir de restaurer les finances de leurs États.

— Ça ne me dit pas ce qu'ont fait les quatre descendants.

— Tu ne devines pas ? De l'or, bien sûr ! De l'or !

Marcas ricana :

— Des rapaces, alors ! Qui ont voulu s'enrichir comme toi. Flamel a dû se retourner dans sa tombe.

— Détrompe-toi. Ils étaient francs-maçons, je te l'ai dit, ils croyaient à la réussite de la première grande révolution organisée de l'histoire occidentale qui eut lieu.

Quand le frère Benjamin Franklin est arrivé en France, sur ordre du frère George Washington, pour chercher un soutien financier et militaire, les quatre ont décidé de rompre le pacte du silence et de fournir de l'or alchimique pour aider les combattants américains. Le moment était périlleux, les versements de Louis XVI à la révolution américaine commençaient à mettre en péril les finances du royaume et les insurgés n'arrivaient pas à vaincre les Anglais.

Joan s'était installée devant les piliers et fouillait un sac à dos que le tueur avait apporté. Sous les yeux intrigués du commissaire, elle sortit un projecteur qu'elle brancha sur une batterie miniature.

— Les dépositaires du secret de Flamel ont réussi à fournir un stock suffisant d'or pour soutenir l'effort de guerre des Américains, sans pour autant se faire remarquer des grands argentiers du royaume. L'or alchimique était fondu avec du cuivre et du fer, ce qui lui permettait de demeurer stable et de pouvoir être transporté en toute discrétion.

— La révolution américaine financée par l'or alchimique… C'est dingue. Qu'ont-ils fait du secret ?

— Rien, du moins dans les décennies suivantes. Mais un trésorier de Louis XVI avait eu vent de l'histoire et, en 1792, voulant sauver sa tête, il en a parlé aux Jacobins. Les Révolutionnaires étant de purs rationalistes, l'homme a fini à l'asile de Charenton. Rendus prudents par cette fuite imprévue, les conjurés ont refermé la boîte de Pandore et se sont mis en sommeil.

— Et ensuite ?

— Sous l'Empire, quand la situation politique a été plus propice, une réunion secrète avec les descendants s'est tenue pour décider de ce qu'il fallait faire du secret de l'or restant. C'est là qu'a germé l'idée de financer des projets qui œuvraient pour le bien de l'humanité. Puisque l'or ne pouvait être confié à des rois, ou même à des gouvernements démocratiques, qui s'en seraient servis à des fins politiques, il a été décidé de financer des hôpitaux, des écoles et même des temples maçonniques, en toute discrétion, à travers des associations-écrans. En fait, les frères n'ont fait que prendre exemple sur Flamel qui en son temps fut le plus riche philanthrope de Paris.

Une phrase de Robinson jaillit dans la mémoire embrouillée d'Antoine. N'avait-il pas dit que le temple de Harlem avait été bâti avec des fonds venus d'Europe ?

— Seul problème, comment conserver le secret pour éviter toute divulgation ? Eh bien, en reprenant l'idée de Flamel. Utiliser non plus des dessins, mais des énigmes dissimulées un peu partout dans le monde qui conduisaient ici.

— Mais pourquoi ici ?

Le tueur jeta un regard à Joan. Elle venait d'installer le projecteur face à un des piliers. Antoine suivait la scène, fasciné.

— Regarde autour de toi. Avant d'être détruits, les dessins qui révélaient la méthode alchimique ont été gravés sur ces colonnes. Un clin d'œil à leurs lointains ancêtres, les piliers du temps de Noé !

L'avocate venait de sortir une caméra. Posément, elle filmait tous les détails des gravures.

— Mais quel rapport avec toi ? interrogea Marcas.

— Je descends des Cenevières, l'une des quatre familles dépositaires du secret. Comme Joan et feu le frère Paul.

Le commissaire fronça les sourcils.

— Et la quatrième famille ?

Le tueur s'approcha du maillet resté près du coffre et le saisit.

— Tu veux parler du signe qui est gravé là ?

— Oui, le dessin sur le manche. La flamme.

Le visage derrière la cagoule se plissa d'un sourire moqueur. Il fit tourner le manche entre ses doigts.

— Désolé, mon frère, mais il n'y a pas de quatrième famille. Il n'y a jamais eu de quatrième famille. Simplement le symbole d'un mythe errant. Pour abuser les naïfs comme toi.

Antoine était vaincu. Il baissa la tête, accablé par cette suite de révélations, mais une dernière question le taraudait :

— Alors pourquoi cette folie de crimes sadiques à Paris ?

Les yeux du tueur s'agrandirent dans l'ombre.

— Il y a quelques mois, ma destinée m'est apparue. J'ai su que je devais accomplir le Grand Œuvre mais aussi assainir la maçonnerie. Je dois trouver l'or et me purifier pour en être digne, en ôtant la vie de déchets, de frères indignes, de résidus humains. Je te l'ai dit déjà, j'ai le neuvième grade de la vengeance. Je suis le frère de sang.

— Puisque je dois mourir ici, tu pourrais me montrer ton visage, suggéra Marcas.

— Je ne te donnerai pas cette ultime satisfaction. La mort n'a pas de visage. Maintenant recule et écoute. Il y a une grille suspendue juste à l'entrée du dernier tunnel. J'ai vérifié, elle fonctionne. Une grille en fer forgé. Les mailles sont trop étroites pour laisser passer un homme. En revanche, pour les rats…

Entre les piliers, l'avocate reculait pour filmer les dernières gravures en haut des colonnes. Antoine se rapprocha de Robinson. Sa respiration s'amenuisait.

Le frère reprit avec emphase :

— Je t'envie de méditer sur ta mort dans ce lieu magnifique. Tu ne vas pas manquer de sujets de réflexion. Crois-moi sur parole.

Le commissaire crut percevoir une intense jubilation dans la tonalité de ces dernières paroles.

Joan venait de terminer. Elle s'avança, la caméra à la main.

— Tu as tout filmé, ma chérie ?

Elle sortit la mémoire vidéo et la tendit à son compagnon.

— Merci, tu es mon amour… pour l'éternité.

Elle n'eut pas le temps de voir l'arme, ni d'entendre la détonation. La balle la pénétra en plein front. Elle s'écroula sans comprendre.

104

DSI à Aurora Source
Horaire crypté GMT.
Opération Chimère
L'inconnu vient de réapparaître seul et monte dans sa voiture. Demande instructions.
Pièce jointe, photo de l'inconnu.
Fin

Aurora Source à DSI
Horaire crypté GMT.
Opération Chimère
Changement de priorité. Abandonnez la cible 1 pour la cible 2.
Fin

105

Paris,
25 avril 1382

Flamel franchit les portes de la cité vers midi. Il avait laissé l'échoppe sous la garde de sa femme. Depuis son départ en pèlerinage, celle-ci avait pris une part de plus en plus croissante dans la bonne marche des affaires. Elle était même parvenue à s'imposer aux apprentis et à négocier avec les clients. Depuis qu'il était rentré de ses pérégrinations, Flamel n'avait rien changé à l'ordre des choses, laissant dame Pernelle tenir la première place dans le ménage et les affaires.

D'ailleurs cette mise en avant n'était pas fortuite. Même si l'oubli semblait tombé sur le meurtre du tourmenteur, Nicolas préférait rester discret. Et puis la quête alchimique, devenue le Grand Œuvre de sa vie, réclamait solitude et patience. Surtout de la patience, car il n'avait pas été long à comprendre que la poudre de projection que lui avait transmise Flore n'aurait de véritable vertu opératoire que lorsque toutes les phases du processus alchimique auraient été parcourues et… réussies.

Ainsi s'étaient écoulées de longues années de tâtonnements, d'espérances déçues, de périodes de désespoir.

Sans compter la crainte insidieuse de voir réapparaître les fantômes du passé. À chaque cavalcade dans la rue, chaque attroupement, ou quand Maillard, le fourreur, pénétrait dans l'échoppe, une nouvelle urgente lui débordant du gosier, le cœur de Flamel battait à tout rompre. Et puis les instruments nécessaires à l'œuvre alchimique étaient à l'étroit dans l'arrière-boutique. Flamel serait bien descendu à la cave pour travailler, mais la seule évocation de cette idée avait mis sa femme en grand émoi, il n'avait donc pas insisté… Peu à peu, il s'était procuré le matériel adéquat pour monter un laboratoire. Ces achats n'avaient pas surpris, il lui avait suffi d'évoquer son désir de produire, lui-même, les couleurs essentielles à son travail d'enlumineur, et il avait pu acquérir les instruments indispensables pour le Grand Œuvre. Mais faute de place, cornues, fourneau et métaux s'entassaient en vain et il ne pouvait commencer l'œuvre qu'il désirait tant.

La solution était venue quelques mois plus tard quand dame Pernelle hérita à l'improviste d'un petit bien qui lui venait d'une de ses tantes. Le legs en question se révéla être une pièce de terre, à la sortie de la ville, à proximité d'une boucle de la Seine. Tout ce secteur, à l'écart des fermes, était divisé en parcelles plantées de vignes, ce qui fit le ravissement de sa femme. Car produire son propre vin était, pour les bourgeois de Paris, une vanité très recherchées d'autant que les moines, dans leurs domaines, sur les collines ensoleillées qui dominaient la Seine, avaient le quasi-monopole du commerce du vin dans la capitale.

C'est dire la joie de dame Pernelle quand elle découvrit, en plus des vignes, une cave, dans d'anciennes carrières, où reposaient cuviers, pressoir et barriques de vieux chêne. Flamel partagea rapidement cet enthousiasme et plus encore, puisqu'on le vit désormais presque tous les jours quitter son échoppe pour s'adonner avec ténacité au dur labeur de vigneron.

Maillard, qui l'avait une fois accompagné, était revenu transporté. Durant tout un après-midi, il avait aidé son voisin à dégager des ceps, à couper des sarments sinueux et noueux, un apprentissage dont il avait fait force récits dans la rue Saint-Jacques-de-la-Boucherie. Exactement ce que souhaitait Flamel.

Le fourreur avait pourtant un regret, mais dont il ne parlait pas par crainte de ternir son récit : son voisin ne l'avait pas autorisé à visiter la cave.

Il fallait plus d'une heure à pied pour atteindre la vigne de dame Pernelle. Les paysans appelaient ces terres qui descendaient en pente douce vers la Seine les champs de Mars. Un moine qui vivait en ermite dans une des anciennes carrières racontait que, du temps des Romains, on y pratiquait des combats rituels en l'honneur du dieu de la Guerre. Le nom était resté. Mais Flamel ne s'intéressait guère à la mythologie, ce qui lui importait, c'était la tranquillité des lieux.

Il jeta un coup d'œil discret avant de s'enfoncer dans les profondeurs de la terre. La vigne était déserte et le ciel d'un bleu pâle délavé. Un vrai ciel d'hiver. Un groupe de corbeaux zébra l'horizon d'un signe sombre juste au-dessus d'une mince colonne de fumée qui montait d'un hameau derrière le fleuve.

Nicolas se signa. Il n'était pas superstitieux, mais aujourd'hui, il interprétait tout ce qui frappait son regard. Et il s'inquiéta d'avoir aperçu ce vol noir de corbeaux juste au moment où il allait ouvrir la porte de la cave. Comme pour se rassurer, il tâta dans sa poche un petit sac de toile qui crissa sous ses doigts. Avant de faire jouer la clé dans la serrure, il inspira profondément pour ralentir les battements de son cœur. Il avait minutieusement pesé la poudre que lui avait donnée Flore : il aurait juste de quoi faire une projection. Une seule.

Certes, si la transmutation réussissait, il n'y aurait plus de problème, car, selon les auteurs unanimes, la poudre avait le pouvoir de se multiplier dès que l'opération était couronnée de succès. Il suffisait de récupérer la gangue de couleur brune qui entourait l'or pur et on obtenait ainsi quantité de poudre reduplicable à l'envi.

Seulement il fallait réussir.

Flamel ouvrit la porte et pénétra dans la salle. Un feu doux palpitait au centre de la pièce, qui jetait des ombres tourmentées sur les murs de l'ancienne carrière.

Une dernière fois Nicolas se signa.

Il allait enfin savoir.

106

New York,
statue de la Liberté,
de nos jours

Marcas était penché sur Ray et examinait sa plaie. Le trou fait par le projectile s'élargissait sur le côté gauche du ventre. L'homme respirait difficilement, mais il avait repris conscience. Sans pour autant se faire d'illusions sur son état.

— On connaît le métier. Si cette putain de balle a traversé un organe, je suis rétamé. Dire que j'ai échappé à tous ces minables qui courent les rues. Si on m'avait dit que j'allais me faire buter par un frangin. Merde, ça fait mal…

— Tais-toi, tu vas t'en tirer, répondit Marcas en appliquant son blouson sur le ventre en guise de compresse de fortune. Je vais nous sortir de là, aie confiance.

Il laissa son ami allongé et partit vers l'entrée de la salle. Il entendait au loin le bruit des roues du wagonnet sur les rails. Pas la peine de courir, le meurtrier avait dû faire tomber la grille. Antoine revint vers le centre de la rotonde et se mit à travailler avec méthode. Il inspecta chaque pouce de la salle, à la recherche d'une porte ou d'un passage dérobé, mais en vain.

Fais appel à ta raison, ne te laisse pas envahir par le découragement.

En passant près du corps de Joan, il remarqua un paquet de cigarettes qui avait glissé de sa veste. Il n'osait regarder le visage couvert de sang et de cervelle mêlés. Pourtant, il se pencha et tira vers lui le paquet à peine entamé. Il n'avait ni honte ni remords, comme si les dernières heures avaient anéanti toute humanité en lui. En allumant fébrilement une cigarette, il se demanda si le tueur, *le frère de sang*, ne s'était pas emparé de son âme.

Il aspira une bouffée et regarda Ray gémir sur son lit de douleur. À ce rythme, il y aurait bientôt un cadavre de plus pour attendre les rats.

Le commissaire leva les yeux. La roche, avec ses incrustations de quartz et de mica, ressemblait à la voûte céleste, piquetée d'étoiles étincelantes.

Normalement, ils se trouvaient à trente mètres exactement sous la statue.

Aucune issue.

Il regarda la fumée se répandre autour de lui. L'odeur du tabac blond flottait comme un léger brouillard. Il ricana intérieurement, voilà au moins un endroit où personne ne lui interdirait de fumer.

Il fronça les sourcils, les volutes ne montaient pas vers le plafond, mais se dirigeaient sur la droite vers les deux gigantesques piliers. Intrigué, il suivit la fumée du regard et vit que des lambeaux s'enroulaient autour de celui de gauche, comme des plantes grimpantes autour d'un tronc d'arbre. Il se rapprocha du pilier où était gravée la représentation de la statue. La fumée blanche disparaissait derrière. Il suivit la volute comme un fil d'Ariane et ne put réprimer un cri de stupeur.

La fumée s'engouffrait dans une grille à la base du pilier d'environ un mètre de diamètre. Et tout en haut, derrière l'extrémité du pilier, il aperçut une sorte de gros conduit qui reliait son sommet à la roche.

Il comprenait maintenant pourquoi aucune odeur de moisi, d'humidité n'était perceptible en ce lieu. Les constructeurs avaient pensé à installer un discret système d'aération… Un conduit devait nécessairement remonter à la surface, au niveau de l'île.

Il se précipita vers Robinson qui demeurait les yeux ouverts.

— On a peut-être une chance, Ray. J'ai vu une grille d'aération dans l'un des piliers.

— Super… Vas-y sans moi. Je peux à peine me lever… J'ai la tête qui tourne…

Marcas savait qu'il avait raison. L'unique solution était de passer dans le conduit en croisant les doigts pour qu'il ne se réduise pas à un simple tuyau. Il épongea le front de son collègue qui tremblait comme en proie à une forte fièvre.

— Casse-toi, et dépêche ! Perds pas ton temps, glissa avec une voix sourde le Noir dont le regard faiblissait. De midi à… minuit, mon frère.

Il poussa une sorte de hoquet, son regard devint fixe.

— De midi à minuit, mon frère, répondit Marcas d'un air las. Je reviendrai te chercher, je te le promets.

Il ferma les yeux du mort et recouvrit son visage avec le blouson taché de sang.

Il retourna au pilier et examina la grille. Elle était mince et à peine rouillée. Il recula et donna un coup de pied en y mettant toutes ses forces. Le métal vola en éclats. Il se pencha à l'intérieur et braqua la torche vers le haut. C'était creux, et il y avait la place pour qu'un homme puisse monter en s'arc-boutant. Il prit une inspiration et commença son ascension. Au fur et à mesure qu'il progressait, ses paumes rougissaient au contact des aspérités du métal. Mètre par mètre, il vit le bas du pilier s'éloigner et le vide se creuser. Arrivé à ce qu'il estimait les trois quarts de la hauteur du pilier, il s'arrêta et reprit son souffle. Ses muscles des bras et des jambes le brûlaient comme si on lui avait injecté de l'acide dans toutes les fibres. Il faillit glisser au moment de repartir, mais se rattrapa de justesse. S'il tombait, il se fracasserait le crâne contre les parois de métal. Il souffla et reprit son ascension. Il braqua de nouveau sa torche : le conduit faisait un coude juste au-dessus de sa tête.

Il se hissa jusqu'à la bifurcation et se retrouva dans une gaine cylindrique si étroite qu'il dut se mettre à plat ventre.

Il rampait avec rage, se cognant la tête contre le haut du conduit, le sol montait, la pente se faisait plus raide, mais il s'accrochait, c'était la seule façon d'échapper à la mort.

Soudain, il perçut une odeur familière. Une senteur marine, comme un léger goût de sel. La surface n'était plus loin. Il entendit aussi une sorte de vibration, très légère, presque inaudible. Il braqua sa lampe dont le faisceau faiblissait et aperçut à une dizaine de mètres les pales sombres d'un ventilateur mécanique d'extraction d'air. Il accéléra. Le vrombissement des lames s'accentuait au fur et à mesure qu'il se rapprochait. D'un mouvement d'épaule, il lança la lampe désormais inutile dans les pales. Un craquement de tôle froissée stria ses oreilles. Le ventilateur hoqueta, puis s'immobilisa. Le passage était libre.

En quelques minutes, il arriva devant un grillage plus large fait de fils métalliques serrés envahis de plumes d'oiseaux séchées. Derrière, il devinait l'air libre. Il attrapa l'étui à cigarettes dans sa poche et rassembla tout son calme pour extirper la petite vis qui reliait les deux parties. Puis il s'appliqua à dévisser la grille et sortit la tête à la surface. Il se retrouva face à des rangées de projecteurs.

Il se hissa et s'effondra sur une pelouse drue et mouillée.

Il reprenait son souffle, ses membres lui faisaient mal, sa gorge le brûlait, mais il était sauvé. Il leva les yeux, aperçut une sorte de grand mur de pierre éclairé par le bas et encore au-dessus un mausolée rectangulaire incrusté de quatre piliers.

Et il la vit. Au-dessus, le dominant de toute sa grandeur, éclairée çà et là par le pinceau diffus des projecteurs.

Géante démesurée, presque irréelle, avec en arrière-fond le ciel étoilé.

Sa tête tournait mais il distinguait les reflets verts qui jouaient sur le drapé de la toge. Il vit le visage marmoréen, la lèvre charnue sculptée, l'arête du nez large et plate comme une lame, le regard sombre. Au-dessus du front, la couronne hérissée de pics qui trouaient le ciel.

Il voulut se redresser mais il n'en eut pas la force.

Ses yeux pleuraient et son cerveau s'embrumait. Il sentit qu'il allait perdre conscience mais lutta pour rester éveillé.

La déesse le contemplait presque avec bienveillance. Il crut qu'elle baissait son flambeau et se penchait sur lui pour l'étreindre.

Il sombra.

107

Paris,
25 avril 1382,
5 heures de l'après-midi

Selon la tradition locale, les carrières qui s'étendaient sous les champs de Mars avaient servi à bâtir les fortifications de Paris à l'époque des invasions barbares. Flamel souriait toujours à cette légende quand il voyait la taille modeste de la cave où il pratiquait son art depuis des années. Ce n'était en fait qu'une simple pièce souterraine, rendue plus étroite encore par les tonneaux qui s'alignaient contre les murs. Pourtant, au centre, comme une sorte de trône, s'élevait le fourneau, le cœur du travail de l'alchimiste. Les textes anciens, venus du monde arabe, appelaient cet instrument l'athanor. Flamel l'avait bâti lui-même en brique réfractaire. C'était une sorte de four à deux étages, chacun en forme d'arche. Au premier niveau, sur un sol de pierre, on activait le feu pour qu'il chauffe le niveau supérieur où se trouvait la panse rebondie d'une cornue.

Longtemps, Flamel avait pensé que c'était dans cet œuf de verre que se jouait le drame alchimique : la violence faite aux métaux pour qu'ils se transforment en or pur.

En fait, tout se passait à l'étage inférieur, là où résidait le feu. Qu'il couve ou qu'il brûle, qu'il soit simple braise ou brasier rugissant, c'est l'ardeur ou la douceur du feu qui permettait la progression alchimique. Flamel avait mis des années à comprendre pourquoi les initiés parlaient du sommeil ou de la colère du *dragon* et combien il était essentiel de le domestiquer. Le feu ! Tout passait par le feu dont il fallait s'occuper comme d'un enfant en bas âge : l'endormir, le réveiller, le nourrir, l'éduquer…

Et surtout ne jamais le laisser s'éteindre. C'est ainsi que l'on passait les différentes étapes : l'œuvre au noir, au jaune, au blanc, puis enfin au rouge. Autant de passages clés où la matière, dans la cornue, se transformait au travers d'une de ces couleurs.

Flamel se souvenait très bien quand il avait atteint le passage au blanc, deux mois auparavant. Le 17 janvier exactement. Sous l'action soutenue du feu, la matière avait progressivement évolué d'un gris de cendre à un noir d'encre. Cette couleur d'ailleurs avait beaucoup inquiété Nicolas, car elle lui avait semblé un inexplicable retour en arrière. Mais subitement un cercle laiteux avait entouré la masse sombre. Comme l'auréole d'un saint ! Un nimbe de plus en plus clair qui métamorphosa la matière en une blancheur éclatante. À ce signe, l'enlumineur sut qu'il ne lui restait plus qu'une dernière étape à franchir : l'œuvre au rouge.

Depuis deux mois, il la préparait. Chaque jour il scrutait les infimes variations de la matière, sa couleur, sa masse, mais elle paraissait dormir comme un œuf couvé par une force invisible. En cette période, il fallait être très prudent dans l'usage du feu. Jamais il ne devait ni s'éteindre, ni baisser d'intensité. Flamel, parfois, passait la nuit sur place, maniant pincettes et soufflant, pour réguler la température.

Et puis, un soir, une couleur, une simple irisation troubla la blancheur d'argent de la matière. Ce n'était pourtant qu'une ride, mais Nicolas savait qu'elle en annonçait bien d'autres et qu'il venait de rentrer dans la phase du *paon* qui bientôt allait faire la *roue*. Ce qui, en langage alchimique, signifiait qu'en quelques heures, toute la matière, dans la cornue, ne serait plus qu'un arc-en-ciel. Le moment où il allait devoir se servir de la pierre était venu.

Une dernière fois, Flamel caressa le sac où crissait la poudre. Devant lui, la cornue resplendissait de couleurs comme après un orage. La matière semblait un cristal où éclatait en mille couleurs une lumière invisible.

Il défit la cordelette qui nouait le sac de toile et fit couler la poudre entre ses doigts. Il hésitait encore. Le sang battait à ses tempes. De l'autre main, il déboucha la cornue. Son pouls s'accéléra. Depuis des mois, la matière n'avait eu aucun contact avec l'air ambiant… Il craignait que la réaction ne s'arrête aussitôt. Mais non, la matière irradiait toujours autant.

Aussitôt, il se décida. Il saisit le sac et en versa le contenu dans l'embout de la cornue.

Cette fois…

En un instant la cornue s'embruma. Les couleurs disparurent. Un frisson glacé saisit Flamel. Il ne put bouger. Derrière les parois de verre, une vapeur lourde s'installait qui détruisait toute la matière.

Cette fois, il n'y avait plus d'espoir. La réaction, tant attendue, venait d'échouer. Flamel recula d'un pas. Un seul. Le poids des années inutiles venait de s'abattre sur ses épaules.

La fumée s'échappait désormais du bec de la cornue, dense et âcre. Peu à peu on distinguait un résidu sombre au fond du verre. Comme un bout de bois racorni, dévoré par le feu, prêt à tomber en cendres.

Flamel sentit des larmes épaisses naître au coin des yeux. Devant lui, ce morceau de charbon roussi finissait de brûler, c'était ça, le prix d'une vie, le seul salaire d'un rêve maudit.

Il ferma les yeux et laissa tout son cœur pleurer sur son visage.

Tout était dit. Il n'avait plus qu'à partir et oublier, s'il le pouvait.

Quand il rouvrit les yeux, le feu sous l'athanor venait de s'éteindre. L'*obscurité* régnait. Il lui fallait traverser toute la cave pour remonter au jour. Et il n'avait rien pour s'éclairer.

Il écarquilla les yeux et une brève lueur frappa son regard. Une autre suivit qui déchira l'opacité. Une autre encore, d'un orange violacé, illumina la cornue. Flamel se précipita.

La matière palpitait, comme gagnée par un feu secret. Sous l'écorce carbonisée, un fruit jaune sang mûrissait à toute vitesse.

Nicolas tomba à genoux.

L'or brillait comme une étoile.

108

New York,
Brooklyn,
de nos jours

Une heure après le départ de Jack Winthrop, une petite camionnette blanche se gara devant le 25 Coffey Street. Un homme en tenue d'employé du gaz descendit rapidement et entra dans l'immeuble désaffecté. Il fila sans hésitation vers la remise qui donnait accès au souterrain.

Une heure plus tard, il ressortit de l'immeuble en tirant les corps sans vie de Ray Robinson puis de Joan Archambeau qu'il chargea l'un après l'autre dans la camionnette. Il verrouilla la porte de l'immeuble et déplaça le véhicule à l'autre bout de la rue.

L'homme appuya sur un boîtier noir. Une explosion assourdissante fit trembler le sol. L'immeuble s'écroula dans un nuage de poussière.

Satisfait, il envoya son rapport à *Aurora Source* et démarra. Quand les pompiers arrivèrent sur les lieux, les rares voisins péroraient sur le scandale de cet immeuble insalubre qui aurait dû être démoli depuis longtemps et que c'était de la veine qu'il n'y ait eu personne aux alentours. Un avocat, immédiatement envoyé sur les lieux par

Aurora pour étouffer l'affaire, avait assuré qu'il s'occuperait de dédommager le dérangement subi. Le bâtiment détruit serait remplacé par une fondation pour la réinsertion des chômeurs de Brooklyn. Quelques heures plus tard, les premiers engins de terrassement commençaient à déblayer les gravats, effaçant toute trace de l'entrée de la crypte aux deux piliers.

TROISIÈME PARTIE

Tout ce qui a son prix est de peu de valeur.

Friedrich Nietzsche

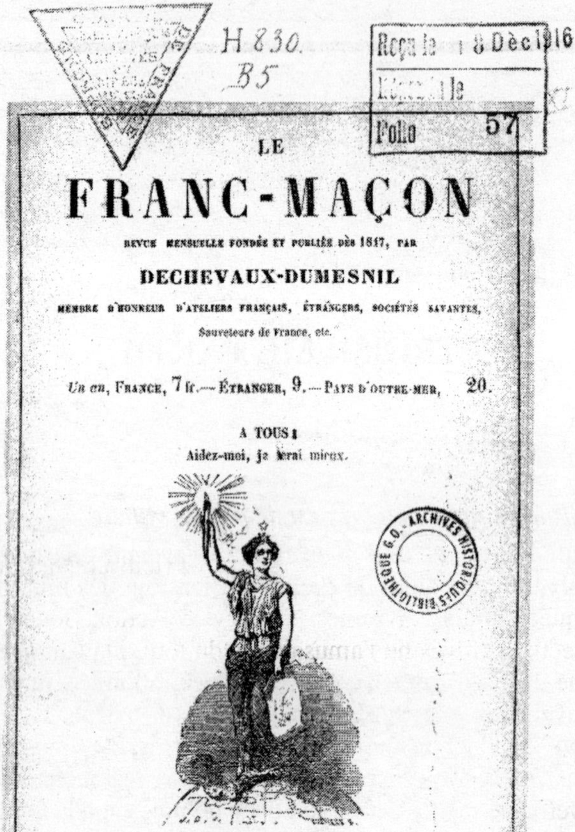

LE

FRANC-MAÇON

REVUE MENSUELLE FONDÉE ET PUBLIÉE DÈS 1847, PAR

DECHEVAUX-DUMESNIL

MEMBRE D'HONNEUR D'ATELIERS FRANÇAIS, ÉTRANGERS, SOCIÉTÉS SAVANTES,

Sauveteurs de France, etc.

Un an, France, 7 fr. — Étranger, 9. — Pays d'outre-mer, 20.

A TOUS !

Aidez-moi, je ferai mieux.

Le flambeau, non la torche.

PARIS

BUREAUX : RUE DE HARLAY-DU-PALAIS, 20, PRÈS LE PONT-NEUF.

Couverture de la revue *Le Franc-Maçon*, allégorie de la Liberté éclairant le monde avec le Flambeau de la connaissance et non pas la torche qui incendie.

109

New York,
aéroport de Newark

Jack Winthrop se massa le cou en gémissant intérieurement. Les heures de filature l'avaient courbaturé et abattu. Un boulot de flic, oui ! Bien loin des missions risquées, mais enivrantes, du service Action. Jouer les détectives privés ne l'amusait pas du tout. Devant lui, la zone d'enregistrement d'Air France était bondée, mais la nouvelle cible restait dans son champ de vision. Il avait suivi l'homme une bonne partie de la nuit. De son entrée dans l'entrepôt à sa sortie d'où il avait regagné son hôtel la veille au matin. Quant aux deux hommes et à la femme qui l'avaient précédé, aucune nouvelle, mais ce n'était pas son problème. Surtout pas quand ses cervicales se rappelaient à son bon souvenir.

Lorsque la cible, ce matin, s'était engouffrée dans un taxi, une valise à la main, Winthrop avait contacté son employeur pour le prévenir d'un départ imminent. Ordre avait été donné de le suivre à nouveau.

L'homme était maintenant dans la file pour le vol de Paris. Winthrop savait qu'il terminait sa mission. Une fois le numéro du vol – 019 – ainsi que l'heure d'arrivée en

France vérifiés, il s'installa dans un fast-food, qui donnait sur la zone de départ, afin d'envoyer son rapport. Il finit d'écrire toutes les informations disponibles en avalant un hamburger particulièrement gras mais dont il se contenta parce qu'il mourait de faim.

Voilà bien la mission la plus démoralisante qu'il ait menée : passer des heures à suivre et à attendre un inconnu. Winthrop secoua la tête. Opération Chimère… Qui avait eu l'idée, chez *Aurora*, de pondre un nom pareil… Enfin, c'était terminé. Il se demanda une fois de plus ce qu'était devenu le premier groupe rentré dans l'entrepôt, mais ne poussa pas plus loin sa réflexion. Au fond, il s'en foutait royalement. Ils pouvaient bien s'être fait liquider par l'homme de l'aéroport, cela n'avait pour lui aucune importance.

Il tapa sur la touche « envoi » de son Blackberry. *Aurora* appellerait l'un de ses homologues basé en Europe pour continuer la filature à Paris. Quant à lui, avec un peu chance, il se rendrait directement à l'aéroport de La Guardia pour attraper un vol intérieur à destination de Pensacola.

Ce soir, il serait chez lui avec sa famille et il enverrait sa démission.

Il commanda un café et suivit du regard l'homme qui avait enregistré ses bagages et patientait dans la longue file d'accès au contrôle de sécurité.

Son Palm vibra.

— Et merde ! s'exclama Winthrop en voyant s'afficher le message d'*Aurora Source*.

L'opération Chimère continuait.

Il se précipita vers le comptoir de vente d'Air France et bouscula un groupe de touristes russes.

— Vous reste-t-il des places sur le vol 019 pour Paris ?

L'hôtesse de comptoir le regarda d'un air désolé.

— Non, il nous est impossible d'accepter des enregistrements de dernière minute. Pour des raisons de sécurité. En vertu de la loi de protection renforcée sur le transport aérien… (Elle débitait un discours mille fois rodé depuis les attentats du 11 septembre…) Le listing des passagers pour les vols internationaux est transmis aux autorités de…

— J'ai compris, coupa Winthrop, excédé, quel est le vol suivant pour la même destination, vite ?

Un molosse en costume croisé gris s'approcha du comptoir et le regarda d'un air méfiant. Winthrop radoucit son ton, il ne devait pas se faire remarquer par les services de sécurité. Les passagers de dernière minute étaient très mal vus en ce moment. Heureusement qu'il avait emporté sa valise de voyage sinon il se faisait coffrer immédiatement… Aux États-Unis, les flics de la sécurité des aéroports avaient plus de droits que le KGB du temps de Brejnev et pouvaient l'embarquer pour un regard de travers.

Il afficha un sourire jovial, brandit sa carte de l'Amicale des Marines, avec sa photo version cheveux ras, col droit, son grade de capitaine, et s'adressa au policier en civil.

— Les vétérans de mon ancien régiment sont partis se faire une virée à Paris, je dois les rejoindre à tout prix. Promis, je ne suis pas un terroriste, plaisanta-t-il en affichant son air le plus crétin.

Le policier prit sa carte et vérifia son passeport.

— Les compagnies aériennes ne peuvent faire aucune exception, monsieur, répondit-il sans rendre son sourire à Winthrop. Il vous faudra attendre. Et la prochaine fois, tâchez de ne pas bousculer les autres clients. Bonne journée.

Le flic lui rendit ses papiers et s'éloigna du comptoir.

Connard de flic ! hurla intérieurement Winthrop, les mâchoires toujours crispées sur son sourire.

— Il me reste de la place pour demain, même heure, ajouta l'hôtesse qui affichait à nouveau un sourire standard Air France.

Putain, un jour dans la vue !

Il commanda le billet et prévint *Aurora* de son retard.

110

Au-dessus de l'Atlantique,
vol AF 019 à destination de Paris-Charles-de-Gaulle

Le frère de sang retira ses oreillettes et avala un verre de champagne offert par l'hôtesse, attendrie par ce passager qui avait posé un gros nounours sur le siège vacant à côté de lui.

Il avait fait ses achats à l'aéroport : un panda pour son fils et pour sa femme rien de moins qu'une montre Cartier.

Magistral. Tout s'était déroulé de façon magistrale. Il s'était passé son petit film sur les piliers de la caverne en boucle et ce qu'il avait découvert lui paraissait stupéfiant. Tout de suite, il avait reconnu le site gravé sur la colonne, mais il n'arrivait pas à y croire. Dire que là, en plein cœur de Paris, se dissimulait le secret ultime !

Maintenant peu lui importait le dernier nom des descendants des quatre familles, il pouvait s'en passer. D'ailleurs, il s'était débarrassé de tous ceux qui le gênaient : à commencer par le Black et le frère Marcas. Sans compter les deux descendants connus, de Lambre et Archambeau, passés, eux aussi, à l'Orient éternel. Quant au dernier… il n'y avait pas de quoi redouter une simple légende !

Il savait désormais où était caché le secret de l'or. Son impatience grandissait et il aurait voulu que l'avion se pose déjà sur le tarmac de Charles-de-Gaulle.

Il regarda la peluche avec tendresse. Quand il arriverait chez lui, il la déposerait devant la porte de la chambre de son fils qui la trouverait à son réveil. Il imaginait son cri de joie, ses rires, les yeux brillant de plaisir. Il eut un moment de faiblesse sentimentale qu'il balaya aussitôt. Il avait une mission. Il devait la remplir.

Il rebrancha les oreillettes et se repassa le film sur l'écran de son caméscope.

111

Paris,
Palais-Royal

Edmond Canseliet n'aimait pas qu'on le réveille trop tôt. En se levant, il coula un regard oblique sur sa collaboratrice qui dormait, étendue, nue, sous un fin drap de satin. Mais il n'avait pas le temps de se perdre dans une rêverie érotique. Canseliet traversa silencieusement la chambre et passa dans son bureau. L'alarme sonore reprit, il la coupa avec agacement et lança le message.

La transcription du codage démarra. *Une minute maximum.*

Sur l'écran, une enveloppe tourbillonna, se fixa et s'ouvrit pour laisser place au message de Consurgens.

Aurora Source à Aurora Paris
8 h 25 GMT.
Opération Chimère
DSI nous informe que la cible, liée à l'opération Chimère à New York, va arriver à Charles-de-Gaulle demain, à 13 h 15 heure locale. Veuillez prendre copie de sa photo, et continuez la filature à Paris.

DSI arrive lui-même par le vol suivant et prendra le relais.

Par ailleurs, je me rendrai personnellement sur place dans les prochaines heures. Vous informerai du moment précis de mon arrivée. Prévoyez de fournir une arme pour l'agent DSI à son arrivée.

Fin

Canseliet se frotta les yeux et se mit à grogner. Organiser une filature à l'improviste ! Trouver un flingue ! Rien que ça. C'était bien une idée saugrenue d'Andrea. Décidément, depuis que ce flic avait apporté de cet or presque pur, Consurgens semblait avoir perdu toute mesure. Sans compter qu'il se servait d'*Aurora* comme de son instrument privé et de ses membres comme des domestiques à ses ordres. Le Français pesta. Enfin, Andrea prenait de l'âge, et le moment se rapprochait où il devait désigner son successeur... Mieux valait courber l'échine. Pour l'instant. Canseliet ressentit un frémissement d'impatience et envoya sa réponse.

Aurora Paris à Aurora Source

09 h 35 GMT.

Opération Chimère

Bien reçu, ferons tout selon instructions.

Fin

112

New York

Assis sur la banquette arrière du taxi, Marcas avait du mal à garder les yeux ouverts. La fatigue le submergeait. Tout était allé trop vite, les images se bousculaient dans sa tête. Était-ce l'influence du monde souterrain ? Ses pensées, en pleine sarabande, s'agitaient comme des chauves-souris affolées par une lumière. Il se demandait encore s'il n'avait pas cauchemardé ce qui s'était passé dans la caverne.

Le réveil sur la pelouse qui bordait la statue et le regard réprobateur des touristes qui avaient dû le prendre pour un *homeless* avec son visage tuméfié et ses vêtements en lambeaux, tout paraissait irréel, sorti d'un conte macabre. Il avait pris l'un des nombreux ferries qui reliaient les deux îles, Liberty et Ellis Island, à Manhattan, et moins de deux heures plus tard il se trouvait dans sa chambre au Chelsea Hotel. Il avait eu la présence d'esprit de commander un billet de retour pour Paris avant de s'effondrer sur son lit.

Il s'étira de tout son long sans cesser de promener son regard dans le ciel qui commençait à s'assombrir au-dessus de la banlieue est de New York, où se situait l'aéroport international J.F.K. Le soleil continuait sa course perpétuelle vers l'ouest. Et l'orient, l'est, s'obscurcissait.

L'orient plongé dans les ténèbres. Il revoyait le dernier regard de Ray, son frangin de Harlem. Il n'avait pas tenu sa promesse de venir le chercher. Il reposerait dans cette caverne aux deux piliers, son mausolée pour l'éternité. Il n'avait pas prévenu les autorités de peur d'être bloqué à New York. La découverte aurait provoqué un tel séisme médiatique que ses chances de retrouver le frère de sang auraient été réduites à néant.

Il ne lui restait qu'une piste. *Cenevières.* Le tueur curieusement avait lâché son nom. Un risque calculé ou un coup de vanité ? Il ne le saurait qu'à Paris. Mais cette attente le rongeait, le tueur avait au moins un jour d'avance sur lui.

Pour gagner du temps, il avait passé un coup de fil de l'hôtel à un de ses collègues de la PJ pour retrouver le nom de *Cenevières* dans les multiples fichiers informatiques, officiels ou non. Il avait aussi contacté Andrivaux pour prendre rendez-vous avec lui, dès son arrivée sur Paris, et accéder au fichier des maçons de l'obédience.

C'était sa dernière chance avant que le tueur disparaisse dans la nature, emportant le secret alchimique avec lui. Il frissonna de dégoût à l'idée que ce fou pourrait obtenir le pouvoir de fabriquer de l'or à volonté.

Il chassa cette image d'un revers de main imaginaire. Des nuages sombres et menaçants se profilaient dans le ciel.

Une seule piste. Cenevières. Le frère de sang.

113

Berne

Le valet vint l'avertir que la Bentley l'attendait devant le perron. Sa valise était chargée dans la voiture et son Falcon 7X, le nec plus ultra des jets, l'attendait sur le tarmac de l'aéroport. Andrea Consurgens avala son verre de lait caillé et remercia son serviteur.

Toute cette agitation le fatiguait, précisément depuis l'envoi de l'alerte d'*Aurora Paris* sur l'apparition de fragments d'or alchimique. Certes, il s'attendait bien qu'un jour ou l'autre, le secret des quatre familles remonte à la surface, mais, au fil du temps, il avait minimisé ce risque.

Son excès de confiance lui avait valu de devoir réagir dans l'urgence.

Il enfila son manteau et regarda avec nostalgie le panorama de la vallée alpestre qui s'étendait à perte de vue.

La découverte, dans le sanctuaire souterrain, des deux cadavres par le second agent DSI en doublure de Winthrop l'avait affecté. Il regrettait sincèrement la disparition de la fille de son ami, le colonel Archambeau, le créateur regretté de la DSI et descendant d'une vieille famille chère à son cœur. Dommage que le père et la fille ne se soient jamais entendus.

En revanche, l'absence du corps du Français dans la caverne signifiait qu'il avait réussi à prendre la fuite, sans doute par le conduit d'aération dans le pilier. Dans quelques heures, il serait en France à son tour.

Pourtant, ce n'était pas ce flic qui l'inquiétait, mais cet homme entré et sorti seul du sanctuaire. C'était lui qui avait tué, lui qui s'était emparé de la dernière énigme, lui qu'il fallait éliminer. L'inconnu emboîtait les pièces du puzzle et logiquement il découvrirait le secret de Flamel, d'Isaac Benserade, de Noé, celui du *Livre d'Adam*.

À terme, nul doute qu'il ne pénètre dans le sanctuaire de Paris. Le jeu de piste qui avait résisté aux siècles devenait aussi transparent qu'une énigme pour enfants.

Et puis… Andrea regarda par la fenêtre la voiture qui attendait… pour en savoir autant, cet inconnu ne devait certainement pas en être un.

Les deux piliers. Andrea se souvenait avec émotion de sa première visite dans les entrailles de la statue de la Liberté. De la merveille, ignorée du commun des mortels…

Pour la première fois, depuis bien des années, il se sentit seul, et l'or pour lequel il avait consacré toute sa vie ne lui était plus d'aucune consolation.

Il n'avait plus qu'une obsession : arrêter l'homme qui avait trahi le serment de l'or.

114

Paris,
Palais-Royal

Sa collaboratrice venait d'appeler. Elle avait trouvé l'arme chez un revendeur du marché clandestin, porte de Clignancourt, et un privé disponible pour la filature. Canseliet était bluffé, comme d'habitude. La dernière fois elle avait réussi à lui dégoter deux call-girls jumelles, une exigence d'un émir, un de ses bons clients de passage à Paris. Il la remercia avec effusion. À la différence d'Andrea, remarqua-t-il, il savait traiter avec élégance ses employés. Et même un peu plus… Et il songea au corps nu qui avait eu la faveur de partager ses draps. Mais ce n'était pas le moment de se laisser distraire, d'autant qu'il avait toutes les cartes en main : en moins d'une matinée, il avait réalisé toutes les demandes de Consurgens.

L'arme, la filature depuis l'aéroport qui s'était déroulée sans encombre. L'homme avait passé la journée précédente à se reposer et n'était sorti qu'aujourd'hui pour se restaurer du côté de l'avenue Franklin-Roosevelt. Il était ensuite rentré dans une galerie marchande des Champs-Élysées. À cette heure, la *cible*, comme Andrea l'appelait, achetait une lampe torche à longue portée dans un magasin spécialisé en articles de sécurité. On ne pouvait pas être plus précis.

Canseliet laissa échapper un rire de contentement. Il n'avait plus qu'à envoyer son rapport.

Aurora Paris à Aurora Source

14 heures, heure locale.

Cours

L'indice XAU du cours des actions sur l'or présente encore trop de volatilité. Cinq compagnies minières ont continué de vendre une partie de leur production non extraite à l'avance auprès des marchés. Le seuil des 2800 tonnes d'or vendues de la sorte a été dépassé et se rapproche du chiffre de production total annuel.

Mouvements

Note sur les dernières prévisions du marché des Digital Gold Currencies ou encore appelés e-gold.

Depuis l'apparition de ce nouveau marché basé non plus sur l'or physique, sous forme de lingots, barres ou pièces, mais sur des lots virtuels d'or, qui s'achètent et s'échangent sur le Net des *brokers*, *Aurora* possède la majorité des parts dans les premières sociétés de courtage. Les prévisions pour l'année en cours sont très positives, mais je réitère mon avertissement sur un risque de cannibalisation du marché réel de l'or.

En effet, le cours de 10 onces d'e-gold (3460 $) est inférieur à celui de 10 onces d'or métal (3650 $), d'autre part, les transactions se déroulent avec beaucoup moins de traçabilité. Attention à un phénomène d'emballement qui provoquerait une bulle et qui, en cas d'éclatement, pourrait avoir des répercussions sur le marché de l'or métal.

En annexe, les cours DCG.

Opération Chimère

La cible désignée, en provenance de New York, a été prise en filature dès sa sortie de l'aéroport, hier. Toutes les informations la concernant seront transmises à l'agent

DSI, dès son arrivée à Paris où il se chargera à son tour de la filature de la cible.

Je vous attendrai à l'aéroport du Bourget à l'heure que vous m'indiquerez.

Fin

115

Paris,
siège de l'obédience,
IXe arrondissement

Sitôt débarqué à l'aéroport Charles-de-Gaulle, et après une heure et demie d'embouteillages, Marcas s'était précipité au siège de l'obédience. Pâle, son costume froissé, les stigmates de l'insomnie sur son visage, il trépignait d'impatience dans le bureau de Guy Andrivaux.

C'était sa dernière chance de pouvoir identifier le frère de sang.

Un fantôme. Un ectoplasme. Le nom de *Cenevières* n'apparaissait dans aucun fichier consultable. Son collègue de la PJ avait fait tourner sa bécane, en vain. Maintenant, dans le bureau du conseil de l'ordre, il marchait de long en large pendant que le Grand Secrétaire tapotait sur son ordinateur.

— Alors tu l'as ?

— Non. Toujours pas. Il n'apparaît sur aucun de nos fichiers.

— *Cenevières*, bon sang. Il m'a lâché son nom. Ton PC déconne. C'est pas possible !

Le Grand Maître intervint et mit sa main sur l'épaule de Marcas.

— Notre frère secrétaire ne peut pas se tromper, la base de données est mise à jour très régulièrement. Tous les noms des frères à jour de leur capitation sont là, même ceux qui ont été suspendus ou radiés.

La tête entre les bras, Antoine réfléchissait. Ça ne collait pas. Quel intérêt avait le tueur à lui donner un faux nom, sachant qu'il l'avait condamné à mort dans la caverne sous la statue ?

— Et s'il était membre d'une autre obédience ?

Le Grand Maître secoua la tête.

— Écoute, c'est une procédure exceptionnelle, mais j'ai transmis ce nom à mes homologues des autres obédiences. Quand j'ai expliqué que c'était peut-être un assassin, ils ont tous accepté de fouiller dans leur fichier. En vain. Ton Cenevières n'est répertorié dans aucune loge maçonnique en France.

Accablé, Marcas s'affala dans l'un des fauteuils, croisant ses mains sous le menton. Il ne pouvait pas échouer si près du but. Guy Andrivaux quitta son ordinateur pour s'asseoir à ses côtés.

— J'ai une idée. On peut essayer une autre piste. Tu nous as bien dit qu'il était le descendant d'un maçon référencé au XVIIIe siècle pour être un proche de La Fayette et Archambeau.

— Oui. Ils étaient trois frères et tous fréquentaient la même loge. C'est Paul de Lambre qui…

Soudainement, le commissaire s'aperçut qu'il avait toujours affirmé n'avoir jamais pu ouvrir la clé USB que lui avait transmise son frère assassiné. Mais le Grand Secrétaire, totalement pris par son idée, ne l'avait pas écouté.

— Montons aux archives, avec le nom de la loge fréquentée à l'époque par le marquis, on pourra peut-être trouver quelque chose.

— Je vous laisse, dit le Grand Maître, un avocat aux cheveux gris et bouclés, j'attends des journalistes de télévision pour une interview sur la laïcité. Pour une fois qu'ils ne cherchent pas le spectaculaire…

Les deux hommes prirent l'ascenseur qui les fit grimper au sixième étage où se nichait la bibliothèque. Ils longèrent un mur orné de deux blasons du XVIIe siècle. L'un représentait quatre saints couronnés, patrons des maçons de Montpellier. Ils arrivèrent devant le bureau du directeur de la bibliothèque et des archives.

Un homme à la fine barbe noire, taillée avec soin, les reçut avec bienveillance.

— Pierre Moutiers, entrez donc.

Le bureau à l'ancienne, avec parquet patiné, armoires remplies de livres, offrait une vue splendide sur tout l'Ouest parisien. On apercevait même, au nord, le dôme blanc de la basilique du Sacré-Cœur. Une provocation pour certains maçons au point que, dans les années 60, il avait été envisagé de construire un immense triangle lumineux sur le toit pour faire enrager les cathos.

La table du responsable des archives était encombrée de livres, de manuscrits et d'objets aussi variés que nombreux dont un étui à cigarettes qui n'échappa pas au regard curieux de Marcas.

Andrivaux le mit rapidement au courant de leur recherche. L'érudit fronça les sourcils en prenant des notes.

— Pour la loge de La Fayette, pas de problème, elle est bien connue, elle s'appelait *Les Amis de l'Humanité*. Mais ça ne nous indique pas celle fréquentée par ses amis dont vous me parlez. En revanche, je crois qu'il est possible de retrouver ces… vétérans de la guerre de l'Indépendance. Voyons, voyons… (Il consulta son ordinateur qui donnait accès au fonds conservé dans l'obédience.) Ah ! voilà, mais j'ai de nombreuses références. Décidément, beaucoup de frères se sont engagés dans ce conflit.

Marcas était sur des charbons ardents.

— Un combat pour la liberté et la démocratie, souligna Andrivaux.

— Alors… Eh bien, il y a cinq livres considérés comme des classiques sur la question.

— Parfait, nous voudrions les consulter, dit le secrétaire d'une voix affable.

— Allez directement dans la bibliothèque et installez-vous sur une des tables. Je vais demander qu'on vous les apporte tout de suite.

Antoine, touché par tant de disponibilité, se pencha vers Moutiers pour lui donner l'accolade fraternelle. Le directeur lui rendit rituellement son salut.

— Et si je puis encore t'être utile, mon frère, je serai ravi de participer aux recherches.

116

Paris,
Champs-Élysées

La boutique de sécurité était bondée de clients à l'allure d'ex-militaires ou d'employés d'ambassades à la mine patibulaire qui remplissaient leurs petits paniers de détecteurs d'écoute, de micros espions et de pistolets à décharge électrique aussi naturellement qu'ils auraient acheté du fromage et des légumes au supermarché.

Le frère de sang paya le vendeur au crâne rasé et fourra dans sa poche le sac plastique noir qui contenait la torche, modèle homologué FBI d'une durée de vie de deux heures et un couteau cranté recommandé par les Navy Seals.

Il sortit en jetant un œil sur la devanture de la librairie qui jouxtait le magasin où la clientèle n'avait pas vraiment le même style. Il vit, posé sur un dos de velours, une de ces éditions rares qui, avant, faisaient son bonheur, un in-4° relié, en maroquin rouge, qui étalait paresseusement ses profondes dorures et ses armoiries gravées. Ses goûts avaient évolué, maintenant c'étaient les couteaux qu'il maniait.

Désormais, il était un autre homme. Un homme neuf. Un initié. Le frère de sang.

C'était décidé, il irait tout à l'heure là où sa quête s'achevait. Il avait pris le temps de se reposer depuis son retour de New York et de savourer la découverte à venir. Plus rien ne serait comme avant quand il aurait le secret de l'or. Aujourd'hui même, dans quelques heures seulement.

En s'écartant de la vitrine, il aperçut le reflet d'un homme qui semblait l'observer, accoudé, de l'autre côté de la galerie commerçante.

Il se pencha à nouveau vers les livres, mais son regard croisa celui du type qui faisait semblant de lire un journal. Soit il était parano, soit quelqu'un le suivait. Mais qui pouvait bien le filer ? Ça n'avait aucun sens. Il ne fallait pas prendre de risque inutile, pas à l'ultime étape de sa quête.

Il se devait de semer son poursuivant et surtout faire en sorte que celui-ci ne s'en aperçoive pas. Il repéra au bout de la galerie une grande façade ornée de petits drapeaux européens. Une enseigne multilangues, vantant les mérites d'une résidence-hôtel qui portait le nom inspiré de *Business Center by Seine*. Les allées et venues étaient incessantes, des hommes surtout, tous vêtus en costume-cravate et portant systématiquement une valise.

Le frère de sang jubila intérieurement. Si sa déduction était bonne, il s'était tiré d'affaire. Sans qu'il ait besoin de se retourner, il sentait la présence de l'inconnu qui l'avait pris en filature. Il le suivait ? Tant mieux, il allait lui en donner pour son argent.

Il entra.

La réceptionniste comprit très vite son dilemme. Il devait impérativement louer un studio pour un important client étranger. Un Asiatique. Pourrait-elle lui présenter les différentes possibilités ? Il voulait le meilleur.

Aussitôt, elle appela un collègue qui le mena vers les

ascenseurs. En quittant le hall, il osa un léger coup d'œil en arrière. L'homme avait déjà le portable à l'oreille.

Le frère de sang se décontracta ; il se tourna vers son guide.

— Dites-moi, pourriez-vous me montrer les issues de secours ? Mon client est très sourcilleux sur ce point. Une question de culture à ce qu'il paraît !

117

Paris,
siège de l'obédience

Andrivaux et Marcas passèrent le portail de détection qui marquait l'entrée de la salle de lecture aux hauts murs garnis de milliers de livres. Ils se mirent de part et d'autre d'une grande table et virent arriver la bibliothécaire qui posa avec précaution un tas d'ouvrages à la reliure ancienne.

— Ils proviennent de la réserve, prenez-en grand soin, dit-elle d'un air grave.

Moutiers vint les rejoindre et s'assit à côté d'eux.

— Nous recherchons un certain Cenevières, compagnon d'armes de La Fayette et d'Archambeau, précisa Marcas en ouvrant le premier livre de la pile.

Les deux autres l'imitèrent. On entendait le froissement des pages tournées qui trouait le silence studieux. Au bout de dix minutes, le directeur toussa.

— J'ai Archambeau. Apparemment, c'est le plus connu. Il est présenté comme un proche de La Fayette durant toute la campagne de l'Indépendance. Quant à sa carrière maçonnique… Je consulte la bio, dans les notes…

Voilà… On dit simplement qu'il a été initié à Paris, mais sans préciser le lieu. Ni la date.

— Et m… grommela Antoine.

— La recherche n'est pas un long fleuve tranquille, commenta Moutiers.

— Mais parfois, c'est dans les petits affluents qu'il faut chercher, annonça Andrivaux, en désignant une mince plaquette dont la reliure rendait l'âme. C'est une brochure antimaçonnique de 1815, après la chute de Napoléon, rédigée visiblement par un royaliste fervent et qui, bien sûr, dénonce le complot ourdi par les frères et qui a conduit à la Révolution.

— Une vieille antienne, confirma Antoine, mais quel rapport avec ce qu'on cherche ?

— Eh bien l'auteur ne se contente pas d'accuser les maçons, il les dénonce aussi. En particulier, les aristocrates qui ont été initiés. De vrais traîtres à leur classe sociale d'origine. Et pour prouver ses dires, il indique leur nom de loge.

— Ne me dis pas…

— Il y est. Archambeau, membre de la loge *Les frères de Saint-Jacques*, pas courant comme nom pour l'époque. Initié en 1775.

Le visage fermé, Antoine se tourna vers le directeur des archives.

— Pas de souci, j'ai compris. Le tableau des membres de la loge *Les frères de Saint-Jacques*, c'est comme si c'était fait.

Et il disparut consulter son ordinateur. Alors que Marcas, en proie à l'impatience, tapotait nerveusement le rebord de la table, Andrivaux, lui, continuait à s'interroger :

— *Les frères de Saint-Jacques*. C'est bien la première fois que je vois un nom de loge pareil. D'habitude, on célèbre l'amitié, la fraternité, la liberté ou bien les symboles maçonniques.

— Tu t'interroges sûrement pour rien. Tu sais bien qu'à l'époque, ils adoraient jouer sur les mots pour créer un effet de mystère.

Moutiers entra, tenant un long étui couvert de toile.

— Ça y est ! La liste des membres de la loge, depuis sa création.

Il sortit un registre jauni divisé en petits cahiers remplis d'une écriture soignée, mais minuscule.

— On se partage les pages ?

— Et si on commençait par l'année de l'initiation d'Archambeau ?

— Alors, allons-y pour 1775.

Un groupe de têtes compact se forma au-dessus des pages de l'année en question. Andrivaux épelait les noms, leur grade en maçonnerie, leurs fonctions dans la loge.

Cette méticulosité acheva d'impatienter Antoine.

— Tu peux pas aller directement à la lettre C ?

Rapidement, le Grand Secrétaire tourna les pages.

— Voilà, C… Ça… Ce…

— Cenevières, on l'a ! s'écria le directeur.

Le nom délicatement calligraphié était inscrit tout en bas de la colonne.

« Cenevières, Alexis de, initié le 23 février 1776. »

Moutiers posa le doigt sur une étoile tracée dans la marge, suivie d'un chiffre à l'encre pâlie.

— Regardez, il y a un astérisque et un numéro en référence. Ça signifie qu'un secrétaire de loge a fait un ajout à la page…

— 275, le coupa Antoine.

— C'est ça, Il faut changer de cahier… Voilà.

Plus vite, pensa Marcas, *plus vite ou je vais avoir une coronaire qui va lâcher.*

— C'est bien ça, confirma le directeur, une note marginale postérieure, attendez, je déchiffre…

« Le frère Alexis de Cenevières est décédé en 1837,

à l'âge vénérable de 87 ans. Pour célébrer cette haute figure de la guerre de l'Indépendance des États-Unis, une tenue funèbre a eu lieu pour le cinquantenaire de sa mort, présidée par son arrière-petit-fils, Louis de Cenevières, de la loge Alsace-Lorraine.

— Cette fois, on sait que la dynastie maçonnique s'est perpétuée, triompha Marcas. Ce petit-fils, Louis de Cenevières, on peut le retrouver ?

Un large sourire éclaira le visage du directeur.

— Sans problème. *Alsace-Lorraine* était l'une des loges les plus réputées de la deuxième moitié du XIXe siècle. Elle regroupait des écrivains, des hommes politiques, des fonctionnaires, des hommes de science, tous réunis par le ciment du patriotisme. Sans compter, et ça va t'intéresser, qu'ils ont été le fer de lance de l'amitié franco-américaine.

Marcas posa la question qui lui brûlait les lèvres depuis New York.

— Auguste Bartholdi, le concepteur de la statue de la Liberté, il a fait partie de cette loge ?

Moutiers se leva.

— Le temps de mettre la main sur sa bio dans la bibliothèque… et je te dis ça.

Marcas savait que tout allait se jouer sur cette réponse.

118

Paris,
Palais-Royal

— Mon cher Edmond, vous avez toujours eu un attachement trop voyant à mon goût pour notre matière première favorite.

Andrea Consurgens contemplait le bureau extravagant de Canseliet. Jamais, il ne lui serait venu à l'esprit de vivre dans un décor doré aussi clinquant. Le négociant faisait partie de cette catégorie de membres d'*Aurora* subjugués par l'esthétique du précieux métal, qui avaient besoin physiquement de posséder, de toucher, de pétrir sa substance. Ils étaient quatre sur les vingt affiliés du cartel à partager la même obsession. Quant aux autres, bien que dépendants, ils ne tombaient heureusement pas dans un comportement aussi addictif.

— Chacun ses vices, Andrea. Quelle est la suite du programme ?

Le Suisse croisa les jambes et inclina la tête sur le côté.

— Il va falloir procéder à une interception de la cible rentrée de New York.

Canseliet frissonna ; la façon dont Consurgens prononçait le mot laissait entrevoir un avenir déplaisant pour la cible. Il avait entendu parler des interventions des agents de la DSI mais préférait ne pas être au courant des détails. Depuis son retour de la précédente réunion d'urgence dans le chalet d'Andrea, son enthousiasme pour le groupe *Aurora* s'était refroidi. Cette histoire d'or alchimique le dépassait. Il fallait arrêter tout ça.

— Vous savez qu'ici, nous ne sommes pas au Moyen-Orient ou dans une quelconque république bananière ?

— Oui, et alors ? répondit Consurgens d'un air détaché.

— Une *intervention* sur le sol français pourrait avoir des conséquences très graves.

Andrea Consurgens afficha un air bienveillant, comme celui d'un père en train d'expliquer à son fils qu'il faut se laver les mains avant de passer à table.

— Je comprends vos scrupules. Mais imaginez que le secret de l'or alchimique soit rendu public ou qu'il tombe aux mains d'une personne malintentionnée, comme je le suppose pour notre cible. Les conséquences ne seraient pas seulement graves, elles deviendraient catastrophiques. Tout s'écroulerait.

— Je sais, la fin d'un monde, c'est ce que j'ai dit au flic français quand il était assis à votre place. Néanmoins…

Le téléphone doré sonna sur le bureau. Canseliet décrocha et fronça les sourcils. Il lança un seul mot, *incapable*, et raccrocha trente secondes plus tard.

— La cible a été perdue, dit-il avec agacement, je suis vraiment désolé, je vais…

Consurgens ne cillait pas, le sourire toujours figé. Le Français s'étonna :

— Je pensais que cela vous aurait mis en colère.

— Je ne me mets jamais en colère, c'est une émotion dont j'ai oublié jusqu'à la saveur amère. De toute façon, si notre homme est celui que je pense, je sais où il va se rendre.

119

Paris,
siège de l'obédience

Moutiers était revenu. Un épais volume à la main, qu'il feuilletait tout en parlant.

— Auguste Bartholdi a été initié le 14 octobre 1875 à la loge *Alsace-Lorraine*, quelques jours d'ailleurs avant la création de l'Union franco-américaine. Une association où l'on retrouvait beaucoup de maçons de l'époque, à commencer par son vice-président, l'historien Henri Martin : Grand Maître des loges de l'époque. Pas du menu fretin !

Marcas se frotta les mains.

— Cenevières, La Fayette, Archambeau, et maintenant Bartholdi. C'est vraiment le carton plein.

Andrivaux avait du mal à comprendre pareil enthousiasme.

— Si j'ai bien compris, nous cherchons un meurtrier qui descend, en ligne directe ou indirecte, d'un certain… – il vérifia ses notes… – Alexis de Cenevières dont les descendants ont eux aussi été frères. C'est le cas de ce Louis de Cenevières, membre de la loge *Alsace-Lorraine*, mais en revanche je ne vois pas très bien ce que Bartholdi vient faire dans cette histoire…

Tout à coup, Antoine s'aperçut qu'il était allé trop loin. Impossible d'expliquer à Andrivaux comme à Moutiers qu'il avait trouvé un sanctuaire sous la statue de la Liberté, imaginé et réalisé par le frère Bartholdi.

— Un hasard. Un simple hasard. À force de fouiller, on finit par ne plus voir que des coïncidences. Continuons à explorer la piste de ce Louis de Cenevières, c'est elle qui nous mènera à l'assassin de Paul de Lambre.

— Dans ce cas, il va falloir s'attaquer aux comptes rendus de la loge *Alsace-Lorraine*, soupira Andrivaux, on en a pour des semaines.

Moutiers secoua la tête.

— Non. Comme je vous l'ai dit, c'est une loge célèbre. Ses archives ont fait l'objet d'un descriptif complet et même, cerise sur le gâteau, d'un classement sur fichier informatique.

Cette nouvelle galvanisa le Grand Secrétaire.

— Alors, partageons-nous le travail. Antoine, à toi l'honneur de choisir.

— J'aimerais lire les planches faites par Louis de Cenevières lors des tenues d'*Alsace-Lorraine*.

— Suffit de demander, répliqua Moutiers, en se dirigeant vers l'ordinateur central, deux cases à remplir et le moteur de recherche va te trouver ça.

— Quant à nous, décréta Andrivaux, on va se taper le plus ingrat, le dépouillement des listes de membres de la loge. On finira bien par tomber sur une information touchant ce Cenevières.

Trois résultats s'affichèrent sur l'écran.

— Eh bien, il n'a pas beaucoup travaillé, notre frère Cenevières, trois planches dans toute une carrière maçonnique, plaisanta le directeur en notant les références pour les passer à la bibliothécaire.

— Je suis sûr qu'on va avoir bien plus à lire, gémit le Grand Secrétaire.

— Gagné ! confirma Moutiers alors que l'écran était

envahi de résultats sous forme de codes barres suite à sa seconde requête ; il va falloir qu'on aille les consulter dans l'autre salle. C'est plus près des rayonnages.

La bibliothécaire entra et posa un mince dossier devant Antoine. Andrivaux et Moutiers se levèrent en recommandant à Marcas de ne pas trop se fatiguer.

Mais déjà le commissaire ne les écoutait plus.

Le dossier contenait trois planches manuscrites. Marcas élimina d'office les deux premières qui étaient des travaux obligés d'apprentis pour se concentrer sur la troisième. La seule que Louis de Cenevières avait rédigée de sa propre initiative.

Antoine déplia les feuilles pliées en deux et parcourut la page de titre.

Planche présentée le 25 novembre 1891 par le F :. Cenevières : la tour Eiffel.

Une à une, il lut les six premières pages de la planche qui expliquait de façon très technique comment avait été construite la tour ainsi que les défis qu'avaient dû relever les ingénieurs et les compagnons charpentiers, « *les indiens* », qui virevoltaient dans les airs pour assembler les pièces de fer. Rien de bien palpitant, mais un passage le fit sursauter.

« Comme vous le savez, mes frères, le cabinet Eiffel a travaillé aussi sur l'armature de la statue de la Liberté, que la France a offerte généreusement à nos amis américains. Vous savez d'ailleurs tous le rôle de nos loges dans l'appui généreux au comité franco-américain qui a transformé ce rêve en réalité. Le frère Bartholdi nous a d'ailleurs fait une merveilleuse planche sur les prodiges de réflexion et d'imagination qui ont donné naissance à sa statue.

Sans rentrer dans des détails trop fastidieux, ce fut exactement la même chose pour la construction de la tour de monsieur Eiffel. Les calculs mathématiques les plus audacieux alliés à la perfection du travail des métaux ont permis d'ériger, grâce au génie de la raison, la plus haute tour du monde.

Un pilier à la gloire de la connaissance de l'humanité. Comme la statue de notre frère Bartholdi qui, elle, est un pilier dédié à la liberté.

Et c'est une fierté à nulle autre pareille pour moi que d'avoir œuvré, en tant que franc-maçon, à la construction de ces deux colonnes parfaites, de part et d'autre de l'Atlantique. J'oserai même cette allégorie, la tour et la statue sont comme Jakin et Boaz, les deux piliers qui soutiennent le temple universel.

Le cœur de Marcas bondit. La référence aux deux piliers ! Tout concordait. Il poursuivit sa lecture.

J'espère que dans des centaines d'années, quand nous ne serons que poussière et que nous aurons disparu de la mémoire des hommes, ces deux merveilles, à l'égal de la pyramide de Khéops, seront toujours sur leur base pour aider à la venue d'une société plus juste et plus éclairée.

Je veux en profiter pour remercier trois autres frères qui, eux aussi, ont contribué à l'édification de ces deux piliers. Ils n'aiment pas se mettre en lumière, eux, les amis de l'or de la vérité, mais je voudrais leur rendre hommage, leur nom ne sortira pas de cette loge. J'ai nommé les frères La Fayette, Archambeau – là le nom était gratté. *Je les appelle mes trois frères d'épée, ils comprendront. J'ai dit.*

La planche se terminait sur les remerciements d'usage. Marcas était abasourdi. Le discours du F :. Cenevières était limpide, les allusions aux deux piliers transparentes. Tout y était, l'or de la vérité, les frères d'épée…

Et surtout, après la statue de la Liberté, le nom du deuxième pilier : la tour Eiffel.

120

Paris,
IXe arrondissement

Maintenant, il ne risquait plus rien. Le frère de sang avançait à pas rapides. Encore trois minutes à ce rythme et il serait chez lui. Une question demeurait néanmoins en attente. Qui l'avait suivi ? Il marchait plus vite, une manière pour lui d'activer aussi sa pensée. Tous ses adversaires étaient morts. Des quatre familles, il n'en restait qu'un. Il accéléra. Il n'aimait pas la petite voix qu'il entendait. Chaque fois, elle était synonyme de malheur. Et la dernière fois… il sentait son cœur battre dans la poitrine. Non, plus aujourd'hui. Il était un homme neuf. Un initié. Et un frère ne succombait pas à la superstition. Il ralentit. Son propre enthousiasme l'avait rassuré. Maintenant il était fort. Il pouvait écouter la petite voix. Sans en avoir peur.

Alors, que disait-elle ? Quoi ? Le quatrième ? Le frère de sang reprit sa course. Quelle absurdité ! Il n'y avait jamais eu de quatrième famille. Jamais ! C'étaient les trois frères, les trois seuls détenteurs du secret, qui avaient sûrement inventé cette fable. Pour brouiller les pistes. Allons voyons, comme si c'était possible ! Non, le quatrième n'existait pas ! Une légende ! Une légende !

Le frère de sang éclata de rire. Des passants le regardèrent étrangement. Non, il n'y avait plus que lui. Que lui seul. Il était l'héritier.

Il ralentit juste avant la porte cochère. Une simple précaution. D'ailleurs, maintenant il en était sûr. Personne ne l'avait suivi. Son imagination lui avait joué un tour. Tout simplement. Ça arrivait parfois.

Il tapa le code d'accès. Le hall d'entrée était désert. Seule la loge de la concierge était éclairée. Il fit un signe de la main au visage qui apparut brièvement à la fenêtre, puis il monta rapidement. À cette heure, son fils était au collège et sa femme dans l'une de ses boutiques.

Il devait se préparer. La soirée à venir serait longue. Après avoir posé son sac sur le canapé, il se remémora la liste des objets dont il avait besoin : torche, couteau, bonnet, combinaison. Et bien sûr, le dessin des trois symboles qui lui permettrait d'identifier le mécanisme d'entrée de la porte du sanctuaire. Quand il l'avait vu sur le pilier, il avait parfaitement reconnu l'endroit. Sûr et certain. Mais il voulait vérifier. Il restait un dernier détail. Où est-ce que sa femme rangeait le plan de Paris ?

Voilà, il était là, dans le tiroir de la commode.

Il n'y avait qu'à le déplier, chercher l'arrondissement… Il passa le doigt sur le plan à l'endroit précis où il devait se rendre. Juste à côté de la… tour Eiffel.

121

Paris,
siège de l'obédience

Il était plus de vingt-deux heures quand Moutiers, Andrivaux et Marcas, qui les avait rejoints, finirent d'établir la généalogie des Cenevières, réussissant à pister ses membres, de décennie en décennie, grâce à la filiation maçonnique continue, du moins jusqu'à la Seconde Guerre mondiale. Car, à partir de cette période trouble, une modification imprévue avait eu lieu.

Selon les registres de l'époque, un certain André Cenevières, maçon et résistant historique, obtint après la guerre de changer de nom et de s'appeler désormais capitaine Hautefort. Ainsi les Cenevières devinrent les Hautefort à partir de 1945.

— Heureusement qu'on a consulté toutes les listes des membres, déclara Andrivaux en se massant les lombaires qui supportaient mal la station penchée.

— Les frères sont des gens précis et méticuleux. Si après-guerre un secrétaire de loge n'avait pas pris la peine d'enregistrer ce changement de nom et d'en noter la cause, on n'en serait pas là, conclut sentencieusement Moutiers.

— Et maintenant on fait quoi ? interrogea Marcas. Je vous rappelle qu'on a un tueur de francs-maçons en liberté.

— D'accord, concéda Andrivaux, on va redescendre dans mon bureau pour consulter le fichier central des frères.

Le résultat fut rapide et fructueux. Trois Hautefort apparurent dans le fichier. Tous membres des loges de province.

— Tu peux avoir leur âge ?

— Pas de problème. La date de naissance est inscrite sur leur fiche personnelle. Regarde.

Le commissaire fit de rapides calculs et frappa du revers de la main sur la table. Tous avaient plus de soixante ans.

— Le frère de sang est plus jeune. Ça ne colle pas. Merde…

Andrivaux leva les mains au-dessus de sa tête en signe d'impuissance.

— On ne peut pas faire plus. Écoute, Antoine, il y a peut-être une hypothèse beaucoup plus simple.

— Laquelle ?

— Tout bêtement que ton tueur ne soit pas un franc-maçon.

Le commissaire eut une grimace de dépit.

— Malheureusement, non. Ce salaud en sait trop sur nous, nos habitudes, nos rituels… Il m'a quasiment fait un cours.

— Tous nos *petits secrets* sont connus depuis longtemps. Il suffit d'ouvrir un livre. Et il y en a autant qu'on veut dans toutes les librairies, même un opus : *La Franc-maçonnerie pour les nuls*…

— Non, ce type-là est littéralement fasciné, possédé par la maçonnerie…

— *Fasciné* ne veut pas dire *initié*, le coupa Moutiers, ça ouvre des perspectives.

— Qu'est-ce que tu veux dire ?

— Qu'il y a une autre piste à fouiller. Les refusés. Ceux qui ont demandé à rentrer chez nous et qui se sont fait jeter.

— Mais oui ! l'interrompit Marcas, on n'a pas regardé le fichier des *blackboulés*[1].

Le secrétaire général tapa un code, le nom recherché et afficha aussitôt un air de triomphe.

— On l'a ! J'imprime la fiche de ce fumier. Il y a une note en annexe.

L'imprimante laser cracha une feuille à en-tête du sigle de l'obédience.

Alexandre Hautefort. Né le 21 juin 1960, marié, deux enfants. Résidant au 12, rue de la Grange-Batelière 75009 Paris. A demandé son admission à la loge Les Enfants de Tubalcaïn. *A été refusé. En principe, les motifs du refus n'ont pas à être communiqués, mais un fait exceptionnel s'est produit et a conduit le vénérable de la loge à produire une note ci-jointe.*

Note annexée.

L'un des trois frères enquêteurs, lui-même médecin, a découvert que le profane Alexandre Hautefort avait fait un long séjour en clinique spécialisée. Un entretien informel avec le médecin-chef de la clinique a confirmé qu'il serait préférable que le profane soit complètement remis avant de se faire initier.

Marcas griffonna l'adresse du suspect.

— Rue de la Grange-Batelière, mais c'est juste derrière. Bon sang, ce type vit à deux pas d'ici !

1. Quand un profane est candidat à l'initiation, à l'issue du passage sous le bandeau, les membres de loge doivent accepter ou refuser son admission. Le vote se fait sous forme d'une boule déposée par chaque membre. Blanche pour accepter le nouveau frère, noire pour refuser. Comme pour le solfège, deux noires valent une blanche. D'où l'expression passée dans le langage populaire de « blackbouler » en cas de refus.

122

Paris,
Quartier latin

Jack Winthrop se morfondait dans un café, place Saint-André-des-Arts. Au fil des heures d'attente, il avait épuisé tout le charme du lieu et d'abord la perspective, pourtant réputée, sur la fontaine Saint-Michel. Certes, il s'était amusé des groupes de touristes qui se faisaient prendre en photo devant le bassin et sa statue, mais au bout d'un moment, ni les Italiens hurleurs et leurs gestes obscènes, ni les collégiennes anglaises en uniforme ne l'avaient déridé. Et encore moins, ce groupe de Japonais, vêtus de ponchos en plastique rouge, qui écoutaient dans un silence quasi religieux un guide volubile, pressé de les amener au trot vers un nouveau site touristique.

Jack poussa un ouf de soulagement quand son Blackberry se mit à vibrer.

Aurora Source à Aurora DSI
Opération Chimère
Instructions :
Mission de filature prévue annulée. Portez-vous immédiatement quai Branly, au niveau de la tour Eiffel. Assurez-

vous d'être armé. Quand vous serez sur site, contactez-moi directement sur le numéro de portable indiqué ci-dessous. Puis vous attendrez de nouvelles instructions.

FIN

Winthrop relut le message. Cette fois, il n'était plus pressé. La référence à l'arme l'inquiétait. Il tâta la bosse quasi invisible que formait le pistolet sous son blouson de cuir épais. Il pesta : le modèle fourni était un Zastava M57, une arme serbe très prisée par les mafias d'origine balkanique mais qu'il n'aimait pas utiliser depuis qu'il avait eu un problème d'enrayement au Kosovo, lors d'une précédente mission. Une fille superbe le lui avait remis dans une rue voisine de la part d'*Aurora* et était partie sans un mot.

Les imprévus faisaient partie de son job et puis, ses employeurs se sentaient plus rassurés quand ils le savaient en possession d'une arme à feu. C'était prévu dans le package, comme les cheveux gris coupés en brosse, les muscles qui roulaient sous le T-shirt moulant et les chaussures à coque d'acier. C'était une image, celle du baroudeur, prêt à dégainer à tout moment. Et l'image, en principe, devait suffire.

À droite de la fontaine Saint-Michel, une voiture de police s'immobilisa. Trois policiers en tenue sortirent. Jack se leva par prudence et prit au hasard la direction du musée de Cluny.

Et dire qu'il avait décidé de décrocher, de rentrer au pays, de s'occuper de sa famille, et voilà qu'on risquait de lui demander de se servir d'un flingue en plein Paris !

Jack marchait, toujours assailli par des pensées contradictoires. En fait, il se voyait mal refuser d'obéir au boss d'*Aurora*. Il savait trop ce qui risquait d'arriver. Mais de là à ouvrir le feu au pied de la tour Eiffel ! C'était du suicide, d'autant qu'il n'avait aucune confiance dans cette merde de flingue serbe.

Il s'arrêta d'un coup. Devant lui, une vitrine présentait du matériel d'équitation. Il regarda fasciné tout cet attirail qui lui rappelait ses vacances de jeunesse passées à la frontière du Mexique. Les longues heures à cheval, la poussière des pistes, le galop dans le désert, le bétail que l'on capture au lasso. Il se pencha vers la vitrine pour mieux contempler chaque pièce : les bottes à revers, les selles en cuir tressé, les étriers rutilants, les guides, les cordes… et un fouet.

Un fouet de cuir sombre, court, d'à peine un mètre de long. Cela faisait belle lurette qu'on n'utilisait plus de fouet en équitation mais dans son unité de commando on lui avait appris à s'en servir comme d'une arme efficace. À la fois pour neutraliser un adversaire et plus… si besoin était.

S'il fallait tuer discrètement, désormais il savait comment.

123

Paris,
rue de la Grange-Batelière,
IXe arrondissement,
nuit

Marcas poussa la porte cochère. Le sol en marbre veiné de la plus belle eau se voulait le symbole du standing des habitants de l'immeuble. Au bout du hall, une seconde entrée vitrée bloquait l'accès à l'escalier de style Empire.

Il frappa à la porte de la gardienne. Une femme jeune, élancée, aux cheveux blonds presque blancs ouvrit et le considéra d'un air hautain. Si les concierges sont aussi choisis sur casting, songea le commissaire.

— Vous désirez ? jeta la fille, avec un fort accent russe.

— Police, répondit Marcas en poussant la porte pour rentrer dans la loge.

— Euh, je ne sais pas… Je suis étudiante. Je n'ai pas mes papiers, bredouilla-t-elle, ayant perdu de sa superbe.

Antoine lui adressa un grand sourire.

— Rassurez-vous, je veux juste des tuyaux sur M. Hautefort. Il habite bien dans cet immeuble ?

— Oui, au sixième étage. Enfin… oui et non.

Marcas fronça les sourcils et accentua le grondement de sa voix. Des années de pratique en commissariat…

— C'est pas une réponse, ça.

— Il habitait ici jusqu'à l'accident il y a trois ans. Depuis, on ne le voit plus très souvent, le pauvre. Mais là, il vient de passer, il est reparti il y a une heure.

Le commissaire nota mentalement l'information avant de reprendre :

— Vous avez dit un *accident* ?

— Une tragédie. Vous avez dû en entendre parler dans les journaux. M. Hautefort était absent ce soir-là, des cambrioleurs ont forcé la porte. Vous pensez, un bel immeuble comme ça attire les convoitises. L'épouse de M. Hautefort était là ainsi que son fils. Ils ont été assassinés tous les deux. M. Hautefort n'a pas supporté, il a été soigné dans une clinique psychiatrique pendant six mois. Quand il est revenu, ce n'était plus le même homme.

Marcas croisa les bras en fronçant les sourcils.

— Vous pouvez être plus précise ?

— Eh ben voilà. Quand je passais l'aspirateur dans l'escalier, je l'entendais parler. Comme s'il discutait avec sa famille. Il rigolait, il appelait son gamin… Ça me fichait la trouille. Il est devenu un peu fou. Il a même rapporté une peluche de son voyage comme si son môme était encore vivant. Le pauvre !

— Vous avez prévenu un médecin ou ses parents ?

— Non, je ne me mêle pas de la vie des gens. Quand il vient, il parle comme tout le monde. Et puis qui prévenir ? il n'a plus de famille.

Antoine consulta sa montre, le temps jouait contre lui.

— Vous avez un double des clés ? demanda-t-il d'un air grave.

— Je n'ai pas le droit de les donner à des étrangers. Et

puis, il faut pas un mandat de perquisition pour rentrer chez les gens ?

— Ça c'est dans les feuilletons américains. En France, il faut une commission rogatoire délivrée par le juge. Je n'en ai pas, mais en revanche je n'en ai pas besoin pour vérifier votre permis de séjour, vous me suivez ? ajouta-t-il, le visage accueillant comme un videur de boîte de nuit de l'Étoile.

— Euh… tenez, dit-elle en lui tendant un trousseau.

Il s'empara des clés et grimpa jusqu'au sixième. La porte s'ouvrit sans difficulté. Il alluma la lumière. L'appartement était grand, luxueux, des tableaux d'art contemporain, des originaux, ornaient les murs blancs. Au-dessus d'une commode, il y avait un cadre en aluminium avec des photos. Marcas le prit entre ses mains. Une femme, d'une quarantaine d'années, au sourire chaleureux, tenait dans ses bras un garçon qui devait avoir entre huit et dix ans. Il reposa le cadre et entreprit de fouiller chaque pièce dans l'espoir de découvrir un indice.

Une odeur indéfinissable planait dans l'air qui s'accentuait au fur et à mesure qu'il progressait dans le couloir central. Plus il avançait, plus il ressentait un étrange malaise, il ne pouvait pas se l'expliquer mais une sensation oppressante imprégnait les lieux. Une peluche gisait dans le couloir ; il poussa une des portes sur sa droite qui donnait sur une chambre d'enfant, décorée de posters de héros de mangas et de chanteurs de la Star Ac. Des jouets et des vêtements en désordre jonchaient le lit et la moquette, comme si le petit occupant allait surgir à tout instant d'une autre pièce. La concierge n'avait pas tort, tout indiquait que Hautefort avait laissé l'endroit en l'état pour donner l'illusion de la présence de son fils et de sa femme.

Comment aurait-il réagi, lui, si on avait assassiné son fils ?

Il eut soudain pitié du tueur. Il ne voyait plus l'exécuteur implacable en cagoule, l'assassin de ses frères, mais un pauvre type qui avait basculé dans la folie, perdu dans sa quête meurtrière.

Illusion d'avoir encore une famille, illusion d'être un franc-maçon, illusion de maîtriser sa destinée et d'influencer celle des autres.

Marcas continua sa fouille et arriva au bureau. Il appuya sur l'interrupteur et eut un choc.

Le tueur se tenait en face de lui, son épée à la main.

124

Paris,
VIIe arrondissement

Andrea Consurgens s'était fait déposer devant la tour Eiffel pour le plaisir. Il avait pour la grande dame de fer les mêmes yeux émerveillés que les touristes qui venaient la visiter pour la première fois. Sa beauté majestueuse, à la fois austère et exubérante dans l'entrelacs des milliers de poutrelles de fer, le charmait toujours autant. De nuit, elle était encore plus impressionnante avec ses milliers d'ampoules qui la repeignaient d'une ardente couleur dorée.

Il passa sous l'arche gigantesque formée par la courbure des piliers. Il ne s'en lassait pas. Ce Gustave Eiffel avait eu le génie de braver les mesquineries de son temps pour mener à bien ce travail de titan. Il fit un discret signe de tête au buste doré de l'ingénieur de renommée mondiale, posé sur un piédestal devant le pilier. Consurgens, qui connaissait sur le bout des doigts l'histoire passionnante de cette pyramide, regrettait que la postérité ait oublié un autre homme pourtant fort intéressant : l'ingénieur Maurice Kœchlin, celui qui avait proposé l'idée de la tour à Gustave Eiffel, qui avait travaillé sans répit à sa construction et s'était chargé aussi, quelques années plus tôt, de la superstructure de la… statue de la Liberté.

Consurgens pressa le pas vers le Champ-de-Mars, quasiment désert à cette heure tardive. Les hautes façades bourgeoises des immeubles cossus en illuminaient les bordures jusqu'au niveau de l'École militaire en lançant de grandes zones d'ombre dans les bosquets.

Il croisa deux joggeurs et un promeneur avec son labrador puis aux deux tiers de son parcours, un peu avant d'arriver au mur de la Paix de Clara Halter, il obliqua vers la gauche.

Il longea un manège désert et arriva devant son lieu de destination.

Consurgens contempla le bâtiment avec émotion.

Le monument consacré aux droits de l'homme.

Une œuvre étonnante, construite en 1989, pour le bicentenaire de la Révolution, par un certain Yvan Theimer, perdue dans un coin du Champ-de-Mars, dont la plupart des Parisiens n'avaient jamais entendu parler. Écrasée par la silhouette monumentale de la tour Eiffel.

Le bâtiment ressemblait à une sorte de mausolée. Deux piliers de couleur verte se dressaient devant le mur qui donnait sur le parc. Au centre, juste entre eux, à mi-hauteur, la forme d'un triangle maçonnique parfait, percé de trous.

Et devant ces colonnes, trois sculptures de forme humaine avaient été érigées. Une femme, les bras tendus, un enfant avec un curieux chapeau cylindrique sur la tête et face à eux un homme en toge.

Les Parisiens n'étaient pas des gens curieux, ils passaient tous les jours devant ce coffre de pierre et nul ne s'étonnait de la profusion de symboles jetés aux yeux des profanes. Qui, à part les enfants jouant sur les marches, s'était penché sur les figures de bronze qui s'élevaient aux angles ? Partout abondaient des symboles maçonniques au milieu d'emblèmes républicains et de sculptures révolutionnaires. Comme si l'architecte avait créé un livre de pierre et de bronze où tous les symboles de la démocratie en marche se retrouvaient ensemble, mais dans un désordre quasi indéchiffrable.

Consurgens s'assura que personne ne venait dans sa direction puis monta les marches qui menaient aux deux piliers. Il s'accroupit légèrement et appuya sur le petit dessin gravé d'un pélican dont le bec penchait sur son ventre. Le rond de métal s'enfonça doucement sous la pression. Il se releva et passa devant la statue de la femme. Il s'arrêta, contempla son visage fin et grave quelques secondes puis pressa sur un triangle, avec un œil à l'intérieur, qui ornait la gravure de la Déclaration universelle des droits de l'homme. Le petit triangle s'enfonça lui aussi. Satisfait, il contourna le monument sur la droite et se plaça devant l'extrémité opposée.

Une porte monumentale, qui ressemblait à de l'airain, barrait l'accès. Et à nouveau deux piliers… cette fois de pierre et non de métal.

Consurgens jeta un regard circulaire autour de lui puis s'approcha de la porte. Aucune serrure n'était apparente et pourtant des gonds presque invisibles avaient été fixés entre la porte et le mur. Le patron d'*Aurora* appuya sur un troisième symbole, une épée dressée vers le ciel. La gravure s'enfonça.

Un déclic métallique retentit et la porte s'ouvrit en silence.

L'homme se glissa à l'intérieur du monument et referma derrière lui. Un rectangle béant de deux mètres de long sur le sol laissait deviner une volée de marches qui plongeaient dans les entrailles de la terre.

125

Paris,
rue de la Grange-Batelière,
IXe arrondissement

Marcas se raidit et vit enfin le visage du frère de sang.

Sur un chevalet, se dressait devant lui un tableau d'un réalisme surprenant. Une peinture de près de deux mètres de haut représentant un homme en tablier maçonnique, une épée à la main. L'homme regardait de face, souriant d'un air supérieur, hautain. Blond, entre quarante et cinquante ans, il se dégageait de lui une aura malfaisante sans que Marcas sût dire pourquoi. Les yeux légèrement en amande accentuaient son regard étrange. Les mêmes yeux que ceux qu'il avait vus sous la cagoule quand il avait failli mourir noyé dans le souterrain.

Le tueur se tenait debout entre les deux piliers, Jakin et Boaz. À ses pieds, le pavé mosaïque dallé de blanc et de noir. Un franc-maçon plus vrai que nature.

Derrière lui, des symboles traditionnels, le compas, l'équerre, la tête de mort, le fil à plomb.

Mal à l'aise, il avait la sensation que l'homme sur la peinture le scrutait. Il contourna le tableau et jeta un œil à la bibliothèque. Des dizaines de livres sur la franc-maçonnerie garnissaient les rayonnages, des ouvrages spécialisés portant sur la symbolique, des traités sur les hauts grades et des monographies sur les rites dans les grades de vengeance. Sur le mur attenant était punaisé un grand plan de facture ancienne, avec une vue en coupe des souterrains sous l'obédience.

Antoine se dirigea vers le bureau pour le fouiller. Des factures attestaient l'identité d'Hautefort. L'une d'entre elles indiquait même un changement d'opérateur de téléphonie pour une résidence secondaire située dans l'Essonne. Deux numéros de portable apparaissaient. Marcas fit disparaître les factures dans sa poche.

Il s'assit dans un fauteuil adossé contre la bibliothèque. Maintenant il fallait prendre la bonne décision.

Deux solutions s'offraient à lui. Soit il appelait le Frère Obèse, son collègue en charge de l'enquête, et lui transmettait toutes ses informations. Une équipe serait alors envoyée à l'autre adresse et un avis de recherche diffusé dans toute la France. Soit il continuait de jouer cavalier seul, risquant sa peau une nouvelle fois…

Il contempla le tableau. L'être arrogant qui trônait lui inspira à nouveau du dégoût. Et les visages de ses victimes reprenaient chair, celui de Paul de Lambre, du jeune profane, de Ray, de Joan.

Devant un expert médical, le tueur se ferait passer, sans problème, pour un dément, et finirait dans un asile. Il échapperait à la justice. Ce salaud s'en sortirait et ses victimes ne seraient jamais vengées.

Rongé par la colère, Antoine sentit que son émotion l'emportait. Il mélangeait tout. La vengeance n'avait rien à voir avec la justice, elle n'en était qu'une parodie grimaçante et obscène.

Il devait s'interdire tout sentiment qui paralyserait une analyse objective.

Durant ces dernières années, Marcas avait suivi des

cours de profilage, un choix de formation continue plutôt rare pour les policiers, mais il ne le regrettait pas. Surtout aujourd'hui.

La motivation première des meurtriers en série résidait toujours dans une volonté de puissance, quelles que soient les modalités opératoires des crimes. Le pouvoir absolu de vie et de mort sur l'autre.

Pour le frère de sang, la quête de l'or s'était mêlée à une exacerbation des pulsions meurtrières. Il s'était attribué le grade de frère de vengeance pour autojustifier ses actes.

Le commissaire croisa les mains sous son menton et regarda longuement l'homme sur le tableau. Cinq longues minutes s'écoulèrent avant qu'il ne prenne sa décision.

Il saisit l'une des factures qu'il avait rangées dans sa poche et sortit son portable.

Il composa le numéro du tueur.

126

Paris,
Champ-de-Mars,
VIIe arrondissement

Le taxi laissa Hautefort juste devant la tour Eiffel avec une vue imprenable sur le Champ-de-Mars. Le frère de sang jeta un coup d'œil sur le monument qui filait en pointe vers les nuées, et abaissa rapidement le regard vers la gauche où se trouvait son objectif et qu'il lui tardait maintenant d'atteindre. Il soupesa le sac de sport qu'il avait pris dans son appartement et se mit en quête du lieu précis dont il avait besoin. Encore quelques minutes et on ne ferait plus attention à lui.

La cabine des toilettes publiques gratuites était implantée dans un coin discret où elle ne risquait pas de gâter la perspective. Abritée derrière le tronc d'un arbre, on ne la repérait que par sa couleur crème qui tranchait sur le paysage ambiant. La porte s'ouvrit et le tueur disparut à l'abri des regards. L'endroit était minuscule, aseptisé en continu et envahi d'une odeur tenace de produits javellisés.

Le frère de sang ne s'arrêta pas à ces détails, il ouvrit son sac et en retira la torche, le couteau, la corde, un bonnet et une combinaison blanche qu'il enfila sur ses vêtements. Quelques taches de terre souillaient encore le tissu, souvenir d'excursions dans les entrailles de la ville quand il fouillait les souterrains sous l'obédience.

D'un geste habitué, il passa la main dans le dos pour vérifier que la bande adhésive portant l'inscription était toujours là : Ville de Paris. Service de contrôle.

Banal, mais efficace. Et puis c'était toujours le plus simple qui fonctionnait le mieux. Il suffisait de se balader avec une mention à caractère officiel et on vous laissait passer. Soit que tout le monde se foute vraiment de tout, soit que le respect de la hiérarchie, quelle qu'elle soit, ait vraiment fini par s'incruster définitivement dans l'esprit servile des gens. Le frère de sang eut un sourire mauvais. De toute façon, il n'avait jamais cru aux sornettes que les maçons se racontaient entre eux pour se convaincre d'être de grands démocrates. *L'égalité, la fraternité*, tu parles ! Des discours creux et pompeux pour faire oublier que l'on appartenait à un club parmi les plus fermés et les plus puissants de toute la société. On se gargarisait de vains mots et de grands principes, et on traitait avec condescendance, si ce n'était avec mépris, tous ceux qui n'étaient pas initiés, les *profanes*.

Non, la maçonnerie était une élite et devait le redevenir. Voilà pourquoi il était impératif de la purifier. Du moins quand il serait maître de l'or. Le tueur rajouta à son déguisement une ceinture d'artisan aux poches débordantes de tournevis et autres pinces. Ça ajoutait à l'effet de réalité. Il vérifia qu'il avait bien le dessin des trois symboles qui permettaient l'ouverture du monument. Il reprit son sac, s'assura qu'il n'avait rien oublié, glissa son mobile dans une des poches de sa combinaison et sortit de la cabine.

Il s'avança d'un pas décidé au milieu d'un groupe de touristes qui écoutait un guide leur vanter les mérites de la tour quand son portable se mit à vibrer. Le signal de rappel pour un message.

127

Paris,
IXe arrondissement

Marcas avait quitté l'appartement de la Grange-Batelière sans savoir où aller. Il avait bien appelé le tueur, mais les deux numéros étaient restés désespérément muets. Il avait fini par laisser un message qu'il regrettait maintenant. Comment allait réagir le meurtrier, une fois qu'il comprendrait que, lui, Antoine, était vivant ? Le commissaire se maudit. Il avait réagi en frère face à un imposteur. Une vraie erreur qui, en plus, le mettait en danger. Il devenait le témoin à abattre.

Il échoua dans un bar-tabac où il commanda un cognac. Il avait besoin d'alcool pour digérer sa faute. En fait, la chambre d'enfant, intacte comme s'il allait revenir d'un instant à l'autre, l'avait profondément troublé. Il avait un môme aussi. Dans quel état serait-il si d'un coup la mort l'en avait privé ? Mais l'image fulgurante de la séance de cinéma avec son fils lui revint aussitôt. Le tueur n'avait eu aucune hésitation. Il l'avait menacé lui et son gamin. Sans état d'âme.

Antoine serra le verre vide à le briser. Il venait de

faire une belle connerie. Il leva le bras pour commander, quand son téléphone sonna.

Jack Winthrop venait d'arriver à son lieu de rendez-vous. Il n'avait jamais vu la tour Eiffel ou seulement dans des reportages à la télé. Il était saisi par la masse de métal qui s'élevait au-dessus de lui. Le colosse de fer semblait un géant de mécano en équilibre entre ciel et terre. S'il avait eu un appareil photo, il aurait pris des clichés en souvenir pour sa famille. Il jeta un coup d'œil circulaire pour voir si on ne le repérait pas. Mais, autour de lui, ne circulaient que des groupes de touristes qui s'exclamaient dans des langues différentes. Une vraie tour de Babel. Il s'était rapproché de la base de la tour pour mieux observer son environnement immédiat. Il n'avait pas envie d'une mauvaise surprise à quelques heures de sa démission.

Son regard s'arrêta aux aguets. Il venait d'apercevoir un homme tout en blanc qui tranchait sur la masse des touristes vêtus presque tous de couleurs criardes. Il l'observa. Il portait un bonnet et une inscription dans le dos. Jack déchiffra… *Paris Service de*… OK, c'était un employé de la ville. Un de ces types qui balayent les feuilles. Il devait faire des heures sup… L'employé avait l'oreille rivée à son portable et l'espace d'un court instant, le rayon d'un réverbère éclaira son profil. Jack se raidit, il le reconnut. Il devait appeler *Aurora Source*. Tout de suite.

128

Paris,
IXe arrondissement

La sonnerie tira brutalement le commissaire de ses idées noires. Il saisit son portable et appuya en tremblant sur le bouton d'appel. La voix le saisit à la gorge.

— Ce cher frère Marcas, tu es un vrai miracle à toi tout seul ! (Le ton était volontiers moqueur, avec une pointe contenue d'agacement.) Tu ne m'appelles pas de la statue de la Liberté quand même ?

Antoine avait reposé son verre. Il jeta un regard effaré autour de lui comme si le tueur était à deux pas.

— Je m'en suis sorti et je sais tout sur toi. Où es-tu ? s'exclama-t-il.

— Question idiote, voyons ! Tu me déçois. Je te préfère bien plus quand tu rentres chez moi comme un cambrioleur et que tu fouilles dans mes papiers.

— Comment tu sais ?

— Tu empires, vraiment. Où, sinon chez moi, aurais-tu pu récupérer mon numéro ?

— Hautefort, l'interrompit Antoine, j'ai vu la chambre de ton fils.

Il y eut un silence. La voix se fit plus lasse, désincarnée.

— Mon fils, Alex, oui, et alors ? Tu veux te venger sur lui, toi un flic…

Antoine hésita. Des bruits de fond perturbaient la conversation comme si son interlocuteur marchait dans la foule. Il décida de rentrer dans son jeu.

— Non. Je ne ferai jamais de mal à un frère, ni à sa famille. Tu es un initié comme moi.

— Initié oui, mais pas comme toi. J'ai une mission et je vais la remplir. D'ailleurs je m'approche du but.

Il fallait que Marcas gagne du temps et qu'il puisse identifier ce bruit de fond. Ce chassé-croisé de voix étrangères qui parasitait la communication…

— Tu ne dis plus rien ? Tu te tais, mon frère ? Tu te rends compte que je suis tout près du secret ! À deux pas !

Le tueur le harcelait. Antoine décida de rompre l'illusion.

— Tu es un fou, Hautefort.

Brusquement, comme si le tueur avait écarté le portable de son oreille, il entendit distinctement une voix féminine qui tentait de s'imposer dans un concert d'exclamations.

Please look at the bottom. 320 metres. Mister Eiffel said that…

Antoine bondit de sa chaise, jeta un billet sur le comptoir et se précipita dehors. La voix glacée du tueur dans le portable le cueillit comme il cherchait un taxi.

— Dès que j'aurai le secret, Marcas, je te tuerai. Rejoins-moi si tu en as le courage.

129

Paris,
Champ-de-Mars,
monument consacré aux droits de l'homme

Dans un instant, il connaîtrait la vraie richesse : le secret absolu de l'or. La pierre philosophale, la poudre de projection. Pourquoi le flic lui avait-il parlé de sa famille ? Pourquoi ? Un instant tout se brouilla dans sa tête. Il fallait qu'il arrête de se poser des questions. Qu'il se reprenne. Qu'il finisse sa mission.

Il arriva devant le monument consacré aux droits de l'homme, et qui ressemblait à un temple égyptien. C'était bien le même que celui gravé sur le pilier de la caverne à New York. Le frère de sang se rappela les vers de Baudelaire :

« *La Nature est un temple où de vivants piliers*
Laissent parfois sortir de confuses paroles. »

Sans doute. Mais lui avait su entendre le message des piliers, trier la vérité de l'illusion et vaincre les forces obscures qui avaient osé se lever sur son chemin. Il longea le monument et appuya successivement sur les trois symboles. Le pélican, le triangle et le dernier, l'épée. La porte tourna impeccablement sur ses gonds, le frère de sang n'eut aucun regard pour la salle aux murs vides. Son attention était rivée sur l'escalier dont les marches s'enfonçaient dans le sous-sol. Il referma la porte et s'approcha de l'ouverture de la crypte.

Il allait s'engager quand il eut un mouvement instinctif de recul.

Au bas de l'escalier brillait une lumière.

Son cœur se mit à battre. L'adrénaline envahissait son cerveau. S'il n'avait pas été *l'Élu*, peut-être serait-il tombé foudroyé. Mais il était l'appelé, celui à qui le secret était promis. Il descendit d'un pas assuré.

La salle était à peine éclairée, mais il suffit d'un regard au frère de sang pour comprendre où il venait d'aboutir. Au centre de chacun des quatre murs, était percée une ouverture en forme de meurtrière d'où s'élançait un rayon de lumière, un faisceau électrique précis et étroit comme une lame. Les quatre rayons se croisaient au centre de la pièce, juste là où se dressait une construction imprévue. Une poussière dorée dansait dans l'air.

Le frère de sang avança d'un pas. Il venait de reconnaître le four alchimique. Le foyer en forme de niche, la plaque faite d'une pierre calorifique et dessus, l'athanor, le ventre de verre, dans lequel s'élaborait la pierre philosophale. La substance ultime qui permettait de transformer n'importe quel métal en or pur.

Le frère de sang se précipita. L'athanor était vide.

— Que croyais-tu ? Que la pierre était encore là ?

La voix sortait d'un recoin de la salle comme d'un sépulcre.

Le tueur se colla au mur. Un homme venait de surgir. Les cheveux blancs, mais le visage encore lisse. Les yeux étroits comme ceux d'un félin aux aguets.

— Qui êtes-vous ? hurla le tueur en brandissant son couteau.

— Tu sais très bien qui je suis. Comme moi je sais que tu es l'héritier des Cenevières. Je sais tout de ta famille depuis bien longtemps. Et tu te trouves ici dans un sanctuaire à nul autre pareil.

— Tu mens !

— Non. Ce laboratoire existe depuis des siècles. C'est là que Nicolas Flamel a mené ses travaux alchimiques, de longues années après avoir décrypté le *Livre d'Adam*. À l'époque, l'endroit était un lieu paisible, loin de l'agitation de son quartier. La maison a été rasée à la mort de l'alchimiste, la cave qui hébergeait le laboratoire scellée. Le temps a fait son œuvre au fil des siècles. Quand il a été décidé de participer à la construction de la statue de la Liberté et de la tour Eiffel, un des descendants a fait inscrire dans la caverne aux piliers une indication de la localisation du laboratoire, ce que tu as vu sur l'un des piliers.

— Tu mens encore ! Le pilier a été gravé il y a plus d'un siècle et ce monument où nous sommes date de 1989 !

— Ce monument est une réplique du dessin gravé sur le pilier sous la statue. Une balise dans le temps, une construction qui sert à recouvrir le laboratoire de Flamel. La femme sculptée est Flore de Cenevières et l'enfant symbolise la connaissance. L'homme qui leur fait face n'est autre que Nicolas Flamel.

— Je ne te crois pas. Où est l'or ! L'or pur ?

Andrea Consurgens pointa le doigt vers le haut du monument, sa voix devint rauque.

— Ne vois-tu pas le message ? Ne comprends-tu pas les signes ? Les droits de l'homme sont au-dessus de l'or, de tout l'or du monde. Crois-moi, je sais de quoi je parle, j'en ai longuement discuté avec l'architecte au moment de son édification…

Le tueur s'avança, menaçant.

— Une dernière fois, qui es-tu ?

Andrea Consurgens se passa les mains sur le visage.

— Je suis le quatrième descendant, celui qui possède l'intégralité du secret. La mémoire vivante des destins entrelacés de nos quatre familles.

Le frère de sang éclata d'un rire halluciné.

— Tu n'es qu'un pauvre vieillard sénile, bon pour la morgue !

— Moins que toi. Ton sang porte en lui, hélas, les gènes de la folie. D'une folie qui remonte à des siècles. Quand une certaine Flore de Cenevières a été violée par un diable qui se faisait appeler le tourmenteur. Et aujourd'hui cette démence se réveille presque sept cents ans après la découverte par Flamel de la pierre philosophale.

La respiration du frère de sang devenait haletante. Il n'avait pas franchi tant d'obstacles, retrouvé tant de secrets, fait couler le sang, pour s'arrêter au dernier moment.

— Où est la pierre philosophale, celle qui transmute l'or alchimique ?

Andrea s'avança vers l'athanor vide.

— Il reste très peu de pierre et je vais te dire pourquoi. Jamais les frères qui, au siècle des Lumières, ont constitué notre confrérie ne l'ont trouvée. Ils n'ont fait que protéger l'héritage de Flamel.

— Tu mens, je veux l'or, la pierre philosophale !

Un rire sec s'échappa de la gorge du patron d'*Aurora*.

— Je ne vois que cupidité dans tes yeux. Au fil des siècles, la corporation s'est seulement contentée de transmettre un message. Celui du *Livre d'Adam*. Celui de Flamel, mais elle en ignorait la clé. En revanche, les frères des quatre familles avaient hérité d'une certaine quantité de pierre philosophale. Une sorte de preuve léguée par Flamel. Et ils s'en sont servis.

— Pour faire quoi ?

— Pour faire le bien. L'or ne devait plus faire couler le sang et flatter de vils désirs. Cela a coïncidé avec le moment où les quatre descendants sont entrés en franc-maçonnerie. À l'époque du frère La Fayette, ils ont financé la révolution américaine quand elle a failli sombrer face aux Anglais. C'était le plus bel idéal de liberté. Ils sont ensuite intervenus discrètement lors de la Révolution française mais devant les exactions de la Terreur, ils ont décidé d'abandonner toute intervention politique. Ils ont choisi de construire des hôpitaux, des écoles, des bibliothèques mais aussi d'aider à l'érection de certains monuments que tu connais. La statue de la Liberté et sa caverne aux deux piliers, et aussi la tour Eiffel…

Andrea avait parlé d'une seule traite. Il reprit son souffle avant de continuer.

— Progressivement, la quantité de pierre s'est réduite. Et puis il y a eu les deux guerres mondiales. À cause des aléas de l'Histoire, les familles ont perdu le contact, se contentant seulement de transmettre leur part du secret. Et tu es venu, toi, réveiller le mystère.

Hautefort se prit la tête entre les mains. Consurgens pensa à Paul de Lambre, à Joan Archambeau… toutes ses victimes inutiles et dont le sang réclamait justice.

— Je me fous de tes monuments et des hôpitaux ! Tu parles au frère de sang.

Les yeux exorbités d'Hautefort brillaient comme sous l'effet d'une fièvre incontrôlée. Sa raison sombrait, à une vitesse vertigineuse. Il s'appuya contre l'un des murs, les images se bousculaient dans sa tête. Des hurlements fusèrent dans son cerveau. Le visage de son fils et celui de sa femme apparurent tout d'un coup. Livides. Leurs corps étendus par terre dans son appartement. Puis, une chambre d'hôpital. Il chassa cette image démoniaque. Le vieux l'avait embrouillé. Il fallait qu'il se concentre sur l'or. C'est tout ce qui lui restait. Il hurla :

— Dis-moi où se trouve le reste de la pierre ou je te saigne.

Andrea Consurgens fit un geste de la main, le regard énigmatique.

— Le mur de gauche, regarde par le soupirail. Ce qui en reste est caché là-bas. Un demi-kilo, mais de quoi produire plusieurs tonnes d'or.

Hautefort se précipita sous l'ouverture d'aération percée

d'une fente. Il leva la tête et aperçut la silhouette illuminée de la tour.

— Qu'est-ce que tu me racontes ? Je ne vois que ce putain de morceau de ferraille.

Andrea secoua la tête.

— L'un de tes ancêtres a pourtant participé à la construction de la tour. C'était un *indien*, comme on appelait à l'époque les compagnons du devoir charpentiers qui eux seuls pouvaient assembler l'ouvrage avec métier et sans souffrir du vertige. L'arrière-grand-père de Paul de Lambre, lui, était ingénieur, dans le cabinet de Gustave Eiffel. Tous deux francs-maçons à la loge *Alsace-Lorraine*. Pour répondre à ta question, la pierre restante se trouve au sommet, elle a été cachée dans ce qui était le plus haut point de la tour à l'époque. Le… le phare.

Le tueur brandit le couteau sous la gorge du patron d'*Aurora*.

— Vite. Dis-moi comment je peux la récupérer.

— Elle repose dans la pièce du dernier étage où se trouve le mannequin de Gustave Eiffel. Dans le petit coffret posé à côté de lui.

— Je devrais te découper sur place mais tu vas rester ici le temps que j'aille vérifier ton histoire.

Il se pencha et frappa en plein genou. Un craquement sinistre se fit entendre. Consurgens s'écroula.

— Et prie pour que ton histoire soit vraie.

— C'est pour toi, désormais, qu'il faut prier… murmura Andrea.

Un rire démentiel et une cavalcade de pas lui répondirent. Le bruit de la porte d'airain qui se refermait résonna dans le silence immémorial du laboratoire de Nicolas Flamel.

Malgré la douleur, Andrea se traîna contre le mur et sortit son portable. Winthrop allait intervenir. L'heure était venue.

130

Paris,
Champ-de-Mars

Une nappe de brouillard s'était levée du nord et envahissait progressivement, un par un, les arrondissements parisiens de la rive droite. De mémoire de Parisien, cela faisait bien longtemps qu'on n'avait pas vu un brouillard à couper au couteau. Des lambeaux de brume commençaient à lécher les abords de la rive gauche. Elle n'allait pas tarder à atteindre la tour et la recouvrir comme elle l'avait fait avec l'ensemble du monument du Trocadéro.

Marcas marchait entre les piliers, à la recherche du tueur. Il était exaspéré.

Après la statue de la Liberté, la tour Eiffel, putain, un vrai circuit touristique avec le frère de sang.

Il dévisageait les visiteurs et faillit bousculer deux jeunes femmes en T-shirts noirs avec des noms bizarres, Aloha et Raven, qui le regardèrent sans aménité.

Il sortit son portable et appela de nouveau Hautefort. Il tomba sur le répondeur. Il raccrocha, de rage. Il ne pouvait pas le perdre, pas maintenant.

Hautefort s'était appuyé contre la porte d'airain qu'il venait de refermer. Un mal de tête lui déchira le crâne. Les paroles du vieux dansaient dans sa tête. Les crises arrivaient toujours dans les moments d'excitation intense, le médecin l'avait prévenu. Il fallait qu'il se calme pour reprendre pied dans la réalité. Il respira lentement comme on lui avait appris à la clinique pendant les exercices de relaxation. Il se redressa, mais une nouvelle décharge lui parcourut le crâne. Il tituba et contourna le monument par la droite.

La tour brillait de tous ses feux, illuminée par les myriades d'ampoules dorées. Elle lui servirait de guide dans la pénombre du Champ-de-Mars. Au moment où il descendait les marches du monument, il vit un enfant, avec un drôle de chapeau, lui tendre les bras.

Son fils.

Il ne pouvait être là. Derrière lui, sa mère s'avançait, elle aussi les bras tendus, le visage empreint de reproches.

Ce n'était pas logique. Il les avait laissés dans l'appartement. Il se frotta les yeux. Mais ils avaient disparu, remplacés par les deux statues de métal du monument.

Il s'élança à perdre haleine vers la tour.

Des grappes de touristes s'éparpillaient sous les arcades. Il repéra l'ascenseur du pilier qui montait vers le dernier étage. Il paya son billet et prit place dans la cabine au milieu d'une poignée de visiteurs. Le sol s'éloignait progressivement au fur et à mesure que l'ascenseur s'élevait dans les airs. Soudain il le vit. Il poussa un cri étouffé.

Ça recommençait, les hallucinations. Cette fois, c'était ce flic, Marcas était là en bas en train de l'observer, les yeux grands ouverts. Il regarda autour de lui dans l'ascenseur, ils étaient tous complices. Il devait se méfier de tous.

Marcas courut vers le pilier. Cette fois, il le tenait. Il l'avait vu dans la cabine d'ascenseur. Exactement comme la peinture, hautain, arrogant.

Le frère de sang, à portée de main.

Il n'avait pas le temps d'attendre que la cabine redescende, il fila vers l'autre pilier et attendit l'ascenseur qui descendait du premier étage. Il calcula que le tueur avait une dizaine de minutes d'avance, le temps que son ascenseur parvienne en haut.

Le brouillard s'était emparé de la tour, on ne voyait déjà plus les deux derniers étages et les brumes s'immisçaient dans les entrelacs des poutrelles de fer.

Antoine se précipita dans la cabine.

Au premier étage, le tueur sortait de la cabine et marchait vers l'autre ascenseur qui desservait les étages supérieurs. Le brouillard était omniprésent, il ne voyait plus à deux mètres. Son cerveau était serré comme dans un étau, le mal intenable. Il fallait qu'il se presse.

Il buta contre une barrière de travaux. La rambarde était en réfection, des ouvriers avaient sécurisé le périmètre. Au moment où il tournait les talons, une main se posa sur son épaule. Il se retourna et vit un inconnu de haute stature qui lui souriait. Encore un connard de touriste, celui-ci avait une gueule d'Américain ou d'Anglais, qui voulait un renseignement. Il se dégagea de la main pour poursuivre sa marche, mais le touriste raffermit sa prise.

Avant même qu'il n'ouvre la bouche, il reçut un coup de poing dans l'estomac qui le plia en deux. Il s'agenouilla à terre. Un goût de sang emplit sa bouche. Le sien.

Jack Winthrop ne ressentait nulle pitié pour cet homme. Il exécutait les ordres d'*Aurora*. Il balaya du regard l'espace environnant, personne aux alentours. Il frappa de nouveau le tueur, cette fois sur la tempe.

Le frère de sang s'écroula à terre. Il ne comprenait pas qui était cet inconnu qui le martyrisait, lui, le frère de sang.

Un cri déchira le brouillard.

— Arrêtez ! Laissez-le.

131

Paris,
tour Eiffel

Jack Winthrop se retourna et vit le type qu'il avait pisté dans Harlem. Ce n'était pas prévu dans le plan d'*Aurora*.

— Je suis policier. Cet homme est recherché pour meurtre, cria Marcas.

Winthrop fut décontenancé. Hautefort en profita pour se relever et donna un violent coup de pied chassé sur les chevilles de l'Américain qui poussa un hurlement et vacilla à son tour.

Le frère de sang abattit sa lampe torche à toute volée sur le crâne de son adversaire. Trois fois de suite. Winthrop s'écroula.

— Sauvé par mon frère Marcas. Quelle ironie… lâcha le tueur en brandissant son couteau à lame crantée.

Antoine l'interpella.

— Pose ton arme. Cette fois, tu n'as plus aucune chance.

— Rien n'est fini pour moi ! Dans quelques secondes, je vais te planter et l'abruti à terre dans la foulée. Ensuite je récupère ce qui est à moi, mon frère.

Marcas tenta de se rapprocher mais le tueur fut plus

rapide et abattit son poignard sur le policier. La lame s'enfonça dans l'épaule d'Antoine qui hurla de douleur. Hautefort se précipita sur lui et lui assena un coup de pied à toute volée en travers du visage. Antoine tomba sur le côté.

Le frère de sang exultait. Il brandit son couteau au-dessus de lui.

Marcas crachait du sang. Il leva les yeux vers son tourmenteur et hurla :

— Tu n'es rien, Hautefort. Tout est faux dans ta vie. Tu n'as jamais été franc-maçon, ton admission a été refusée. C'est du vent. Ta famille est morte, un cambrioleur les a assassinés. Tu as été interné ensuite. Rappelle-toi !

— Non, c'est faux. Je sais qui je suis ! hurla le tueur.

Mais sa vue se brouilla. D'un coup, il vit apparaître des silhouettes fantomatiques dorées qui venaient vers lui. Tous avaient le visage recouvert d'une fine pellicule d'or. Il recula, il reconnut leurs visages, Joan, Paul de Lambre, le flic noir de New York, le profane du cabinet de réflexion… Ils tendaient les bras vers lui. D'autres surgissaient du brouillard. Les SDF à Paris, les jeunes Noirs de Harlem, le journaliste de Saint-Ouen…

Les victimes du frère de sang.

— N'approchez pas, ou je vous crève tous ! cria Hautefort, les yeux écarquillés de haine.

Marcas regarda autour de lui mais ne vit personne.

Hautefort aperçut deux nouveaux êtres dorés émergeant des nappes de brume. Son fils et sa femme, eux aussi recouverts d'or.

Il comprit alors. Pourquoi ils étaient là avec les autres victimes.

Des images surgirent de sa mémoire. L'appartement de la Grange-Batelière, leurs corps étendus sans vie. Un homme tenant un gourdin, les mains pleines de sang. Il se regardait dans un miroir, chez lui. C'était son visage.

Il les avait battus à mort parce qu'ils s'étaient moqués de lui.

Voilà comment il était devenu le frère de sang.

Il partit d'un grand éclat de rire. Tout prenait un sens. Pour commencer sa quête, il s'était libéré de ses entraves les plus fortes.

Il chassa les fantômes dorés. Il les vit tous refluer dans le brouillard. Il était plus fort qu'eux. Il devait continuer sa quête.

Il souleva Antoine par le col de sa veste. Il riait à perdre haleine.

— Je les ai tués ! J'ai assassiné ma propre famille ! J'avais inventé l'histoire du cambrioleur et tout était enfoui dans ma mémoire. Et maintenant je vais te buter à ton tour. Tu mérites une mort digne de toi, mon frère.

Il regarda la barrière de sécurité et grimaça de plaisir.

— Que dirais-tu d'un vol plané, dit-il en tirant Marcas de l'autre côté de la clôture. Un flic retrouvé écrasé sous la tour Eiffel. Le pauvre, il n'a pas fait attention et s'est vautré lamentablement.

Le policier se tordait de douleur, son épaule le brûlait, sa mâchoire le faisait atrocement souffrir. Il agrippa le pied de la barrière qui lui tombait sous la main pour ralentir le tueur mais il voyait inexorablement le bord de la rambarde s'approcher. Hautefort écrasa son poignet pour qu'il lâche sa prise.

La main d'Antoine céda.

Hautefort le traîna sur le rebord en éructant.

— Regarde comme c'est beau en bas. Dans quelques secondes tu y seras. Adieu, faux frère.

La tête de Marcas pendait déjà au-dessus du précipice, il tentait de se retenir à la margelle. Avec toute l'énergie du désespoir, il lança son pied dans les côtes du tueur qui cria, mais ne lâcha pas sa prise. La pression s'accentua, plus brutale.

Au moment où il allait basculer dans le vide, il entendit un bruit étrange, comme un coup de fouet.

Il vit le visage du tueur se relever brutalement. Ses mains l'avaient lâché et faisaient des moulinets dans le brouillard.

Marcas se redressa. Son sauveur était à genoux et tenait un fouet dont l'extrémité s'enroulait autour du cou du frère de sang. L'inconnu grimaçait de douleur et semblait sur le point de perdre conscience. Soudain, il lâcha prise et retomba sur le sol en poussant un cri de douleur. Hautefort résistait, le bout de la corde entre ses mains, il se dégagea de l'emprise du fouet et jeta un regard de triomphe à l'inconnu, les yeux ivres de colère.

Profitant de ce moment de répit, Marcas frappa la cheville droite du tueur avec son pied. De toutes ses forces. Hautefort poussa un hurlement et tourna sur lui-même. Marcas bondit sur lui et lui appliqua un coup de poing dans l'estomac qui fit s'affaisser son adversaire. Marcas aperçut près du tueur un filin d'acier attaché à un pylone, abandonné par les ouvriers. Sans laisser à Hautefort le temps de se relever, il s'agenouilla sur lui, attrapa le bout du câble et le lui passa autour du cou pour le maîtriser.

Le tueur se débattait, bourrant de coups les côtes de Marcas. Le commissaire faillit abandonner sa prise sous l'effet de la douleur. Il passa une seconde boucle autour du cou de l'homme ; celui-ci s'était dégagé et renversa Marcas sur le côté. Hautefort se releva et hurla en essayant de se débarrasser du câble d'acier qui l'enserrait :

— Tu veux pas crever le frangin ! Je suis le frère de sang, je t'ai condamné, je…

Avant même qu'il ne finisse sa phrase, Marcas, à terre, balança ses jambes contre le ventre du tueur.

Hautefort fut propulsé contre le bord de la rambarde en travaux. Il regarda en arrière et poussa un cri de terreur.

— Non… je suis l'Élu… le frère de…

Le tueur écarquilla une dernière fois les yeux en

direction de Marcas et bascula dans l'abîme, le câble d'acier se déroulant à toute vitesse derrière lui. Antoine resta comme hypnotisé en voyant le filin se dévider, comme un serpent. Il rampa vers le bord et vit Hautefort plonger dans le précipice. Le brouillard recouvrait son hurlement.

Il disparut dans les nappes blanches.

Un bruit sec déchira le silence. La corde venait de se tendre brusquement.

Le frère de sang, pendu, oscillait dans le brouillard.

132

Paris,
VIIe arrondissement,
le lendemain

Le taxi s'arrêta à l'angle de l'avenue de La Motte-Picquet et de la rue Le Play. Le conducteur sortit pour ouvrir la porte à son passager, un homme aux cheveux blancs qui s'appuyait sur une canne.

— Ça ira, monsieur ?

Un billet froissé atterrit dans la main du chauffeur.

— Ne vous inquiétez pas. J'en ai vu d'autres. Depuis le temps.

Le conducteur n'insista pas, mais remonté dans sa voiture, il observa ce passager qui remontait à pas prudents le Champ-de-Mars. Un vent d'ouest venait de se lever qui soufflait dans les branches. La pluie menaçait. L'homme, lui, continuait sa marche, indifférent aux intempéries.

Avant de s'envoler pour la Suisse, il avait tenu à contempler trois œuvres qui lui tenaient à cœur. Trois œuvres symboliques.

Il passa devant le monument consacré aux droits de l'homme, désert. Il ralentit un peu pour saluer d'un signe bienveillant la statue de Flore de Cenevières et s'éloigna.

La porte d'airain avait été condamnée à nouveau. Le laboratoire alchimique retomberait dans l'oubli.

Il arriva au pied de la géante de fer.

Il s'agissait de la deuxième œuvre. Andrea Consurgens laissa son regard se perdre dans la foule des touristes qui déjà se pressaient dans les allées. Le monde entier était là. Toutes les races, toutes les langues, toutes les croyances, réunies en un seul et même lieu.

Jamais l'ingénieur Eiffel n'aurait songé que l'on viendrait des quatre coins de la planète pour admirer son œuvre. Lui qui s'était tant battu, les dernières années de sa vie, pour qu'on ne détruise pas sa tour. Qui savait, parmi ces touristes qui s'empressaient sous sa dentelle de métal, que la tour avait failli disparaître, que des politiciens incultes, des fonctionnaires bornés, des journalistes tendancieux avaient tout fait pour envoyer la vieille dame à la casse ? Andrea sourit. Les ferrailleurs auraient eu une drôle de surprise sous le feu de leur chalumeau !

Un groupe de visiteurs s'était arrêté devant le pilier ouest. Leur guide, une femme aux cheveux gris, tendit la main vers le sommet, et commença sa présentation.

Consurgens l'écouta.

Il était toujours fasciné d'entendre l'épopée des compagnons d'Eiffel. Ces charpentiers du ciel, ces ingénieurs de l'impossible qui avaient offert à Paris le diadème qui manquait à sa couronne.

D'une voix déformée par le vent, la guide continuait son exposé. De toute évidence, elle maîtrisait son sujet. Aucun détail ne manquait. Vraiment aucun.

Andrea contempla le groupe qui écoutait religieusement. À deux pas, d'autres touristes suivaient avec la même attention une guide asiatique. Plus loin, un Noir américain passionnait son auditoire par ses explications. Tous communiaient dans la même ferveur.

D'un pas, Andrea se retourna. Des siècles pour en arriver là. Pour que pendant quelques instants des hommes et des femmes oublient leurs différences et se retrouvent unis, face à la beauté, dans une même humanité.

Comme il repartait, le vent lui souffla quelques phrases.

« Néanmoins, il reste un mystère qui n'est pas encore élucidé. Comment Eiffel s'y est-il pris pour que cette forêt de métal allie à la fois résistance et souplesse ? »

Avant même d'entendre la réponse à la question, le groupe de badauds poussa tout d'un coup un cri de joie, la tour venait de s'illuminer. L'enthousiasme naïf des visiteurs amusa Andrea. C'est vrai qu'elle était belle, la tour, avec sa parure dorée dans la nuit. Il laissa échapper un sourire.

La réponse était si évidente.

L'or était là, sous leurs yeux.

133

Paris,
tour Eiffel

L'or alchimique. Sous leurs yeux.

Partout, dans les kilomètres de poutrelles, dans les huit mille tonnes de métal, dans les rivets, du rez-de-chaussée au troisième étage, le long des ascenseurs, dans les marches d'escaliers, dans les câbles de serrage, sous les milliers d'ampoules, sur les plates-formes, dans les rambardes où ils s'appuyaient.

L'or alchimique, ductile, éternel, mélangé sous forme d'alliage avec le fer. Invisible aux yeux de tous et pourtant visible par son illumination. Il pouvait presque percevoir les vibrations subtiles du métal merveilleux.

Une tour en or. En or le plus pur.

Une scène lui revint en mémoire. C'était il y a longtemps, très longtemps, quand le Champ-de-Mars était une grande étendue plate, à une centaine de mètres de son ancien laboratoire alchimique. Le frère Gustave Eiffel prenait ses mesures, avec ses compagnons ingénieurs. Il voulait bâtir sa tour à la gloire du progrès, de la science, de la raison triomphante. Trois cents mètres, le plus haut monument du monde. Deux fois plus grande que le sommet des pyramides, plus élevée que la plus haute cathédrale que la chrétienté ait jamais érigée à la gloire de Dieu. La huitième merveille du monde.

Il imaginait le bouillant ingénieur, le regard fiévreux, voyant ce qui n'existait encore que sur des plans. Et lui, Andrea, propriétaire des usines de fer de Levallois-Perret, avait trouvé l'idée géniale, un deuxième pilier érigé sur terre trois années après la statue de la Liberté du frère Bartholdi. Il avait fait fondre l'alliage de fer parfait, incorporant la juste proportion d'or alchimique pour assouplir la géante de métal face aux assauts du vent. Les fondeurs, tous frères, avaient gardé le secret. L'or avait servi à bâtir une œuvre à la gloire du génie humain.

Mais pas seulement. Pour les francs-maçons, la tour est le symbole de la lumière et de la parole, lumière qui doit illuminer le monde. Il leva la tête vers elle, qui jaillissait du phare et tournoyait dans la nuit. Les millions de profanes étaient loin de se douter de sa signification symbolique.

Il allongea le pas et s'éloigna de la tour. Il rejoignait le quai Branly pour flâner à côté de cette Seine qu'il avait connue dans sa jeunesse. Paris avait changé mais le fleuve poursuivait son cours, immuable. Andrea arriva à l'angle du quai et du pont de Grenelle. Il s'arrêta devant la troisième œuvre. La statue de la Liberté. Ou du moins la réplique parfaite de l'originale à New York.

Elle était si belle, elle aussi. Combien de fois avait-il discuté avec les représentants des trois autres familles pour les convaincre d'aider le frère Bartholdi dans la construction de son œuvre. Tout défilait à nouveau sous ses yeux : les tenues à la loge *Alsace-Lorraine*, les banquets de l'amitié franco-américaine, les voyages à New York pour faire gagner l'enthousiasme des frères d'outre-Atlantique. L'entrevue décisive avec Joseph Pulitzer, le patron du très puissant quotidien de New York, qui avait pris fait et cause pour la statue. La rencontre avec le frère

Richard Hunt, l'architecte américain du piédestal, la cérémonie de la *cornerstone*. Tout paraissait si réel. Puis la construction de la caverne aux deux piliers dans le plus grand secret, où les initiés se réunissaient une fois l'an.

Il sortit son portefeuille de la poche de sa veste et en retira une feuille pliée en quatre, usée par le temps. Il la prit entre ses mains et sourit.

C'était la photocopie de la couverture d'un manuel de franc-maçonnerie qu'il avait fait éditer pour les frères en 1838. Une gravure représentant une femme nue sortant d'un puits, le bras tendu vers le haut avec un miroir à la main. À ses pieds, les emblèmes maçonniques, le compas, l'équerre, l'épée, le crâne… L'épée était celle du frère La Fayette, qu'il avait bien connu lui aussi, en son temps, quand il avait débloqué une partie de l'or pour la grande cause de l'indépendance et de la liberté.

Au revers de la feuille, se trouvait une autre gravure datée de juillet 1864, couverture de la revue *Le Franc-Maçon*. Vingt-deux ans avant la pose de la statue sur Liberty Island.

Une femme habillée en toge brandissait un flambeau de sa main droite et la Déclaration des droits de l'homme de la gauche. Avec cette devise :

Le flambeau et non la torche.

Andrea Consurgens aimait cette phrase. Le flambeau qui éclaire et non la torche qui incendie. Le flambeau qui donne la lumière de la liberté et de la connaissance, qui dissipe les ténèbres de l'obscurantisme. Plus qu'une phrase, c'était un credo, qui lui donnait encore des frissons. Les mêmes qu'il avait ressentis à la lecture du poème écrit par son amie, Emma Lazarus, en 1883, et dont l'intégralité était gravée sur le socle de la statue à New York.

Andrea replia le papier et le remit dans sa veste. Il était temps de partir, son jet l'attendait. Il eut une dernière pensée pour Eiffel et Bartholdi, deux grands hommes, génies de leur temps. Deux frères qui avaient érigé les piliers qui soutenaient la voûte.

Il appela Winthrop sur son portable pour qu'il vienne le récupérer. En voilà un que l'or laissait indifférent et cela lui plaisait. Comme lui, Andrea n'aimait pas ce métal. Depuis qu'il était parvenu à le fabriquer de ses propres mains des siècles plus tôt.

Depuis que la pierre philosophale, l'or potable l'avaient rendu immortel, l'or métal avait perdu tout intérêt à ses yeux, mais il en connaissait le redoutable pouvoir sur les hommes. Il avait créé *Aurora* uniquement afin d'en contrôler les effets les plus pervers.

L'or n'avait d'autre but que de servir l'homme. En soit, Andrea n'était rien. Il méprisait les autres membres d'*Aurora*, aveuglés par leur cupidité, et il les contrôlait comme on tient un chien par la laisse. Le temps viendrait où la terre serait stérile de son or et où le secret des alchimistes serait rendu public. Ce temps n'était pas venu.

Le groupe *Aurora* continuerait son action et son maître, Nicolas Flamel, y veillerait personnellement.

ÉPILOGUE

New York,
statue de la Liberté,
un mois plus tard

Des nuages noirs et lourds obscurcissaient New York, laissant présager un orage titanesque. L'air était doux, presque chaud.

— Papa, viens voir !

Le garçon était penché contre le grand mur du socle de la statue. Il faisait des signes à son père, assis en tailleur sur la pelouse et qui contemplait comme hypnotisé la gigantesque statue couronnée.

— Il y a une inscription gravée en américain. Viens me la traduire, s'il te plaît.

À regret, Antoine Marcas sortit de sa contemplation et se leva. Il se demandait s'il avait vraiment vécu toute cette aventure incroyable. Par curiosité il était passé près de l'ouverture d'où il s'était échappé lors de son odyssée dans la caverne aux deux piliers. Mais il n'y trouva plus rien. Un bloc de béton avait été coulé à l'endroit.

Il fit un signe à son fils qui s'impatientait. Ce voyage à New York était une bonne idée, pour son garçon et pour lui. Et pour rendre, aussi, un dernier hommage à Ray.

Contre l'un des murs de la statue, il avait déposé une branche d'acacia.

Le mois écoulé avait passé très vite depuis la mort du frère de sang. Il avait tout raconté au Frère Obèse qui ne l'avait cru qu'à moitié et l'enquête fut clôturée en toute discrétion.

Le pendu de la tour Eiffel était officiellement un suicidé, ce qui contenta les médias, qui, de toute façon, avaient oublié les deux crimes de l'obédience. Curieusement, il n'avait toujours pas compris qui était l'Américain qui l'avait aidé contre le frère de sang avant de s'évanouir dans la nature.

Deux jours après, Antoine et ses frères avaient organisé une tenue funèbre pour le regretté frère de Lambre, passé à l'Orient éternel. Il consigna son histoire sur un calepin qu'il confia à Andrivaux et au directeur des archives avec pour instruction de le rendre accessible à son fils après sa mort…

Antoine arriva devant le piédestal et mit la main sur l'épaule de son fils.

— Ça veut dire quoi ? demanda l'enfant en montrant un poème gravé.

Marcas déchiffra rapidement l'inscription et sourit.

— C'est très beau, ça parle de liberté et d'espoir, surtout la fin, répondit-il. (Puis, en murmurant.) Et du seul or qui vaille la peine.

— Vas-y, traduis, réclama son fils, impatient.

De sa main brillante, elle accueille l'univers,
De son doux regard veille sur le port,
Dont le pont aérien fait se rejoindre les deux cités jumelles,
Gardez vos fastes antiques, hurlent ses lèvres muettes,
Donnez-moi vos foules lasses et miséreuses,
Vos masses entassées qui aspirent à l'air pur,

De vos terres surpeuplées, les rebuts frémissants, envoyez-les-moi,
Ces sans-patrie secoués par la tempête,
Ma lampe, haut dans le ciel,
Luit à la porte… d'or.

Soudain, de l'est, de l'orient, un rayon de soleil oblique transperça la masse menaçante des nuages de ténèbres et illumina la statue. Au bout du bras dressé, le flambeau d'or s'irradia.

L'or de la liberté.

FIN

… À moins que…

Découvrez la fin alternative du *Frère de sang*…

ÉPILOGUE

New York
Coffey Street
Brooklyn
Trois mois plus tard

Des nuages noirs et lourds obscurcissaient New York, laissant présager un orage apocalyptique. L'air était doux, presque chaud.

Antoine Marcas sortit de sa veste le long étui de métal identifiable au G gravé sur le couvercle. Il prit une cigarette qu'il porta à ses lèvres mais attendit avant de l'allumer. Il scruta encore une fois le bâtiment qui lui faisait face. Le vieil entrepôt n'existait plus. À la place on avait bâti un petit immeuble de deux étages aux façades de verre fumé, entouré d'une pelouse qui détonnait dans ce coin poussiéreux.

C'était comme si rien ne s'était jamais passé. Robinson, Joan, la course folle vers l'antre secret sous la statue… Un songe. Un cauchemar…

Il se décida à l'allumer. Une bouffée de fumée âcre lui envahit les poumons. Ça lui suffisait, il écrasa sa clope et traversa la rue.

Il voulait en avoir le cœur net. Cela faisait trois mois

qu'il tentait de remettre en place les pièces d'un puzzle obscur. La mort du frère de sang lui avait laissé un goût amer. Et plus que tout, cette sensation d'avoir été surveillé, manipulé jusqu'au bout. L'Américain qui lui avait sauvé la vie s'était évanoui dans la nature avant son admission à l'hôpital, et la fouille de l'appartement d'Hautefort n'avait rien révélé d'extraordinaire. Marcas avait profité de sa convalescence pour continuer ses recherches dans les archives de l'obédience, mais elles n'avaient pas mené à grand-chose.

Restait l'épée avec sa poussière d'or alchimique, qui avait été soigneusement extraite de sa cache. Il n'avait pas voulu la donner à ses collègues de la police et elle trônait désormais sur son bureau, ultime souvenir de cette affaire.

Il jeta sa cigarette et traversa la rue. Le bâtiment semblait désert. Des tuyaux et des planches posés sur la pelouse indiquaient que les travaux venaient juste de s'achever. Marcas poussa la porte en verre et fut saisi par une bouffée d'air glacial. La climatisation prouvait que les lieux étaient occupés.

Au moment où il arriva devant le comptoir vide, un homme de haute taille, aux cheveux coupés courts, vêtu d'un costume gris clair, sortit d'une salle attenante et marcha à sa rencontre. Marcas tressaillit à sa vue. Il connaissait ce visage.

L'Américain qui lui avait sauvé la vie sur la tour Eiffel.

Il était devant lui, souriant. Comme un vieux copain disparu depuis des années et qui surgissait du néant. Il avança vers lui, les mains dans les poches.

Marcas avait mille questions à lui poser. Le fait de le trouver dans cet endroit bâti sur le vieil entrepôt indiquait qu'il allait enfin obtenir des réponses.

Le Français tendit la main.

— C'est extraordinaire. Je suis ravi de vous rencontrer, j'ai une énorme dette envers vous, monsieur…

Jack Winthrop restait silencieux mais affichait toujours un sourire éclatant. Il sortit un mouchoir de sa poche gauche et le porta à son nez comme s'il allait se moucher. Il fourra sa main libre dans l'autre poche d'où il tira une sorte de briquet métallisé. En une fraction de seconde, il brandit l'objet devant le visage de Marcas. Une fumée bleutée s'en échappa.

Le Français recula instinctivement mais il était trop tard. Une odeur amère l'envahit. Ses jambes tremblèrent puis s'affaissèrent sous lui. Une étreinte glaciale s'empara de son corps.

Il tomba sur le sol de marbre clair. La dernière chose qu'il vit fut le visage amical de l'Américain qui lui murmura un mot incompréhensible.

Il ouvrit les yeux.

Sa conscience lui revenait. En un éclair. Il se souvenait de tout. C'était comme s'il avait fermé les yeux et les avaient rouverts une seconde plus tard. L'Américain avait dû pulvériser une sorte de gaz paralysant.

Il se redressa. L'esprit étonnamment clair. Ses muscles lui obéissaient à nouveau.

Le décor avait changé. Il ne se trouvait plus dans l'immeuble de la rue Coffey. Il était assis sur un sofa de velours clair, au milieu d'une chambre aux murs recouverts de tapisseries d'inspiration médiévale, close par une porte capitonnée.

— Monsieur Marcas, soyez le bienvenu.

La voix de femme résonnait dans la pièce mais il ne vit nulle part de présence féminine. Il se leva, les poings serrés.

— Vous êtes l'invité du groupe Aurora. Vous trouverez dans la penderie, masquée par la tapisserie de la Dame à la licorne, une veste et une chemise à votre taille. Votre hôte vous attend pour une collation.

Marcas grimaça en repérant le haut-parleur niché dans un coin du plafond. Ses kidnappeurs se la jouaient à la manière des méchants des vieux James Bond.

— Et si je n'ai pas envie de m'habiller ? Docteur No va me faire bouffer par ses crabes ?

Un petit rire lui échappa.

— Nullement. C'est une question de courtoisie. Les Français n'ont-ils pas la réputation d'être des gens élégants ?

Il allait répliquer quand tout d'un coup la porte s'ouvrit. Personne n'apparut dans l'entrebâillement. Méfiant, il marcha lentement vers ce qui ressemblait à un couloir.

— Vous êtes attendu, monsieur Marcas. N'ayez aucune crainte. Si nous avions voulu vous faire du mal, ce serait déjà fait depuis longtemps.

Un clic discret marqua la coupure du haut-parleur. Intrigué, le commissaire franchit le seuil de la porte et s'engagea dans un corridor étroit décoré de fresques d'inspiration Renaissance, baigné d'une lumière orangée. Il déboucha dans une salle immense, aux proportions démesurées, d'au moins vingt mètres de haut, aussi vaste que la cuve d'un tanker.

Il était tétanisé. Le spectacle qui s'offrait était incroyable.

En face de lui, à une trentaine de mètres, sur toute la hauteur du mur de pierre blanche, deux immenses tubulures de verre trempé, d'un diamètre équivalent à une citerne, grimpaient vers une voûte d'aspect gothique.

La première laissait s'écouler vers le bas un liquide noir sillonné de reflets gris-blanc qui tournoyaient à toute vitesse. Comme une coulée de lave noircie parcourue par des veines de magma encore incandescent.

Marcas s'approcha, hypnotisé par ce qu'il voyait. La seconde colonne géante était, elle, remplie d'un liquide à la couleur rubis sombre. D'un rouge profond à la base de la tubulure qui s'éclaircissait, tout en haut, d'un éclat irradiant.

Entre les deux colonnes, à leur base, une multitude de fins tuyaux s'enfonçaient dans trois rectangles d'acier aussi gros que des camions et devant lesquels s'affairaient une dizaine d'hommes en combinaison grise portant des lunettes de protection. Des hublots d'un mètre de diamètre laissaient entrevoir des reflets d'une blancheur laiteuse.

L'un des hommes s'aperçut de la présence de Marcas, tourna la tête vers lui et fit un petit signe de la main.

— N'approchez pas trop, mon ami. Vous perdriez la vue à jamais. J'arrive.

Antoine resta un instant interloqué. Il remarqua que le haut de la salle finissait en voûte, exactement comme la caverne sous la statue de la Liberté. Il tourna le regard à nouveau vers les tubulures et comprit.

Deux colonnes. Deux piliers.

Le noir et le rouge. Entre les deux, le blanc. Tout se tient.

Ils l'ont fait. Cela existe donc vraiment.

L'homme en combinaison grise s'était avancé vers lui et avait retiré ses lunettes de caoutchouc. Il retira un gant molletonné et lui tendit la main.

— Monsieur Marcas, je suis enchanté de vous rencontrer. J'ai suivi de très près vos… exploits. Bienvenue dans le modeste sanctuaire de l'organisation Aurora.

Le Français, intrigué, prit la main ferme.

— J'ai oublié de me présenter. Consurgens… Andréa Consurgens. En d'autres temps, on m'a connu sous d'autres noms mais je préfère celui-là.

Marcas se ressaisit.

— Pourquoi m'avoir enlevé ?

L'homme le prit par le bras d'un air amical.

— Que voulez-vous… J'ai mes petits secrets. Nous

avons un œil sur vous depuis ce qui s'est passé il y a quelque temps. Je brûlais de vous voir. Vous ne le savez pas, mais je suis venu assister à la présentation de votre planche sur la symbolique des deux piliers le mois dernier au temple Lafayette. Très intéressant. Il m'a semblé utile de vous rencontrer.

— En me balançant du gaz à la figure !

— C'est inoffensif. Aucune séquelle. Un produit mis au point dans les laboratoires des services secrets russes. Ils sont très forts pour ce genre de gadget.

Marcas écoutait l'homme tout en inspectant l'étrange décor.

— Où sommes-nous ?

Consurgens suivit son regard.

— Quelque part aux États-Unis, sur la côte Atlantique. Est-il besoin de vous expliquer ce que nous fabriquons ici ?

Le Français croisa les bras en scrutant son interlocuteur.

— Vous avez réussi le but ultime de l'alchimie. La colonne de gauche, c'est la première phase, l'œuvre au noir.

— Son vrai nom est Negredo…

— La matière impure qui s'écoule vers ces cuves d'acier et se transforme en liquide immaculé doit correspondre à l'œuvre au blanc.

— Exact ! Albedo pour être précis.

— Et ce second pilier couleur de sang vous donne l'œuvre au rouge. La conjonction du blanc et du noir. L'étape finale avant la création de la pierre philosophale qui permettra de transformer le plomb en or.

Consurgens sourit, les yeux perdus dans le vague.

— Parfait. Rubedo. Vous auriez fait un parfait alchimiste, monsieur Marcas. Vous avez devant vous les deux piliers de la tradition, analogues aux deux autres que vous avez découverts sous la statue de la Liberté.

— Les deux piliers de la tradition maçonnique, Jakin et Boaz.

— Oui. À l'époque, avec mes amis américains maçons il nous a fallu dix ans pour construire, en toute discrétion, cette grotte symbolique sous la statue. Je l'ai léguée par la suite à ces compagnons qui y célébraient leurs rituels une fois l'an. Mais venez. Je vais vous montrer la demeure de la pierre philosophale. Le grand magistère.

Il paraissait s'enflammer en énonçant ces paroles étranges. D'un pas étonnamment souple pour son âge, il entraîna Marcas vers le fond de la salle où se trouvait une grande pyramide de verre épais avec en son centre une petite boule rouge, de la taille d'une balle de tennis, à l'aspect poudreux.

— Pensez qu'il faut presque deux ans de préparation pour obtenir cette… chose. La science moderne pourrait expliquer une partie de la transmutation par la technique de fusion froide mais cela serait encore incomplet. Moi-même je serais bien incapable de théoriser ce que j'ai découvert.

Marcas se pencha vers la pyramide d'où émanait un léger bourdonnement.

— C'est donc cela la pierre philosophale. La légende était bien vraie. Les alchimistes avaient raison. La pierre qui est poudre de projection et transmute la matière vile en or pur. L'or de l'épée du frère de sang. Je suppose que vous fabriquez à la chaîne des kilos de ce métal. Belle opération juteuse.

— Si le plomb est bien l'alpha du grand œuvre, l'or n'en est pas l'oméga, même si nous avons constitué d'importants stocks dans notre réserve. La pierre possède une autre vertu, celle d'abolir la frontière de la mort.

Marcas se redressa et tenta de déchiffrer le regard de l'homme qui lui faisait face.

— Bon sang, mais qui êtes-vous ?

— Je vous l'ai dit. On m'appelle Consurgens. Financier suisse de son état, rétorqua l'homme d'un air malicieux.

— Ne vous moquez pas de moi. L'*Aurora Consurgens* est un traité alchimique de référence, vieux de plusieurs siècles.

L'homme prit un air plus grave.

— *Aurora Consurgens*, le lever de l'aurore… Encore un ouvrage de mon cru. J'en ai rédigé quelques-uns au fil des siècles, sous divers noms, pour que la mémoire des hommes n'oublie pas le travail des alchimistes. Mon vrai nom est mort avec moi il y a plus de six cents ans. Je suis quelqu'un qui a vécu dans cette bonne ville de Paris en des temps de fer et de sang. Je n'étais qu'un homme simple que Dieu a choisi pour découvrir un secret lourd à porter. Si je vous disais que j'ai voyagé au fil des siècles sans que cela ne m'éclaire sur la véritable nature de l'homme, ni sur son but ultime…

Marcas se sentit mal à l'aise face à cet homme étrange qui paraissait sincère. S'il n'y avait pas eu ce décor impressionnant, il l'aurait pris pour un fou.

— Votre premier nom ?

L'homme le fixa de ses yeux dorés qui semblaient le transpercer.

— On me nomma… Nicolas Flamel.

Marcas recula d'un pas.

— C'est impossible. Flamel est mort et enterré au Moyen Âge. C'est presque une légende. Je veux bien admettre que l'on puisse transformer du plomb en or, et encore, mais l'immortalité…

Consurgens étendit les bras d'un geste ample.

— Regardez autour de vous. Pensez-vous que tout cela puisse être l'œuvre d'un dérangé ? Venez, je vais vous faire visiter quelque chose qui pourrait vous intéresser.

Les deux hommes marchèrent vers une porte située derrière la pyramide de verre. Marcas se demandait s'il n'était pas plongé dans un songe tant son environnement lui paraissait irréel. Ils passèrent dans une pièce baignée d'une lumière violette. Au centre, sur un piédestal, trônait un grimoire à la couverture de cuir, usée par le temps.

— Le *Livre d'Abraham le Juif.* Une copie de livres plus anciens dont je ne connais même pas le nom. La source de tout mon savoir.

Marcas voulut s'arrêter mais Consurgens lui indiqua une autre porte à l'autre bout de la pièce. Ils débouchèrent dans une sorte de caverne d'une dizaine de mètres de haut, plongée dans l'obscurité. Consurgens appuya sur un petit triangle de pierre fiché dans le mur.

La lumière jaillit. Marcas dû se protéger les yeux, aveuglé par le miroitement doré qui s'étendait à perte de vue.

Des milliers de barres dorées étaient posées à même le sol, alignées de façon rectiligne, formant comme un océan d'or pur.

— Tout l'or du monde s'offre à vous, monsieur Marcas. Il y a ici de quoi bâtir des empires, renverser des nations, plonger le monde dans un chaos total.

Marcas n'arrivait pas à soutenir l'éclat solaire qui jaillissait de toutes parts.

— Pourquoi ?

Consurgens contemplait le fabuleux trésor sans sourciller.

— Un jour, la terre deviendra stérile de son or. Il faudra alors veiller à maintenir les cours pour ne pas voir s'effondrer les civilisations. L'or ne doit pas mourir. Et pourtant ce métal n'a aucune valeur en soi. Ce n'est que de la matière. Le véritable or est celui de la… liberté, mon ami.

Il éteignit les spots et la caverne retomba dans l'obscurité.

— La visite est terminée. Je vais maintenant vous faire raccompagner. Je dois vous quitter.

Marcas tressaillit.

— Mais j'ai d'autres questions à vous poser. Je…

Sa tête commençait à tourner, il tituba et s'accrocha au pan de mur. L'odeur amère familière envahit ses narines. La voix de Consurgens résonna, avec un écho déformé.

— Vous allez vous endormir. Au réveil, dans votre hôtel, vous aurez peut-être l'impression d'avoir rêvé toute cette histoire. L'oubli est un merveilleux remède.

— Non, je veux…

Son esprit luttait pour rester éveillé alors que ses membres se figeaient.

— Nous ne nous reverrons plus dans cette vie. Ne tentez pas de nous retrouver. Toutes les traces de notre existence vont disparaître. Et puis personne ne vous croirait.

Marcas tomba à terre. Il vit Consurgens se pencher sur lui et lui glisser quelque chose de froid à son majeur. Les yeux dorés de l'homme le vrillaient.

— Ceci est un présent. Un anneau d'or alchimique. Que cela te porte chance. De midi à minuit. Adieu mon frère.

Marcas n'entendit pas la dernière parole. Une pluie d'or tombait sur son esprit.

FIN

ANNEXES

La statue de la Liberté, monument d'inspiration maçonnique

A priori, voir de l'ésotérisme dans la statue de la Liberté peut sembler insolite, et pourtant… Il suffit de faire un tour sur le Net en tapant les mots clés franc-maçon et statue de la Liberté, surtout en anglais, pour tomber sur des sites « conspirationnistes » assez prolixes. La statue serait censée représenter la déesse Ishtar, la grande prostituée de Babylone, ou encore une sorte de Lucifer au féminin, bâtie dans le but de remplacer le Christ.

Pour nourrir ces thèses pour le moins farfelues, leurs auteurs se basent sur le fait que Frédéric Auguste Bartholdi appartenait à la franc-maçonnerie et que cette dernière a joué un grand rôle dans l'édification de la statue, en France et aux États-Unis. Pour ces adeptes du grand complot qui voient dans la franc-maçonnerie un pouvoir tentaculaire et omnipotent, le pas est vite franchi et la pauvre dame de New York devient l'archétype du mal…

Qu'en est-il exactement, si l'on se réfère à des sources plus sérieuses ?

Dans leur très documenté ouvrage *La Statue de la Liberté, le livre du centenaire*, les auteurs, Christian Blanchet et Bertrand Dard, attestent d'une influence maçonnique certaine :

« Directement ou indirectement présentes tout au long de la genèse de la statue de la Liberté, puis au cours des cérémonies qui lui sont consacrées – notamment celle de la pose de la première pierre du piédestal à New York –, les loges et la franc-maçonnerie l'ont très fortement marquée par leur symbolique. En effet, la couverture de la revue *Le Franc-Maçon*, fondée en 1847, montre une femme levant "le flambeau non la torche", tenant à la main gauche les rouleaux dépliés de la Loi (...) Répondant moins à la mode et au goût du siècle qu'il n'y paraît à première vue, Bartholdi est partagé entre son attirance viscérale pour les valeurs antiques et ses découvertes intellectuelles en matière ésotérique. »

Ça ne veut pas dire pour autant que les maçons aient tenu la main de Bartholdi, qui reste à ce jour le créateur incontesté de son œuvre.

Nous avons retrouvé dans la bibliothèque du Grand Orient de France trois gravures, dont deux sont reproduites dans ce roman. Elles représentent une femme levant le bras et tenant, pour l'une, un miroir, pour l'autre, un flambeau ; elles illustrent respectivement un manuel de franc-maçonnerie et une revue interne à destination des frères, bien des années avant la construction de la statue. Il faut remonter à l'époque romaine pour retrouver une statue de Junon assise, avec une torche levée au-dessus d'elle.

Nous avons également retrouvé deux textes qui éclairent un peu plus l'engagement maçonnique de Bartholdi.

Le premier date de décembre 1945. Il est tiré de la revue interne maçonnique *Le Symbolism*e, rédigé par le frère Lantoine Albert et intitulé : « Bartholdi et la Franc-Maçonnerie ». On y apprend que le sculpteur a été reçu à la loge *Alsace-Lorraine* le 14 octobre 1875 en même temps que Chatrian (du célèbre duo d'écrivains

Erckmann-Chatrian). Cette loge était composée d'hommes politiques puissants, d'ingénieurs, d'intellectuels et d'artistes, tous réunis par le patriotisme, et, comme on dirait aujourd'hui, américanophiles. On y trouvait Savorgnan de Brazza, gouverneur du Congo, le fameux ministre Jules Ferry, Adolphe Crémieux, Alfred Kœchlin. Pour la petite histoire, le procès-verbal de la remise de la statue de la France aux États-Unis est signé de Jules Ferry, alors ministre des Affaires étrangères.

L'auteur du texte va plus loin : « On devine avec quelle joie la loge accueillit – et seconda – la création d'un Comité franco-américain qui se proposait de contribuer aux fêtes du centenaire de l'indépendance des États-Unis par un don d'une magnificence exceptionnelle (…) la loge voyait aussi dans ce don un symbole de la libération vers laquelle devaient tendre les provinces asservies. »

D'autre part, il existe, sous la cote 55071, un recueil des conférences prononcées à la loge Alsace-Lorraine datant de janvier 1891 et à l'intérieur un chapitre intitulé : *La statue de Bartholdi éclairant le monde par le F. : Bartholdi. En tenues du 13 novembre 1884 et du 10 mars 1887.*

En fait, ce sont des notes prises lors de ces tenues.

« C'est le 6 novembre 1875, dans un banquet qui réunit à l'hôtel du Louvre les sommités françaises et américaines, parmi lesquelles les descendants de La Fayette et de Rochambeau, que fut constituée solennellement l'union franco-américaine. Le plan si grandiose que l'éminent sculpteur Bartholdi avait conçu fut adopté d'enthousiasme et l'appel suivant fut aussitôt lancé dans les deux pays (…) elle représentera la Liberté éclairant le monde. »

À lire aussi : *Bartholdi* de Robert Belot et Daniel Bermont, Perrin, 2004.

On sait que Bartholdi avait déjà eu l'idée d'une statue

monumentale lors d'un séjour en Égypte, au moment de la construction du canal de Suez, en 1867. Une statue, de style égyptien, d'une femme brandissant une torche, intitulée « Le progrès apportant la lumière à l'Asie », qui aurait été mise à l'entrée du canal de Suez. Deux ans plus tard, le vice-roi d'Égypte jeta l'éponge en raison du prix trop élevé à payer. Bartholdi rentre découragé et après bien des péripéties se rapproche d'Édouard René Lefebvre de Laboulaye, républicain libéral, membre de l'Institut, et grand admirateur des États-Unis et de son système. Cet homme influent veut renforcer l'amitié entre les deux nations et milite depuis toujours pour que la France offre un cadeau pour la sceller et qui marquerait les esprits. Il n'est pas le seul et réunit dans sa résidence de Glatigny un cercle d'amis puissants où l'on retrouve les descendants du marquis de La Fayette, de son compagnon d'armes, le marquis de Rochambeau, d'Henri Martin, tous francs-maçons.

Bartholdi, qui l'avait rencontré des années auparavant, s'enthousiasme pour ce projet. L'idée de la statue de la Liberté est née. Bartholdi part aux États-Unis, avec les recommandations de Laboulaye. À New York, il découvre l'île de Bedloe. C'est l'illumination. « C'est sûrement ici que ma statue doit être érigée, ici où les hommes ont le premier aspect du Nouveau Monde, ici où la liberté jette un rayonnement entre les deux mondes. »

D'autre part, les maçons américains ne sont pas avares de renseignements sur leur rôle dans l'édification de la statue. Le député Grand Maître de la Grande Loge de New York R.W. Robert C. Singer a fait une planche sur ce sujet : *Masonry and the Statue of Liberty.* Il y décrit en particulier la cérémonie de la *cornerstone* au moment des travaux du piédestal sur l'île de Bedloe. Il y avait dans le petit coffret : une copie de la Constitution américaine, vingt médailles de bronze des présidents, des copies de journaux de New York, un portrait de Bartholdi, un poème sur la statue et une liste des officiers de la Grande Loge. Pour la petite histoire, c'est le légendaire journaliste Pulitzer qui a aidé sur le plan médiatique à populariser la statue et qui a permis les levées de fonds pour financer le piédestal.

LA TOUR EIFFEL

L'or de la tour est une invention des auteurs, en revanche la maçonnerie n'est pas si éloignée que ça de l'histoire du monument.

Pour le monde entier, la France, c'est la tour Eiffel et la tour Eiffel, c'est la France ou Paris. Cette œuvre est avant tout le combat d'un homme, Gustave Eiffel, et de son équipe, dont les ingénieurs Émile Nouguier et Maurice Kœchlin qui ont eu l'idée en 1884 de construire la tour la plus haute du monde. Elle a été érigée pour l'Exposition universelle de 1889 en hommage à la raison et à la science – les noms des plus grands savants sont inscrits sur la tour. Est-elle un symbole maçonnique ? Les opinions divergent sur l'appartenance de Gustave Eiffel à la maçonnerie. Dans certains dictionnaires des maçons célèbres, il en fait partie, pour d'autres c'est moins sûr. En avril 2007, l'actuel Grand Maître du Grand Orient, Jean-Michel Quillardet, a publié avec Pierre Buisseret un ouvrage intitulé *Initiation à la franc-maçonnerie* (éd. Marabout), dans lequel il avance que Gustave Eiffel appartenait à la maçonnerie et qu'il a conçu sa tour en référence à celle-ci. On sait aussi que Gustave Eiffel a bénéficié de l'appui de maçons importants pour l'aider dans sa tâche : Jules Grévy, alors président de la République, ou encore René

Goblet, président du Conseil de 1886 à 1887, membre de la loge de *La Clémente Amitié* et qui a insisté pour que la tour soit terminée avant la construction du Sacré-Cœur. À l'époque, les républicains s'étaient enthousiasmés pour la tour tandis que les milieux catholiques avaient décidé l'érection du Sacré-Cœur pour que la France expie ses péchés, la défaite contre l'Allemagne et la Commune. Quand on se replonge dans les articles de l'époque, les attaques contre la tour, « cette hideuse ferraille », étaient d'une violence rare et provenaient même de célébrités comme Maupassant ou Charles Garnier. Il n'est donc pas illogique que les maçons aient pris fait et cause pour la tour. Par ailleurs, l'anecdote des francs-maçons du Grand Orient qui voulaient installer un emblème maçon lumineux pour faire la nique au Sacré-Cœur est exacte…

Certains maçons observent que la tour a trois étages comme les trois niveaux – apprenti, compagnon, maître – de la maçonnerie. Et si l'on consulte l'un des dictionnaires maçonniques de référence, le Ligou, édité aux Presses universitaires de France, à la signification maçonnique du mot tour, on trouve ce passage instructif : « symbole de la lumière et de la parole, elle a une signification spatiale de rayonnements. La lumière en jaillit de façon circulaire et sur tous les plans ». Les mêmes initiés font remarquer la troublante analogie avec le phare du sommet de la tour Eiffel qui balaie le ciel nocturne parisien…

Pour tout savoir sur le monument, outre les innombrables livres, allez faire un tour sur le site officiel : www.tour-eiffel.fr.

L'auteur profane avoue sa fascination pour la tour depuis qu'il l'a visitée pour la première fois quand il était môme, à l'âge de sept ans. Depuis, il n'est jamais blasé quand ses pas le mènent du côté du vénérable monument qui garde une aura de mystère inégalée. Et même pendant la rédaction du livre, la nuit, il ne pouvait s'empêcher de s'émerveiller depuis sa fenêtre devant la tour scintillante. Une persistance enfantine…

L'OR, MÉTAL MYTHIQUE

La plupart des informations chiffrées générales (cours, volumes de transactions, etc.) sur le marché de l'or contenues dans les échanges de mails entre les membres d'*Aurora* sont exactes. Les informations proviennent de différentes sources. Le livre passionnant de Peter L. Bernstein, *Le Pouvoir de l'or, histoire d'une obsession* (éd. Mazarine), brosse un tableau de l'histoire du précieux métal depuis l'Antiquité jusqu'à nos jours. Nous avons aussi consulté les sites Internet du World Gold Council, www.gold.org, la très officielle organisation internationale de l'or qui dévoile toutes les utilisations possibles du métal (médecine, industrie, chimie, etc.) ainsi que les études économiques sur les fluctuations.

Le site www.eurogoldfrance.com s'est révélé très précieux pour comprendre le marché de l'or et ses subtilités ainsi que www.cgo.com.

L'idée qu'un groupe de financiers non identifiés influence en coulisse le marché de l'or est venue après la consultation du site du GATA, Gold Antitrust Action Committee, une association qui dénonce un système d'entente sur les cours, www.gata.org. Nous ne savons pas si les informations sont fiables, mais l'idée d'une conspiration sur l'or était stimulante pour nourrir la fiction.

Dans le chapitre qui se passe en Suisse avec les membres d'*Aurora*, il est question d'une expérience scientifique de transmutation du plomb en or. C'est possible, en théorie. Merci à Philippe Marchetti, responsable « technologies » au mensuel *Ça m'intéresse* qui nous a fourni un article de la revue *Élémentaire* sur le GANIL, grand accélérateur national d'ions lourds, situé à Caen, qui dépend du Commissariat à l'énergie atomique. Un encadré explique qu'il suffirait d'arracher trois protons et huit neutrons au plomb pour le transformer en or. Mais le coût serait astronomique.

Pour la petite histoire, un franc-maçon très connu a joué un rôle déterminant sur le marché de l'or au XVIIIe siècle. Il s'agit de Sir Isaac Newton. On le connaît pour sa découverte sur la gravitation universelle mais peu de gens savent que cet illustre savant a pratiqué l'alchimie jusqu'à la fin de sa vie. Passionné par le métal précieux – rien de cupide là-dedans –, il a occupé aussi le poste de gardien de la Monnaie de la Couronne anglaise en 1696. Une des positions les plus influentes sur les finances royales. C'est lui qui, pour la première fois, établit une convertibilité de l'or rigoureuse avec une monnaie en cours. Une décision historique pour les grands spécialistes mondiaux de l'or.

Le monument consacré aux Droits de l'Homme, à Paris

Conçu par l'architecte tchèque Yvan Theimer en 1989 pour le bicentenaire de la Révolution, il existe vraiment et reste l'un des monuments les plus étranges et méconnus de Paris, perdu sur le Champ-de-Mars à quelques pas de la tour Eiffel. Les symboles de toutes sortes gravés sur les piliers, la porte et la pierre font galoper l'imagination. Curieusement, la porte d'entrée ne laisse entrevoir aucune serrure, mais la présence d'un gond laisse penser que l'on peut y entrer. Autre détail : quand on regarde par l'un des trous pratiqués sur le mur ouest, on découvre que la porte a été gravée aussi à l'intérieur. Une très belle œuvre qui mérite d'être redécouverte.

Aux États-Unis, la maçonnerie n'occupe pas la même place qu'en France et en Europe. Ses temples sont plus visibles, plus riches, ses membres affichent volontiers leur appartenance, et pour beaucoup, l'engagement maçonnique est une chose aussi naturelle que faire partie chez nous d'un club de boulistes ou du *Rotary*. Ils font des publicités à la télévision et organisent des courses, des concerts, des collectes pour des œuvres de bienfaisance ou médicales. Néanmoins, il existe des cercles maçonniques plus restreints, des loges plus discrètes qui, elles, s'apparentent à ce que l'on connaît en Europe, mais elles restent minoritaires.

Comme en Europe, les francs-maçons américains ont aussi leurs ennemis acharnés tels le Ku Klux Klan, les mouvements d'extrême droite, les extrémistes protestants et catholiques, les conspirationnistes de tout poil. Le refrain est toujours le même, les maçons tiennent le gouvernement fédéral, les présidents (beaucoup étaient maçons), le dollar (l'œil et le triangle dans le billet vert), et le complexe militaro-industriel.

L'existence de la loge noire *Prince Hall* de Harlem est exacte, et ce courant est fortement implanté dans les couches de la classe moyenne afro-américaine et a participé à l'émancipation et à l'intégration de cette communauté depuis sa création. Ils ne tiennent pas de boutiques vaudous – il fallait un peu de piment dans notre livre – mais s'occupent d'œuvres très respectables, à l'identique des loges… plus blanches. L'appartenance maçonnique des grands musiciens de jazz, Count Basie, Duke Ellington, Louis Armstrong et du boxeur Ray Sugar Robinson est véridique. Si vous allez sur l'un des sites de *Prince Hall*, un air de jazz vous accueillera.

D'innombrables légendes et récits courent sur la personne de Nicolas Flamel, à tel point qu'aucune encyclopédie, ni dictionnaire, ne parvient à donner une biographie cohérente du personnage. Bien au contraire, il semble qu'au fil des siècles, le mystère continue de s'épaissir. Un seul exemple parmi bien d'autres : le nombre de livres qu'il aurait laissés à la postérité ne cesse d'augmenter si l'on en juge par l'inflation de textes qui lui sont attribués sur les sites à vocation ésotérique du Net… Sans d'ailleurs que personne s'en offusque, ni s'en préoccupe, comme si le cas Flamel, à la différence, par exemple, d'un Cagliostro, avait été définitivement abandonné aux occultistes de tout poil. À la vérité, Flamel, depuis presque six siècles, attend son biographe qui le rendra enfin à la vérité historique.

Toutefois, un romancier ne saurait se plaindre d'un tel personnage aux contours si flous qu'ils en deviennent poreux à l'imagination et dont l'existence, déjà légendaire de son vivant, est une trame merveilleuse pour tisser un destin romanesque.

Voici donc une biographie élémentaire du sieur Nicolas Flamel avec toutes les réserves qui s'imposent pour une personne dont les dates de naissance comme de mort s'apparentent déjà à des points d'interrogation.

Si l'on ignore l'année de naissance précise de notre héros, en revanche (presque) tous ses biographes s'accordent à le faire naître à Pontoise. De sa jeunesse, on ne sait rien, si ce n'est qu'on le retrouve apprenti copiste à Paris, dans la première moitié du XIVe siècle. Devenu maître, il ouvre boutique contre l'église Saint-Jacques-de-la-Boucherie, dans une rue dite *des Écrivains*, détruite lors de la percée de la rue de Rivoli. Toutefois, dans ce quartier, une rue Flamel et une rue Pernelle, situées à proximité, perpétuent le souvenir du maître des alchimistes. Quant à l'église Saint-Jacques, il n'en reste qu'un jardin public et une tour du même nom, construite, elle, sous François Ier.

On ne peut rien dire, non plus, de définitif sur le travail précis de Flamel. Copiste, au XIVe siècle, pouvait englober aussi bien la rédaction de livres de comptes et d'actes notariés que la calligraphie et l'enluminure de manuscrits précieux. Sans compter que Flamel, semble-t-il, dirigeait aussi une école d'écriture pour enfants… On le voit déjà, en beaucoup de domaines, l'incertitude est plus que de rigueur.

Peu de commentateurs, en revanche, doutent de l'existence de dame Pernelle, ni d'ailleurs de son caractère : elle est en effet invariablement présentée comme une épouse placide, deux fois veuve il est vrai, charitable, dévote et surtout, trait vraiment surprenant, jamais troublée par les aventures fabuleuses que connaîtra son mari. Une perle d'épouse donc, selon les convictions de l'époque, mais complètement effacée par la légende de son mari, et qui mourra discrètement le 11 novembre 1397. Flamel, en hommage, lui éleva pour sépulture une pyramide, qui a fait rêver bien des ésotéristes, et où il grava des vers… pour louer sa générosité envers les pauvres.

Ce couple de petits-bourgeois parisiens, décidément bien banal, n'aurait jamais dû en principe défrayer la chronique et passer à la postérité si, un beau jour, un étranger anonyme et famélique n'avait vendu à Nicolas un livre qui allait bouleverser sa vie.

De cet ouvrage, on ne connaît de certain que le titre, *Le Livre d'Abraham le Juif*, le nombre de pages : 21 feuillets, et qu'il était orné de dessins enluminés. Quant au contenu, il demeure inconnu, malgré les éditions que l'on en publie régulièrement…

Toujours est-il que ce livre mystérieux, et plus particulièrement ses illustrations, eut sur Flamel une influence imprévue. Aussitôt, on le vit se passionner pour ce grimoire et tenter de le déchiffrer, convaincu qu'il recelait le secret de la transmutation des métaux en or pur. Cette recherche, qui l'amena à se procurer tous les renseignements possibles sur *« la vraye pratique de la noble science d'alkimie »*, selon ses propres mots, dura des années et n'eut aucun résultat. Flamel, malgré des études approfondies et des méditations soutenues, ne parvenait pas à forcer le sens du texte qui restait toujours aussi obscur.

Cette longue période fut sans doute une des plus inquiètes de sa vie, d'autant que l'alchimie, même si les princes et les papes s'y adonnaient en secret, passait pour un art hérétique. Une curiosité impie et une pratique démoniaque qui pouvaient conduire en Enfer. En ces temps troublés où la peste et les Anglais ravageaient à tour de rôle le royaume, l'inquiétude à propos de l'au-delà était une pensée de tous les instants, une obsession chronique. Et encore plus pour Flamel qui risquait peut-être le salut de son âme à mener ses recherches hermétiques.

C'est probablement ce doute lancinant qui le poussa à partir en pèlerinage pour Saint-Jacques-de-Compostelle. Le tombeau de l'apôtre Jacques était devenu, depuis la fin des croisades, le phare spirituel de tout l'Occident, le centre magnétique de la chrétienté. Les pèlerins, malgré les difficultés et les risques du voyage, s'y pressaient par milliers dans l'espoir de racheter ainsi leurs péchés. Pour Flamel, l'aventure avait un autre sens, il s'agissait de trouver une réponse à la question qui le hantait.

Ainsi, en partant sur les chemins, les pages de son manuscrit cousues dans ses habits, il confiait sa quête à la Providence : si sa recherche n'était pas que le fruit du hasard et de son imagination, alors Dieu lui enverrait un signe, sinon…

Dieu, sommé par Flamel de répondre, prit néanmoins son temps pour lui envoyer un messager. C'est dans une auberge pouilleuse du nord de l'Espagne, alors que Nicolas grelottait d'une mauvaise fièvre, que le miracle se produisit. Le médecin, que l'aubergiste avait envoyé chercher, un Juif du nom de Canchès, se révéla un passionné d'alchimie. Un simple jeu de mots révéla à Flamel le savoir secret de ce médecin de campagne qui s'enthousiasma aussitôt pour le manuscrit du *Livre d'Abraham*.

Cette rencontre galvanisa Flamel qui décida de ramener avec lui à Paris ce nouvel adepte de *L'Art royal*. Cette joie fut pourtant de courte durée, car, épuisé par le voyage, Canchès mourut à Orléans. Une perte cruelle pour le copiste qui, de nouveau, se retrouva seul, devant son manuscrit insondable. Toutefois, les longues heures passées à discuter avec son compagnon éphémère avaient eu sur sa pensée l'effet d'un levain favorable et, sitôt arrivé à Paris, il se constitua un laboratoire et commença ses expériences.

Selon la tradition, il lui fallut des années pour passer, une à une, toutes les phases du processus alchimique, et aboutir, le *vingt-cinquième jour d'avril 1382, vers les cinq heures du soir*, à la production de *pur or*, selon le témoignage de Flamel lui-même… C'est du moins ce que prétendent ses exégètes en se rapportant à un témoignage manuscrit dont on dit qu'il est de la main même du fameux alchimiste.

Toujours selon ce même témoignage, Flamel réussit à faire de l'or à quatre reprises. On ignore cependant s'il récidiva.

Toutefois, malgré la discrétion de dame Pernelle et la modestie de Flamel, le voisinage d'abord puis les autorités ne furent pas longs à remarquer certains changements… Non pas que leur mode de vie, humble et retiré, se soit modifié, mais leurs dons fort nombreux à l'Église, leur charité constante envers les pauvres révélaient des ressources financières imprévues. Sans compter l'achat de nombreuses maisons dans le quartier… dont une d'ailleurs demeure encore. C'est donc de ce moment que naît la légende qui fait de Flamel l'alchimiste par excellence. La profusion de sa générosité est, pour nombre de ses biographes, la preuve absolue qu'il a découvert la pierre philosophale. Pour d'autres, en revanche, la vérité est bien moins glorieuse. Enrichi par de la spéculation immobilière, voire par du recel de biens spoliés à des Juifs, la découverte de l'alchimie n'aurait été qu'un écran de fumée, une manipulation orchestrée par Flamel lui-même pour dissimuler l'origine douteuse de sa richesse.

Sans doute, ne connaîtra-t-on jamais l'ultime vérité. Pour autant la légende de Flamel n'a jamais cessé d'enflammer les imaginations. Ainsi, après sa mort, peut-être en 1417, sa maison devint le lieu le plus couru et fouillé de Paris, à tel point que la demeure n'y résista point, et finit par s'écrouler, minée et dévastée par des hordes de chercheurs de trésor.

Mais cette disparition ne signifie pas la fin du mythe de Flamel, bien au contraire. Car l'alchimie n'a pas pour seule vertu de transformer tout métal en or. Grâce à la pierre philosophale qui opère ce prodige, d'autres merveilles sont possibles, telle l'immortalité. Un miracle dont Flamel a largement profité selon plusieurs témoins. Ainsi, un certain Paul Lucas rapporte la conversation qu'il eut, en Turquie, avec Flamel… deux siècles après sa mort. Mieux encore, en 1761, Flamel, accompagné de sa femme *et de leur fils*, assista à une représentation de l'Opéra où il fut vu et *reconnu* par tous…

De l'or à l'immortalité, le meilleur chemin est sans doute celui de la légende.

Il n'existe pas de véritable ouvrage d'historien sur la vie de Flamel où les affirmations des uns et des autres seraient passées au crible de la recherche rationnelle. En attendant ce travail, pourtant si nécessaire, le meilleur ouvrage est celui de Léo Larguier, romancier exigeant et poète subtil, qui, sous le titre du *Faiseur d'or, Nicolas Flamel* (éd. J'ai lu), a sans doute réussi le portrait le plus juste de l'alchimiste le plus célèbre de tous les temps.

Le château de Cenevières

Le personnage de Flore, dans le roman, porte le nom de Cenevières qui est une commune du département du Lot, éponyme de son château ancestral dont les origines remontent au plus haut Moyen Âge. Jusque-là, rien que de très banal que de choisir pour un aristocrate de province le nom d'un château pluriséculaire. Sauf que cette élégante demeure, bâtie au-dessus du Lot, possède en ses murs un trésor que lui envieraient bien des grands sites historiques de France et d'Europe. En effet le château de Cenevières recèle, derrière ses façades Renaissance, un cabinet d'alchimie. Un lieu magique qui possède encore son athanor du début du XVIe siècle ainsi que de magnifiques et imposantes fresques qui décrivent, à l'aide de scènes et de figures mythologiques, le processus alchimique.

Quoique certaines peintures aient disparu, emportées par les vicissitudes de l'Histoire, beaucoup sont encore fort lisibles et attendent l'adepte en alchimie qui enfin les déchiffrera.

Plus modestement, c'est une de ses fresques, *Énée fuyant Troie en flammes*, qui a inspiré la scène de l'attaque de Paris par les Anglais et de la fuite de Flamel des mains du sire de Rhenac.

Quant à l'athanor, décrit dans le dernier chapitre consacré à Flamel, il est la copie conforme de celui, bien réel, du château de Cenevières.

Pour ceux que l'alchimie passionne ou que notre livre

a fait rêver, une visite s'impose en ces murs chargés d'histoire et de mystère.

Et encore plus d'annexes sur le site www.polar-franc-macon.com.

La franc-maçonnerie

Chaque obédience possède son site où l'on trouve quantité d'informations spécifiques. Le site du Grand Orient de France propose une visite virtuelle, au cours de laquelle vous pourrez peut-être retrouver certains lieux visités par Antoine Marcas.

Les plus curieux iront faire un tour sur le blog maçonnique de Jiri Pragman, une mine d'informations : hiram.canalblog.com.

Impossible de citer tous les nouveaux ouvrages parus cette année. À retenir toutefois l'ouvrage fort instructif, cité plus haut, de Jean-Michel Quillardet, actuel Grand Maître du Grand Orient : *Initiation à la franc-maçonnerie*.

Glossaire maçonnique

Accolade fraternelle : accolade rituelle discrète qui permet aux frères de se reconnaître.

Agapes : repas pris en commun après la *tenue*.

Atelier : réunion de francs-maçons en *loge*.

Attouchements : signes de reconnaissance manuels, variables selon les grades.

Capitation : cotisation annuelle payée par chaque membre de la loge.

Chaîne d'union : rituel de commémoration effectué par les maçons à la fin d'une *tenue*.

Colonnes : situées à l'entrée du *temple*. Elles portent le nom de Jakin et Boaz. Les colonnes symbolisent aussi les deux travées, du *Nord* et du *Midi*, où sont assis les frères pendant la *tenue*.

Compas : avec *l'équerre* correspond aux deux outils fondamentaux des francs-maçons.

Constitutions : datant du XVIIIe siècle, elles sont le livre de référence des francs-maçons.

Cordon : écharpe décorée portée en sautoir lors des *tenues*.

Cordonite : désir irrépressible de monter en grade maçonnique.

Couvreur : officier qui garde la porte du *Temple* pendant la *tenue*.

Debbhir : nom hébreux de l'*Orient* dans le *Temple*.

Delta lumineux : triangle orné d'un œil qui surplombe l'*Orient*.

Droit humain : obédience maçonnique mixte. Environ 11 000 membres.

Équerre : avec le *compas*, un des outils symboliques des francs-maçons.

Gants : toujours blancs et obligatoires en *tenue*.

Grades : au nombre de trois. Apprenti. Compagnon. Maître.

Grand Expert : officier qui procède au rituel d'initiation et de passage de grade.

Grand Orient de France : première obédience maçonnique, adogmatique. Environ 46 000 membres.

Grande Loge de France : obédience maçonnique d'inspiration spiritualiste. Environ 27 000 membres.

Grande Loge féminine de France : obédience maçonnique féminine. Environ 11 000 membres.

Grande Loge nationale française : seule obédience maçonnique reconnue par la maçonnerie anglo-saxonne. Environ 33 000 membres.

Haut Grade : après le grade de maître, existent d'autres grades pratiqués dans les ateliers supérieurs, dits de perfection. Le Rite écossais, par exemple, comporte 33 grades.

Hekkal : partie centrale du *Temple*.

Hiram : selon la légende, l'architecte qui a construit le temple de Salomon. Assassiné par trois mauvais compagnons qui veulent lui arracher ses secrets pour devenir maîtres. Ancêtre mythique de tous les francs-maçons.

Loge : lieu de réunion et de travail des francs-maçons pendant une *tenue*.

Loges rouges et noires : loges dites « *ateliers supérieurs* » où l'on confère les hauts degrés maçonniques.

Maître des cérémonies : officier qui dirige les déplacements rituels en loge.

Obédiences : fédérations de loges. Les plus importantes, en France, sont le GODF, la GLF, la GLNF, la GLFF et le Droit Humain.

Occident : *Ouest* de la *loge* où officient *le premier* et *le second surveillant* ainsi que le *couvreur.*

Officiers : maçons élus par les frères pour diriger l'*atelier.*

Orateur : un des deux officiers placés à l'*Orient.*

Ordre : signe symbolique d'appartenance à la maçonnerie qui ponctue le rituel d'une *tenue.*

Orient : *Est* de la *loge.* Lieu symbolique où officient le *Vénérable*, l'*Orateur* et le *Secrétaire.*

Oulam : nom hébreu du *parvis.*

Parvis : lieu de réunion à l'entrée du *temple.*

Pavé mosaïque : rectangle en forme de damier placé au centre de la *loge.*

Planche : conférence présentée rituellement en *loge.*

Poignée maçonnique : poignée de reconnaissance rituelle que s'échangent deux frères.

Rite : rituel qui régit les travaux en *loge.* Les deux plus pratiqués sont le Rite français et le Rite écossais.

Salle humide : lieu séparé du *temple* où se passent les *agapes.*

Secrétaire : il consigne les événements de la *tenue* sur un *tracé.*

Sulfure : simple presse-papiers… maçonnique.

Surveillants : premier et second. Ils siègent à l'*Occident.* Chacun d'eux dirige une *colonne*, c'est-à-dire un groupe de maçons durant les travaux de l'*atelier.*

Tablier : porté autour de la taille. Il varie selon les *grades.*

Taxil (Léo) : écrivain du XIXe siècle, à l'imagination débridée, spécialisé dans les œuvres antimaçonniques.

Temple : nom de la *loge* lors d'une *tenue.*

Tenue : réunion de l'atelier dans une *loge*.

Tracé : compte rendu écrit d'une *tenue* par le *secrétaire*.

Vénérable : maître maçon élu par ses pairs pour diriger l'*atelier*. Il est placé à l'*Orient*.

Voûte étoilée : plafond symbolique de la *loge*.

Remerciements

Nous en sommes à la troisième aventure de notre commissaire franc-maçon. Que de chemin parcouru depuis 2005 ! Si ce cher Marcas continue sa quête, il le doit aussi à des gens, d'horizons différents, qui nous ont aidés à des degrés divers. Voilà pourquoi, cette fois, cette liste de remerciements est plus fournie.

À notre éditeur, Jean-Claude Dubost, à François Laurent et Nicolas Watrin pour nous avoir fait confiance. À Déborah Druba et Céline Thoulouze pour leur patience lors de la relecture du manuscrit. Combien d'erreurs nous ont-elles permis d'éviter, on en a presque honte.

Un grand merci à Laurent Boudin et à toute l'équipe de Pocket qui ont permis à Marcas non seulement de toucher un très grand nombre de lecteurs mais aussi de rester disponible pendant des années dans les librairies. La magie des « poches », comme le dit Marc Levy, c'est que ce sont des livres « faits pour durer ».

Le succès de Marcas doit beaucoup aux libraires qui nous ont soutenus depuis le début. Impossible de tous les citer mais un amical salut à François Andrieux de la librairie des Volcans… Un coup de chapeau aux représentants et à Rolande Gerberon. Les représentants sont des professionnels dont personne ne parle, ou presque, qui parcourent la France afin de convaincre les libraires de mettre en valeur les livres. Un clin d'œil à Laurent pour ses avis judicieux.

À Estelle, à qui l'on souhaite beaucoup de bonheur avec son petit Vito…

Le succès de Marcas doit aussi à certains journalistes qui ont aimé les précédents opus, ont fait partager leurs coups de cœur. Ils se reconnaîtront. Il faut savoir que depuis que le polar est devenu, heureusement, un genre littéraire à part entière, il en a construit ses chapelles, avec ses grands prêtres et ses dogmes. Le thriller dit ésotérique n'a pas toujours bonne presse…

Aux adorables Raven et Aloha, qui apparaissent fugitivement dans le livre et qui ont créé le site Polar franc-maçon. Nous les avons rencontrées au salon Quai du polar à Lyon et depuis, on ne s'est plus quittés… par Internet. Merci pour toute votre énergie.

À Béa et Anne F., qui sont parties vers d'autres aventures.

À Frédérika, pour sa relecture toujours précieuse et ses questions judicieuses.

À Pierre Mollier, directeur de la bibliothèque, des archives et du musée du Grand Orient de France. Pour nous avoir permis l'accès à des documents précieux et favorisé la visite des coulisses du GODF pour préparer nos meurtres…

À Jean-Michel Quillardet, actuel Grand Maître du GODF, pour son ouverture d'esprit.

Merci à Éric pour son ouvrage introuvable sur la construction de la tour Eiffel. Et à Ambre B. pour celui sur New York.

Les bases de cette aventure de Marcas ont été jetées dans un coin charmant, en Méditerranée espagnole, à Llança. Merci à Soizic et à ses parents pour leur appartement baigné de lumière, où il fait si bon vivre…

ERIC GIACOMETTI
et
JACQUES RAVENNE

LA CROIX DES ASSASSINS

FLEUVE NOIR

1

Paris
musée de Cluny
De nos jours

Les gigantesques baffles placés aux quatre coins de la cour du musée de Cluny déversaient un massacre techno de *L'Hymne à la joie*. La foule se pressait. Un ballet de femmes en robe du soir et d'hommes en smoking ondoyait sous les flashs des appareils photo qui crépitaient en rafales. Le service d'ordre semblait débordé. Actrices en vue, mannequins anorexiques, faune sophistiquée et délétère squattant les dernières pages des revues people, tous se pliaient aux sollicitations, dans une mécanique rodée, en même temps qu'ils essayaient d'atteindre la porte d'accès.

De grandes bannières vert émeraude ornées d'un *S* noir stylisé drapaient les murs de la cour intérieure. Comme si un nouveau châtelain avait pris possession de la place et tenait à le rappeler aux invités qui venaient lui rendre hommage.

Les cris qui jaillissaient de toutes parts augmentaient l'irritation du responsable de la sécurité. Debout sur un banc situé à l'un des angles de la cour, il en inspectait d'un œil acéré chaque recoin. Les voix de ses collaborateurs éparpillés dans la foule lui arrivaient par saccades dans son oreillette. Il consulta avec nervosité la liste vertigineuse des invités qui s'étalait sur une feuille volante. À ses côtés, une femme d'une quarantaine d'années en tailleur bleu nuit observait avec amusement l'agitation autour d'eux. L'homme en complet noir maugréa.

— Il reste encore quarante-trois VIP à faire rentrer. On n'arrivera jamais à canaliser tout ce monde. On aurait pu organiser la soirée dans une dizaine d'autres musées plus grands, non ? Et il a fallu venir dans ce truc moyenâgeux ! Qui est le crétin qui a choisi ce musée ?

La femme détourna son regard de la foule et sourit.

— Vous le savez bien ! Dieu lui-même. Et quand le big boss de la Stone Corporation France prend une décision, on a tout intérêt à trouver ça génial. Donc cet endroit est le lieu parfait pour organiser la soirée VIP de l'année. Soyez positif. Admirez plutôt la silhouette de Monica Bellucci dans sa robe de satin noir. Rien qu'à la voir si parfaite, je la hais déjà.

— J'ai pas le temps de me rincer l'œil ! J'avais prévenu qu'on était borderline sur l'occupation du musée. N'importe quel taré peut venir nous faire chier.

— Vous m'ennuyez Carlo avec vos remarques défaitistes. Faites votre job. Ah, voilà Victor !

La femme descendit aussitôt du banc et se fraya un chemin derrière le cordon de sécurité. Elle ne devait surtout pas quitter d'une semelle Victor Léandre, le patron de la Stone arrivé sept mois plus tôt. Car elle, Claire Bourdon, directrice de la communication du groupe, jouait gros ce soir. Au moindre raté, elle paierait le prix fort : la porte.

D'ailleurs, elle n'avait toujours pas compris pourquoi Léandre avait tenu à ce que cette soirée se passe à Cluny. Le Louvre, le Grand Palais ou Beaubourg auraient été beaucoup plus appropriés. Mais non, Léandre voulait

Cluny. C'était son truc le Moyen Âge. Elle n'avait pas insisté. On ne s'oppose jamais à son patron.

Elle pressa le pas et aperçut la silhouette séduisante à une vingtaine de mètres. Elle ne se faisait pas à l'idée que cet original préside à la destinée de l'entreprise leader dans les réseaux informatiques, riche de quinze mille salariés. La quarantaine allègre, le verbe haut, les cheveux en bataille, allergique à la cravate, l'homme tranchait sur son prédécesseur, aux allures de grand fonctionnaire engoncé dans son costume gris. C'était peu de dire que toute la boîte avait été surprise par ce choix atypique. Énarque, sorti major de sa promotion, il aurait dû faire comme ses petits camarades, rejoindre un cabinet ministériel puis jouer de son réseau pour grimper dans un grand groupe industriel. Raté. Après un détour auprès du Premier ministre de l'époque, il avait choisi de passer deux ans dans une ONG à l'autre bout du monde. Un choix éthique, humanitaire, comme il l'avait précisé lors du cocktail de bienvenue pour sa prise de fonctions, au siège à la tour Montparnasse. Ensuite il avait complètement bifurqué, et fait carrière dans le privé. Chaque année, il se réservait au moins deux semaines pour faire du bénévolat humanitaire. Il avait même obtenu de la boîte près d'un million d'euros pour soutenir son ONG et incitait systématiquement ses salariés à aider les orphelins africains, les handicapés de Roumanie, quand ce n'était pas les rescapés du tsunami.

Une vraie perle médiatique ce type, songea Claire qui ne le quittait pas du regard. Il s'était même payé le luxe de refuser une voiture de fonction et de venir travailler chaque jour en scooter, sous l'œil ébahi des cadres sups abonnés aux 407 chromées et autres Laguna de service.

Elle parvint à son niveau.

Il la regarda avec un sourire espiègle. D'un seul coup, elle le trouva encore plus craquant, presque un gamin. Il la prit par le bras comme s'il recherchait sa protection.

— Ma très chère Claire. L'avantage de ne pas être une star c'est qu'on vous laisse tranquille. L'un des photographes m'a carrément demandé de dégager illico. Pensez donc, je gênais l'arrivée d'un présentateur de télévision.

Elle éclata de rire. En plus d'être d'attirant, il avait un humour très personnel. Une forme d'autodérision qu'il tournait toujours à son avantage.

— Vous plaisantez, mon cher Victor. C'est vous l'hôte de la soirée. Vous serez dans tous les magazines. Le sémillant nouveau patron de la Stone Corporation France, entouré de tout ce qui compte dans Paris. D'ailleurs, j'ai déjà prévu de vous faire photographier avec quelques-unes des stars les plus en vue.

Une fois sous le porche, coincés dans une cohue indescriptible, il lui glissa à l'oreille :

— Je vais vous faire une confidence. Je suis venu cet après-midi repérer les lieux et le conservateur a eu la bonté de m'organiser une petite visite privée. N'est-ce pas sympathique ?

La dircom, approuva tout en pensant aux cent mille euros déboursés par la Stone pour devenir un mécène privilégié du musée. À ce prix-là, le conservateur pouvait se permettre de perdre quelques heures à papoter avec son généreux bienfaiteur.

Ils saluèrent les groupes attroupés autour des buffets et s'arrêtèrent un instant face au photographe maison. Claire afficha son plus beau sourire en se collant contre son patron. Le cliché ornerait la page d'édito du mensuel de la Stone dont elle était rédactrice en chef, et toute la boîte verrait les liens étroits qui les unissaient. L'un des objectifs majeurs de la soirée était atteint. Il lui prit le bras pour se frayer un chemin dans la foule et lui montra discrètement un groupe d'hommes, qui n'avaient rien des habitués de *Gala* ou *Match*, occupés à bavarder entre eux.

— Quelques pontes du conseil d'administration sont là. Il ne faudra pas oublier d'aller les saluer.

— Avec plaisir, mon cher Victor.

Le directeur général de la Stone se rembrunit.

— Ce n'est pas du plaisir… Quelle bande d'emmerdeurs. Changeons de sujet. Vous savez, j'ai une vraie passion pour le Moyen Âge. J'ai passé des jours entiers dans ce musée quand je préparais l'ENA. Parfois, j'avais vraiment l'impression de vivre dans un autre siècle.

Elle écarquilla ses grands yeux comme s'il venait de lui révéler un secret prodigieux.

— Mais c'est merveilleux, Victor, répondit-elle d'une voix enjouée. Moi aussi, j'adore les… euh… armures et tout ça…

Il sourit.

— Ça ne m'étonne pas, vous paraissez tellement curieuse de tout. Au fait approuvez-vous notre programme d'aide aux femmes irakiennes ?

— Une vraie trouvaille, Victor. La cause des femmes doit être défendue partout dans le monde.

Vraiment, elle pouvait se flatter d'avoir le sens de la banalité bien choisie, un don utile forgé au fil des ans auprès de grands patrons du CAC 40.

Ils étaient maintenant collés l'un contre l'autre, pressés par la foule autour d'eux. Elle sentit sa main contre sa taille. Elle n'osa imaginer qu'il allait lui faire des avances. Non pas qu'elle soit contre, mais l'endroit lui paraissait mal choisi. Personne ne ferait attention à eux. Trop de monde et pas un photographe pour immortaliser la scène.

Léandre se pencha vers elle, arborant son plus beau sourire.

— Puis-je vous faire une autre confidence ?

Claire était aux anges, subjuguée par ses yeux bleu vif.

— Bien sûr, mais attention à ne pas dire de bêtises, minauda-t-elle, en remarquant qu'il portait des lentilles de couleur.

— Rassurez-vous, je veux seulement vous… tuer. Je peux ?

Impression réalisée sur Presse Offset par

CPI
Brodard & Taupin

47535 – La Flèche (Sarthe), le 29-05-2008
Dépôt légal : juin 2008

POCKET – 12, avenue d'Italie - 75627 Paris cedex 13

Imprimé en France